David Nicholls · Ewig Zweiter

Erscheint im **Februar 2006**

Sperrfrist: Bitte nicht vor dem 31. Januar 2006 besprechen

David Nicholls
Ewig Zweiter

Roman

Aus dem Englischen von Simone Jakob

Kein & Aber

Die Originalausgabe erschien 2005 unter dem Titel
The Understudy bei Hodder and Stoughton, London.

Coverbild: Julian Opie, Courtesy Lisson Gallery London
Covergestaltung: Nicholas Ditzler
Satz: Dörlemann Satz, Lemförde
Druck und Bindung: Ebner & Spiegel, Ulm
ISBN 3-0369-5153-9

www.keinundaber.ch

Für Roanna Benn, Matthew Warchus
und Hannah Weaver, für die Pausen.

Nein! Ich bin kein Prinz Hamlet, nicht dazu bestimmt;
Bin Haushofmeister, treib die Handlung an,
Beginne ein, zwei Szenen, rate dann
Dem Prinzen; ein willfähriges Werkzeug, starr
Vor Ehrfurcht, hocherfreut, wenn oft benutzt,
Sehr höflich, vorsichtig und schächerlich;
Voll großer Worte, doch auch dumm-verdutzt;
Zuzeiten, in der Tat, fast lächerlich –
Zuzeiten fast der Narr.

T. S. Eliot
J. Alfred Prufrocks Liebesgesang

Lern den Text, und stoß nicht an Möbel.

Spencer Tracy

Erster Akt

VOR DEM AUFTRITT

– Das ist nicht das wirkliche Leben, Jungchen. Das ist nur gespielt.
– Aber darum gehts doch im »wirklichen Leben«: Wie gut wir spielen. Sie. Ich. Jeder auf der Welt …

Jack Rosenthal
Ready when you are, Mr McGill

SUNSET BOULEVARD

Summers and Snow, Folge drei, vierte Fassung

CHIEF INSPECTOR GARRETT
... oder Sie regeln schneller wieder den Verkehr, als Sie »Strafversetzung« sagen können.

INSPECTOR SUMMERS
Aber Sir, er spielt doch nur mit uns, wie die Katze mit der ...

CHIEF INSPECTOR GARRETT
Ich sags noch einmal: Bleiben. Sie. Sachlich. Ich will Ergebnisse sehen, und zwar gestern, oder Sie sind raus aus dem Fall, Summers.
(SNOW will etwas sagen)
Das ist mein Ernst. Und jetzt raus hier – alle beide!

INNEN. GERICHTSMEDIZIN. TAG.

BOB »BONES« THOMPSON, der Gerichtsmediziner, kränklicher Teint, makabrer Sinn für Humor, beugt sich über die halbnackte

Leiche eines JUNGEN MANNES Anfang 30, dessen aufgedunsener Körper kalt und tot auf dem Seziertisch liegt und erste Anzeichen von Verwesung aufweist – CONSTABLE SNOW presst sich ein Taschentuch vors Gesicht.

INSPECTOR SUMMERS
Also, Thompson, setzen Sie mich ins Bild. Wie lange ist er Ihrer Meinung nach schon tot?

THOMPSON
Schwer zu sagen. So, wie er stinkt, würde ich ihn nicht gerade als Frischfleisch bezeichnen ...

INSPECTOR SUMMERS
(verzieht keine Miene)
Die Zeit drängt, Bones ...

THOMPSON
Na gut, also, dem Verwesungsgrad, dem aufgequollenen Zustand und den Hautverfärbungen nach zu urteilen, hat er ungefähr ... eine Woche im Wasser gelegen, plusminus einen Tag. Vorläufiges Untersuchungsergebnis: Tod durch Strangulation. Die Male am Hals lassen darauf schließen, dass der Mörder ein dickes, grobes Seil oder eine Kette benutzt hat ...

INSPECTOR SUMMERS
Eine Kette? Jesses, das arme Schwein ...

POLICE CONSTABLE SNOW
Wer hat die Leiche entdeckt?
(SUMMERS wirft ihr einen Blick zu:
»Ich stelle hier die Fragen ...«)

THOMPSON
Irgendein Muttchen, beim Gassigehen mit dem Hund. Reizende Dame, 82 Jahre alt. Ich schätze, euren Serienkiller müsst ihr schon woanders such...

»Moment mal … Nein – nein, tut mir Leid, Leute, wir müssen abbrechen.«

»Was ist los?«, schnauzte Detective Inspector Summers.

»Da stört was im Bild.«

»Auf dem Objektiv?«

»Die Nasenflügel der Leiche. Man sieht ihn atmen. Wir müssens wiederholen.«

»Ach, Herrgott noch mal …«

»Sorry! Tut mir wirklich Leid, Leute«, sagte der TOTE JUNGE MANN, setzte sich auf und verschränkte verlegen die Arme vor der blau geschminkten Brust.

Das Team bereitete alles wieder vor, und der Regisseur, ein bekümmert wirkender Mann mit langem Gesicht, dessen nicht sehr überzeugende, weit nach hinten geschobene Baseballkappe eine Denkerstirn enthüllte, fuhr sich mit beiden Händen langsam übers Gesicht und seufzte. Er hievte sich aus dem Regiestuhl, schritt zum TOTEN JUNGEN MANN hinüber und kniete sich kumpelhaft neben den Seziertisch.

»Na schön, Lazarus – gibt es irgendein Problem?«

»Nein, nein, Tony, alles bestens …«

»Denn, tja, wie soll ich sagen – im Moment machen Sie ein bisschen zu viel.«

»Ja, tut mir Leid.«

Der Regisseur sah auf die Uhr, schob die Baseballkappe zurück und rieb sich die roten Druckstellen. »Es ist schließlich fast halb drei und … wie war noch gleich der Name?«

»Stephen, Stephen McQueen. Mit P-H.«

»Nicht verwandt?«

»Nicht verwandt.«

»Nun, Stephen mit P-H, es ist fast halb drei, und wir haben noch nicht mal mit der Autopsie angefangen …«

»Ja, natürlich. Es ist nur, das grelle Licht, das Lampenfieber und so …«

»Sie müssen ja gar nicht schauspielern, Sie sollen verdammt noch mal einfach nur daliegen.«

»Ich weiß, Chris, es ist nur schwierig, die ganze Zeit so zu tun, als würde man nicht atmen, wissen Sie …«

»Niemand verlangt, dass Sie die Luft anhalten …«

»Nein, ist mir klar«, sagte Stephen und rang sich ein kumpelhaftes Lachen ab.

»… aber liegen Sie bitte nicht da und hecheln wie nach einem gottverdammten 200-Meter-Lauf, okay?«

»Okay.«

»Und keine Grimassen. Geben Sie mir etwas … Neutrales.«

»Neutral. Okay. Und sonst …?«

»Ansonsten leisten Sie wirklich *fantastische* Arbeit.«

»Und glauben Sie, wir sind bis sechs fertig? Ich müsste nämlich noch …«

»Tja, das liegt an Ihnen, oder, Steve?«, sagte der Regisseur, rückte die Kappe zurecht und schritt zu seinem Klappstuhl zurück. »Ach, und Steve?«, rief er über den Set. »Bitte ziehen Sie den Bauch nicht ein – Sie *sollen* schließlich aufgedunsen sein.«

»Aufgedunsen. Okay, aufgedunsen.«

»Na schön, alle auf Position«, rief der erste Regieassistent, und Stephen legte sich wieder auf den Marmortisch, zupfte die feuchte Unterwäsche zurecht, schloss die Augen und versuchte, so tot wie möglich auszusehen.

Das Geheimnis wirklich großer Schauspielkunst vor der Kamera liegt darin, so wenig wie möglich zu tun, was natürlich besonders für die Darstellung unbelebter Objekte gilt.

In den elf Jahren seiner professionellen Karriere hatte Stephen C. McQueen bis jetzt sechs Leichen verkörpert, alle waren sorgfältig durchdacht und subtil dargestellt, und alle vermittelten eindringlich das Pathos des Nicht-Lebendigen. Um nicht auf eine Rolle festgelegt zu werden, hatte er diese Tatsache in seinem Lebenslauf heruntergespielt, indem er den verschiedenen Toten faszinierende, charismatische Hauptrollennamen wie MAX oder OLIVER gab anstelle der exakteren, aber weniger sinnträchtigen Bezeichnungen LEICHE oder OPFER. Aber anscheinend hatte es sich in der Branche herumgesprochen: Niemand tat so gekonnt nichts wie Stephen C. McQueen. Brauchte man jemanden, der im Morgengrauen aus dem Grand-Union-Kanal gefischt wurde oder ohne Murren schlaff und gebrochen auf einer Motorhaube lag oder mit dem Gesicht voran in einen matschigen Schützengraben des Ersten Weltkriegs fiel, dann war er der richtige Mann. Seine erste Rolle nach der Schauspielschule war STRICHER 2 in *Vice City* gewesen, einem harten, nicht jugendfreien Krimi. Er hatte einen Satz zu sagen …

STRICHER 2
(Tyneside-Akzent)
Na, wie wärs mit 'n bisschen Spaß,
Mista?

… und verbrachte dann einen langen, heißen Nachmittag in einem schwarzen Müllsack, aus dem nur sein Arm heraushing. Jetzt, mit 32, lagen seine Strichertage natürlich hinter ihm, aber alle anderen sterblichen Überreste konnte Stephen C. McQueen normalerweise immer noch verkörpern.

Aber aus irgendeinem Grund ließ seine Technik ihn heute im Stich. Das war schade, denn *Summers and Snow* war eine TV-Institution, und in ein paar Monaten würden es sich über neun Millionen Menschen an einem Sonntagabend vor der Glotze gemütlich machen und zusehen, wie er erst schnell erdrosselt wurde und dann in fremder Unterwäsche leblos hier herumlag. Das konnte man zwar schwerlich einen *Durchbruch* nennen, aber wenn dem Regisseur gefiel, was er tat beziehungsweise nicht tat, und er mit seinen Co-Stars gut auskam, gab man ihm vielleicht eine Rolle, in der er herumlaufen, das Gesicht bewegen und sprechen durfte. Erste Showbiz-Regel: Es zählt nicht, was du kannst, sondern wen du kennst. Bleib professionell. Denk positiv. Sei engagiert. Hab immer eine Motivation. Der Trick ist, *Eindruck* zu machen. Sorg dafür, dass die Leute dich *mögen*, wenigstens bis du so berühmt bist, dass es egal ist.

In der Drehpause setzte sich Stephen kerzengerade auf den kalten Seziertisch und dehnte die Arme hinter dem Rücken, bis er es in den Schultern knacken fühlte – es war wichtig, sich nicht zu verkrampfen und geschmeidig zu bleiben. Er sah sich auf dem Set um und hoffte, mit seinen Schauspielkollegen ins Gespräch zu kommen. Der Raubeinige, Harte, Eigenbrötlerische Ex-Alkoholiker Detective Inspector Tony Summers und seine Forsche, Eigenwillige Kollegin Police Constable Sally Snow standen ein Stück weiter in einem dichten Grüppchen, tranken Tee aus Plastikbechern und aßen selbstbewusst die besten Kekse. Stephen war schon immer ein bisschen in Abigail Edwards, die Darstellerin der Police Constable Snow, verknallt gewesen und hatte sich sogar einen kleinen Scherz über seinen Part ausgedacht, den er beiläufig in die Unterhaltung einfließen lassen konnte. »Von irgendwas muss man ja leben, Abi«, würde er in der Drehpause selbstironisch aus dem Mundwinkel witzeln und eine angemoderte Augenbraue hochziehen, und sie würde mit blitzenden Augen lachen, und vielleicht würden sie nach Drehschluss Telefonnummern austauschen und was trinken gehen oder so. Aber es hatte sich noch keine Gelegenheit ergeben. In den Pausen hatte sie ihn kaum beachtet, und was Abigail Edwards anging, hätte er, nun ja, genauso gut tot sein können.

Eine gut gelaunte Visagistin tauchte an Stephens Seite auf, besprühte ihn mit Wasser und betupfte ihm die Lippen mit Vaseline. Hieß sie Deborah? Noch eine Showbiz-Regel: Sprich *immer* alle mit Namen an …

»Na, Deborah, wie seh ich aus?«, fragte er.

»Ich bin Janet. Sie sehen klasse aus! Ist schon ein komischer Job, hm?«

»Tja – von irgendwas muss man ja leben!«, witzelte er, aber Janet saß schon wieder auf ihrem Klappstuhl.

»Jetzt bitte ein bisschen Beeilung, Leute!«, blaffte der erste Regieassistent, und Stephen legte sich wieder wie ein großer nasser Fisch auf den Seziertisch.

Lieg still.

Man darf dich nicht atmen sehen.

Vergiss nicht – du bist tot.

Meine Motivation ist, nicht lebendig zu sein.

Agieren heißt nicht *re-agieren.*

Sein Agent hatte übrigens auf dem C. in Stephen C. McQueen bestanden, um Verwechslungen mit dem international bekannten Filmstar zu vermeiden.

Diesen Fehler hatte allerdings bisher noch niemand gemacht.

GESTATTEN, NUMMER ZWÖLF

Der neue Romantiker

Glückspilz Lucy Chatterton macht dem Angesagten Jungen Schauspieler schöne Augen, der derzeit das glamouröse Londoner West End – und Hollywood – in Aufruhr versetzt.

Blanker, unverhohlener Neid war die einhellige Reaktion meiner Freundinnen, wenn ich von dem geplanten Interview mit Josh Harper erzählte. »Hast du ein Schwein«, seufzten sie, »glaubst du, du kriegst seine Telefonnummer?« Als ich ihm in einem exklusiven Members' Club im West End gegenübersitze, wird mir schnell klar, warum.

Der gerade mal 28-jährige Josh Harper gilt als Großbritanniens angesagtester und attraktivster Jungschauspieler und wurde erst kürzlich von den Leserinnen einer bekannten Frauenzeitschrift zum zwölftsexiesten Mann der Welt gekürt. Vor vier Jahren wurde er mit einem Schlag berühmt, als er für seine herzzerreißende Darstellung des Clarence, eines geistig behinderten jungen Mannes im Kampf gegen eine tödliche Krankheit, in dem hochgelobten TV-Drama *Nutze den Tag* als jüngster Schauspieler aller Zeiten einen British Academy Film and Television Award (BAFTA) bekam. Seitdem hatte er Riesenerfolg, ob auf der Bühne als Herzensbrecher Romeo oder auf der Leinwand als psychotischer Gangster in Frauenkleidern in dem ultrabrutalen britischen Gangsterfilm *Stiletto*, und fand nebenbei noch Zeit, in dem futuristischen Thriller *TomorrowCrime* die Welt zu retten. Zu Weihnachten kommt sein bisher größter Film in die Kinos, das Sci-Fi-Abenteuer *Mercury Rain*, eine aufwendige Hollywoodproduktion, aber im Moment widersteht er Hollywoods Lockruf, um einen weiteren charmanten Draufgänger zu spielen: Lord Byron im von der Kritik gefeierten West-End-Stück *Verrückt, verworfen und gefährlich.*

»Es schildert Byrons Leben mit seinen eigenen Worten – aus seinen Briefen, Gedichten und Tagebüchern«, sagt er, nippt an einem doppelten Espresso und sieht mich mit seinen beunruhigend strahlend blauen Augen an. »Eine tolle Geschichte. Byron war gewissermaßen der erste Rockstar – internationaler Ruhm, die Frauen warfen sich ihm an den Hals –, aber er war auch sehr radikal und politisch engagiert, genau wie ich. Außerdem war er bisexuell, hatte eine inzestuöse Beziehung mit seiner Schwester *und* einen Klumpfuß. Ein wilder, abgedrehter Typ!«

Kann er sich mit der Figur identifizieren?, will ich wissen.

»Was, abgesehen von dem Klumpfuß?«, lacht er. »Na ja, wir sind wohl beide sehr leidenschaftlich. Und ich interessiere mich außerordentlich für Politik, besonders Umweltpolitik. Natürlich bin ich glücklich verheiratet. Und ich liebe meine Schwester, aber, wissen Sie – es gibt Grenzen!« Josh Harper wirft den Kopf zurück und lacht wieder, schallend und warmherzig. Zwei Frauen am Nebentisch beobachten uns. Sehe ich da Neid in ihren Augen?

Dann erzählt mir Josh, dass er gerne Theater und kommerziellere Big-Budget-Produktionen mischt. Hollywood hat immer noch eine gewisse Faszination für ihn, obwohl er noch nicht vorhat, ganz dorthin zu ziehen. »Ich hatte Riesenspaß bei *Mercury Rain* – man darf in Raumanzügen rumrennen und mit Waffen fuchteln – aber in diesen Sci-Fi-Spektakeln spielt man meist nur vor dem Bluescreen, damit sie später die Special Effects einbauen können. Aber ich hoffe, der Film ist ein bisschen anspruchsvoller und intelligenter als die meisten von der Sorte. Er basiert auf dem altenglischen Gedicht *Beowulf*, spielt aber im Weltraum. Das Tolle an solchen Event-Movies ist, dass ich mir finanziell erlauben kann, die Dinge zu tun, die mir wirklich am Herzen liegen – wie Theater, beispielsweise *Verrückt, verworfen …* oder kleine Independent-Filme. Popularität und Ruhm sind klasse, wenn man einen Restauranttisch kriegen will, aber deshalb mache ich den Job nicht. Ich liebe den Schweißgeruch *echter* Schauspielerei.«

Will er noch mehr große Hollywoodfilme machen?

»Na klar! Was soll ich sagen – ich finds geil, Dinge in die Luft zu jagen!!! Und ja, es gibt da ein paar Angebote, aber die sind noch nicht spruchreif. Ich könnte nie für immer nach L.A. ziehen – dafür mag ich Bier, Fluppen und Fußball einfach zu gerne.«

Und was ist dran an den James-Bond-Gerüchten? Josh sieht verlegen aus.

»Leider nur ein Gerücht. Meine Leute haben mit ihren Leuten geredet, aber bisher ist es nur ein Luftschloss. Schließlich bin ich noch zu jung. Vielleicht später. Natürlich würde ich gern den Bond spielen – welcher Schauspieler will das nicht?«

Die Presseagentin tippt auf die Uhr, und die Zeit reicht nur noch für ein paar Schnellfeuerfragen. »Wer oder was ist die große Liebe Ihres Lebens?«, frage ich.

»Meine Frau natürlich«, antwortet er wie aus der Pistole geschossen mit leuchtenden Augen. Josh ist seit zwei Jahren mit Nora Harper verheiratet, einer ehemaligen Sängerin. Sorry, Ladys!

»Und wie oft schlafen Sie miteinander?«, frage ich dreist. Zum Glück lacht Josh nur.

»Wenn die Frage nicht zu persönlich ist?!? So oft wie möglich.«

»Wie entspannen Sie sich?«

»Siehe oben!«

»Und wann waren Sie am glücklichsten?«

»Siehe oben!!«

»Lieblingsgeruch?«

Er überlegt kurz. »Entweder frisch gemähtes Gras oder der Kopf eines neugeborenen Babys …«

»Lieblingsfilm?«

»Das Imperium schlägt zurück.«

»Und ihr Lieblingswort?«

Er denkt kurz nach. »*Coup de foudre* – das hab ich von meiner Frau gelernt.«

....

… und an dieser Stelle entschied Stephen C. McQueen, mit dem Lesen lieber aufzuhören. Er warf die Zeitung auf den gegenüberliegenden Sitz des Zugabteils zurück. Was sollte der Quatsch mit dem Kopf eines neugeborenen Babys? Josh hatte keine Kinder. An wessen Kopf wollte er gerochen haben? Vom Sitz gegenüber grinste ihn das Foto von Josh an, der sich, perfekt unrasiert und das Hemd bis zur Taille aufgeknöpft, mit den Händen durchs Haar fuhr. Stephen drehte die Zeitung um und sah aus dem Zugfenster, an dem die Hoch- und Reihenhäuser von Stockwell und Vauxhall vorbeiglitten.

Sein Blick fiel auf sein Spiegelbild im Fenster, und er überlegte, wie er James Bond interpretieren würde. Die Rolle war ihm zwar noch nicht angeboten worden, aber als Privat-Casting zog er eine Augenbraue hoch, schenkte sich ein smartes kleines James-Bond-Lächeln und versuchte angestrengt, sich vorzustellen, er stehe im weißen Smoking, umringt von schönen, gefährlichen Frauen, an einem Roulettetisch.

In einer flüchtigen Vision stürzte er als KONTROLLRAUM-TECHNIKER 4 mit brennendem Laborkittel rückwärts durch eine Zuckerglasscheibe auf ein U-Boot-Dock hinunter.

DER BEINAHE-LEBENSLAUF

Stephen C. McQueen hatte zwei Lebensläufe.

Neben der wahrheitsgemäßen Auflistung der Dinge, die er tatsächlich erreicht hatte, gab es den Beinahe-Lebenslauf. Das war die glückliche Version seines Lebens, in der es keine haarscharf verpassten Chancen, kein »Knapp daneben ist auch vorbei« und keine zweite Wahl gab; die Version, in der er nicht auf dem Weg zum Vorsprechen vom Fahrrad gestoßen wurde, in der ersten Probenwoche Herpes bekam oder der Depp vom Fernsehen die Rolle ergatterte.

Diese erstaunliche Phantom-Karriere begann damit, dass Stephen um ein Haar enthusiastisches Lob für seine herausragende Darstellung des Malcolm in *Macbeth* geerntet hätte und dann fast als herzzerreißender Biff in *Tod eines Handlungsreisenden* auf landesweite Tournee gegangen wäre. Die potenziellen Kritiken, die er bald darauf wohl für seinen hypothetischen König Richard II. erhalten hätte, waren zu schön, um wahr zu sein. Er weitete sein Betätigungsfeld aufs Fernsehen aus und war nahe dran, als frecher, unkonventioneller Anwalt Todd Francis in der Erfolgsserie *Gerechtigkeit für alle* die Herzen der TV-Nation zu erobern, und es war gut möglich, dass dem eine ganze Reihe erfolgreicher Filmrollen dies- und jenseits des Atlantiks gefolgt wäre.

Dummerweise hatten all diese Triumphe in anderen, imaginären Welten stattgefunden, und es gab strenge Branchenvorschriften, was das Einreichen von Lebensläufen aus Paralleluniversen betraf. Die mangelnde Bereitschaft, auch Ereignisse aus anderen raumzeitlichen Dimensionen zu berücksichtigen, war schuld daran, dass Stephen nur sein richtiger Lebenslauf blieb. Diese echte Vita spiegelte sowohl die Unfähigkeit seines Agenten, nein zu sagen, als auch Stephens erstaunlichen Hang, ja, sein Talent zum Pech; und sie war es, die ihn hierher verschlagen hatte, ins glitzernde West End von London.

Als Stephen im Alter von acht Jahren mit seinen Eltern zum ersten Mal London besucht hatte, war ihm der Piccadilly Circus vorgekommen wie der Nabel der Welt, eine unglaublich glamouröse, fremdartige Landschaft, ein Ort, wo in alten britischen Musicals aus den Sechzigern jederzeit eine Tanzeinlage losgehen konnte. Das war jetzt 24 Jahre her. Heute war der Piccadilly Circus Stephens Arbeitsplatz, und als er aus der heißen, stickigen Luft des U-Bahnhofs in den feuchten Oktoberabend hinaustrat, sah er nichts als einen ziemlich protzigen und tückischen Kreisverkehr. In der Nähe arbeitete sich ein näselnder Straßenmusikant verbissen durch das Songbook von Radiohead – die Chance, dass eine Tanzeinlage einsetzte, war mehr als gering. Stephen bemerkte die Eros-Statue kaum noch, das sicher unterwältigendste Wahrzeichen der Welt. Wenn er aufsah, dann nur, um auf der Digitaluhr unter der Coca-Cola-Reklame nachzuschauen, ob er spät dran war.

19:01 Uhr.

Er war spät dran. Er legte einen Zahn zu.

Das Hyperion Theatre steht an der Shaftesbury Avenue zwischen einem Küchengroßhandel und einem jener typisch amerikanischen Steakhäuser, die man in Amerika nirgendwo findet und in denen immer mindestens eine weinende Frau sitzt. Stephen, der sich drängelnd und schubsend einen Weg durch die Menge bahnte, war noch immer leicht blaugrau von seiner Autopsie und fiel gar nicht auf unter den desorientierten Reisebus-Gruppen, den blassen, benommenen Verkäufern, die sich nach Hause kämpften, und den traurigen, heimwehkranken spanischen Studenten, die ihm Reklamezettel für Englischunterricht anboten. Er hastete vorbei an den unzähligen Wechselstuben und berüchtigten Schnellimbiss-Ständen, die Berge von klebrigem, orange schillerndem süßsaurem Schweinefleisch und »Pizza« verkauften – dicke, graue Teigecken, beschmiert mit Tomatenpüree und wachsartigem Käse. Vielleicht sollte er etwas essen. Vielleicht ein Stück Salamipizza. Er warf einen Blick auf die Stücke, die unter Hochleistungsglühbirnen vor sich hintranspirierten: Ölige rote Schweißperlen glitzerten auf der Salami. Vielleicht lieber nicht. Vielleicht sollte er bis nach der Arbeit warten. Es war jetzt 19:03 Uhr, das hieß, er kam streng genommen zu spät zum ersten Zeichen. Das Theater war jetzt in Sicht, und wenn er nach Osten die Shaftesbury Avenue hinunterschaute, konnte er die riesige, drei Stockwerke hohe Reklametafel von Josh Harper sehen, die drohend über die Menschenmenge aufragte.

Auf der Reklametafel trug der zwölftsexieste Mann der Welt ein bis zur Taille aufgeknöpftes weißes Rüschenhemd und eine enge schwarze Lederhose von zweifelhafter historischer Authentizität. Er hatte einen Degen in der rechten Hand und machte einen Ausfallschritt auf die Passanten zu, mit der linken hielt er ein Buch hoch über den Kopf, als wolle er sagen: »Ich bring noch schnell das Duell hinter mich und schreibe dann an *Don Juan* weiter.« Quer über sein Becken waren in extravaganter, schwungvoller Schrift die Worte *Verrückt, verworfen und gefährlich* gekritzelt, was literarische Qualität und historische Echtheit suggerieren sollte. »Eine Tour de Force! Josh Harper *ist* Lord Byron«, verkündete die Reklametafel, das kursive *ist* erstickte jeden Einwand im Keim. »Stark begrenzte Spielzeit!« Als er die Reklametafel vor drei Monaten im August zum ersten Mal sah, amüsierte ihn die Vorstellung, »stark begrenzt« beziehe sich auf Josh Harpers schauspielerische Fähigkeiten, aber er war nicht sicher, ob irgendjemand außer ihm diese Beobachtung lustig oder passend finden würde, und abgesehen davon gab es niemanden, dem er sie erzählen konnte.

Stephen sah wieder auf die Uhr: vier Minuten nach, neun Minuten zu spät, absolut unprofessionell, unverzeihlich für eine Zweitbesetzung. Aber noch konnte er damit durchkommen, vorausgesetzt, Donna stand nicht am Bühneneingang. Unbemerkt eilte er an einem Grüppchen von Autogrammjägern vorbei, die auf Josh warteten – heute waren es acht, kein schlechtes Ergebnis.

»Zehn Minuten zu spät, Mr McQueen«, sagte Donna am Bühneneingang. Donna war die Inspizientin, eine kleine, untersetzte Frau mit breitem, plumpem, an einen bemalten Schuhkarton erinnerndem Gesicht, dem spröden Haar eines Ex-Gruftis und dem mürrischen Benehmen einer verbitterten Sportlehrerin. Wie immer trug sie die obligatorische, verblichene schwarze Jeans und den obligatorischen riesigen Schlüsselbund, den sie jetzt um einen Finger wirbeln ließ wie einen Revolver.

»Puh!«, sagte Stephen. »Da draußen gehts zu wie am Piccadilly Circus!«

»Das wird nicht lustiger, Stephen.«

»Tut mir Leid, Donna, die U-Bahn ist schuld …«

»Das ist keine Entschuldigung«, knurrte Donna und tippte eine Nummer in ihr Handy.

»Du bist so gut drauf, was ist los?«

»Er ist noch nicht da«, bemerkte Kenny der Pförtner von seinem Schreibtisch aus.

»Er ist noch nicht da? Wer ist nicht da?«

»*Er* ist noch nicht da«, sagte Donna finster.

»Josh?«

»Ja, Josh.«

»Josh ist noch nicht da?«

»Josh ist noch nicht da.«

Plötzlich hörte Stephen das Blut in seinen Ohren rauschen. »Aber die Vorstellung fängt gleich an, Donna!«

»Was du nicht sagst.«

»Tja. Und – hast du ihn schon angerufen?«

»*Brillante* Idee«, sagte Donna, nahm das Handy vom Ohr und schwenkte es. Sie leckte sich die Lippen, strich sich den struppigen Pony aus der Stirn, bereitete sich darauf vor, dem Mann höchstpersönlich eine Nachricht zu hinterlassen, und einen winzigen Moment lang sah sie aus wie eine Vierzehnjährige, die einen Jungen zum Eislaufen einladen will.

»Josh, mein Schatz, hier ist Tante Donna vom Theater. Du bist spät dran, junger Mann! Ich muss dich wohl übers Knie legen«, säuselte sie kess und spielte mit ihren Ohrsteckern. »Wir machen uns jedenfalls *große Sorgen*. Hoffentlich kommst du jeden Moment durch diese Tür, aber falls nicht, ruf bitte an. Sonst müssen wir den jungen Stephen hier auf die Bühne schicken …«

Stephen stand daneben, ohne etwas zu hören, wippte leicht auf den Fußballen und gab, wie immer unter Stress, ein hohes Summen von sich. Jetzt ist er da, dachte er. Endlich – der Große Durchbruch. So etwas war schließlich noch nie vorgekommen. Der zwölftsexieste Mann der Welt war *immer* pünktlich. Bisher hatte Stephen sich still damit abgefunden, dass er dazu verdammt war, im Schatten eines Mannes zu stehen, der nicht nur der erfolgreichste, beliebteste und wohl begabteste junge Schauspieler seiner Generation war, sondern auch der gesündeste mit dem größten Dusel. Egal an welchen glamourösen Orgien oder Premierenfeiern er am Vorabend teilgenommen hatte oder wie spät er aus irgendeiner Spelunke in Soho getorkelt war, immer stand Josh Punkt 18:50 Uhr auf der Matte, gab am Bühneneingang Autogramme, flirtete mit der Garderobiere, führte seine Grübchen vor und warf das Haar zurück. Josh Harper war unverwundbar. Falls,

Gott behüte, jemand auf ihn schießen sollte, würde er wahrscheinlich nur lächeln und geziert die Kugel zeigen, die zwischen seinen großen, weißen Zähnen steckte.

Aber nicht heute. Während Donna auf Joshs Mailbox gurrte, malte Stephen sich diverse Schreckensszenarien aus:

Josh Harper, der in seinem luxuriösen Loft die tückische gusseiserne Wendeltreppe hinunterstürzt …

Josh Harper, der verzweifelt versucht, sein zerschmettertes Bein unter dem defekten Heim-Fitnessgerät hervorzuziehen, während das Telefon nur Zentimeter außer Reichweite steht …

Josh Harper, der sich den Bauch umklammert und unter den hellen Holztisch eines exklusiven Sushi-Restaurants rutscht, das attraktive Gesicht giftgrün verfärbt …

Josh Harper, der tapfer lächelt, während mutige Rettungssanitäter zu ihm laufen, um ihn unter den Rädern eines außer Kontrolle geratenen Nummer-19-Busses hervorzuziehen …

»Ich … ich spüre meine Zehen nicht …«

»Keine Sorge, Mr Harper, Sir, wir haben Sie in null Komma nichts da raus …«

»Sie verstehen nicht, ich muss in fünf Minuten vor ausverkauftem Saal spielen.«

»Tut mir Leid, aber der einzige Saal, den Sie heute noch von innen sehen, ist der Operationssaal …«

»Okay, Stephen«, seufzte Donna, sah auf die Uhr und dachte das Undenkbare, »dann stecken wir dich mal besser ins Kostüm. Vorsichtshalber.«

Stephen bekam kaum etwas mit vom Weg über den Flur zur Stargarderobe. Er hatte das vage Gefühl zu schweben, als würde Donna ihn auf einer Rollbahre schieben. So ist das also, dachte er, so fühlt es sich an, wenn man Glück hat. Obwohl Stephen nicht zu Bosheit neigte, hatte er in den letzten drei Monaten sechs Tage die Woche und sonntags und mittwochs zweimal von solch einer herrlichen Katastrophe geträumt. Wenn Stephen Josh Hals- und Beinbruch wünschte, meinte er genau das: eine zweifache, komplizierte Fraktur, bitte. So lautete nun mal die grausame Algebra einer Zweitbesetzung – damit Stephen Erfolg hatte, musste Josh leiden; eine Krankheit, die ihn außer Gefecht setzte, oder eine Fleischwunde, irgendwas zwischen einer Grippe und einer leichten Pfählung, irgendwas, das ihn 48 bis 72 Stunden ans Bett fesselte. Gerade lange genug, damit Stephen die heutige Vorstellung übernehmen, sein Spiel für den nächsten Tag vervollkommnen und Terence den Regisseur, die Leute vom Casting, die Filmproduzenten, den einen oder anderen Kritiker einladen und vielleicht sogar diskret andere, bessere Agenten anrufen konnte, die echten Zampanos. Das Reißen einer Achillessehne, das feuchte »Plop« eines platzenden Blinddarms oder einer Milz war alles, was Stephen davon trennte, sein Leben zum Guten zu wenden.

Sie waren in Joshs Garderobe angekommen, Stephen streifte Mantel und Schuhe ab, Debs die Garderobiere stand neben ihm mit dem makellos sauberen und gebügelten Kostüm in der Hand, und Stephen zog sich aus. Donna stand am Bühneneingang und telefonierte. »Immer noch keine Spur von ihm? … Okay, noch fünf Minuten, dann machen wir eine Ankündigung … Er ist hier, macht sich fertig … Ja, ich weiß … Alles klar, halt mich auf dem Laufenden …«

Gott sei Dank, dachte Stephen, er ist nicht okay.

Debs die Garderobiere hielt ihm Byrons Lederhose hin, Stephen nahm sie feierlich entgegen und zog sie an. Er hatte noch nie professionell geboxt und würde es auch nie tun, aber so fühlte man sich wohl vor einem großen Kampf: die Ehrfurcht, das Zeremoniell. Er versuchte, einen klaren Kopf zu kriegen, einen Ort der Ruhe, der Konzentration zu finden, aber vor seinem geistigen Auge sah er schon den Schlussvorhang vor sich …

Am Ende der Vorstellung verlöschen die Lichter, und Stille breitet sich im Saal aus. Augenblicke verstreichen. Dann bricht tosender Applaus aus, in riesigen, donnernden Wellen. Donna und der Rest des Teams stehen in den Kulissen, große, bullige Bühnenarbeiter mit Tränen in den Augen applaudieren und schieben einen bescheidenen, widerstrebenden Stephen C. McQueen zurück auf die Bühne. Dann der ohrenbetäubende Jubel, als das Publikum geschlossen aufsteht, Blumensträuße schlittern ihm vor die Füße. Riesige Wogen der Liebe, Achtung und Anerkennung erfassen ihn und lassen ihn taumeln. Mit der Hand schützt er die Augen vor dem Scheinwerferlicht, blinzelt ins Publikum und erspäht die Gesichter der Menschen, die er liebt – Alison, seine Ex-Frau; Sophie, seine Tochter; seine Eltern; seine Freunde –, alle grinsen und lachen, schreien und brüllen. Er erwidert den Blick seiner Ex-Frau, in dem Bewunderung und neu gewonnene Achtung liegen – »Du hattest die ganze Zeit Recht«, scheint sie sagen zu wollen. »Es war richtig durchzuhalten, es war richtig, nicht aufzugeben. Du bist ein Schauspieler von außergewöhnlicher, unvergleichlicher Begabung und Tiefe, und wenn man nur fest genug daran glaubt, können Träume wirklich in Erf…

»Scheiße, Kacke, Dreck, hi Leute, sorrysorrysorry wegen der Verspätung …«

… keuchend und das Haar zurückwerfend, stolperte der zwölftsexieste Mann der Welt in die Garderobe, wie immer, als hätte man ihm gerade ein Stöckchen geworfen.

Stephen blieb mit halb angezogener Lederhose stehen.

»Josh! Deinetwegen hätte Tante Donna fast eine Herzattacke gekriegt!«, strahlte Donna, sprang zur Tür und zerzauste ihm das unglaublich dichte Haar. »Mr McQueen wollte gerade in dein Kostüm schlüpfen.«

»Tut mir Leid, Steve, alter Kumpel«, sagte Josh entschuldigend mit schief gelegtem Kopf und Schmollmund. »Du hast wohl schon gedacht, dein Großer Durchbruch wär da, was?«

»Na ja, weißt du …«

Kumpelhaft und tröstend strich Josh ihm über den Arm. »Tja, ich fürchte, nicht heute, Steve, alter Freund. Nicht heute …«

Stephen brachte eine Art Lächeln zustande und zog die Lederhose aus. Es war, als fragte man ihn bei der Mondlandung, ob er was dagegen hätte, zurückzubleiben und der Raumkapsel nachzusehen.

»Und, was ist deine Ausrede, du ungezogener Junge?«, schalt Donna Josh nachsichtig.

»Keine Ausrede, nur ein kleines persönliches Problem an der Heimatfront, ums mal so zu sagen.«

Debs lächelte mitfühlend, als Stephen ihr die Lederhose gab, und hängte das Kostüm zurück auf die Kleiderstange, bereit für den rechtmäßigen Besitzer. Stephen merkte, dass Donna auf seiner Hose saß.

»Entschuldige, Donna …«, sagte er, der ein Stück hinter ihr stand.

»Josh, du böser, *böser* Junge«, säuselte Donna verzückt.

»Ich weiß, ich weiß, ich weiß!«, erwiderte Josh, nahm Donnas große Hände in seine und küsste ihr galant die Knöchel. »Ich sag dir was, komm doch nach der Vorstellung vorbei und leg mich übers Knie.«

»Könnte ich kurz meine Hos…«, sagte Stephen.

»Ich nehm dich beim Wort.«

»Nur zu.«

»Du sitzt auf meiner …«

»Also gut.«

»Komm in meine Garderobe.«

»… wenn du kurz …«

»Ich freu mich drauf.«

»… darf ich mal eben …«

»… nicht so sehr wie ich. Bring Wein mit! Und eine Freundin!«

»Oooh, du schlimmer Junge …«

»Könnte ich jetzt bitte meine Hose haben, Leute?«, sagte Stephen, griff danach und zog. Donna stand auf und funkelte ihn an, weil er den Bann gebrochen hatte. Eine Pause entstand.

»Tja, höchste Zeit fürs Make-up!«, sagte Josh und warf seine Locken zurück. »Ich darf die Leute nicht warten lassen.« Er nahm Donnas Kopf wie einen Basketball in beide Hände, küsste sie mit einem lauten »mmmmmmoi« und setzte sich vor den Spiegel.

»EssprachderAalimFutteralderSaalistkahlzumletztenMalgrüßichdenPfahlausStahl …«

Auf dem Flur sah Donna Stephen finster an. »Du siehst übrigens furchtbar aus«, bemerkte sie. »Dein Gesicht ist ganz grau.«

Stephen fuhr sich über den Haaransatz und untersuchte seine Fingerspitzen auf Make-up-Reste: kleine, makrelenblaue und -graue Flecken. Er konnte Donna nicht erzählen, dass er schwarz gearbeitet hatte. »Bloß eine kleine … Drüsengeschichte, nichts weiter«, sagte er und rieb sich zum Beweis mit den Fingerspitzen den Kiefer.

»Ehrlich, Stephen, *ständig* bist du krank. Wenns nicht die Drüsen sind, ist es ’ne Rippenfellentzündung, ’ne Magen-Darm-Grippe oder ’n gottverdammtes verrenktes *Steiß*bein«, sagte sie und stapfte davon, um sich auf die Vorstellung vorzubereiten; ihr Gefängniswärter-Schlüsselbund klirrte beim Gehen an der Hüfte.

Stephen stand einen Moment lang da und sah ihr nach. Wieder einmal beschlich ihn der leise Verdacht, dass man als Josh Harpers Zweitbesetzung das Los einer Rettungsweste im Flugzeug teilte: Alle sind froh, dass sie da ist, aber Gott behüte, dass man sie *benutzen* muss.

DER MANN IM SCHWARZEN WOLL-LYCRA-TRIKOT

Stephen C. McQueen liebte die Schauspielerei. Die Leute begeistern sich für Fußball, dreiminütige Popsongs, Mode, Essen oder alte Dampflokomotiven, aber Stephen sah liebend gern Schauspielern zu. All die Jahre, in denen er Filme angeschaut hatte, an Sommernachmittagen bei zugezogenen Vorhängen vor dem Fernseher oder in der ersten Reihe des örtlichen Flohkinos, hatten ihre Spuren hinterlassen; und während andere Teenager Poster von Fußballern oder Popstars aufhängten, hatte Stephen Poster von Leuten, die so taten, als ob.

Im Laufe der Zeit hatten William Shatner, Doug McClure, Peter Cushing und Jon Pertwee ihren Platz im Pantheon an Al Pacino, Dustin Hoffman, Paul Newman und Laurence Olivier abtreten müssen. Jahre vergingen, und er nahm die ersten Mädchen wahr – in seinem Fall Julie Christie, Jean Seberg und Eva Marie Saint, die er gelegentlich mit einer Reihe von Bond-Girls hinterging.

Und jetzt verdiente Stephen selbst sein Geld damit, dass er so tat, als ob, und wenn er spielen konnte, tat er nichts lieber als das. Er wusste natürlich, dass Schauspieler allerlei negative Berufseigenschaften hatten, die fast alle mit der Vorsilbe »ego-« anfingen, und es gab Zeiten, wo er sich geradezu dafür schämte, einer derart albernen, oberflächlichen und unwirklichen Welt anzugehören. Aber er fand auch, dass in wirklich großen schauspielerischen Leistungen eine Art Integrität lag, dass es eine Gabe, sogar eine Kunst war. Ja, vielleicht waren

Schauspieler eitel und eingebildet, affektiert und arrogant, anmaßend und sentimental, oberflächlich, faul und blasiert, aber das musste ja nicht so sein, oder? Er dachte an Alec Guinness, dessen Silhouette sich in *Ladykillers* in der Tür abzeichnet, an das wunderschöne, strahlende Lächeln, das sich am Ende von *Das Appartement* langsam auf Shirley MacLaines Gesicht ausbreitet, an Brando und Steiger auf dem Autorücksitz in *Die Faust im Nacken*, an Peter Sellers in *Dr. Seltsam* oder Walter Matthau in fast allem, und das inspirierte ihn immer wieder neu. Wenn man wildfremde Leute dazu bringen konnte, sich vor Lachen zu biegen, vor Angst zu winden, vor Empörung die Fäuste zu ballen oder zu schreien, zu weinen, zusammenzuzucken und zu seufzen, nur indem man *so tat, als ob* – also wenn man diese Fähigkeit besaß und auch noch dafür bezahlt wurde, dann musste das der beste Job der Welt sein.

Was Ruhm anging, wollte er gar nicht prominent sein, oder zumindest nicht so weltberühmt wie Josh Harper. Er musste sein Bild nicht auf Kühlschrankmagneten oder Happy Meals entdecken. Auch hatte er nicht das Verlangen, seine alten Kippen bei eBay versteigert zu sehen, oder das dringende Bedürfnis, in Restaurants den besten Tisch zu ergattern, oder den geheimen Wunsch, im Urlaub auf der Privatinsel eines Freundes per Teleobjektiv schmerbäuchig in Badehosen abgelichtet zu werden. Ruhm interessierte Stephen nur als unvermeidlicher, wenn auch nicht unangenehmer Nebeneffekt guter Arbeit. Alles, was er wollte, war Vollbeschäftigungsruhm. Anerkennungsruhm.

Was es umso frustrierender machte, in einem Schauspieljob festzustecken, der praktisch keine Schauspielerei erforderte.

Stephen ließ Joshs Garderobe hinter sich und ging den Flur entlang, der irgendwann in den Fünzigern in zwei glänzenden Dunkelgrüntönen gestrichen worden war, was ihm die altmodische, krankenhausähnliche Atmosphäre eines noblen Lungensanatoriums verlieh. Debs die Garderobiere, Chrissy die Assistentin der Inspizientin und Sam der Beleuchter bedachten ihn mit einem mitfühlenden Nicken und einem »Mach dir nichts draus«.

»Fast, Kumpel, fast«, tröstete ihn Michael der stellvertretende Inspizient. »Vielleicht beim nächsten Mal, hm?«

»Ja, vielleicht.«

Er stieß eine schwere Brandschutztür auf und stieg die Treppe hinauf. Auf halbem Weg den schlecht beleuchteten Schacht hinauf kam er an Maxine Coles Garderobe vorbei, die näher an der Bühne lag und deshalb besser war als seine. Maxine, die frisch vom College weg für die kleine, aber denkwürdige Rolle der »venezianischen Hure« engagiert worden war, trug einen weißen Bademantel und eine kunstvolle Perücke im Stil des frühen 19. Jahrhunderts. Ihre fein geschnittenen, harten, hübschen Züge lagen genau in der Mitte eines breiten, dauergebräunten Gesichts unter puppenhaft gewölbten Augenbrauen. Sie saß vor dem Schminktisch, hatte die Beine, die in hohen schwarzen Schnürstiefeln steckten, hochgelegt, hörte auf einem Discman den *Ultimativen Special Edition Frauenfilm Hit-Sampler* und las mit fast religiöser Hingabe in einem *Heat*-Heft.

»Hey, Maxine!«, rief Stephen munter. »Schon das Neueste gehört?«

»Ich bin ganz Ohr!«, murmelte Maxine.

»Nummer Zwölf ist gerade erst aufgetaucht. Noch ein paar Minuten, und ich hätte gespielt.«

»Ach, wirklich?«, sagte Maxine, die in einen Artikel darüber vertieft war, welche Schauspielerinnen Strings trugen und welche große Unterhosen bevorzugten. »Warum ist er denn zu spät gekommen?«

»Weiß ich nicht – anscheinend gabs Ärger im Paradies.«

»Echt?«, sagte Maxine und riss sich von der Zeitschrift los. Nichts erhellte ihr Leben mehr als eine Ehekrise, besonders, wenn es um einen Star oder Bekannten oder idealerweise beides ging. »Was hat er gesagt?«

»Nicht viel, aber er ist erst vor fünf Minuten gekommen. Laut Gewerkschaftsvorschriften hätte ich trotzdem spielen dürfen.«

»Ja, klar, Steve, ich hätte zu gern gesehen, wie du ihm das beibringst: ›Tut mir Leid, Josh, machts dir was aus, heute Abend mal auszusetzen?‹«

»Trotzdem – eines Tages, was, Maxy? Eines Tages sind wir auch mal dran.«

Maxine schniefte und blätterte um. Sie konnte es nicht ab, wenn er sie beide über einen Kamm schor. Immerhin war sie jeden Abend wirklich auf der Bühne zu sehen, sprach, ging herum und spielte in einigen kleinen, aber wichtigen Rollen *richtig* mit Josh zusammen. Sie erschien als Silhouette von Byrons geliebter Halbschwester Augusta Leigh im Türrahmen im Bühnenhintergrund, und wenn Byron »In ihrer Schönheit wandelt sie / wie wolkenlose Sternennacht« rezitierte, dann war es Maxines Job, tatsächlich in ihrer Schönheit zu wandeln wie wolkenlose Sternennacht. Die Rolle der »venezianischen Hure« bestand natürlich hauptsächlich darin, halb nackt auf einem Himmelbett zu liegen, während Lord Byron ihren Hintern als Schreibunterlage für *Don Juan* benutzte, aber wenigstens bemerkten die Leute sie; man konnte hören, wie die Männer hin und her rutschten und sich aufrecht hinsetzten. Sie hatte auch ein bisschen Text, italienisches Geplapper, hauptsächlich wegen des komischen Effekts, aber Sprechrolle war Sprechrolle. Auf der Reklametafel draußen wurde ihr Name mit dem Zusatz »und in ihrer ersten Rolle« erwähnt. Ja, Maxine Cole war ein Gesicht, Das Man Sich Merken

Musste, ein Aufregendes Neues Talent, sie war Das Mädchen Aus Der Peperoni-Käse-Tortilla-Chips-Werbung (»Dippen oder nicht dippen – das ist hier die Frage«). Stephen dagegen war ein Gutes Ensemblemitglied – was an sich nicht schlecht war, aber eben nichts Aufregenderes als ein Grundsolides Arbeitstier, ein Zuverlässiges Mädchen Für Alles, ein Bequemes Paar Schuhe.

Der Lautsprecher knisterte und summte. »Meine Damen und Herren, dies ist das dritte Zeichen. Noch fünf Minuten.« Maxine cremte sich mit teurer Hautlotion die langen, tiefbraunen Beine ein. Sie sah ein bisschen aus wie jemand, der liebevoll eine Waffe ölt, und Stephen zog sich diskret zurück und stapfte ganz nach oben in seine Garderobe.

Olivier, Richardson, Gielgud, Guinness und Burton hatten zu ihrer Zeit diese Stufen erklommen, und die winzige Garderobe, zu der Stephen jetzt hinaufstieg, markierte den Ort, wo früher Dame Peggy Ashcrofts Schuhschrank gewesen war. Der Geruch der Fettschminke und der Lärm der Menge drangen nie bis hierher. Stattdessen hörte man den Heißwasserspeicher auf dem Dachboden lärmen, und es roch nach Zigaretten, alten Zeitungen und verrottendem Teppich; Wohltätigkeitsbasar-Geruch. Stephen ließ sich auf den ramponierten Bürostuhl vor dem Spiegel plumpsen, der wie zum Hohn mit Glühbirnen umgeben war, von denen etwa ein Drittel funktionierte. Die einzige andere Lichtquelle im Raum war ein trübes, von Ruß und Taubenkot geschwärztes Oberlicht, was dem Raum etwas Unterirdisches verlieh, obwohl er sich in einem Türmchen ganz oben im Gebäude befand. Er machte das Licht an, leckte einen Wattebausch an und entfernte das letzte Leichen-Make-up, wobei kleine Wattefetzen an den Stoppeln seines Zweitagebartes hängen blieben. Dann zündete er sich eine Zigarette an, saß eine Weile da und musterte sein Gesicht im Spiegel; nicht aus

Eitelkeit, sondern aus beruflicher Notwendigkeit, so wie ein Lastwagenfahrer das immer dünnere Profil seiner Reifen ansieht und sich fragt, ob er damit noch durchkommt.

Es war an sich kein *schlechtes* Gesicht – schließlich war er als Notfall-Byron gecastet worden – aber es war ein weiches Allerweltsgesicht, das man schnell vergaß und dessen vage Ausdruckslosigkeit ihn für Verbrechensrekonstruktionen und firmeninterne Schulungsvideos empfahl, aber für Barkeeper, Busfahrer und Castingagenten unsichtbar machte. In dem unwahrscheinlichen Fall, dass sein Leben verfilmt wurde, konnte vielleicht ein junger Tom Courtenay seine Rolle übernehmen, oder, wenn die Handlung nach Amerika verlegt wurde, ein junger Jack Lemmon, irgendwer mit der Jedermann-Eigenschaft. Der beste Mann für die Rolle des Stephen C. McQueen war natürlich Stephen C. McQueen selbst, aber wahrscheinlich würde sein Agent keinen Vorsprechtermin bekommen, oder er würde sich schlecht spielen. Das tat er schließlich schon seit Jahren.

Was seine angebliche Ähnlichkeit mit dem Star der Show betraf, so konnte man bestenfalls sagen, dass er aussah wie ein verschwommenes Polaroid von Josh Harper. Ein verschwommenes Schwarzweiß-Polaroid eines etwas älteren, fülligeren Josh Harper. Die Frisur, mit der Josh wie ein Renaissancefürst aussah (und die vielleicht sogar so hieß: »Schneiden Sie mir bitte einen ›Renaissancefürsten‹«), machte Stephen aus irgendeinem Grund zum Keyboarder einer provinziellen, britischen Soft-Metal-Band aus den Achtzigern. Seine Nase war einen Tick zu groß, seine Augen einen Tick zu klein, seine Haut einen Tick zu blass, und das Zusammenspiel all dieser kleinen Mängel machte sein Gesicht gewöhnlich und unauffällig. Nur seine Mutter oder vielleicht noch sein Agent hätten es gut aussehend genannt. Stephen runzelte die Stirn, zog an der Zigarette, zerzauste sich den »Renaissancefürsten«

und freute sich auf jenen Tag in nur acht Wochen, an dem er das verdammte Ding abschneiden lassen konnte.

Aus dem Lautsprecher ertönte das leise Grollen von Donnas Stimme: »Auf die Bühne, bitte. Mr Harper, auf die Bühne, bitte.«

Stephen streckte sich und stellte den Tannoy leiser. Also nicht heute Abend. Kein Großer Durchbruch heute Abend. War wohl auch besser so; einem Großen Durchbruch hätte er sich heute nicht gewachsen gefühlt. Er betastete seine Lymphdrüsen, sammelte Speichel im Mund und schluckte. Vielleicht wurde er wirklich krank. Er versuchte, mit der Zunge das Innere seiner Kehle abzutasten. Fühlte sich nach Mandelentzündung an. Er stellte den Wasserkocher an, gab drei Löffel Instantkaffee in einen gesprungenen Becher und aß einen Keks.

Durch den Lautsprecher hörte er das Gemurmel der Zuschauer verebben, als das Licht ausging und die Musik begann – ein Synthesizer-Streichquartett spielte einen Haydn-Verschnitt. Eine Weile saß er da und hörte zu, rauchte und aß abwechselnd, formte mit den Lippen die Worte, die Josh sprach, deutete die Bewegungen und Gesten an.

Der Vorhang geht auf und gibt den Blick frei auf Lord Byron, der im Licht eines Kandelabers am Schreibtisch sitzt und mit einem Federkiel vor sich hinkritzelt. Langsam wird er sich der Anwesenheit des Publikums bewusst – seelenruhig mustert er die Zuschauer, lächelt und ergreift in selbstironisch-gedehntem Tonfall das Wort.

LORD BYRON
Verrückt, verworfen und gefährlich!
(LÄCHELT BITTER)
Dies ist der Leumund, den ich heute in England besitze, so hörte ich zumindest. Und ich muss gestehen, dass ich wenig tat, diesen Ruf zu widerlegen.
(ER LEGT DEN FEDERKIEL NIEDER, NIMMT DEN KANDELABER, GEHT ÜBER DIE BÜHNE, WOBEI ER EIN BEIN [DAS LINKE] LEICHT NACHZIEHT, UND MUSTERT DAS PUBLIKUM.)
Wie jeder Ruf ist er zugleich zutreffend und schimärisch. Wünschen Sie zufällig einen anderen Blickwinkel? Es kostet Sie nur 90 Minuten Ihrer Zeit ...
(ER LÄCHELT WIEDER, EIN WISSENDES GRINSEN BREITET SICH LANGSAM AUF SEINEM GESICHT AUS.)
Andererseits, vielleicht auch nicht. Vielleicht ziehen Sie ja die Legende der Wahrheit vor! Wahrlich, ich könnte es Ihnen nicht verübeln. Das liegt schließlich in der menschlichen Natur ...
Ich erblickte das Licht der Welt im Jahre des Herrn 1788 ...

... und an dieser Stelle des Stucks setzte gewöhnlich tiefe, stumpfsinnige Langeweile ein.

Stephen griff nach dem Lautstärkeregler des Tannoy; wie die Bildschirme in *1984* konnte man ihn nie ganz abstellen, aber wenigstens ließ sich Joshs Stimme auf ein leises Tinnitusmurmeln reduzieren. Eine Weile saß er da und las, und um Punkt 20:48 Uhr zwängte er sich schließlich in den blickdichten schwarzen Woll-Lycra-Bodystocking, den er in seiner Rolle als Geisterhafte Gestalt auf der Bühne trug, genau wie er es schon 96-mal getan hatte und noch 48-mal tun würde. Wenige Männer konnten den blickdichten schwarzen Bodystocking mit Stil oder Aplomb tragen, und das galt vielleicht sogar für Josh Harper. Stephen sah aus wie ein seit langem toter Pantomime, und frisch deprimiert zog er sich schnell den schweren, schwarzen Mantel um die Schultern, schnappte sich die weiße, venezianische Maske und den Dreispitz und ging die steile Treppe zur linken Bühnenseite hinunter.

Auf der Bühne näherte Byron sich seinem tragischen, frühen Tod infolge eines Fiebers, das er sich bei seinem heldenhaften Einsatz im Freiheitskampf der Griechen zugezogen hatte, und Stephen sah Josh nachspielen, wie die Krankheit von Byron Besitz ergriff. Er hustete sich heute Abend wirklich die Lunge aus dem Leib. Aber war er gut? Zugegeben, er sah fast übermenschlich gut aus – ein echtes Poster-Gesicht, das zu einer Ritterrüstung ebenso perfekt passte wie zu einer Toga oder einem Raumanzug: weiblich, aber nicht weibisch, männlich, aber nicht grob, mit einem Hauch von Grausamkeit, einem harten Zug um Augen und Mund, einem Gesicht, mit dem er einen romantischen Helden, aber auch einen seltsam anziehenden Nazi spielen konnte. Auf der Bühne deklamierte Byron feierlich »Schwärmen wollen wir und scherzen / nicht so spät mehr in der Nacht«, und Stephen beobachtete ihn mit der unangenehmen, nur allzu vertrauten Mischung aus professioneller Bewunderung und einem nagenden Gefühl des Neids im Magen.

Dann wechselte das rote Licht in den Kulissen zu Grün, das Zeichen für seinen Auftritt, und Stephen ließ die Schultern kreisen, räusperte sich und ging auf die Bühne hinaus. Einst war es für ihn noch ein kleiner Nervenkitzel gewesen, vor einem ausverkauften Saal aufzutreten, aber jetzt, gegen Ende einer langen Spielzeit, verschaffte es ihm, ehrlich gesagt, einen größeren Kick, die Shaftesbury Avenue zu überqueren. Außerdem war die Beleuchtung absichtlich düster gehalten, eine Menge Trockeneis war im Spiel, er war sehr, sehr weit hinten auf der Bühne und trug eine Maske, die das Gesicht völlig verdeckte. Egal, Job war Job …

Denk geisterhaft, sagte er sich. Meine Motivation ist, die Tür geisterhaft zu öffnen.

Er tat es und verbeugte sich tief und feierlich, als Josh sich umdrehte und mit starr nach vorn gerichtetem Blick an ihm vorbeiging.

Jetzt mach die Tür zu, aber nicht zu schnell, dachte er und schloss langsam die Tür. Bewegungslos verharrte er, während die Bühnenbeleuchtung nach und nach bei langsamem Zählen bis zehn erlosch, und als der Applaus einsetzte, drehte er sich um und ging schnell ab, um Josh nicht in die Quere zu kommen. Und das war alles: auf die Bühne schreiten (geisterhaft), die Tür öffnen (langsam), sich verbeugen (feierlich), die Tür schließen (langsam), abgehen (schnell). Das ließ wenig Raum für Interpretation. Laut einem alten Theatersprichwort gibt es keine kleinen Rollen. Dies war besagte kleine Rolle.

Wie immer wartete Josh Harper in den Kulissen, grinste euphorisch mit weit aufgerissenen Augen und schwitzte wie ein Actionheld.

»Hey, Steverony, alter Kumpel«, rief er über das Toben der Zuschauer hinweg mit seiner normalen Stimme, einem weichen, halb echten Cockney-Akzent. Das war noch so eine von Joshs weniger gewinnenden Eigenschaften – eine angeborene Unfähigkeit, Leute bei ihrem richtigen Namen zu nennen, so dass aus Donna »der Madonnster« wurde, aus Michael dem stellvertretenden Inspizienten »Mickey Big I«, und

Maxine hieß »Maximillius«. Stephen war schon als »Steverony«, »der Stevester«, »Bullitt« oder, was vielleicht am schlimmsten war, »Stephanie« tituliert worden. Falls Josh je den Dalai Lama oder Nelson Mandela traf, würde er sie vermutlich mit Dalarony Lamster und Nelsony Mandoly anreden. Und es würde sie vielleicht nicht mal stören.

»… *wirklich* Leid, dass ich dir vorhin Hoffnung gemacht hab, Steve. Von wegen heute könntest du auf der Bühne stehen.«

»Ach, ist schon okay, Josh. So ist der Job nun mal …«

»Bravo! Bravo! Zugabe!«, brüllten die Zuschauer. Maxine war draußen und verbeugte sich solo, aber die Leute wollten Josh sehen.

»Nein, es ist nicht okay, Steve, es ist verdammt noch mal unverzeihlich und unprofessionell obendrein.« Er packte Stephen fest an den Schultern. »Pass auf, als kleines Trostpflaster: Hast du Sonntagabend schon was vor?«

»Nein. Wieso?«

»Na ja, ich schmeiß 'ne große Party, und ich hab mich gefragt, ob du abkömmlich bist?«

»Bravo! Zugabe! Zugabe!«

»Sekunde, okay?« Josh seufzte und riss sich fast widerstrebend los, als wäre das Entgegennehmen des tosenden Beifalls eine lästige Pflicht, wie das Raustragen des Mülls. Er drehte sich um, vollführte einen gymnastischen kleinen Hopser und flitzte aus den Kulissen zurück ins gleißend helle Rampenlicht. Stephen beobachtete, wie Josh den Oberkörper abknickte und Arme und Kopf schlaff herabbaumeln ließ, als wolle er betonen, wie unsäglich *an*strengend die verdammte Sache gewesen war. Aber in Gedanken war Stephen ganz woanders. Eine Party. Josh Harpers Party. Die Party eines Prominenten. Natürlich machte er sich nichts aus Ruhm und versuchte bewusst, sich nicht davon beeinflussen oder beeindrucken zu lassen, trotzdem: eine richtige, echte, hippe Party mit lauter erfolgreichen, attraktiven, einflussreichen und schönen Menschen. *Und er war eingeladen.*

»Da capo! Da capo!«, rief das Publikum.

Josh war zurück. »Ziemlich viele Leute, sieben oder mehr – und, was sagst du? Ich wär dir echt dankbar …«

»Klingt gut, Josh.«

»Zugabe! Zugabe! Zugabe …«, rief das Publikum.

»Bestens, Kumpel! Ich sims dir dann die Adresse«, und er tat so, als tippe er geziert mit beiden Daumen in ein imaginäres Handy; noch so ein Talent von Josh – er war ein erstaunlich begabter Pantomime und zauberte ständig Gegenstände aus dem Nichts herbei: ein geschwenktes Bierglas, ein Telefon mit abgespreiztem Daumen und kleinem Finger, einen ins Tor gekickten Ball. »Ach, und übrigens: Anzug und Krawatte sind Pflicht! Und sag den anderen nichts, Maxine oder Donna. Die seh ich sowieso schon oft genug. Das bleibt unser kleines Geheimnis, okay?«

Ich bin der Einzige, den er eingeladen hat, dachte Steve, glühend vor Stolz.

»Klar, Josh, unser Geheimnis.«

»Bravo! Zugabe! Zugabe …« Der Applaus ebbte allmählich ab, war aber immer noch enthusiastisch genug, um noch einen Vorhang zu rechtfertigen, wenn Josh sich dazu bequemen konnte, noch einmal auf die Bühne zu gehen.

»Na, was meinst du? Kann ich noch einen Vorhang aus ihnen rausquetschen?«, fragte Josh grinsend.

»Hol ihn dir!«, sagte Stephen, jetzt voller Wohlwollen für seinen alten Kumpel. Josh drehte sich um, schlenderte gemächlich auf die Bühne, wischte sich mit dem Ärmel des schweißnassen Rüschenhemds über die Stirn, und der Applaus schwoll noch einmal an, als er an den Bühnenrand trat. Langsam ließ er den Blick oben über die Ränge und unten über das Parkett schweifen, dann klatschte er seinerseits dem Publikum Beifall, dankte ihm, schmeichelte ihm.

Als Stephen C. McQueen, der unsichtbar in den Kulissen stand und sein schwarzes Trikot nassschwitzte, auf seine Hände hinuntersah, bemerkte er zu seiner Überraschung, dass er ebenfalls applaudierte.

ALLTAGSDRAMEN

Stephen hatte sich als Teenager in die alten Fernsehfilme der Fünfziger und Sechziger verliebt und war immer fasziniert gewesen von der Vorstellung des »Wohnschlafzimmers«. Er malte sich gern aus, wie er in Schwarzweiß à la Albert Finney für zwei Schillinge und sechs Pence die Woche in einem schäbig-romantischen möblierten Quartier mit Blick auf die Schienen hauste, wo er Woodbines rauchen, klassischen Jazz hören und wütend auf eine Schreibmaschine einhämmern würde, während Julie Christie in seinen alten Hemden durch die Wohnung lief. Das wäre das richtige Leben für mich. Eines Tages – hatte der junge Stephen entzückt gedacht –, eines Tages werde ich mein *eigenes* Wohnschlafzimmer haben. Er hatte nicht geahnt, dass das sein einziger Wunschtraum war, der sich erfüllen sollte.

Die Makler hatten es natürlich nicht Wohnschlafzimmer genannt, sondern »Studio«, was anzudeuten schien, man könne dort wahlweise wohnen oder sein neues Album aufnehmen. Das »Studio« lag in einer trost- und namenlosen Gegend zwischen Battersea und Wandsworth, wo jeder Laternenpfahl mit einem verrostenden Fahrradrahmen geschmückt ist. Eine kleine Geschäftszeile erfüllte die Grundbedürfnisse der Anwohner: ein Chinarestaurant, ein Spirituosengeschäft, ein Waschsalon, ein Warschauer-Pakt-Lebensmittelladen namens Price£avers, der Skorbut begünstigte und in dem eine Packung Weetabix 3,92 Pfund kostete, sowie ein Furcht erregender Pub namens »Lady Macbeth«, ein in Flutlicht getauchter Hochsicherheitstrakt, der aus unerfindlichen Gründen eine Schankerlaubnis erhalten hatte.

Stephens abenteuerliche Heimreise umfasste eine U-Bahn-Fahrt nach Victoria Station, Umsteigen in Green Park, die Überlandbahn nach Clapham Junction, dann eine schlingernde Fahrt mit dem »Hoppa«-Bus und einen nervtötenden flotten fünfzehnminütigen Spaziergang vorbei an Chicken Cottage, Chicken Village, World of Chicken 'n' Ribs sowie Idaho Fried Chicken (Idaho war der letzte US-Bundesstaat, der eine Lizenz zum Brathuhnvertrieb in Südlondon bekommen hatte). Dann folgte ein Spießrutenlauf vorbei an den verwilderten Jugendlichen im Hauseingang, die ihn allabendlich mit freundlichen Zurufen wie »Wichser«/»Penner«/»Arsch« begrüßten. Er schloss die nichtssagende Haustür auf, deren senfgelbe Farbe ablätterte, und der Geruch von zweifelhaftem Brathuhn begleitete ihn das enge, graue Treppenhaus hinauf.

Auf dem Treppenabsatz im ersten Stock lauerte ihm seine Nachbarin Mrs Dollis auf, eine winzige, angriffslustige ältere Dame mit einer erstaunlichen Ansammlung von Zähnen, die in alle Himmelsrichtungen zeigten. Urplötzlich steckte sie den Kopf aus der Tür und verwandelte den Treppenabsatz in Stephens persönliche Geisterbahn.

»Die Füchse waren schon wieder an den Mülltonnen«, knurrte sie.

»Ach wirklich, Mrs Dollis?«

»Überall liegt Hühnerhaut, 'ne Riesenschweinerei.«

»Tja, ist dafür nicht das Restaurant zuständig?«

»Na, ich jedenfalls nicht.«

»Ich kümmer mich morgen drum, ja, Mrs Dollis?«

Sie stöhnte auf, als leite Stephen ein Geheimprogramm zur Abrichtung von Füchsen auf Mülltonnen, und verschwand. Stephen stieg in seine Wohnung hinauf, schloss zweimal hinter sich ab und ließ die altersschwachen, etwas zu kleinen Jalousien herunter, um das grelle Licht der Straßenlaternen auszusperren.

Es gab zwei möblierte Zimmer. Das erste, schon erwähnte Wohnschlafzimmer war gerade groß genug, um eine Katze zu schwingen – und es hatte Zeiten gegeben, in denen Stephen garantiert eine Katze geschwungen hätte, wäre eine zur Hand gewesen. Ohne große Erwartungen drückte er den Knopf auf dem Anrufbeantworter, einem alten fleischfarbenen Modell mit spezieller »Schadenfreude«-Funktion. In seltsam hämischem Ton informierte er ihn: »Sie haben (wieder nur) EINE neue Nachricht.«

Er drückte auf Play.

»Hallo, Dad. Hier spricht Sophie …«

Stephen grinste. »Hey, hi Soph«, sagte er in dem sentimentalen, etwas dösigen Tonfall, der Sophie peinlich gewesen wäre, wenn sie ihn gehört hätte. Sie sprach weiter mit ihrer förmlichen Telefonstimme, die an eine minderjährige Zeitansagerin erinnerte.

»Ich wollte dir nur sagen, dass ich mich sehr freue, dich nächste Woche zu sehen und … das wars eigentlich. Mum ist hier. Sie möchte ein Wörtchen mit dir reden …«

Ein Wörtchen. Stephen runzelte die Stirn und trat unwillkürlich einen Schritt zurück. Es raschelte, als der Hörer weitergereicht wurde, und dann sprach seine Ex-Frau, leise und mit leichtem Yorkshire-Akzent.

»Hallo. Anscheinend stehst du gerade auf der Bühne und gibst alles, und dann gehts zurück in Dame Judi Denchs Tingeltangel auf ein Pictionary-Spielchen oder ein Musical-Medley oder was auch immer, aber vergiss nicht – Montag. Ich hoffe, diesmal hast du was Nettes vor und nicht wieder nur Kino.« Dann, noch leiser: »Und nur, damit du Bescheid weißt, Colin hat sich für die Ferien frei genommen, er ist also vielleicht auch da …«

Stephen bleckte die Zähne und drohte dem Anrufbeantworter mit der Faust.

»... also, keinen Zoff, verbaler oder sonstiger Art. Seid *nett* zueinander. Für Sophie. Bitte!«

Etwas giftiger als nötig drückte Stephen auf die Delete-Taste, bleckte weiter naserümpfend die Zähne, trat gegen Möbel, wenn auch nicht allzu fest, und ging nach nebenan in die Kochnische, mit Betonung auf »Nische«. Hier kämpften ein kleiner Resopaltisch, eine Spüle, ein Boiler, der wie ein Düsentriebwerk dröhnte, und ein mörderischer Gaskocher um Platz auf dem Linoleumboden. Obwohl Stephen sich bemühte, die Küche frisch und sauber zu halten, roch es dort seltsam vergoren, wie in der Brotdose eines Kindes. Der Ursprung des Geruchs blieb rätselhaft – es gab keinen Kühlschrank, der letzte hatte kürzlich den Freitod gewählt oder war vom Backofen gemeuchelt worden. Seitdem bewahrte er die Milch für den Tee auf der Fensterbank auf, was vorläufig völlig ausreichte. Das Studio war nicht dafür geschaffen, im großen Stil Gäste zu empfangen; es war geschaffen für einsames Trinken, Fast Food und Weinen.

Er bleckte immer noch die Zähne, obwohl niemand da war, und ging ins Badezimmer oder, richtiger, in die »Nasszelle«, in der eine Toilette, ein Waschbecken und eine launische Dusche so eng beieinander lagen, dass es technisch möglich war, auf dem Klo sitzend zu duschen und sich dabei die Zähne zu putzen. Er pinkelte wütend und lehnte sich gleichzeitig vor, um im Badezimmerschränkchen nach Resten von Antibiotika zu suchen, mit denen er die drohende Mandelentzündung bekämpfen konnte. In einem nachvollziehbaren Anfall von Wahnsinn hatte der Vorbesitzer das Bad mit blutroter Lackfarbe gestrichen, und Stephen hatte beschlossen, sich eines Tages, wenn er sich überwinden konnte, an die heldenhafte Aufgabe zu machen, das Rot mit einer weniger bedrückenden Farbe zu übermalen: vielleicht mit acht Schichten Magnolienweiß. Bis dahin duschte er immer ein bisschen am Tatort eines Blutbads.

Natürlich wäre auch ein neuer Anstrich nur ein Tropfen auf den heißen Stein. Die Wohnung war ein schrecklicher, schrecklicher Fehler gewesen. Er hatte sie in einer Krise gekauft, in den verrückten, alkohol- und schmerzvernebelten Wochen nach dem Scheitern seiner Ehe, als er einen Ort brauchte, wo er allein sein und den Kopf freibekommen konnte – ein Unterschlupf, eine Notunterkunft, eine Übergangslösung, bis die Wogen sich glätteten und das Leben wieder besser wurde. Mit der Zeit würde er die Wohnung schon auf Vordermann bringen und in eine coole, hippe, kompakte Junggesellenbude verwandeln, und mit diesem Gedanken im Hinterkopf hatte er sie mit der Heiligen Dreifaltigkeit des allein lebenden erwachsenen Mannes ausgestattet: Spielkonsole, Breitbandverbindung und DVD-Spieler. Und so hatte er die meisten Abende hier verbracht, sich alte Filme reingezogen, zu viel getrunken und versucht, Alison nicht anzurufen: Der Soundtrack seines Lebens bestand damals hauptsächlich aus dem »Pop«, mit dem eine Gabel die Plastikfolie eines Fertigmenüs durchstach, und die Lektion, die er gelernt hatte, war hart, aber eindeutig: Investiere nie in Immobilien, wenn du betrunken und/oder klinisch depressiv bist. Langsam wurden die Monate zu Jahren, zwei Jahren mittlerweile, und er war immer noch hier, gestrandet und kühlschranklos. Miss Havisham mit PlayStation 2.

Trotzdem, kein Grund, in der Vergangenheit zu leben. Kopf hoch. Immer optimistisch bleiben. Schon bald würde sich sein Leben zum Guten wenden. Er fand das geheimnisvolle Antibiotikum: riesige, uralte Pillen, gelb-schwarz wie Hornissen. Bei der Scheidung hatte Alison ihm das Sorgerecht für übrig gebliebene Medikamente überlassen. Er wusste zwar nicht mehr genau, wofür es eigentlich gut war, aber Antibiotikum war schließlich Antibiotikum. Er ging in die Küche zurück, goss sich einen Becher Rotwein ein und schluckte eine Pille, woraufhin er sich spontan besser fühlte und beschloss, sich einen Film anzusehen. Im Wohnzimmer zog er seinen wertvollsten Besitz unter dem Bett hervor: einen digitalen Toshiba-TX-500-Heimkino-Projektor.

Natürlich ging nichts über das echte Kinoerlebnis, aber letzte Weihnachten hatte er ein unerwartetes Taschengeld verdient, als er an einer DVD für Kinder mitgewirkt hatte – *Sammy das Eichhörnchen singt die schönsten Kinderlieder* –, bei der er die Titelrolle gespielt hatte. Es war ein persönlicher und beruflicher Tiefpunkt gewesen, aber zur Belohnung hatte er sich den digitalen Heimkino-Projektor geleistet. Wenn man ihn an den DVD-Spieler anschloss, warf er Filme nur leicht verschwommen im Format von 2,40 m mal 1,80 m an die Wand und verwandelte sein Wohnschlafzimmer in einen privaten Vorführraum. Es war nicht ganz dasselbe wie Kino, aber ziemlich nah dran, und es fehlten nur der Popcornduft, das Rascheln von Bonbonpapier und ein zweites menschliches Wesen.

Die weiße Wand gegenüber dem Sofa diente als Leinwandersatz. Die drei dort hängenden großen, gerahmten Filmposter von *Serpico, Vertigo* und *Der Pate II* brachten einen Hauch von Hollywood nach Südwest-London. Er nahm sie ab und lehnte sie vorsichtig an die Wand, stapelte Bücher auf einen Küchenstuhl, schloss den DVD-Spieler an den Projektor an und schaltete ihn ein. Sofort war der Raum von unheimlichem, fast nuklearem blauweißem Glühen erfüllt.

Er wandte sich den Reihen von DVDs und Videos zu. Dort standen auch seine eigenen Bildschirmerzeugnisse, eine Folge von *Emergency Ward* (der Asthmatische Fahrradkurier, der nicht sprach, sondern nur keuchte), seinen bewegenden

Auftritt als Stricher Zwei in *Vice City*, eine kleine Rolle in einem schier endlosen Kurzfilm, und eine Telekolleg-Sendung über Mathematik, in der er eine Quadratische Gleichung gespielt hatte. Außerdem besaß er noch ein Belegexemplar der DVD *Sammy das Eichhörnchen singt die schönsten Kinderlieder* – zwar ohne Kommentar des Regisseurs, dafür aber mit sechs zusätzlichen Szenen und einblendbaren Texten zum Mitsingen –, die er in der Originalverpackung ganz hinten im Schrank versteckt unter einem Pulloverstapel aufbewahrte. Aber nichts von alldem reizte ihn heute. Stattdessen erwog er *Manhattan*, *Asphalt-Cowboy* und *Außer Atem*, bevor er entschied, jawohl, er war in Stimmung für *Der unsichtbare Dritte*. Cary Grant *und* James Mason in einem Film.

Er füllte sein Weinglas auf und sah sich die ersten Szenen an, ein Junggeselle und Frauenheld unterwegs im Manhattan der Fünfziger, und er beschloss, dass die Cary-Grant-Masche genau das Richtige für Joshs Party war. In seinem Kopfkino sah er sich schon im maßgeschneiderten legeren Anzug in Joshs Penthouse stehen, in der Hand ein volles Martiniglas, das er auf elegante, aber nicht unmännliche Art am Rand hielt, umringt von einer Gruppe Partygäste, die gebannt an seinen Lippen hingen – die Frauen mit schräg gelegtem Kopf und halb offenem Mund, die Männer in ehrerbietigem, respektvollem Abstand. Frustrierenderweise hatte er keinen Schimmer, was er da von sich geben könnte, aber er wusste, wenn sein Monolog zu Ende war, würden alle den Kopf zurückwerfen und in bewunderndes, schallendes Gelächter ausbrechen.

Und er stellte sich vor, wie sein guter Freund und Mentor Josh Harper mit wohlwollendem Lächeln vom anderen Ende des Raums zu ihm herüberschaute, ihm anerkennend zuprostete, ihn in seiner Welt willkommen hieß, und Stephen erwiderte das Lächeln und den Toast.

CARY GRANT

Wie die meisten Großstädter hatte auch Stephen den ständigen nagenden Verdacht, dass sich alle anderen weit besser amüsierten als er.

Wenn er abends im Bus nach Hause fuhr und Leute mit Flaschen in der Hand sah, war er überzeugt, dass sie zu aufregenden Orten unterwegs waren: zu irgendwelchen Partys auf Themsebooten, in Schwimmbädern oder Eisenbahnunterführungen, wo man nur zur Toilette ging, um zu vögeln, zu koksen oder beides gleichzeitig. Er kam an Restaurants vorbei und beobachtete Händchen haltende Paare und Cliquen von Freunden, die »Happy Birthday« grölten, Geschenke auspackten, mit ihren Gläsern anstießen oder über Insiderwitze lachten. Zeitungen und Zeitschriften verhöhnten ihn täglich mit all den Dingen, die er versäumen könnte, mit all den begabten, interessanten Leuten, die er nie auf den Partys treffen würde, die an Orten stattfanden, an denen er nie wohnen würde. Was nützte es zu erfahren, dass Shoreditch das Neue Primrose Hill war und Bermondsey das Neue Ladbroke Grove, wenn man in einer seltsamen, namenlosen Gegend zwischen Wandsworth und Battersea lebte, dem Neuen Nirgendwo? An jedem einzelnen Wochentag gab es Vernissagen und Premieren und Salsa-Kurse und Dichterlesungen und politische Versammlungen und Power-Yoga-Seminare und Feuerwerke und Konzerte mit experimenteller Musik und aufregende New-Wave-Dim-Sum-Restaurants und Trance-Partys für enthemmte, spaßsüchtige Menschenmassen – alles Dinge, die man verpassen konnte. Für Stephen war London keine *city that never slept,* sondern eine Stadt, die gute neun Stunden ratzte.

Aber nicht heute Abend. Heute Abend würde er etwas riskieren, die Wohnung verlassen, sich der Welt stellen und seinen rechtmäßigen Platz im hippen, pulsierenden Herzen der Dinge einnehmen. Es war die Geburt eines neuen Zeitalters, eines neuen Stephen C. McQueen. Nie mehr würde er draußen stehen und sich die Nase am Fenster platt drücken. Josh hatte ihn hereingewunken, und nie wieder würden seine Abende vom »Pop« begleitet werden, mit dem eine Gabel die Plastikfolie eines Fertigmenüs durchstach. Während er in der U-Bahn-Station Chalk Farm mit dem Fahrstuhl nach oben fuhr, überprüfte er sein Spiegelbild, löste die Krawatte noch einen halben Zentimeter, zerzauste sich das Haar und übte, als kleines Warm-up für die Party, die Mienen, die er beim Flirten mit schönen Frauen aufsetzen würde. Er musste zugeben, dass er alles in allem vergleichsweise gut aussah. Er zwinkerte verwegen, warf aus reinem, dekadentem Spaß an der Freude noch ein Antibiotikum ein und unterdrückte ein Würgen, als es im Hals stecken zu bleiben drohte. Dann trat er in die Nacht hinaus, sah auf die Seite, die er rücksichtslos aus seinem Stadtplan gerissen hatte, und machte sich auf zu der wilden Promiparty.

Heute Abend muss unbedingt alles glatt gehen, dachte er. Ich muss unbedingt gut spielen.

Stephen drückte auf die Klingel an der hohen Metallwand, die oben mit Stacheldraht besetzt war und die umgebaute Lagerhalle vor der Wildnis von Primrose Hill schützte; Josh legte eindeutig großen Wert auf High-Tech-Security, und es hätte Stephen nicht gewundert, wenn seine Netzhaut gescannt worden wäre. Schließlich sprang das Tor auf. Von außen nichts Besonderes, dachte Stephen und ging über die regennasse Asphaltfläche, die sich wie ein Burggraben vor dem langen, flachen, roten Backsteingebäude erstreckte. Aber warum war es so ruhig? Vielleicht war die wilde Party noch gar nicht so wild. Oder vielleicht war die Party öde. Vielleicht gab Josh Harper ja eine *öde* Party, wie andere, normale Leute auch – acht oder neun verlegene Fremde, die schweigend um einen Tisch saßen, geröstete Erdnüsse aus Müslischalen knabberten, vielleicht sogar fernsahen und sich schließlich um halb elf verdrückten. Wäre das nicht ... *fantastisch*?

Stephen fand die Eingangstür, noch eine industrielle, stahlgepanzerte Nummer, wie die Tür eines Tresorraums. Er räusperte sich, rückte die Krawatte zurecht, zerzauste sich ein letztes Mal das Haar und vergewisserte sich, dass er ausgeglichen und konzentriert war und vom Zwerchfell her atmete, bevor er den Knopf am Bildtelefon drückte. Joshs Gesicht erschien kurz, vom Fischauge herrlich verzerrt.

»Hey, es ist nur Steve McQueen!«, rief er ins Mikro. »Der Bunker-König ...«

»Halloooo, Josh!«, krähte Stephen mit der Stimme eines amerikanischen Quizmasters, die aus dem Nichts kam und die er auf keinen Fall jemals wieder benutzen wollte. Er schwenkte die Champagnerflasche vor der Kameralinse wie eine Eintrittskarte. *Meine Motivation ist, cool zu sein. Vergiss das nicht, Cary Grant. Elegant, weltmännisch, aber insgeheim durchaus fähig, jemanden umzubringen.*

»Komm rauf, Großer – erster Stock«, sagte Josh.

Großer. Was zum Teufel sollte das denn?, dachte Stephen. Meint er damit auch, dass ich fett bin? Er betrat das Betontreppenhaus, in dem ein Gewirr von Mountainbikes stand, und stapfte die Eisentreppe hinauf zu einer weiteren Metalltür, wo Josh auf ihn wartete. Trotz Kleiderordnung hatte er weder einen dunklen Anzug noch eine Krawatte an. Stattdessen trug er ein herrliches maßgeschneidertes, gestärktes weißes Hemd, das über die Hose hing und so weit aufgeknöpft war, dass man die stählernen Brustmuskeln sehen konnte, fast schon ein Decolleté, dazu ein enges Jackett, weite, tief sitzende Jeans und keine Schuhe – ein Outfit auf dem schmalen Grat zwischen megacool und dessen absolutem Gegenteil. In der Rechten hatte er ein volles Martiniglas, das er auf elegante, aber nicht unmännliche Art am Rand hielt.

»Na, Bullitt«, sagte er gedehnt, eine noch nicht angezündete Zigarette im Mundwinkel. Stephen schwante nichts Gutes, als er die Bongotrommeln in Joshs Hand bemerkte.

»Hallo, Geburtstagskind!«, flötete Stephen, schwenkte die Champagnerflasche, die sich in seiner Hand nett aufgewärmt hatte, und erinnerte sich daran, dass er sich freute, hier zu sein.

Josh nahm die Flasche höflich, aber mit einer Spur von Erstaunen und Widerwillen im Blick entgegen, als hätte Stephen ihm gerade seine Prothese gereicht. »Ah. Champagner! Schick! Danke, Alter«, sagte er anscheinend verlegen, und mit einem »Komm, ich führ dich rum« legte er Stephen eine Hand auf den Rücken und bugsierte ihn durch die Tresortür, die er mit einem industriellen Dröhnen hinter sich schloss. Dann deutete er mit ausholender Geste auf den Raum und verkündete: »Willkommen – in Meiner Welt …«

Stephen fielen sofort zwei Dinge an Joshs Welt auf. Erstens, sie war riesig wie ein hauseigener Nachtclub, und man hätte bequem ein Fünf-gegen-fünf-Match darin austragen können – ein Eindruck, der durch einen Fußball in der Ecke, einen Basketballkorb und ein paar Klimmzugstangen an der Wand noch verstärkt wurde. Die hohe Decke bestand aus weiß getünchten Stahlträgern und verstärkten Glasverkleidungen, die über die gesamte Länge des Appartements verliefen. Eine Wendeltreppe führte zu einem erhöhten Bereich hinauf, der diskret mit transparenten Stoffbahnen verhüllt war und vermutlich ein geschmackvolles erotisches Lustschloss enthielt. Stilvoll unpassend zusammengestellte Möbel – cool-kitschige alte Garnituren aus rissigem Leder, vom Sperrmüll gerettete Barhocker und zerbrechliche alte Queen-Anne-Stühle – waren auf dem Fußballfeld geschickt zu kleinen Sitzgruppen arrangiert worden, um die soziale Interaktion zu fördern. Auch wenn einige Möbel eher schlechten Geschmack verrieten, war es immerhin die richtige Art von schlechtem Geschmack. Der Bodenbelag bestand aus teurem, nahtlosem schwarzem Gummi, was dem ganzen Appartement einen verruchten Touch verlieh, und am anderen Ende des Raums standen zwei Charles-Eames-Stühle vor einem riesigen flachen Plasmafernseher, auf dem das eingefrorene Bild eines PlayStation-Spiels zu sehen war: ein virtueller Fußballer mitten im Schuss. Importierte amerikanische Comics türmten sich ordentlich aufgestapelt an den Wänden, auf ihnen standen als Briefbeschwerer Miniaturmodelle von R2D2, dem *Millennium Falcon* und einem Jäger der X-Flügel-Klasse. Josh war zwar in einem Alter, in dem man sich normalerweise nicht mehr mit solchen Kinderspielzeugen abgab, aber anscheinend hatte er beschlossen, im großen Stil in sie zu investieren. Eine E-Gitarre und ein Schlagzeug lauerten wie eine dunkle Bedrohung in der Ecke, daneben stand ein DJ-Mischpult, und aus riesigen Lautsprecherboxen auf hohen Metallständern drang diskret das lässige Bumm-tsch typischer Chill-out-Musik.

Als Zweites fiel ihm an Joshs Welt die Abwesenheit anderer Gäste auf.

»Oh Gott, ich bin *wirklich* zu früh, was?«, lachte Stephen, der sich alles andere als gechillt fühlte.

»Nein, nein, ganz und gar nicht. Eher ein bisschen spät. Aber immer noch früh genug, um die anderen kennen zu lernen.«

Josh tappte über den Fabrikboden, blieb auf halbem Weg stehen und ließ die Champagnerflasche beiläufig in eine von drei altmodischen Metallmülltonnen fallen. Erst war Stephen gekränkt, aber als er im Vorübergehen einen Blick in die Mülltonnen warf, sah er, dass sie mit Eis und etwa 30 Champagner- und Wodkaflaschen gefüllt waren. Gekauftes Eis. Stephen hatte noch nie so viel gekauftes Eis gesehen.

»Na, wie gefällt dir meine Bude?«

»Einfach großartig. Was war es vorher?«

»Eine stillgelegte Schirmfabrik. Ich mag Lofts einfach lieber als Häuser, weißt du? Ich hab mir alles Mögliche angesehen, bevor ich das hier gefunden habe: Bananenlagerhäuser, Teppichdepots, säkularisierte Kirchen, ausgediente Schwimmbäder, Büchereien und Schulen. Ich hab sogar ein altes Schlachthaus in Whitechapel besichtigt, aber da hats wirklich, du weißt schon, nach Tod gerochen. Und so sind wir hier gelandet. Nichts Besonderes, aber ein Zuhause.«

Am anderen Ende des Raums bogen sie in den abgeschirmten, industriellen Küchenbereich ab, wo drei ordentliche, saubere, gut aussehende Männer mit gegeltem Haar herumstanden, Gläser aus Pappkartons nahmen, helle Räucherlachsstreifen auslegten wie Blattgold und mit einem kleinen Silberhammer noch mehr Eis in Beuteln zerkleinerten. Alle trugen untadelige, identische schwarze Anzüge und Krawatten, ähnlich wie Stephen selbst.

»Leute, ich präsentiere den berühmten –«, kleiner Trommelwirbel auf den Bongos, »Steeeeeve McQueen!«, posaunte Josh zur respektvollen Belustigung der anderen. »Er hilft euch heute aus. Steve, das sind Sam, John und, tut mir Leid, ich hab Ihren Namen vergessen …«

»Adam«, sagte Adam.

»Na, ich dachte mir schon, die Frisur stammt noch von Adam und Eva!«, kam die typische Josh-Antwort, und Adam schenkte ihm ein Lächeln, das aussah wie ein Riss im Eis. »Gut, werds mir merken – Adam. Okay, Leute, das ist mein alter Kumpel Steve!« Alle drei drehten sich um und lächelten ihr professionelles Kellner-Lächeln – »Hi, Steve, wie gehts, verwandt oder verschwägert?, nett, Sie zu treffen, Steve, Sie waren toll in *Bullitt*, Steve«, aber Stephen hörte sie nicht, weil er noch versuchte, die Information zu verarbeiten, noch herauszufinden versuchte, ob seine Schlussfolgerung korrekt war. Es dauerte eine Weile, aber schließlich wurde der ungeheuerliche Verdacht zur Gewissheit.

Ich.

Ich bin kein Gast.

Ich bin nicht als Freund eingeladen worden.

Ich bin als Kellner hier.

Ich bin Personal.

Ich.

Ich habe Champagner mitgebracht.

Aber nun sprach Josh, Josh, sein Arbeitgeber, und sagte sinngemäß, die ersten Leute kämen erst in einer halben Stunde oder so, was noch jede Menge Zeit war, und wollte er lieber Barmann sein oder Essen servieren oder Serrano-Schinken vom Knochen schneiden oder den Gästen die Mäntel abnehmen, aber vielleicht konnten sie sich ja abwechseln, und konnte er mit dem Austernmesser umgehen, aber Stephen verstand nichts davon, weil das Blut so in seinen Ohren rauschte, deshalb fragte er …

»Kann ich bitte mal schnell die Toilette benutzen?«

»Klar. Kannst sie auch langsam benutzen, wenn du willst!«, witzelte Josh, und ein Kellner belohnte ihn mit einem belustigten 15-£-pro-Stunde-Prusten. »Am anderen Ende des Raums, links.«

»Vielen Dank«, brachte Stephen sehr förmlich heraus, drehte sich um, ging steif durch den Raum, als hätte er gerade laufen gelernt, und blieb erst zwanzig Zentimeter vor der Wand stehen. Keine Spur von einer Tür. Er sah nach links und rechts. Fehlanzeige, keine Tür. Er musste jetzt dringend sofort eine Tür hinter sich zumachen, irgendeine, aber hier gab es definitiv keine. Er überlegte kurz, ob er sich eine Tür treten sollte, aber die Wand sah zu solide aus, deshalb zwang er sich zu einem Lächeln, übte es mit dem Gesicht zur Wand, nagelte es fest und ging zurück in die Küche, wo Josh eben einem Kellner, vielleicht Adam, zeigte, wie man Austern öffnet.

»… und Sie halten die Schale *flach* in der Hand …«

»Äh, Josh …?«

»… damit die wertvollen Säfte nicht verloren gehen …«

»Josh, tut mir Leid, ich kann die …«

»Das ist nämlich das Beste an der Auster, die Säfte …«

»Hallo, Josh – JOSH!«

»Mr McQueen?«

»Ich kann die Toilette nicht finden.«

»Es ist eine getarnte Tür – wenn du genau hinschaust, siehst du die …« Josh seufzte, ließ die Auster Auster sein, drückte sie Adam mitsamt den wertvollen Säften in die Hand und verließ mit Stephen die Küche. Beim Hinausgehen sah Stephen noch, wie Adam das Austernmesser umklammerte, als überlege er, es Josh in den Hinterkopf zu rammen.

Währenddessen hatte Josh Stephen einen Arm um die Schultern gelegt und zeigte auf die gegenüberliegende Wand. »Da – siehst du das Rechteck?«, und tatsächlich, Stephen konnte den vagen Umriss einer Tür ausmachen. »Das ist das Klo. Eine Geheimtür, klar? Wie in ’nem alten Schloss oder so. Cool, was?«

»Fantastisch«, sagte Stephen, der angestrengt versuchte, seine Gesichtszüge vom Entgleisen abzuhalten.

»Das kannst du laut sagen – hat mich ja auch ein verdammtes Vermögen gekostet …«, sagte Josh und ging zurück in die

Küche. »Einfach nur leicht drücken, dann geht sie von allein auf …«

Stephen drückte gegen den Türrand, und tatsächlich öffnete sie sich mit einem futuristisch-pneumatischen Zischen. Als er in Sicherheit war, drehte er sich um, schloss ab, lehnte den Kopf an die Tür und gab ein lang gezogenes, hohes, irres Summen von sich, ähnlich dem Geräusch in Krankenhausdramen, wenn eine lebenserhaltende Maschine abgestellt wird. Das Badezimmer war L-förmig, groß und elegant, mit viel Edelstahl und Schwarz, und wurde nur von einer Menge Teelichter und einer Jasmin-Duftkerze erhellt, und erst, als Stephen ein kleines künstliches Husten hörte, merkte er, dass er nicht allein war.

Eine attraktive Frau mit kurzem schwarzem Haar und einem knielangen, hautengen schwarzen Kleid saß mit überkreuzten Beinen auf dem Bidet und rauchte eine Zigarette.

»Alles klar?«, fragte sie mit amerikanischem Akzent.

Stephen hörte auf zu summen. »Oh, tut mir Leid, ich hab nicht gesehen, dass …«, stammelte er und starrte demonstrativ an die Decke.

»Schon okay, ich mache nichts … Intimes«, sagte die Frau lässig, und Stephen warf diskret einen Blick auf ihre gekreuzten Beine, nur um sicher zu gehen. Nein, anscheinend tat sie wirklich nichts Intimes, saß nur ruhig auf dem Bidet und rauchte vor sich hin. »Erstaunlicherweise ist das hier die einzige bequeme Sitzgelegenheit.« Der Akzent war amerikanisch; New York vielleicht. Ihre Augen waren sehr dunkel, ihr Mund groß und rot, und Stephen erkannte sie von einer kurzen Unterhaltung auf der Premierenparty als Joshs Frau Nora. »Sie sind einer der Kellner, stimmts?«

»So was in der Art.«

»Na, Sie wissen doch wohl, ob Sie Gast oder Kellner sind …?«, bemerkte sie und zog kräftig an der Zigarette.

»Tja, sollte man annehmen, was?« Nora sah verwirrt aus. Er beschloss, das Thema zu wechseln. »Soll ich lieber gehen …?«, fragte er, weil er spürte, dass er irgendwie in ihr Versteck gestolpert war.

»Nein, ist schon okay«, sagte sie munter, stand auf und wischte sich schnell etwas aus dem Augenwinkel. »Das Bad gehört Ihnen! Legen Sie los!« Dann klappte sie den Deckel hoch, warf die Zigarette ins Klo, lauschte dem Zischen und wandte sich an Stephen.

»Kann ich Sie was fragen?«

»Klar.«

»Was halten Sie von dem Kleid?« Sie stellte sich gerade hin, nahm die Schultern zurück und raffte das Kleid an der Hüfte, so dass es sich eng an ihren Körper schmiegte. »Josh sagt, ich seh darin fett aus.«

»Das hat er gesagt? Fett?«

»Nein, er hat natürlich nicht ›fett‹ gesagt. Sein genauer Ausdruck war ›üppig‹, aber gemeint hat er fett. Finden Sie, ich sollte mich umziehen?«

»Absolut nicht, ich finde, Sie sehen umwerfend aus«, sagte Stephen, denn das tat sie.

»›Umwerfend‹ im Sinne von ›Dampfwalze‹, wie?«

»›Umwerfend‹ im Sinne von ›fantastisch‹.«

»›Umwerfend‹ im Sinne von ›fantastisch‹«, wiederholte sie und ahmte seinen Akzent nach. »Nun, danke schön, Sie sind ein echter Gentleman.«

Stephen hatte eine große Schwäche für Amerikanerinnen, die englische Akzente nachahmten, und zu seiner eigenen Überraschung lächelte er. Nora erwiderte das Lächeln, eine Spur nervös vielleicht, und schlug dann die leicht geröteten Augen nieder. »Übrigens, Sie wissen, dass Sie ein seltsames Geräusch gemacht haben, oder?«

»Wann?«

»Gerade eben.«

»Ach ja?«

»M-hm – so eine Art Summen. Ungefähr so.« Sie kniff die Augen zusammen und summte.

»Ja, das mache ich anscheinend manchmal. Die Nerven.«

»Hilft es denn?«

»Nein, eigentlich nicht.«

»Schade, ich hätte es gern ausprobiert. Aber warum sind Sie denn nervös? Sie sind doch ein Profi, oder?«

»Ja, ja. Ich schätze schon.«

»Na, sehen Sie. Sie werden wenigstens dafür bezahlt, hier zu sein.« Und sie sah an ihm vorbei auf die Tür, an der er lehnte. Er trat beiseite und wollte sie für sie öffnen, aber aus irgendeinem Grund klemmte sie. Drei- oder viermal rüttelte er heftig an der Klinke.

»Vielleicht sollten Sie erst aufschließen?«

Er schloss auf.

»Okay, dann wollen wir mal …«, sagte sie, atmete tief durch wie jemand, der gleich in ein Eisloch springt, schluckte hart, ging in den Hauptraum und ließ Stephen allein zurück.

Er wartete kurz, schloss dann schnell wieder ab, ging zu Mrs Harpers Platz und ließ sich schwer auf das Bidet fallen. Er zündete sich eine Zigarette an, versuchte, sie in einem Zug zu inhalieren, schloss die Augen, rieb sich die Lider, bis er weiße Blitze sah und stellte sich vor, was Cary Grant in seiner Lage tun würde.

Es fiel ihm schwer, sich Cary Grant in seiner Lage vorzustellen.

Es war nicht so sehr das Kellnern. Er hatte schon oft gekellnert, rechnete damit, es wieder zu tun und hatte kein Problem damit – das gehörte schließlich zum Job. Was ihn wurmte, war die Tatsache, dass er einen 25 Pfund teuren

Champagner als Geschenk für einen sogenannten Freund mitgebracht hatte und dass man nun von ihm erwartete, diesen Champagner wildfremden Menschen zu servieren und anschließend die Gläser zu spülen. Er dachte an den Abend in den Kulissen zurück. Wie war es zu dem fürchterlichen Missverständnis gekommen? Was genau hatte Josh gesagt? »Bist du abkömmlich …«, »Anzug- und Krawattenpflicht«, »Ich wär dir echt dankbar«? In Wahrheit war es Josh einfach zu peinlich gewesen, das Wort »Kellner« in den Mund zu nehmen. Als Stephen dachte, Josh reiche ihm die Hand zur Freundschaft, wollte er ihm in Wirklichkeit einen vollen Aschenbecher in die Hand drücken.

Irgendwo in der Ferne hörte er das »Pop«, mit dem eine Gabel die Plastikfolie über einem Fertigmenü durchstach.

Er erwog ernsthaft, aus dem Fenster zu klettern, aber es war zu weit oben und zu klein, und das Missverständnis einfach aufzuklären, hätte alles noch demütigender gemacht – er malte sich Joshs peinlich berührten, mitleidigen Blick aus. Nein, die einzig vernünftige, erwachsene Lösung war, eine akute Krankheit vorzutäuschen, zu schauspielern – das war schließlich seine Berufung. Er blätterte in dem geistigen Krankheitenlexikon, das er für solche Notfälle parat hatte: Angina – nein, Beriberi – nein, Cholera – nein. Ein Schlaganfall war zu extrem, Mandelentzündung zu harmlos, Reizdarmsyndrom zu intim. Konnte man auf die Schnelle die eigene Lunge kollabieren lassen? Er entschied sich für den Tausendsassa unter den Krankheiten: die Lebensmittelvergiftung – absolut glaubwürdig, denn er fühlte sich wirklich zum Kotzen. Er umklammerte seinen Magen wie nach einem Bauchschuss, beugte sich leicht vor, übte im Spiegel einen möglichst leidenden Gesichtsausdruck, schluckte noch eine der obskuren Pillen, spülte unnötigerweise und ging nach draußen.

Die Musik war jetzt lauter, richtige Cocktailbar-Tanzmusik. Josh stand über das Mischpult gebeugt, bewegte sich leicht im Rhythmus der Musik, presste sich mit konzentriert zusammengekniffenen Augen und hervorlugender Zungenspitze einen Kopfhörer ans Ohr und war ganz vertieft darin, zwei scheinbar identische Platten nahtlos zu mixen.

»Josh, ich …«

»Heeeeeeey! Stephanie, Steverony, Stevester«, brabbelte Josh wie ein Dorftrottel im Designeroutfit, »nochmal heißen Dank dafür, dass du hier einspringst«, rief er, kam hinter dem Mischpult hervor und legte Stephen den Arm um die Schulter. »Ich hasse es, Partys zu geben und mir die ganze Zeit Sorgen zu machen, wer die Gläser nachfüllt, hinterher sauber macht und den ganzen Mist.«

»Geht schon in Ordnung, bloß …«

»Und ganz unter uns Pastorentöchtern, diese *Typen* da …«, und er deutete mit dem Kopf auf das Kellnertrio vom Partyservice, »na ja, die haben ein kleines Einstellungsproblem, ums mal so zu sagen, als wärn sie sich zu fein für den Job. Außerdem sind sie verflucht teuer, deshalb wärs schön, wenn das Geld an jemanden geht, den ich kenne, verstehst du? Du hast so was doch schon mal gemacht, oder? Kellnern?«

»Ja, ja, schon, Josh«, sagte Stephen und zog als Requisit die staubige Packung mit den geheimnisvollen Antibiotika aus der Tasche. »Es ist bloß, ich fühl mich nicht …«

»Und du kennst dich mit Cocktails aus? Hast Grundkenntnisse in Mixologie, hm? Ich meine, nichts Ausgefallenes, nur Wodka-Martinis, Margaritas und so 'n Scheiß.«

»Oh, ja klar, aber …«

»Warum machst du dann nicht den Barkeeper, wenigstens zu Anfang, und du kriegst 10, nein, 15 Mäuse die Stunde, okay?« Josh hatte seine Schultern umfasst, sein Gesicht war nur Zentimeter von Stephens entfernt, erwartungsvoll sah er ihn mit seinen teuren blauen Augen an, als wollte er ihm gleich einen Kuss geben, und Stephen kam der Gedanke, dass er ihm ohne weiteres mit dem Kopf die Nase brechen konnte, wenn er schnell war.

Er dachte an das Geld, das er für den Champagner ausgegeben hatte, die drohende Arbeitslosigkeit, die Hypothek auf das Höllenloch, den fehlenden Kühlschrank, das Weihnachtsgeschenk für seine Tochter. Er rechnete es im Kopf aus, 15 mal 6 Stunden, vielleicht sogar 15 mal 7 …

»15 ist viel zu *viel*«, sagte er schließlich.

»Blödsinn. Das bist du doch allemal wert!«, widersprach Josh und drückte ihm leicht die Arme, und Stephen fühlte sich wider Willen geschmeichelt – ja, er war mindestens 15 Pfund die Stunde wert. »Außerdem schulde ich dir was, stimmts?«, sagte Josh.

»Na gut, in Ordnung«, willigte Stephen schließlich ein.

»Okey dokey! Dann hilf mal mit der Lichterkette!«, bellte er und tappte davon.

Am anderen Ende des Raums, über eine riesige Fläche von gegossenem Gummiboden und modischen Möbeln hinweg sah Stephen Nora Harper mit einer Bierflasche in der Hand auf einem ramponierten Ledersofa liegen und in einer Zeitschrift blättern. Sie prostete ihm zu, winkte kurz mit den Fingern und lächelte. Zumindest glaubte er, dass sie lächelte; schwer zu sagen auf die Entfernung.

»BITTE ANSCHNALLEN. ES WIRD EINE UNRUHIGE NACHT«

Eine halbe Stunde später trudelten die coolen Leute ein.

Die meisten waren Schauspieler Mitte 20 bis Anfang 30, Gesichter, die Stephen aus der Glotze kannte, aus hochkarätigen Kostümdramen der Spitzenklasse oder hibbeligen New-Wave-Sitcoms und Sketch-Shows und den besseren Werbespots; das Süße, Resolute Mädchen, das Großbritanniens Größte Hollywood-Hoffnung ist, einige elegant gekleidete Brutale-Aber-Liebenswerte Britische Film-Gangster, der Unkonventionelle Anwalt mit dem Komplizierten Liebesleben, und genug Charismatische-Aber-Geplagte Chirurgen, Attraktive Ärzte und Kecke Krankenschwestern, um ein kleines, ländliches Krankenhaus zu bevölkern, idealerweise in den Fünfzigern. Nummer 28 und 64 der sexiesten Frauen der Welt waren ebenso da wie der fünfzehnttalentierteste Mann unter 30 sowie der acht- und vierzehntmächtigste Mann im Comedy-Geschäft, und auf dem niedrigen italienischen Sofa flirtete gerade der letzte Heathcliff mit der letzten Jane Eyre, und Nicholas Nickleby sah ihnen dabei zu.

Auch TV- und Theaterproduzenten, Regisseure und Casting-Agenten kamen, Leute, die Stephen schon seit elf Jahren regelmäßig anschrieb: »Sehr geehrter X, wie ich erfuhr, veranstalten Sie bald ein Casting für die Produktion von Y, und ich glaube, ich wäre ideal für die Rolle des Z. Anbei mein Lebenslauf, ein Foto im Format 20 mal 25 cm und ein adressierter Rückumschlag, über ein Treffen würde ich mich sehr freuen etc. etc.«. Und jetzt traf Stephen sie endlich oder bot ihnen zumindest Canapés und Servietten für die Krümel an. Anfangs hatte er Angst, erkannt zu werden – »Sind Sie nicht der junge Mann, der mir 1996 geschrieben und sich für die Rolle des Peer Gynt beworben hat?«, aber er merkte schnell, dass nichts einen Menschen effektiver tarnt als ein weißes Porzellantablett mit Hühnersaté.

Etwas abseits standen einige Aristokraten, Erben und Erbinnen, Unternehmer, militante Trendsetter: schlanke, strahlende junge Männer und Frauen mit bekannten Familiennamen und honigfarbener Oktobersonnenbräune, die Stephen von Partyschnappschüssen aus den Klatschseiten kannte, welche er manchmal mit masochistischer Neugier studierte – Leute, an deren Fingerspitzen ein Champagnerglas festgewachsen zu sein schien. Sie trugen klassische Seidenkleider, schön geschnittene Jacketts und kunstvoll ausgeblichene, tief sitzende Jeans, die ihnen jeden Moment auf die Knöchel zu rutschen drohten und nur von wie gemeißelt wirkenden Hüftknochen gehalten wurden, die sie einer Canapés-Diät verdankten. Wenn Stephen ihnen die Champagnergläser auffüllte, lächelten sie mit nie versiegender Höflichkeit und bedankten sich mit seltsam undeutlicher, abwesender Stimme in einem Akzent, der von irgendwo zwischen Shropshire und einem Marktstand in Shoreditch zu stammen schien. Außerdem gab es eine Handvoll Models, die man von umstrittenen, freizügigen Werbeplakaten und Fotos aus Lifestyle-Blättern für Männer kannte, attraktive, ausländisch aussehende Frauen, deren Namen ihm entfallen waren, deren Brüste und Pobacken ihm aber beunruhigend vertraut waren; Frauen, die Secondhand-Kleider und Top-Shop-Schmuck trugen und deren gegeltes und angeklatschtes Haar in alle möglichen Richtungen abstand, als hätten sie sich verpflichtet gefühlt, so fertig wie möglich auszusehen, weil es sonst einfach nicht fair gewesen wäre.

Und Kinder waren auch da, Schauspieler-Model-Kinder, trendy gekleidete Knirpse in maßgeschneiderten Latzhosen, die dreist ein Schlückchen Champagner forderten und sich auf allen vieren mit dem Ellbogen im Bio-Räucherlachs auf dem Büfetttisch lümmelten. Stephen servierte einer dekorativ Schwangeren Champagner, einer eleganten, gelassenen dunklen Schönheit im schwarzen Kleid mit tiefem, prallem Dekolleté, deren Bauch so hoch, rund und perfekt aussah, dass man ihn für operativ vergrößert halten konnte. Andere Gäste hatten sich um sie geschart, um den Bauch zu streicheln, und er sah so verführerisch aus, dass Stephen ihn auch gern gestreichelt hätte, wäre da nicht das Tablett mit Honigsenf-Würstchen in seiner Hand gewesen. Vermutlich hätte es sie auch ziemlich aus der Fassung gebracht.

Stephen dachte an Alisons Schwangerschaft zurück: neun lange Monate der schlechten Laune und der Arbeitslosigkeit in der gemeinsamen Kellerwohnung in Camberwell. Er hatte sich selbst zu überzeugen versucht, es sei eine Zeit »voller Herausforderungen, aber auch voller Magie« gewesen, aber seine bleibenden Erinnerungen waren feuchte Kleidungsstücke, die auf dem lauwarmen Nachtspeicherofen nie richtig trockneten, und Alison, die aufgequollen, wütend und schmollend in grauen Trainingshosen herumtappte und im Zuge ihres ständigen Kampfes gegen die Verstopfung Kleieflocken direkt aus der Packung aß. Die dunkle Frau auf der Party dagegen war, abgesehen von dem niedlichen Bäuchlein, schlank und graziös wie ein Notenzeichen. Stephen starrte sie einen Moment lang an, bis die Schwangere und ihre Freunde verstummten und ihn ansahen.

Schnell wollte er der Sea-Breeze-Bestellung nachkommen, die ein sehr betrunkener und aggressiver Schräger TV-Komiker aufgegeben hatte, »aber diesmal mit *Alkohol* drin«. Auf seinem T-Shirt stand im Retro-Stil: »Biete Sex gegen Drogen«, ein Slogan mit dem Vorteil, sowohl witzig als auch buchstäblich wahr zu sein.

Josh dagegen sah die Party, die er geschaffen hatte, und er sah, dass sie okey dokey war. Er latschte in seinem langen offenen weißen Hemd herum, nannte Michaels Micksters und Johns Johnaronys, brachte hier ein seliges Lächeln und dort eine selbstironische Anekdote unter die Leute, führte Zaubertricks vor, setzte sich die trendy Knirpse auf die Schultern und zeigte ihren entzückten Müttern seine Grübchen. Einmal entdeckte Stephen ihn tatsächlich dabei, wie er am Kopf eines Babys schnüffelte. Er schien überall zugleich zu sein, und überall, wo er hinging, machten die Leute Handyfotos mit ihm, zum Beweis, dass sie tatsächlich da waren und ihn tatsächlich kannten.

»Na, Kumpel, alles klar?«, fragte er, zwinkerte und feuerte mit einem imaginären Revolver auf Stephen, als der gerade im Küchenbereich verschwinden wollte. Stephen trug ein Tablett mit Ziegenkäse-Törtchen und konnte nicht zurückschießen.

In der Küche mixte er den Sea Breeze, füllte ein Glas bis zum Rand, trank den Rest direkt aus dem Cocktail-Shaker und versuchte, sich einzureden, er amüsiere sich wie Bolle. Vielleicht war er wirklich lieber der trocken-ironische Beobachter vom Personal, und vielleicht waren die Gläser, die er in den Geschirrspüler stellen sollte, halb voll und nicht halb leer. Der Alkohol half jedenfalls – seit Beginn der Party hatte er ziemlich wahllos aus Bierflaschen und Champagnergläsern getrunken, und jetzt hatte er einen netten kleinen Sonntagabend-Schwips. Er schälte Parmaschinken von einem Spieß mit außersaisonalem Spargel und aß ihn langsam, an die Zink-Arbeitsfläche gelehnt, während Adam, eindeutig der Rädelsführer, wütend Orangen in irgendeinen Industrieentsafter warf, als wären es Granaten.

»… da fragt mich das kleine *Miststück* tatsächlich, ob ich ihren Kaugummi für sie wegschmeißen kann, *drückt* ihn mir sogar in die Hand, weil sie verdammt noch mal zu *faul* ist, es selbst zu tun, als wär ich ihr Dienstmädchen oder so …«

»Und, hast dus gemacht?«

»Von *wegen*. Unbegabte kleine *Kuh*. Hast du ihren letzten *Film* gesehen? Mein *Gott*, das war der *schlechteste* Film, den ich *je* gesehen habe …«

»Alles klar bei euch?«, fragte Nora, die mit einem Glas in der Hand etwas unsicher am Türrahmen lehnte.

»Ja, danke«, zwitscherten alle im Chor.

»Und, Jungs? Wenn ihr eine Pause machen wollt, nur zu. Ich bin sicher, die Gäste kommen eine Weile allein klar …« Sie schenkte Stephen ein nervöses kleines Lächeln, und ihm fiel plötzlich wieder ein, dass der Schräge TV-Komiker auf seinen Drink wartete. Hastig wollte er zur Pary zurück, aber als er an Nora vorbeikam, legte sie ihm leicht eine Hand auf den Arm.

»Ist der für jemand Bestimmtes?«, fragte sie und sah den Cocktail an.

»Er ist für …«, und er nickte zu dem betrunkenen Schrägen Komiker hinüber, der sich gerade in die Faust rülpste, seine Zigarette auf den Gummiboden warf und sie mit der Spitze des Turnschuhs austrat.

»Hey, du!«, brüllte Nora quer durch den ganzen Raum wie ein New Yorker Cop. Fünfzehn Leute drehten sich um, und der Komiker deutete belämmert auf sich. »Ja, du – weißt du, was ein Aschenbecher ist?« Er nickte stumm. »Und wie man ihn benutzt?« Wieder nickte er. Die Leute fingen an zu kichern, und er setzte den schrägen Gesichtsausdruck auf, der sein Markenzeichen war und ihm normalerweise die Haut rettete, aber Nora war noch nicht fertig. »Und heb das Ding auf.« Er sah die Kippe am Boden an. »Du hast schon verstanden – heb es auf.« Dem Mann blieb nichts anderes übrig, als sich brav zu bücken, den Stummel aufzuheben und in die Jackentasche zu stecken.

Nora wandte sich wieder an Stephen. »Was finden die Briten nur an diesem Typ!«

»Ich glaube, die Leute halten ihn für schräg.«

»Ja, so schräg, dass man ihm am liebsten ins Gesicht treten würde. Darf ich?«, sagte sie und nahm Stephen den Cocktail aus der Hand. »Möchten Sie auch einen? Hier, wir können uns den ja teilen ...«, und sie gab ihm den Drink zurück. Er nippte daran, und sie schwiegen kurz, während sie mit zusammengekniffenen Augen sein Gesicht musterte, gerade so lang, dass er sich unbehaglich zu fühlen begann.

»Ich räum wohl besser ein paar Gläser weg ...«

Aber wieder hielt sie ihn zurück, indem sie ihm leicht die Hand auf den Arm legte. »Etwas beschäftigt mich – haben wir uns nicht schon mal irgendwo getroffen?«, fragte sie. »Außer auf dem Klo, meine ich.«

»Sie haben mich wahrscheinlich im Theater gesehen.«

»Im Theater?«

»Und auf der Premierenfeier haben wir uns ganz kurz unterhalten. Ich arbeite quasi mit Ihrem Mann zusammen.«

»Sie sind einer der Inspizienten, stimmts?«

»Nein, ich bin Schauspieler, na ja, im Moment Zweitbesetzung. Die Zweitbesetzung Ihres Mannes, um genau zu sein.«

»Soll ich ihn für Sie die Treppe runterschubsen?«, fragte sie trocken. »Es wird wie ein Unfall aussehen. Es ist 'ne Wendeltreppe, die Polizei schöpft keinen Verdacht.«

»Ich komm vielleicht darauf zurück.«

»Oder wir heuern jemanden an, der es macht – und machen halbe-halbe.«

»Ich sag Ihnen Bescheid.« Wieder hatte er das Gefühl, dass er weiterarbeiten sollte.

»Und, was machen Sie sonst noch so?«

»*Sonst* noch? Okay, na ja, kennen Sie den Teil am Ende, wo Byron vom Tod ereilt wird und eine Geisterhafte Gestalt ihm die Tür öffnet? Diese Geisterhafte Gestalt spiele ich.«

»Der Typ mit der Maske!«

»Das bin ich.«

»Tut mir Leid, ich hätte Sie erkennen müssen.«

»Na ja, ich trage eine Maske, also …«

»Trotzdem, Sie machen das so toll. Was ist Ihr Geheimnis?«

»Üben. Jeden Morgen eine Stunde. Auf – zu, auf – zu, auf – zu, auf – zu …« Sie lachte ein warmes, kehliges Lachen, Stephen glühte fast vor Stolz, und einen Moment lang war die Kellneruniform einfach nur ein schicker Anzug.

»Und mein Mann – wie ist es, mit ihm zusammenzuarbeiten?«

»Na ja, eigentlich arbeiten wir nicht *zusammen*, aber er ist großartig, wirklich, wirklich …« Eine kleine Pause entstand, als er nach einem ausdrucksvolleren Wort als »großartig« suchte, »… voller Energie«.

»Ja, *voll* ist er ganz sicher, fragt sich nur, mit was. Tut mir Leid … wie heißen Sie noch mal?«

»Stephen«, sagte er und fügte wie als eine Art Test hinzu: »Stephen McQueen.«

»Tja, Stephen«, sagte sie und bestand den Test, »ich sollte das wohl nicht sagen, aber … stört es Sie nicht? Dass mein Mann Sie bittet … was ich meine, ist: Er hat sich nicht zufällig wie ein Riesenarsch verhalten?«

»Nein, gar nicht. Na ja, ein bisschen vielleicht. Aber das geht in Ordnung, ich mach das nicht zum ersten Mal. Es stört mich nicht.« Und jetzt gerade störte es ihn wirklich nicht. Schließlich hatte er seit drei Stunden zum ersten Mal richtigen Blickkontakt, wurde zum ersten Mal wie ein menschliches Wesen behandelt und nicht wie ein Mülleimer oder ein

Getränkeautomat, und er genoss die Unterhaltung mit dieser sarkastischen, eleganten und etwas strengen Frau, die unsicher im Türrahmen lehnte. Beide ließen die Blicke über die Party schweifen. Der zwölftsexieste Mann der Welt stand mit Sonnenbrille und lasziv im Mundwinkel hängender Zigarette mitten im Raum und jonglierte mit Satsumas, sehr zur Freude von Nummer 28 und 64 der sexiesten Frauen der Welt. Selbst von einem rein statistischen Standpunkt aus war es eine eindrucksvolle Vorstellung.

»Mein geliebter Mann«, sagte Nora gedehnt und nippte an dem Drink. »Ich liebe ihn sehr, und klar, er ist eine Augenweide, aber manchmal hab ich das Gefühl, ich hätte ein … begabtes Kind geheiratet.« Sie seufzte und lächelte gezwungen. »Tut mir Leid, ich sollte nicht über ihn herziehen, aber wir hatten gerade einen schrecklichen Streit.«

»Nichts Ernsthaftes, hoffe ich.«

»Nein, nur … eine dumme Auseinandersetzung.«

»Also amüsieren Sie sich nicht?«

»200 zugekokste Egomanen, die Spargel in die Teppiche treten und mich fragen, wer ich bin? Hoffentlich hörts nie auf.«

Sie ließen die Blicke abermals durch den Raum schweifen. Die letzten Kinder waren in Sicherheit gebracht worden, auf Glastischen wurden Joints gebaut, und urplötzlich wand sich eine sehr sehr lange Menschenschlange an der Wand entlang zur verborgenen Toilettentür. Im ganzen Raum standen unberührte Teller, auf denen sich winzige Würstchen, Pilz-Tartes und Spieße mit rosa Lammfleisch türmten, und die Stimmen waren eindeutig schneidender und angespannter geworden. »Ichs« und »Meins« und »Wows« und »Scheißes« prallten von den hohen, nackten Wänden ab; man machte nicht einfach nur Konversation, man rieb sie sich unter die Nase.

»Ich hab übrigens auch was, falls Sie Lust haben …«, sagte Nora verschwörerisch und legte ihm die Hand auf den Unterarm.

»Was?«

»Kokain. Macht das Ganze etwas erträglicher, find ich«, und sie kniff sich in die Nase, schniefte leise und schluckte, die erste unattraktive Sache, die sie an diesem Abend machte. Stephen konnte eine gewisse Enttäuschung nicht unterdrücken; kein Wunder, dass sie sich so angeregt mit ihm unterhielt. Sie würde wahrscheinlich mit *jedem* reden.

»Nicht bei der Arbeit«, sagte Stephen und hatte das Gefühl, dass ihr Moment vorbei war. »Ich geh dann mal besser …«

Wieder legte sie ihm die Hand auf den Arm. »Hey, haben Sie schon das Dach gesehen?«, fragte sie, und ihre Augen glänzten. »Die Aussicht ist fantastisch. Kommen Sie, ich zeigs Ihnen.«

»Aber glauben Sie nicht, ich sollte lieber …«

»Tut mir Leid, Stephen, ich glaube, Sie verstehen nicht ganz. Wenn ich noch eine einzige Showbiz-Anekdote höre, fang ich an zu schreien, und hör auch nicht so bald wieder auf.« Sie hakte sich bei ihm unter, schnappte sich mit der freien Hand eine Flasche Champagner und bugsierte ihn aus der Küche zu den Glasstufen der Wendeltreppe, die zum Dach führte.

»Schnell, bevor sie rauskriegen, wo ich die Bongos versteckt hab …«

Etwas unsicher stiegen sie die Treppe hinauf, und als sie gerade die Tür erreicht hatten, die in die Nachtluft hinausführte, wurde unter ihnen plötzlich lauthals, bombastisch und mit viel Vibrato der Refrain von *Happy Birthday* angestimmt. Nora sah über die Schulter, lächelte Stephen verschwörerisch an und deutete mit der Flasche auf die Party unter ihnen.

»Wissen Sie, woran man erkennt, dass das alles Schauspieler sind?«

»Woran?«

»Daran, dass alle den richtigen Ton treffen.«

ZWEI ZIGARETTEN AUF EINMAL

Das lang gestreckte, niedrige Flachdach der ehemaligen Schirmfabrik war zu einer Art minimalistischem Stadtgarten mit teurem Holzboden und spärlicher Bepflanzung umgebaut worden und wurde von Reihen wetterfester Glühbirnen erleuchtet, die den feinen Sprühregen zum Spezialeffekt machten. Stephen klappte seinen Jackettkragen hoch und verschränkte die Arme fest vor der Brust. Er war noch nie auf einem transatlantischen Ozeandampfer gewesen, nur auf der Isle-of-Wight-Fähre, aber er hatte die vage Vorstellung, dass es sich ungefähr so anfühlen musste, an der Reling zu stehen und ins Kielwasser zu blicken. Gab es da nicht irgendeinen kitschigen Film mit Bette Davis, der auf einem Ozeandampfer spielte? In dem irgendwer – Paul Henreid, oder vielleicht Fredric March? – sich zwei Zigaretten anzündet und eine davon Bette Davis reicht. Er hatte Zigaretten in der Tasche, er konnte es ausprobieren, wenn er wollte. Er fühlte sich beschwipst und verwegen genug, um einen Versuch zu wagen.

»Was in *Gottes* Namen machen Sie da?«, fragte Nora.

»Bitte?«

»Sie rauchen *zwei auf einmal*?«

»Eine ist für Sie«, sagte er, nahm sie aus dem Mund und hielt sie ihr hin. Nora starrte sie an. »Tut mir Leid, ich dachte, Sie …?«

»Danke. Sehr aufmerksam. Wenn auch etwas unhygienisch.« Sie steckte sie sich zwischen die Lippen, etwas zögerlich, dachte er. »Josh bequatscht mich ständig, dass ich aufhören soll. Er sagt, dass es die Hautalterung beschleunigt – diese Vorstellung macht ihm wohl *mächtig* Angst. Ich habs schon mit Nikotinpflastern versucht, aber ich hab so viele gebraucht, dass ich nackt ausgesehen hab wie eine Flickendecke.«

Das Wort »nackt« hing einen Augenblick in der Nachtluft. Er versuchte, sich auf den Ausblick zu konzentrieren. In der Ferne erstrahlten die Gaslichter des Sanierungsgebietes von King's Cross, und wieder schien der Anlass ein bestimmtes Verhalten und eine bestimmte Konversation zu erfordern – trocken und geistreich, weltverdrossen und elegant; David Niven vielleicht.

»Und – was haben Sie Josh zum Geburtstag geschenkt?«, fragte er, etwas prosaischer als beabsichtigt.

»Oh – einen neuen MP3-Player«, seufzte sie. »Originell, was? Zuerst hab mich geweigert, aber er lag mir ständig damit in den Ohren. Da hab ich ihm den gottverdammten MP3-Player gekauft und ihm gesagt, er soll endlich die Klappe halten. Er wollte entweder das oder ein beschissenes Samuraischwert.«

»Was soll man auch jemandem schenken, der schon alles hat?«

»Na ja, zumindest alles, was mit *Star Wars* zu tun hat.«

Er lachte und sah sie von der Seite an. In dem runden blassen Gesicht unter dem glänzenden schwarzen Pony prangte ein leicht schiefer, großer roter Mund unter einer kleinen, geraden, von der Herbstluft leicht geröteten Nase. Ihre Zähne waren groß, wenn auch nicht ganz so weiß und regelmäßig, wie er es bei einer Amerikanerin erwartet hätte; von einem der Schneidezähne war ein Stückchen abgebrochen und auf einem anderen ein Lippenstiftfleck; ihr Make-up erinnerte Stephen irgendwie an ein Kind am Schminktisch seiner Mutter. Ihre Haut war blass, mit einem leichten, nicht unattraktiven fettigen Schimmer auf dem, was man seines

Wissens T-Zone nannte, und Make-up-Krümel hatten sich in den Fältchen um ihre Augen angesammelt, die dunkelgrün, mit schweren Lidern und sehr schön waren. Obwohl sie ziemlich betrunken, stoned oder beides war, schien ihr normaler Gesichtausdruck eine Art amüsiertes Schmollen zu sein, streng und schläfrig zugleich, als wäre sie nach einem Mittagsschläfchen leicht mufflig aufgewacht. Lässig lehnte sie am Geländer, strich sich mit den Fingerspitzen den kurzen Pony aus der Stirn und zog gelegentlich an der Zigarette, und wieder dachte Stephen an einen alten Film, vielleicht mit Carole Lombard oder der jungen Shirley MacLaine, ein Eindruck, den ihr Kleid noch verstärkte, das schwarz, schlicht, altmodisch und ein wenig zu klein für ihren – wie war noch gleich Joshs Ausdruck? – *üppigen* Körper war und an Schultern und Po vor Abnutzung glänzte. Er ertappte sich bei der Frage, wie es wohl wäre, die Hand auf die warme Wölbung ihres Kreuzes zu legen, sich hinüberzulehnen und sie zu küssen, als sie sich plötzlich umdrehte und ihn mit fragend hochgezogenen Augenbrauen ansah.

Um irgendwas zu sagen, platzte er heraus: »Tolles Appartement!« Im Zuge transatlantischer Verständigung hatte er versuchsweise das Wort »Appartement« benutzt und wäre fast damit durchgekommen.

»Finden Sie wirklich?«, fragte sie mit gerunzelter Stirn, und sofort kamen Stephen Zweifel, ob er das wirklich fand. »Ich finds *furchtbar.* Es ist wie die Junggesellenbuden in den Männerzeitschriften. Jeden Morgen beim Aufwachen will ich immer fragen, ob ich mir eine Zahnbürste borgen kann, und dann fällt mir ein, dass ich ja hier *wohne.* Ich meine, was zum Teufel ist denn so falsch an *Zimmern*? Josh behauptet immer, er hätte den ›Fun‹ in ›funktional‹ entdeckt, aber ich finde, da liegt er ha-arsch-arf daneben, aber hey, was versteh ich denn schon davon?«

Stephen lachte. »Warum haben Sies denn überhaupt gekauft?«

»Das war ich nicht, Josh hats kurz vor unserer Hochzeit gekauft. Genau genommen bin ich nur Untermieterin. Der Großteil meiner Sachen lagert noch in den Staaten. Es ist zwar nicht ganz mein Geschmack, aber Sie kennen ja den Spruch: Ein Haus ist kein Zuhause ohne Skateboardrampe.«

»Sie sollten mal meine Wohnung sehen. Was für ein Dreckloch ...«

»Sie leben allein?«

»M-hm.«

»Single?«

»Kürzlich geschieden.«

»Sind Sie nicht ein bisschen zu jung, um schon geschieden zu sein?«

»Ich bin halt frühreif.«

Nora lachte, und es gab Stephen einen kleinen freudigen Stich, sie lachen zu sehen, dann schwiegen beide, und sie zog heftig an ihrer Zigarette.

»Und, warum sind Sie geschieden?«

»Ähm ...«

»Wenn die Frage nicht zu persönlich ist.«

»Tja, wie soll ich sagen ...«

»Lassen Sie mich raten – sie hat Sie misshandelt?«

»Nein. Na ja, nicht körperlich.«

Nora zuckte zusammen. »Hey, Sie springen mir aber jetzt nicht vom Dach, oder?«

»Nein.«

»Ich wäre nämlich nicht gern für den Tod eines Gastes verantwortlich. Hm, zumindest gilt das für *bestimmte* Gäste ...«

»Ich bin ja kein Gast.«

»Trotzdem. Es geht mich nichts an. Tut mir Leid. Themenwechsel – okay, sagen Sie mir, warum zur Hölle machen Sie diesen albernen Job?«

»Meinen Sie das Kellnern oder die Schauspielerei?«

»Tja, Kellnern ist kein alberner Job, also …«

»Sie nehmen kein Blatt vor den Mund, was?«

»Ganz unter uns, Stephen, es könnte sein, dass ich etwas zu viel getrunken hab.«

»Nun, ich mache es, weil es mir Spaß macht. Selbst, wenns albern ist. Wenn ich gerade spiele, macht es Spaß. Die Zeiten dazwischen sind nicht so toll.«

»Und warum tun Sie es dann?«, fragte sie, etwas schärfer als nötig, fand er. Diese Unterhaltung hatte er schon unzählige Male geführt, meistens mit besorgten, älteren Verwandten an Weihnachten, und sie hatten ihm noch nie Spaß gemacht.

»Keine Ahnung. Blühende Fantasie? Hab wahrscheinlich als Kind zu viele Filme gesehen.«

»Eine Menge Leute haben sich die Mondlandung angeschaut, aber deshalb wollten noch lange nicht alle Astronaut werden.«

»Nein, aber Sie wissen ja, wie das ist – man macht bei ein paar Schulaufführungen mit …«

»Sind Sie oft ins Theater gegangen?«

»Eigentlich nicht. Ich hab in Stücken *mit*gespielt, bin aber kaum ins Theater gegangen, nur in Weihnachtsspiele. Die Isle of Wight hat kein West End. Das heißt, eigentlich schon, aber es heißt Ventnor.« Nora sah ihn verständnislos an. »Also, ich hab gerne Theater gespielt, mochte Filme aber immer lieber.«

»Ich auch! Wissen Sie, ich sollte das nicht sagen – Josh hält es fast schon für Blasphemie –, aber ich kann The-aaaater nicht *ausstehen*. Jedes Mal, wenn Josh mit seinem orthopädischen Schuh auf die Bühne gehinkt kommt und mit dieser seltsamen, abgedrehten, gestelzten Stimme losschmettert, könnt ich platzen vor Lachen. Am liebsten würde ich »Sprich *anständig*« brüllen. Hab ich nicht Recht?«

»Kein Kommentar«, antwortete Stephen lächelnd und genoss wieder den Ausblick.

»Also, was machen Sie lieber, Theater oder Filme?«

»Schwer zu sagen.« Er konnte natürlich linientreu behaupten, dass er die unmittelbare Reaktion des Theaterpublikums bevorzuge, aber seine Erfahrungen vor der Kamera beschränkten sich hauptsächlich auf die Titelrolle von *Sammy das Eichhörnchen singt Kinderlieder*, und er hatte den Verdacht, dass das nicht unter die allgemeine Vorstellung von »Film« fiel. Er beschloss, das Thema zu wechseln. »Und Sie? Was machen Sie?«

»Was ich *mache*? Tja, gute Frage. Als ich Josh kennen gelernt habe, war ich Kellnerin in einer Bar in Brooklyn.«

»Kommen Sie von da?«

»Brooklyn? Ja, das heißt nein, aus New Jersey. Meine Familie kommt aus Jersey, das ist in der Nähe von New York, aber es ist nicht New York, ums mal so zu sagen. Jedenfalls haben wir uns in New York getroffen, in einer Bar. Eine kleine Kellnerin bringt Josh Harper sein Klubsandwich, und der Rest ist Showbiz-Geschichte. Das alles hier …«, und mit weit ausholender Geste deutete sie auf den Ausblick vor ihnen, »… ist das größte Trinkgeld der Welt.« Sie nahm einen tiefen Schluck aus der Champagnerflasche, die sie wie eine Bierflasche am Hals hielt, dann gab sie sie Stephen, und als wäre es ihr gerade erst wieder eingefallen, fügte sie hinzu: »Oh, und ich hatte auch mal eine Hit-Single. In grauer Vorzeit.«

»Echt wahr?«

»M-hm. Na ja, ›Hit‹ ist vielleicht übertrieben. 1996 Platz 102 in den Billboard-Charts.«

»Das ist fantastisch.«

»Na ja, nicht *fantastisch*«, wiegelte sie ab, obwohl es ihm völlig ernst war. Nora war eine Frau, zu der ein tiefer Bass passte. »Und was für Musik haben Sie gemacht?«

»Ach, das Übliche, Sie wissen schon – das typische Joni-Mitchell-Geschrammel fürs College-Radio. Musik zum Frustfuttern. Wir nannten uns Nora Schulz and the New Barbarians, ob Sies glauben oder nicht. Die Plattenfirma wollte mich als Alanis-Morissette-Klon vermarkten. Ich sah aus wie Alanis Morissettes Stuntdouble. Wenn sie irgendwann vom Stuhl gekippt wär, hätte die Plattenfirma mich mit dem Fallschirm abgeworfen, um ihren Platz einzunehmen. Gott weiß, warum – ich *mag* Alanis Morissette nicht mal. *Ironic, don't you think?*«

»Nora Schulz and the New Barbarians. Toller Name.«

»Zergeht auf der Zunge, was? Ich frage mich wirklich, warum wir nicht erfolgreicher waren. Die Plattenfirma wollte unbedingt einen konventionelleren Namen, am besten Malanis Florissette oder so. Sie dachten, dass wir dann mehr verkaufen, aber ich bin meinen künstlerischen Prinzipien treu und Nora Schulz geblieben, und nun ja, der Rest ist Rock 'n' Roll-Geschichte. Von null auf Platz 102.«

»Und wie hieß der Song?«

»Soll das heißen, Sie erinnern sich nicht?«

»Frischen Sie mein Gedächtnis auf.«

»Glauben Sie mir, Sie haben noch nie davon gehört.«

»Verraten Sies mir trotzdem.«

»Ich bin nicht stolz drauf …«

»Raus damit.«

»Er hieß«, sie wand sich, »oh Gott – er hieß … *Love Junkie.*«

Auch Stephen wand sich. »Toller Titel.«

»Ja, nicht? Kids fahren nun mal auf Drogenmetaphern ab. Und jedes Lied, in dem sich Junkie auf Monkey und Trip auf hip reimt, muss ja ein Hit werden, oder?«

»Wissen Sie was, ich glaube, ich erinnere mich *wirklich*.«

»Lügner.«

»Warum haben Sie die Musik aufgegeben?«

»Hab ich gar nicht. Sie hat mich aufgegeben. Außerdem, die paar Beziehungen, die ich hab, sind in den Staaten, und Josh muss wegen der Arbeit hier bleiben. Er ist im Moment an einem *entscheidenden* Punkt seiner Karriere, zumindest sagt er das immer. Wir haben beschlossen, es auf Eis zu legen. Natürlich nur vorübergehend. In der Zwischenzeit hab ich ein bisschen geschrieben.«

»Und was?«

»Das Übliche, Erzählungen, das eine oder andere Drehbuch.«

»Klingt interessant.«

»Hält sich in Grenzen. Ich meine, *jeder* schreibt doch, oder? Wenn Sie auf der Party da unten irgendwen fragen, wie es mit dem *Schreiben* läuft, sagt doch keiner von denen ›Wie, Schreiben?‹«

»Haben Sies schon mal jemandem gezeigt?«

»Nein …«

»Sollten Sie aber.«

Sie nahm einen tiefen Zug von der Zigarette und sah ihn streng an. »Und *warum*?«

»Nun ja, weil ich glaube, bei solchen Sachen muss man hartnäckig bleiben.«

»›Lebe deinen Traum?‹«

»Nein, aber man sollte ein Ziel haben. Das finden, was man gerne tut, und es so gut wie möglich tun.« Er warf ihr einen prüfenden Seitenblick zu, um zu sehen, ob er damit durchkam. Es sah jedenfalls nicht so aus, als müsste sie sich übergeben. »Außerdem kann ich mir vorstellen, dass Sie echt gut wärn.«

Abschätzig schürzte sie die Lippen. »Das ist doch nur nettes *Blabla*. Woher wollen Sie das denn *wissen*?«

Stephen fühlte sich gekränkt. Er war durchaus fähig, Leuten höfliche Nichtigkeiten zu erzählen, aber das hatte er ernst gemeint. »Von der Art, wie Sie reden. Sie wirken einfach so, als wären Sies. Eine gute Schriftstellerin, meine ich. Das ist alles.«

Sie neigte als Entschuldigung leicht den Kopf, und nahm ihm die Champagnerflasche aus der Hand. »Danke, Stephen.« Dann nahm sie einen tiefen Zug, wischte sich mit dem Handrücken einen Champagnertropfen vom Kinn und leckte ihn sich schnell vom Finger – Stephen fand das unglaublich geschickt und cool.

Wenn sich Stephen kurz nach der Trennung mal dazu aufraffen konnte, die Wohnung zu verlassen, war ihm aufgefallen, dass er das beunruhigende Talent entwickelt hatte, bei Frauen Harndrang zu verursachen. Er ging auf eine Party, und irgendwann, gewöhnlich, wenn er die Scheidung erwähnte, legten sie ihm leicht die Hand auf den Arm und sagten: »Entschuldige, aber ich muss mal kurz pieseln«, und ihm wurde wieder einmal klar, dass er der Harntreibende Haudegen war, ein Superheld mit hochspezialisierten Superkräften. Normalerweise machte ihm das nicht allzu viel aus; die Scheidung hatte ihm alle romantischen Regungen ausgetrieben, und er hatte flüchtige, lieblose sexuelle Abenteuer mit fast beunruhigender Sicherheit vermieden. Trotzdem war er überrascht und etwas verwirrt, als ihm klar wurde, wie sehr er sich wünschte, dass Nora hier bei ihm blieb. Er spürte die Berührung ihres Ellbogens an seinem eigenen auf der Reling. *Leg die Hand in die warme Wölbung ihres Kreuzes, lehn dich hinüber und …*

»Wollen Sie wissen, worüber Josh und ich uns gestritten haben?«

»Nur, wenn Sies erzählen wollen.«

»Okay, also, wir machen uns für die Party fertig, und wir

haben gerade, na, Sie wissen schon, rumgemacht, und alles war bestens, und er liegt da und beugt sich mit diesem belämmerten, förmlichen Gesicht zu mir rüber, seinem Nahaufnahmen-Gesicht als romantischer Held, und er sagt, dass ich der …«, sie schauderte unwillkürlich, *»… der Wind unter seinen Schwingen bin.«*

»Oh.«

»… als ob ich mich darüber *freue*, als ob es die Erfüllung eines großen Wunsches wäre, für jemand anderes den *Wind* zu spielen? Wie auch immer … jedenfalls sind dann die Fetzen geflogen und, ach, ich weiß auch nicht. Es war so dämlich …« Um etwas zu tun, warf sie die Zigarette über die Ozeandampfer-Reling und sah ihr nach. »Ach, zur Hölle mit ihm. Josh Harper kann sich seinen Scheiß-Wind selbst machen …«

»Oi-oi-oi, wen haben wir denn da?«, schallte eine Stimme über die Dächer. Sie drehten sich um: Josh stand irr grinsend mit ausgebreiteten Armen am anderen Ende des Daches, in jeder Hand ein Glas. Eine junge Frau stolperte hinter ihm her, die eine Variation von einem Kleid trug: zwei schwarze Leder-Rechtecke, die an den Seiten nur von Lederbändern zusammengehalten wurden, was die fehlende Unterwäsche mehr als offensichtlich machte und sie wie kunstvoll verschnürt wirken ließ. Sie war sichtlich betrunken und hatte Mühe, sich in ihren hochhackigen Schuhen auf den feuchten Bohlen aufrecht zu halten.

»Das hier ist ein Privatgespräch, Josh – verzieh dich!«, sagte Nora gedehnt.

»Aber Bullitt müsste bei der Arbeit sein. Bullitt, du *Faultier*!«, sagte er, legte Stephen den Arm um die Schulter und drohte ihm scherzhaft mit dem Finger. »Ich bezahl dir nicht 15 Pfund die Stunde, damit du hier rumstehst und meine bessere Hälfte vollquatschst.«

»Leck mich, Josh«, murmelte Nora und nahm sich eine Zigarette aus Stephens Päckchen.

»Huuuuui!« Josh und das Mädchen lachten verschwörerisch, und einen Moment lang spürte Stephen dieselbe Spannung wie früher auf dem Schulhof, kurz bevor eine Schlägerei ausbrach.

»Hey! Hey, hey, hey!«, sagte Josh und legte Nora den anderen Arm um die Schulter. »War doch bloß Spaß, Süße. Steve kann machen, was er will – wir sind schließlich alle Kumpel, stimmts?«, sagte er und drückte Stephen einen feuchten, verfuselten, kumpelhaften Schmatzer auf die Wange und prustete Nora geräuschvoll in den bloßen Nacken. Nora, die das offenbar nicht ganz so sinnlich fand, wie Josh beabsichtigt hatte, wand sich aus seiner Umarmung. Er schlang ihr den Arm um die Taille. »Und – wie gehts meinem Lieblingsmädchen?«

»Keine Ahnung, Josh – wer ist dein Lieblingsmädchen?«

»Na, du natürlich. Hey, du hast verpasst, wie ich den Kuchen angeschnitten hab!«

»Wirklich? Na, irgendwer hats garantiert mit der Videokamera gefilmt.«

»Ja, stimmt.«

»Na also – der Moment lebt weiter«, höhnte Nora, und selbst durch den Alkoholnebel sah Josh einen Moment lang wirklich verletzt aus.

Das Mädchen in den Lederflicken, das etwas abseits stand, stolperte und fluchte.

»Tut mir Leid, ich bin ja sooo unhöflich«, rief Josh. »Also, Leute, das hier ist …« Sein Mund blieb offen, während er sich an den Namen zu erinnern versuchte.

»Yasmin«, sagte das Mädchen. Ihre Absätze steckten zwischen den Bohlen fest und sie schwankte. »Yasmin mit Y.«

»Aktenzeichen XY ungelöst«, murmelte Nora, legte einen

Arm quer über die Brust und steckte sich die Zigarette mitten in den Mund wie ein Blasrohr. »Yasmin, Schätzchen, du solltest dir was anziehen, du holst dir noch den *Tod* …«

Um sie abzulenken, verstärkte Josh den Griff um Stephens und Noras Schultern. »Und, worüber habt ihr gerade geredet – doch wohl hoffentlich nicht über *mich*.«

»Weißt du, Josh, du solltest wirklich nicht immer automatisch davon ausgehen, dass alle Welt ständig nur über *dich* redet«, murmelte Nora und versuchte, Joshs Arm abzuschütteln.

»Tu ich doch gar nicht.«

»Es gibt noch *andere* Gesprächsthemen, weißt du.«

»Ich weiß, ich weiß! War doch nur ein Scherz!«, sagte Josh und hob beschwichtigend die Arme. »Gott, Nora, warum machst dus mir so schwer? Ich hab mich doch entschuldigt, oder?« Einen Augenblick standen sie schweigend da und lauschten dem hartnäckigen Wummern der Party unter ihnen.

»Ach, verdammter Mist«, murrte Yasmin, die jetzt mit gebeugten Knien ungeschickt versuchte, ihre hochhackigen Riemchenschuhe aus dem Bodenbelag zu befreien, ohne ihren Cocktail zu verschütten. »Hier oben friert man sich ja den Arsch ab. Ich geh wieder rein.« Stephen merkte, dass Nora ihr nachsah und die Flasche fester umklammerte, die sie an der Seite hielt wie eine Keule.

»Also, wer ist *Yasmin*, Josh?«, zischte sie.

»Keine Ahnung – Tänzerin oder so.«

»Tänzerin! Ballett? Jazz? Striptease?«

»Witzig, Nora, echt witzig.«

»Ich geh dann auch besser wieder runter«, murmelte Stephen, aber Nora und Josh hörten ihn nicht. Sie standen da und starrten sich an, Josh hielt Noras Oberarme fest, als wolle er sie daran hindern, über die Reling zu springen. Im Gehen hörte er, wie sie leise und eindringlich miteinander sprachen.

»Was hat eine wildfremde Frau auf deiner Geburtstagsparty zu suchen?«

»Sie ist keine Wildfremde, sie ist … mit einem Freund hier.«

»Mit *ihrem* Freund?«

»Ach, was weiß ich. Ich wollte nur freundlich sein, *nett*, weißt du, anstatt nur rumzuschmollen und alle finster anzustarren.«

»Und deshalb hast du sie mit aufs Dach genommen? Um nett zueinander zu sein?«

»Nein, um ihr den Ausblick zu zeigen! Genau wie du Steve.«

»Tja, nicht *ganz* genau so, Josh.«

»Warum nicht?«

»Weil ich zu keiner Zeit seinen Hosenschlitz mit den Zähnen öffnen wollte …«

»Ach, Herrgott, Nora, nicht *das* schon wieder. Wieso glaubst du mir nicht, dass ich dich liebe?«

»Du machst es mir nicht gerade leicht, Josh.«

»Komm her, Nora.«

»Nein, Josh.«

»Bitte …«

Ohne sich umzudrehen, hielt Stephen sich am Treppengeländer fest und stieg zur Party hinunter, aus dem Raum unter ihm erklang das schreckliche Geräusch von Bongos.

ERROL FLYNN AUF ANTIBIOTIKA

Im Rückblick wurde Stephen klar, dass er Nora nie hätte verlassen dürfen. Wenn er die Regenrinne hinuntergeklettert und nach Hause gegangen wäre und selbst wenn er die Hände tief in den Taschen vergraben und sich auf den Asphalt hinuntergestürzt hätte, wäre der Abend vielleicht noch mit ein paar netten Erinnerungen ausgeklungen. Stattdessen war er zur Party zurückgegangen, etwa so, wie man zu einem noch nicht explodierten Feuerwerkskörper zurückgeht, und kaum hatte er den Raum betreten, war sein Schicksal besiegelt.

Es schien sehr viel mehr Konzentration zu erfordern, die Wendeltreppe hinunter- als sie hinaufzusteigen – durch die Glasstufen hatte er das Gefühl, ins Leere zu treten, und sie fühlten sich unangenehm elastisch und nachgiebig unter den Füßen an. Adam, einer der Kellner, stand am Fuß der Treppe und leerte aufgebracht Aschenbecher in einen Champagnerkübel aus.

»Wo zum Teufel hast du gesteckt?«, schnauzte er.

»Hab mich nur 'n bisschen unterhalten«, murmelte Stephen, dessen Zunge plötzlich viel zu groß für seinen Mund war. »Josh hat gesagt, das wär in Ordnung …«

Adam schnalzte mit der Zunge und seine Augen wurden schmal. »›Josh hat gesagt, Josh hat gesagt‹ – auch wenn du den Boss kennst, Superstar, bist du trotzdem noch ein Kellner …«

Stephen schnitt ihm hinter dem Rücken eine Grimasse,

ging in die Küche, holte ein neues Tablett mit Drinks und kippte in Cowboymanier ein ganzes Glas Rotwein hinunter.

Wenn eine Menge Leute mehrere Stunden lang gleichmäßig gebechert hat, tritt manchmal ein magischer Moment ein, in dem alle gleichzeitig einen fast vollkommenen Zustand harmonischer Geselligkeit erreichen und entspannt, offen, kontaktfreudig, attraktiv, wohlwollend und herzlich werden. Dieser gesellschaftliche Idealzustand war erreicht worden, hatte etwa anderthalb Minuten gedauert und lag nun schon viele, viele Stunden zurück. Die Party war zu etwas Neuem und Schrecklichem mutiert – Drinks wurden verschüttet, Strings wurden plötzlich sichtbar, und die teuren Hi-Fi-Lautsprecher hatten den Geist aufgegeben, wummerten aber immer noch dumpf vor sich hin. Man sprach mit erhobener, oft neckisch verstellter Stimme, und Namen wurden nicht mehr nur beiläufig fallen gelassen, man warf damit um sich. Mehrere hippe, unrasierte junge Männer (in T-Shirts mit Aufschriften wie »Legasthenicker« oder »Was willst du damit sagen …?«) hatten sich um das Mischpult geschart, schwenkten wetteifernd ihre MP3-Player und fanden den aufgelegten Pop ironisch. Die Leute *Vogue*-ten ironisch und zerstampften das zerbrochene Glas unter ihren Füßen zu Staub, oder sie standen in festen Grüppchen zusammen, grölten sich an und flirteten aggressiv. Das Ganze erinnerte an eine Tagung für betrunkene, taube Nymphomanen. Stephen, den sein Dienstbotenstatus wie eine schützende Glaskugel umgab, glitt unsichtbar durch die Menge, lächelte höflich, hielt sich diskret im Hintergrund, wenn Handyfotos gemacht wurden, servierte Drinks und sammelte halb leere Gläser ein, in denen lippenstiftverschmierte Kippen schwammen. Schließlich bot er einer winzigen jungen Frau im Spaghettiträgerkleid einen Drink an, die zu einem großen, dünnen, auffällig gekleideten Mann hinaufbrüllte, dessen sorgfältig gestutztes Ziegenbärtchen aussah wie angeklebt und der unter dem Fischerhut aus Tweed sichtlich schwitzte: ein halbwegs bekannter Jungschauspieler, der mit einigem Erfolg arrogante Arschlöcher mimte.

»... ich meine, Fernsehen ist schon okay, von irgendwas muss man schließlich seine Rechnungen bezahlen«, sagte die Frau, die mechanisch Kaugummi kaute, als hätte sie einen eingebauten Motor im Kiefer, »... aber meine wahre Liebe ist das Theater. Es ist so viel *aufregender*: Diese intime Atmosphäre, dieses Gefühl, dass einfach *alles* passieren kann. Ich sage dir, ich würde *Summers and Snow* ratzfatz hinschmeißen, aber *ratzfatz*, wenn ich die Chance bekäme, in einem kleinen, hippen, neuen Stück mitzuspielen ...«

Stephen sah sich die Frau genauer an, und tatsächlich, es war seine ehemalige Kollegin, die forsche, eigenwillige TV-Ermittlerin Police Constable Sally Snow alias Abigail Edwards. Als sie ein Glas vom Tablett nahm, trafen sich ihre Blicke, und sie schenkte Stephen ein Lächeln, das er fälschlicherweise als liebenswürdiges Zeichen des Wiedererkennens interpretierte.

»'n Abend allerseits!«, rief er aufgekratzt und knickste scherzhaft.

Police Constable Sally Snow rümpfte die Nase. »Entschuldigung, kennen wir uns ...?«

»Wir haben neulich zusammen gearbeitet!«

»Ah. Ah, tatsächlich?«

»Na, und ob. Letzte Woche, erinnern Sie sich? Kleiner Hinweis gefällig?« Und er verdrehte die Augen und ließ die Zunge seitlich aus dem Mund hängen. Abigail und der Mann mit dem Ziegenbärtchen starrten ihn verständnislos an. »Ich war die Leiche? Der Erdrosselte? Auf dem Seziertisch? Sie sind in Ohnmacht gefallen, als mir der Gerichtsmediziner die Lungenflügel entfernt hat, wissen Sie nicht mehr ...?«

»Oh ja, richtig. Natürlich! Sie sind Opfer Nummer Vier!«

Stille.

»Eigentlich heiße ich Stephen, Stephen McQueen. Mit P-H, nicht zu verwechseln mit dem berühmten Filmschauspieler!«, brabbelte Stephen, um ihnen zuvorzukommen.

»Fast hätt ichs nicht gemerkt«, sagte der Mann mit dem angeklebten Bart gedehnt und bewies, dass die Rolle des arroganten Fieslings ihm auf den Leib geschrieben war. Stephen verspürte den unwiderstehlichen Drang, ihm das Ziegenbärtchen auszureißen oder es zumindest genüsslich zu versuchen.

»Tja – angezogen haben Sie mich wahrscheinlich nicht gleich erkannt!«, sagte er zu Abigail, aber die Bemerkung ging im Wummern von Van Halens *Jump* unter.

»*Was* haben Sie gesagt?«, fragte der schwitzende Mann gedehnt und blickte aus halb geschlossenen Augen auf ihn herab. Selbst durch den Alkoholnebel merkte Stephen, dass die Bemerkung ein Fehler gewesen war, den er nicht wiederholen wollte, aber ihm blieb wohl keine andere Wahl.

»Ich sagte, angezogen hat sie mich wahrscheinlich nicht gleich erkannt!«

»Was?«, brüllte der Mann wieder und legte eine Hand ans Ohr.

Getreu dem Grundsatz, dass eine Bemerkung umso witziger wird, je öfter man sie wiederholt, sagte Stephen noch einmal: »Angezogen hat sie mich wohl nicht gleich erkannt.«

»Wir *verstehen* Sie nicht …«

»Ich sagte, wahrscheinlich, wahrscheinlich hat sie, ich sagte, sie hat mich wohl nicht gleich …«

»Etwas lauter …«

»Ich sagte, angezogen hat sie mich wahrscheinlich nicht gleich …«

»Noch mal, bitte …«

»Ich habe nur gesagt, dass sie mich wohl …«

»Wie bitte?«

»Sie hat mich wahrscheinlich …«

… und da legte Abigail Edwards ihm mitfühlend eine Hand auf den Unterarm, als besuchte sie einen Fan im Krankenhaus. »Wir verstehen Sie sehr gut. Er will Sie nur *aufziehen.*«

Aha, okay, verstehe. Tja, wenn das so ist, warum fickt er sich dann nicht ins Knie?, dachte Stephen, dann sah er ihre Gesichter und merkte, dass er es laut gesagt hatte. Schweigend standen sie da, der Mann feixte und prustete ungerührt, Abigail biss sich auf die Lippe und sah sich um, und Stephen kam der Gedanke, wenn das Gebäude nur geringfügig höher gewesen wäre als zwei Stockwerke, dann hätte er definitiv Van Halens Ratschlag befolgt: *Go ahead and jump.*

»Entschuldigen Sie uns bitte, wir müssen noch …«, murmelte Abigail schließlich und machte sich nicht mal die Mühe, die Ausrede zu Ende zu führen. »Komm …«, und Police Constable Sally Snow fasste den Mann mit dem Ziegenbärtchen am Arm und zog ihn hinter sich her, als hätte sie ihn soeben verhaftet. Im Weggehen stellte der Mann sein leeres Glas auf Stephens Tablett.

»Sorry, noch mehr zum Spülen für Sie«, sagte er grinsend, zwinkerte, drehte sich um und ging.

Stephen blieb einen Augenblick stehen; er schwankte leicht. Die letzten Spuren der trunkenen Hochstimmung aus der Unterhaltung mit Nora waren verflogen. Er fühlte sich hundeelend. Nein, schlimmer noch. Er war verdammt. Dies war die *Hölle.* Und die Hölle, das waren nicht irgendwelche anderen, sondern *genau diese Leute.* Er merkte, dass die Gläser auf seinem Tablett gefährlich zu klirren begannen, wie zu Beginn eines Erdbebens …

»Hallo? Entschuldigen Sie …?«

… und dass jemand mit ihm sprach …

»Hallohooo? Jemand zuhause? …«

… eine extrem kleine, atemberaubend schöne junge Frau, eine der »Angesagten Jungen Britinnen, die derzeit Hollywood unsicher machen«, stand vor ihm, starrte aus einiger Entfernung finster zu ihm herauf und lutschte einen Lolli. Auf ihrem T-Shirt stand in verschnörkelter Schrift: »The Bitch is back!« Stephen las es, lächelte und hatte plötzlich das dringende Bedürfnis, ihr klar zu machen, dass er keineswegs auf ihre Brüste starrte, sondern nur den Schriftzug gelesen hatte.

»›Das Miststück ist zurück!‹«, sagte er laut, entzückt, eine potenziell peinliche Situation entschärft zu haben.

»Ja, ja, okay, sehr geistreich, hören Sie, wir haben da drüben Rotwein verschüttet«, sagte die Angesagte Junge Britin, nahm den Lolli aus dem Mund und wedelte damit vor seiner Nase herum. »Könnten Sie bitte etwas Salz holen gehen? Wenn es nicht zu viele *Umstände* macht …?«

»Salz. Natürlich.« Geistesabwesend drückte er ihr das Tablett mit den schmutzigen Gläsern in die Hand. Sie nahm es instinktiv an, hielt es dann aber auf Armeslänge von sich und starrte es verwirrt an, als hätte man ihr gerade den Kopf von Johannes dem Täufer gereicht.

»Na, hören Sie mal …!«, rief sie ihm nach, aber Stephen war schon weg, machte einen Riesenbogen um Küche und Salz und suchte, schon zum zweiten Mal an diesem Abend, Zuflucht auf dem Klo.

Wie durch ein Wunder gab es keine Warteschlange, vermutlich waren die meisten Leute schon zu hinüber, um es überhaupt noch zu finden, und unsagbar erleichtert schloss Stephen hinter sich ab. Das Badezimmer sah völlig anders aus als der Vorführraum aus Latex und Edelstahl, in dem er sich vor fünf, nein, Gott steh ihm bei, sechs Stunden verkrochen hatte. Selbst durch den schweren Duft der edlen Diptyque-Kerzen roch man noch die Drogen und den Spargel-Urin. Er seufzte und beugte sich mit ausgestreckten Händen über die Toilette, als sollte er gefilzt werden.

Musste es denn wirklich immer so sein? Sollten betrunkene Schauspieler nicht etwas Liebenswertes an sich haben? Wilde, zechende, versoffene, testosteronstrotzende Männer wie Burton, Harris, Flynn oder sein Namensvetter; großherzige, unberechenbare Naturgewalten, die den Raum mit schallendem Gelächter füllten und mit ihrem wilden, betrunkenen, unwiderstehlichen Charme die Herzen schöner Frauen zum Schmelzen brachten. Es schien nicht sehr wahrscheinlich, dass Stephen heute Abend noch Herzen zum Schmelzen bringen würde. Er hielt sich am Spülkasten fest und wusste kaum, ob er noch geradeaus pinkeln konnte, und viel, viel zu spät fiel ihm ein, dass der Sympathische Säufer nicht zu seinem Repertoire gehörte. Alkohol machte ihn weder anarchisch noch lustig, weder verwegen noch verrufen. Er machte ihn auch nicht unwiderstehlich, sondern im Gegenteil äußerst widerstehlich. Es war wie eine schreckliche, selbst verschuldete Körperverletzung, so als hätte er sich freiwillig mehrmals von einem Auto überfahren lassen. Wie jeder Schuljunge wusste er, dass es keine gute Idee war, Bier auf Wein zu trinken, aber die Mischung Wein auf Bier auf Antibiotika auf Wein auf Bier auf Bier auf Wein auf Antibiotika auf Bier auf Wein auf Bier grenzte schon an Verblödung. Er entschied, dass das geheimnisvolle Antibiotikum schuld sein musste. Selbst Errol Flynn wäre nie auf die Idee gekommen, Alkohol auf Antibiotika zu trinken.

Er schaute in den Spiegel und versuchte, klar zu sehen. Es kam ihm vor, als sähe er alles durch die Brille seiner Großmutter, aber immerhin erkannte er, dass sein Gesicht aufgedunsen und schlaff wirkte, die Lider herabhingen und dass seine Haut die Farbe von OP-Handschuhen hatte, sein Kopf fühlte sich taub und voll gepackt an, wie mit Glaswolle gefüllt. Mit der linken Hand tastete er den rechten Arm ab, um erst das Handgelenk und dann seine Armbanduhr zu lokalisieren, hielt sie sich im Bemühen, etwas zu erkennen, abwechselnd dicht vor die Augen und weiter weg und versuchte dann angestrengt, aus der Position der Zeiger irgendeine sinnvolle Information abzuleiten. Suff Uhr dreißig. Er verspürte den dringenden, verzweifelten Wunsch nach Nüchternheit. Er machte die Augen zu und schloss im Stillen einen Pakt mit Gott – *bitte, Gott, wenn du mich jetzt wieder nüchtern machst und nach Hause ins Bett bringst, verspreche ich dir, nie, nie wieder einen Tropfen Alkohol anzurühren.* Aber Gott hatte wohl die letzte U-Bahn erwischt, denn als Stephen die Augen öffnete, sah er deutlich, wie der Boden und die Wände um ihn herum sich ausdehnten und zusammenzogen. Er musste *dringend* ausnüchtern. Was machten die Leute in Filmen, um nüchtern zu werden? Kaffee trinken, kalt duschen, sich ohrfeigen lassen. Vermutlich musste er sich nicht mal sehr anstrengen, um geohrfeigt zu werden.

Es klopfte. »Hallohooo, was *treiben* Sie denn da drinnen?«, rief von draußen eine anzügliche Frauenstimme.

»Sterben«, sagte er leise zu sich selbst, lehnte die Stirn an den Spiegel, während sich das Kupferwaschbecken mit Wasser füllte, und beugte sich dann vor, um sich kaltes Wasser ins Gesicht zu spritzen.

Halb hinuntergebeugt hielt er inne. Neben den Toilettenartikeln auf der schmierigen, dunklen Marmorablage lag ein dickes, längliches Häufchen flockigen, weißen Pulvers. *Drogen.* Jemand hatte seine Drogen liegen gelassen.

Abgesehen von Joints und dem gelegentlichen, entspannenden Schluck aus der Wick-MediNait-Flasche war Stephen kein regelmäßiger Drogenkonsument. Sein letzter Zusammenstoß mit Kokain hatte damit geendet, dass er vor einem Raum voller wildfremder Menschen einen verbitterten Vortrag darüber hielt, warum seine Ehe in die Brüche gegangen war. Seitdem war er zum Schluss gekommen, dass in puncto demütigenden Verlusts von Selbstbeherrschung Alkohol eigentlich völlig ausreichte. Aber jetzt waren drastische Mittel gefragt. Vielleicht brauchte er nur einen kleinen Anstoß, einen Extrakick – und sagte man nicht, dass Kokain einen klaren Kopf und unerschütterliches Selbstvertrauen verlieh? Wenn er das Koks nahm, konnte er den Abend vielleicht noch retten und ein bisschen mehr wie, nun ja, ein bisschen mehr wie Josh Harper sein.

»Was immer Sie da drinnen *treiben*, könnten Sie sich *bitte* etwas *beeilen*?«

Es war einfach zu verlockend. Hastig griff er in die Innentasche seines Jacketts, fand seine Brieftasche, zog einen schmuddeligen, feuchten Fünfpfundschein heraus, rollte ihn, so gut es ging, zu einem schlaffen Röhrchen zusammen, beugte sich über das fette Kokainwürmchen und schniefte kräftig. Er warf den Kopf zurück, fühlte, wie der Stoff hinten in der Kehle ankam und schmeckte den charakteristischen, seifig-chemischen Nachgeschmack, als das Pulver sich auflöste. Dann hielt er sich fest die Nase zu, damit nichts verloren ging, lehnte sich kurz an die Marmorablage und wartete darauf, von einer Welle sublimen, dekadenten Hochgefühls und Selbstvertrauens erfasst zu werden. Ein paar Flöckchen waren noch übrig, und Stephen nahm sie mit den Fingern auf und rieb sie sich ins Zahnfleisch, genau so, wie er es im Kino gesehen hatte. Er sagte sich, dass das eindeutig guter Stoff war, astreiner Schnee, und erst als er die Reihen teurer Pflegeprodukte auf der Marmorablage genauer betrachtete, erkannte er den chemischen Geschmack als Sandelholz und Moschus, mit einer feinen Ammoniaknote, und ihm dämmerte, dass die wachsartige, weiße Substanz, die er gerade gesnieft hatte, ein Überrest von Josh Harpers Deodorant war.

Ihm brach der Schweiß aus. Die berauschende Wirkung eines Deodorantstifts – selbst wenn er Josh Harper gehört – ist bisher noch nicht hinreichend erforscht worden, aber Euphorie und gesteigertes Selbstbewusstsein gehören anscheinend nicht dazu. Hustend und spuckend versuchte Stephen, den Kopf unter den unpraktischen Wasserhahn zu zwängen, und mühte sich ab, um wenigstens ein paar Schlucke warmen Leitungswassers abzubekommen. Aber sein Kopf passte einfach nicht in das tiefe Kupferwaschbecken, und als er versuchte, den Wasserhahn in den Mund zu nehmen, erreichte er damit nur, dass er ihn sich schmerzhaft ins Zahnfleisch rammte und den Anzug nass spritzte. Irgendjemand hatte rücksichtsvollerweise eine halb volle Flasche Rotwein auf dem Spülkasten stehen lassen, und er griff danach und trank und trank, bis der seifige Geschmack verschwunden war. Dann sackte er hustend und röchelnd mit dem Rücken gegen die Tür zusammen.

Siehst du? Das passiert, wenn du die Wohnung verlässt, schalt er sich. *Du könntest jetzt schön gemütlich zu Hause sitzen und dir einen alten Film ansehen. Aber nein, du musstest ja unbedingt die Wohnung verlassen. Tu das bloß nie, nie wieder …*

Und dann kam es zwischen dem gesnieften Antitranspirant, dem Antibiotikum und den diversen Alkoholsorten, die er getrunken hatte, wohl zu irgendeiner schrecklichen chemischen Reaktion, denn von da an nahm er alles nur noch sehr schemenhaft wahr.

Er erinnerte sich, dass er seine Krawatte ausgewrungen und mit Mühe den Weg nach draußen gefunden hatte, wo drei unglaublich attraktive Frauen warteten. Eine von ihnen sagte etwas, ihre Stimme klang gedämpft und weit weg, wie unter Wasser, und die anderen Frauen lachten. Stephen lachte auch, verwegen wie Errol Flynn, weil sie in ihren Paillettenkleidern so verführerisch aussahen wie Meerjungfrauen, und dann sagte er laut etwas, etwas über Meerjungfrauen, wiederholte es, sinnierte über seinen Wunsch, ein Wassermann zu sein, und fügte erklärend hinzu, dass er Antibiotika genommen und außerdem soeben Josh Harpers Deostick gesnieft habe. Die Frauen nickten, umgingen ihn, wie man ein Schlagloch umgeht und marschierten zu dritt ins Badezimmer. Das fand Stephen so aufreizend, dass er ihnen folgen wollte, aber er konnte die Tür nicht mehr finden. Plötzlich überkam ihn das überwältigende, irrationale Verlangen, Bongo zu spielen. Vielleicht ließen die Meerjungfrauen ihn ja ins Badezimmer, wenn er ihnen etwas auf den Bongos vortrommelte. Bongos waren die Antwort. Bongos waren der Schlüssel. Muss. Bongos. Finden.

Plötzlich erspähte er die Angesagte Junge Britin in dem »Bitch is Back«-T-Shirt, die ihn um Salz gebeten hatte. Sie kniete vor einem Fleck im Teppich und schwenkte vorwurfsvoll eine Packung »Saxa Tafelsalz«. Abrupt schlug er eine andere Richtung ein und kam an Josh vorbei, und Josh sagte: »Steve McQueen, das ist mein alter Kumpel, Steve McQueen, er heißt wirklich so, kaum zu *glauben,* oder, ein Schauspieler namens Steve McQueen, Steve McQUEEN …«, und dann sah er Nora, Gott sei Dank, seine gute alte Freundin und Vertraute Nora, die süße, kluge, witzige, sexy Nora, die am anderen Ende des Raums auf der Couch saß, mit einem Strohhalm in ihrem Drink rührte und auf abwesende, gleichgültige Art die Schultern im Takt zur Musik bewegte, Nora, die traurig und einsam und bezaubernd und atemberaubend schön aussah, und er beschloss, dass es von nun an seine Lebensaufgabe sein würde, sie vor diesem schrecklichen Ort und diesen schrecklichen Leuten zu retten. Auch sie musste die Unausweichlichkeit dieses Beschlusses gespürt haben, denn auf einmal sah sie ihn an und lächelte. Grinsend zeigte er mit dem Finger auf sie, wie ein Seemann, der Land sichtet, und sie deutete mit ausgestrecktem Arm auf ihn. Er nahm das als Aufforderung, stolperte zu ihr hinüber und strandete neben ihr auf dem Sofa. Er gab Laute von sich, die hoffentlich wie Sprache klangen, und sie gab auch Laute von sich, freundliche, mitfühlende Laute, dann legte sie ihm den Handrücken auf die Stirn wie eine Krankenschwester, was ihm absolut fantastisch vorkam.

Bald darauf fand er sich im Mantel auf einem riesigen Haufen anderer Mäntel liegend in einem Raum wieder, der das Schlafzimmer sein musste, und Nora rief ihm ein Taxi, einen Krankenwagen oder einen Leichenwagen, was, war ihm egal. Durch den Mantelberg spürte er, wie das Bett im Rhythmus der Musik vibrierte, und als er sich umsah, merkte er, dass die Wände und die Zimmerdecke ebenfalls vibrierten, genau wie die Gummiwände des Badezimmers. Plötzlich krampfte sich sein Magen zusammen, und auf einmal bestand die sehr reale Möglichkeit, dass er die Mäntel sämtlicher Gäste voll kotzen würde, deshalb richtete er sich mit einem Ruck auf, suchte einen Punkt, auf den er sich konzentrieren konnte – ein raffinierter, kleiner Trick, den er in einem Jazztanzkurs aufgeschnappt hatte –, und entschied sich für die Nachbildung eines weißen Sturmtruppen-Helms aus *Star Wars* in Originalgröße. Wie ein Kleinkind ließ er sich von der Schwerkraft zum Kaminsims hinüberziehen und nahm den glänzenden weißen Fiberglashelm herunter, der neben einer nahezu vollständigen Sammlung von *Star Wars*-Figuren stand, die zwar nicht mehr verpackt, aber immer noch in ausgezeichnetem Zustand waren. Das Innere des Helms war mit löchrigem, vergilbendem Schaumstoff gepolstert und roch leicht modrig. War er vielleicht schon 30 Jahre alt? War es etwa – großer Gott – ein *Original*? Es gibt nur wenige Männer aus Stephens Generation, wenn überhaupt welche, die der Versuchung widerstehen können, einen wirklichen, echten imperialen Sturmtruppen-Helm zu tragen, und dementsprechend setzte er ihn sich ehrfürchtig wie eine Krone auf den Kopf, um gleich darauf einen Würgreiz zu unterdrücken, weil es plötzlich so stickig war und flüchtig nach Rührei und Pommes roch, vermutlich vom Atem eines Stuntmans aus dem Jahre 1977. Von irgendwoher aus der heißen, dichten Masse seines Gehirns kam der Befehl: »Nicht in den Sturmtruppen-Helm reihern!«, und er nahm ihn hastig wieder ab.

Als er ihn auf das Kaminsims zurückstellen wollte, sah er, was Josh als Helmständer benutzte.

Einen British Academy Film and Television Award. Bester Schauspieler 2000.

Er hob die schwere Bronzetrophäe hoch, wog sie anerkennend in der Hand, ließ sie fast fallen und suchte nach einem Spiegel, nur aus Neugier, nur um zu sehen, wie er mit einem Preis in der Hand wirkte.

Er entschied, dass er ihm fantastisch zu Gesicht stand, dass er in seiner Hand ganz natürlich wirkte und dass er noch besser ausgesehen hätte, wäre er nicht einem anderen verliehen worden. Leicht schwankend, hielt er die Trophäe auf Armeslänge von sich. »Ssehr verehrde Schürymitglier, dange, dassie für mich gestimmt ham. Unnun möchte ich noch, wenns gestattetis, eim alden Freund danken: meiner Sweitbesesung, Josh Harper …«

In diesem Moment kam Nora Harper mit der Nachricht zurück, das Taxi sei da, und mit fast übermenschlicher Geschwindigkeit und Anmut ließ Stephen die Trophäe geschickt unter seinem Mantel verschwinden und klemmte sie sich fest in die Achselhöhle.

Und danach wurde alles sehr, sehr verschwommen.

Filmriss.

Zweiter Akt

DIE TITELROLLE

Dann wirst du deine Ballons nicht mehr in irgendwelchen Cabarets falten. Dann wirst du die Ballons in Universitäten und Hochschulen falten.

Woody Allen
Broadway Danny Rose

DER KÖNIG DER WELT

Als Stephen am Montagmorgen mühsam die Augen aufschlug, sah er als Erstes das Gesicht eines Mannes neben sich auf dem Kissen. Es sah auf klassische Art gut aus, ein bisschen wie Josh Harpers – flache Nase, kräftiges Kinn, umrahmt von kurzen »Renaissancefürst«-Locken –, starrte ihn mit einem blicklosen Auge unbewegt an und thronte aufrecht auf einem schwarzen Marmorsockel, in den die Worte »Bester Schauspieler 2000« graviert waren.

Stephen schrie auf und krabbelte zur Wandseite des Bettes, so weit weg von dem Gesicht wie möglich, und zog dabei die Bettdecke mit sich. Das Gesicht schwankte kurz, kippte rückwärts vom Bett und fiel mit einem dumpfen Geräusch zu Boden wie ein abgeschlagener Kopf. Stephen lag einen Augenblick wie erstarrt da, gerade lange genug, um sich darüber klar zu werden, wo er war und was er gerade gesehen hatte, dann krabbelte er zum Bettrand und betete und hoffte, dass er sich das nur eingebildet hatte. Da war es wieder, neben einem umgekippten Wasserglas, ein heroisches, Josh ähnelndes Bronzegesicht, das zu ihm heraufstarrte, die Mundwinkel kaum merklich zu einem Grinsen verzogen.

Wie eine Sumpfgasblase kamen Erinnerungen hoch, an eine lange, halluzinatorische Taxifahrt, wie er die Trophäe unter seinem Mantel entdeckte, die er dort vor Nora versteckt hatte …

Er hatte versehentlich einen Preis geklaut.

Er musste ihn loswerden. Er überlegte, ihn in einen Müllbeutel zu stecken und in die Themse zu werfen. Aber es war schwierig, etwas in die Themse zu werfen, ohne dabei gesehen zu werden, und was war, wenn jemand die Polizei rief oder der Preis durch irgendeine kranke Laune der Natur wieder angespült wurde? Was war, wenn er auf Fingerabdrücke untersucht wurde? Knast. Es brauchte nicht viel, Stephen davon zu überzeugen, dass er in den Knast wandern würde. Er sah sich selbst in Gefängniskluft, wie er eine lange Zeit in Untersuchungshaft verbrachte, einen schmerzlichen Besuch von seiner Ex-Frau bekam, in die Heroinhölle abrutschte, in der Gemeinschaftsdusche abgestochen wurde …

Natürlich war das reiner Verfolgungswahn. Man kam nicht ins Gefängnis, wenn man einen BAFTA mitgehen ließ. Am besten behielt er das Ding einfach, schmuggelte es ins Theater und stellte es am Bühneneingang ab, wenn etwas Gras über die Sache gewachsen war, vielleicht mit einem anonymen Entschuldigungsschreiben mit ausgeschnittenen Buchstaben aus alten Zeitungen. Bis dahin würde er den Kopf in eine Decke wickeln und ganz hinten im Schrank aufbewahren, zusammen mit dem Belegexemplar von *Sammy das Eichhörnchen singt die schönsten Kinderlieder.*

Plötzlich fiel ihm siedend heiß ein, dass er zu spät zum Treffen mit seiner Tochter kam. Rasch zog er den Mantel an, fuhr auf der Suche nach den Schlüsseln mit den Händen in die Taschen, schrie auf und riss sie wieder heraus. Das Tascheninnere hatte sich warm und feucht angefühlt und war mit irgendetwas Weichem gefüllt. Es war, als würde man in Eingeweide fassen, aber er atmete tief durch, griff zögernd nochmal hinein und zog eine feuchte, zerfallende weinrote Serviette voll zermatschter Canapés hervor – Mini-Quiches, Cocktail-Würstchen, klebrig von Honigsenf, und eine Feige im Schlafrock, die die ewige Ruhe gefunden hatte. Das Büfett. Er hatte aus Versehen Häppchen gestohlen. Hatte jemand beobachtet, wie er sich am Büfett bediente? Nora etwa? Der BAFTA, das Büfett, was hatte er sonst noch geklaut? *Bargeld?* Wieder steckte er die Hand in die Tasche und ertastete etwas aus Hartplastik, das nachgab, wenn man es drückte. Langsam zog er es heraus: eine 15 Zentimeter große aufstellbare Figur von Han Solo im Kostüm von *Das Imperium schlägt zurück*, beschmiert mit etwas, das vermutlich Saté-Soße war. Ein BAFTA, das Büfett, eine *Star Wars*-Figur; zum ersten Mal verstand er die wahre Bedeutung der Redewendung »sich in Grund und Boden schämen«. Er konnte fühlen, wie seine Füße in den abgewetzten Turnschuhen erdwärts strebten. Er schüttelte den Kopf und riss die Augen auf.

Ich muss die letzte Nacht hinter mir lassen.

Ich darf Sophie nicht enttäuschen.

Ich muss mich konzentrieren.

Ich muss für Sophie mein Bestes geben.

Mein Ziel und meine Absicht sind es, Sophie und Alison zu zeigen, dass ich ein guter, verantwortungsbewusster, liebevoller und erfolgreicher Vater bin.

So schnell wie möglich stopfte er die gestohlenen Häppchen in den Mülleimer, wusch sich die Hände, spritzte sich Wasser ins Gesicht und rasierte sich. Sein Gehirn fühlte sich geschwollen und wund an und schien die ganze Zeit in seinem Schädel herumzurollen wie eine Orange im Schuhkarton. Er zog saubere, schicke Sachen an, ein gebügeltes Hemd, vernünftige Hosen, eine ordentliche Jacke und ordentliche Schuhe. Er schluckte zwei Aspirin und gurgelte mit Mallebrin, um die Mandelentzündung zu bekämpfen, zog den Mantel wieder an und ging auf die Straße, als hoffentlich wenigstens bis zu einem gewissen Grad neuer Mensch.

HARRISON FORD UND DAS FRÜHSTÜCKSZIMMER DES VERDERBENS

Kurz nach der Geburt seiner Tochter hatte Stephen sich jener Orgie feierlicher philosophischer Spekulationen hingegeben, die unvermeidlich mit neu erlangter Vaterschaft einhergeht. Was wird aus meiner Familie, fragte er sich besorgt, wenn ich nicht da bin, um auf sie aufzupassen? Wie würden sie ohne mich zurechtkommen? Heute, sieben Jahre später, kannte er die Antwort.

Sie kamen geradezu fabelhaft zurecht.

Sophie lebte jetzt bei Alison und ihrem neuen Mann Colin, einem Investment Banker, in einem komfortablen viktorianischen Haus nicht weit von Barnes Common und seinen Grünflächen. Das Haus, oder Heim, hatte sechs Zimmer, einen großen Garten mit Laube, modernistischem Brunnen und zwei funkelnagelneue Wagen in der Einfahrt. Es war ein freistehender roter Ziegelbau mit großen Schiebefenstern und rauchendem Schornstein, ein Haus, wie von einem Kind gemalt; wie sollte man auch ein Wohnschlafzimmer malen?

Stephen stand vor der Tür und warf einen Blick auf die ordentlich aufgereihten, der Größe nach sortierten Gummistiefel neben der Fußmatte, wie die drei Bären aus *Goldlöckchen.* Er klingelte und versuchte, sich nicht wie ein Vertreter vorzukommen.

Wie erwartet öffnete Colin die Tür. Er trug sportliche Katalog-Freizeitkleidung in den üblichen Moos- und Flechtenfarben. Sie spannte sich unschön über dem massigen, teigigen Körper des ehemaligen Privatschul-Rugbyspielers und heutigen Gelegenheitsgolfers, und wieder einmal überfiel Stephen heftiger, purer, schuldfreier Hass. Auf Colins breitem gerötetem Mannschaftskapitänsgesicht lag ein selbstzufriedenes Lächeln, den Kragen seines Poloshirts hatte er zur Feier des Urlaubs lässig hochgeschlagen, und seine Wangen sahen so rosig aus wie frisch geschminkt. Oder geohrfeigt. Das malte Stephen sich zumindest gerne aus: Colin, der mit zwei Tischtennisschlägern gleichzeitig so richtig geohrfeigt wurde.

»Steve!«

»Colin!«

»Wir haben uns schon gefragt, wo du bleibst.«

»Tja – hier bin ich.«

»Tja – schön, dass du da bist!«, log Colin. »Ich sag der jungen Dame Bescheid!« Colin drehte sich um und rief ins Haus: »Sophie, Steve ist da!«

Stille.

»Komm doch rein«, sagte Colin und öffnete die Tür gerade so weit, dass Stephen sich ins Haus quetschen konnte. Er überlegte, ob er sich die Schuhe abtreten sollte, entschied sich aber dagegen. Das würde ihm eine Lehre sein. Er folgte Colin in die Küche, wurde aber von Sophie gestoppt, die mit Höchstgeschwindigkeit aus dem Wohnzimmer geflitzt kam und sich auf ihn stürzte. Sie schlang ihm die Arme fest um den Nacken und die Beine um die Taille, als würde sie sich an einem Baum festhalten, so dass ihm die Luft weg blieb.

»Hey – wo kommst du denn her?«, keuchte er und küsste sie auf die Stirn.

»Warum hast du solche Sachen an?«, fragte sie und spähte über ihre kleine Nase auf ihn herunter.

»Was für Sachen?«

»Schicke Sachen.«

»Hey, ich hab immer schicke Sachen an.«

Sophie runzelte nur die Stirn.

»Na ja, ich wusste, dass wir uns sehen, da hab ich mich in Schale geworfen!«

Das Stirnrunzeln vertiefte sich. »Hast du gar nicht, Doofi.« Dann hellte sich ihre Miene auf, und sie sagte: »Hast du ein Vorstellungsgespräch?«

Stephen schwieg kurz und sagte dann ruhig: »Nein, Sophie, denn ich habe schon eine Arbeit, vielen Dank.«

»Ja, aber ich meine *richtige* Arbeit.«

»So, jetzt aber runter da, Pummelchen«, sagte Colin diplomatisch. »Ich glaube, du bist schon ein bisschen zu schwer für den armen alten Steve.« Colin gehörte zu den Menschen, die immer ein unsichtbares nasses Handtuch parat haben, um den Leuten einen Klaps zu verpassen. Stephen hörte es klatschen, und wieder fühlte er den Hass siedend heiß in sich aufsteigen.

»Nein, ist sie nicht! Du bist doch nicht zu schwer für mich, oder, Prinzessin? Du bist federleicht.« Mit einiger Anstrengung streckte er die Arme aus, bis seine Ellbogen sich berührten, und Sophie stieß geräuschvoll mit der Stirn gegen den Lampenschirm.

»Könntest du mich jetzt bitte runterlassen?«, fragte sie ruhig.

Stephen unterdrückte mit Mühe ein Stöhnen und stellte sie auf den Boden.

»Und, bist du gestiefelt und gespornt, Sophie?«, fragte Colin und rieb Sophie den angeschlagenen Kopf.

»Ich bin fast fertig.«

»Dann lauf schnell hoch und zieh dir den Mantel an«, sagte er und schob sie zur Treppe. Während sie Sophie nach oben stapfen hörten, fragte Stephen sich, ob er es im Falle eines Kampfes wohl mit Colin aufnehmen konnte. Was Körpermasse anging, war Colin sicher im Vorteil, aber Stephen war motiviert. Besonders, wenn er mit einem Cricketschläger bewaffnet war. Oder einem Samuraischwert …

»Hey, hör zu«, flüsterte Colin, »wir wollten dich fragen – was schenkst du du-weißt-schon-wem zu Weihnachten?«

»Weiß ich noch nicht. Warum, was schenkt ihr ihr denn?« Ein eigenes Haus vielleicht?, fragte sich Stephen. Oder eine kleine Insel?

»Ein Klavier«, wisperte Colin, und Stephen fühlte das feuchte Handtuch nahe beim Ohr.

»Habt ihr nicht schon eins?«, fragte Stephen, der sich erinnern konnte, vor zehn Jahren mit Alison in einem Trödelladen ein altes Wandklavier erstanden zu haben.

»Der alte Klimperkasten? Völlig verstimmt. Nein, wir dachten, wir investieren in einen Stutzflügel oder so. Ich wollts dir nur sagen, falls du, keine Ahnung, einen Klavierstuhl oder Noten beisteuern willst.«

»Klatsch« machte das Handtuch …

»Eigentlich – hatte ich dieses Jahr etwas ganz Besonderes für Sophie geplant«, improvisierte Stephen.

»Oh – na gut. Okay, also, wenn du dir das leisten kannst …«

»Ja klar.«

»Gut. Schön. Großartig.«

Und das wars. Schweigend standen sie an die gegenüberliegenden Flurwände gelehnt wie zwei ungleiche Ringer. Colin brach das Schweigen. »Gut, also, die Dame des Hauses ist im Frühstückszimmer, falls du hallo sagen willst.«

»Okay«, sagte Stephen und folgte dem Radio-4-Geplapper in Richtung Frühstückszimmer, was auch immer *das* sein mochte.

Seine Ex-Frau balancierte mit dem Rücken zu ihm auf einer Trittleiter und hängte Gardinen auf. Einen Augenblick stand er schweigend im Türrahmen, beobachtete sie und fragte sich, wie er je damit durchgekommen war, sie zu heiraten. Sie hatte nicht mehr viel gemein mit der frechen Frau in Latzhosen, die Selbstgedrehte rauchte, Bier trank und ihm vor acht Jahren im Standesamt von Camden das Jawort gegeben hatte. Sie war klein, gesund und hübsch, trug kostspielige Freizeitkleidung, ihre Frisur war teuer auf zerzaust getrimmt, sie sah aus wie die Mütter in der Fernsehwerbung, die kecke, kluge, moderne, sexy Mum, die ihre süße Tochter ins Bett bringt, um anschließend zur Dinnerparty zurückzugehen und attraktiven Kollegen teure Minzplätzchen zu reichen. Sie hätte Riesenerfolg gehabt, dachte er, wenn sie die Schauspielerei nicht für die Personalberatung an den Nagel gehängt hätte.

»Ich soll nach der Dame des Hauses fragen.«

»Das bin dann wohl ich.«

»Brauchst du Hilfe?«

»Hallo, Stephen. Nein danke, geht schon. Bin sofort bei dir«, sagte sie und atmete etwas gepresst vor Anstrengung, weil sie die Arme über den Kopf strecken musste. Ihre Stimme war weich und fröhlich, mit einer Spur von Yorkshire-Akzent, der Jahr für Jahr mehr verblasste, genau wie das bedeutungslose keltische Symbol, das auf ihre Hüfte tätowiert war. Sie trug Jeans und einen Pullover mit hochgekrempelten Ärmeln aus irgendeinem teuren cremefarbenen Wollstoff, und Stephen ertappte sich dabei, dass er die hellen Flaumhärchen auf ihrem Rücken und die zwei Zentimeter teuer aussehender Unterwäsche anstarrte, die über der ebenso teuer aussehenden Jeans zu sehen waren. War es falsch, sehnsüchtig die Unterwäsche seiner Ex-Frau anzusehen? Schließlich waren sie fast acht Jahre zusammen gewesen, sieben – okay, sechs – davon glücklich, und sie hatten ein Kind zusammen. Sie hatten sich hunderte, vielleicht tausende, nein, wohl doch eher hunderte Male geliebt; sicher war es nur natürlich, dass er sie so ansah? Am Ende sagte er sich, dass es zwar nicht gerade *falsch*, aber ziemlich sinnlos war.

»Was machst du da?«

»Die Wintergardinen aufhängen«, sagte sie. *Winter*gardinen –

sie hatten verschiedene Gardinen für verschiedene Jahreszeiten. Erstaunlich. »Habt ihr Jungs euch gut unterhalten?«, fragte sie hoffnungsvoll.

»M-hm«, nuschelte Stephen.

»Und worüber?«

»Ich habe ihn gefragt, warum er immer den Hemdkragen hochklappt.«

»Stephen …«

»Ist das nur ein Look? Du weißt schon, so eine Modesache …«

»Ich *liebe* diesen Tonfall, Stephen, ehrlich.«

»… und ist das nicht schwer für dich? Ich meine, juckt es dich nicht in den Fingern, ihn runterzuklappen?«

»Möchtest du draußen warten?«

»Nein.«

»Gut, dann lass es einfach«, sagte sie und lächelte ein klein wenig, stieg von der Leiter und hauchte ihm einen Kuss auf die Wange, den platonischen Kuss, an dem sie seit zwei Jahren arbeiteten. »Wonach riechst du?« Sie rümpfte die Nase und schnüffelte an seinem Hals. »Mallebrin? Ist dir das Aftershave ausgegangen?«

»Es ist ein neues, antibakterielles Aftershave, ›Destiny‹ von SmithKline Beecham.«

»Bist du etwa schon wieder *krank*?«

»Och, bloß ein kleines Drüsenproblem. Wahrscheinlich 'ne Mandelentzündung.«

Sie schüttelte mütterlich den Kopf und trat einen Schritt zurück, um ihn besser ansehen zu können. Seit der Scheidung hatte sie die lästige Angewohnheit entwickelt, ihn auf diese besorgte Art wie einen Flüchtling zu mustern.

»Dein Hemd ist gebügelt.«

»Stimmt.«

»Und du hast ordentliche Schuhe an.«

»Ist das erlaubt?«

»Natürlich. Ich dachte nur, bei deinem Zigeunerleben und so. Sieht aus, als wärst du auf dem Weg zum Gericht.«

»Danke.«

»Vorstellungsgespräch?«

Stephen seufzte. »Nein. Ich hab schließlich schon einen Job, weißt du nicht mehr? Bis Weihnachten jedenfalls …«

»Du siehst müde aus. Wilde Nacht gehabt?«

»Könnte man sagen.«

»Irgendwas Besonderes? Filmpremiere, Preisverleihung?«

Gekränkt sagte Stephen in dem bescheidenem Tonfall, der dann doch immer großspurig klingt: »Och – bloß Josh Harpers Geburtstagsparty.«

»Josh *Harpers* Geburtstachsparty! Booooo-aaah! Das hör sich einer an, du und deine piekfeinen Showbiz-Kumpels!« Alisons Akzent erlebte manchmal ein Comeback, wenn sie spöttisch wurde. »Und wo war die Party?«

»In seinem Loft, natürlich.«

»Nicht in seinem Haus, nicht in seiner Wohnung, in seinem *Loft*. Und das ist wo?«

»Oh, oben in Primrose Hill.«

»Oben in Primrose Hill! Wo *sonst*. Nette Leute getroffen in der Welt des Showbiz? Irgendwelche *Damen*?«, grinste sie anzüglich mit einem ironischen Funkeln in den Augen. Die Frage ärgerte ihn, teils weil sie ihn unangenehm an seine Teenagerzeit erinnerte, aber hauptsächlich, weil sie sie so leichthin stellte. Stephen liebte seine Frau – Ex-Frau – immer noch schmerzlich, er wollte immer noch mit ihr verheiratet sein und hätte sie auf der Stelle wieder geheiratet, hier und jetzt in diesem Frühstückszimmer mit Wintergardinen, wenn es irgendwie möglich gewesen wäre. Erst in den letzten Monaten hatte er einigermaßen gelernt, Tag für Tag ohne sie zu leben, und die Tatsache, dass sie ihn offensichtlich liebend gern los gewesen wäre, machte ihn irgendwie traurig. Es rief ihm ins Gedächtnis, was er sowieso schon wusste – wenn er Alison erzählte, dass er eine andere kennen gelernt und sich unsterblich verliebt hatte, wäre ihre Reaktion nicht Eifersucht gewesen, sondern Erleichterung, ja sogar *Freude*, die Art von Schadenfreude, mit der man ein Haus mit absackendem Fundament abstößt.

»Na los, spucks aus«, sagte sie augenzwinkernd und stieß ihn an. »Gibt es eine neue, *besondere* Freundin?«

»Könnten wir vielleicht das Thema wechseln?«, sagte er schließlich.

»Na gut, wann bringst du Sophie nach Hause?«, sagte sie, stieg wieder auf die Trittleiter und zog die Gardinen gerade.

»Nicht spät. So gegen fünf.«

»Gut, sie muss nämlich noch Hausaufgaben machen.«

»Hausaufgaben?«

»Ja, Hausaufgaben.«

»*Schul*hausaufgaben?«

»Gibts noch andere?«

»Welches Fach?«

»Keine Ahnung. Französisch, glaub ich.«

»Aber sie ist erst sieben, Alison.«

»Ja, und?«

»Siebenjährige sprechen kein Französisch.«

»Französische Siebenjährige schon.«

»Welche Schule gibt einer Siebenjährigen Hausaufgaben auf?«

»Keine Ahnung, Stephen, eine *gute* Schule vielleicht?«, erwiderte sie, und obwohl er sie sehr liebte, verspürte er flüchtig den Drang, die Trittleiter umzutreten. Sie hatten jetzt genau zwei Möglichkeiten, mit der Situation umzugehen, sie konnten entweder das Thema wechseln und höflich bleiben oder einen sinnlosen Streit anfangen.

»Oh, du meinst eine Privatschule?«

»Geht das wieder los«, seufzte sie und stieg wieder von der Leiter. »Nicht schon wieder. Stephen, ich würde wirklich gerne eine Oberstufendebatte über Privatschulen mit dir führen, aber das bringt doch nichts. Ich meine, wir nehmen Sophie doch nicht nur wegen deiner politischen Grundsätze aus einer guten Schule und stecken sie in eine schlechte.«

»Du hattest mal dieselben Grundsätze, wenn ich mich recht entsinne.«

»Na ja, es ist sehr viel leichter, Grundsätze zu haben, wenn man kein Kind im schulpflichtigen Alter hat.«

»Ich *habe* ein Kind im schulpflichtigen Alter, aber ich hab immer noch dieselben Grundsätze.«

»Tja, ich hab eben meine Meinung geändert.«

»Hast *du* deine Meinung geändert, oder hat Colin sie für dich geändert?«

»Stephen, *niemand* ändert meine Meinung für mich«, fuhr sie ihn an, und da er ihr im Stillen Recht geben musste, probierte Stephen es mit einer anderen Taktik.

»Ich hatte nur naiverweise angenommen, ich hätte bei der Erziehung meiner Tochter ein Wörtchen mitzureden.«

»Du hast deine Meinung gesagt, wir haben sie uns angehört und uns anders entschieden. Außerdem, was kümmerts dich? Es ist ja nicht so, als müsstest du dafür *bezahlen*!« Es lag nur ein Hauch Sarkasmus in ihrer Stimme, aber doch genug, dass sie sich dafür schämte. Sie drehte sich um und starrte aus dem Fenster. Stephen fühlte, wie er sich drohend zwischen ihnen aufbaute – Der Streit. Sie würden wieder Den Streit haben, und es gab nichts, was er dagegen tun konnte. Am besten brachte er es einfach hinter sich.

»Was willst du damit sagen?«, fragte er.

»Nichts.«

»Soll das heißen, wenn ich einen richtigen Job hätte ...«

»Nein.«

»... wenn ich aufhöre, Luftschlösser zu bauen und meine Zeit zu vergeuden ...«

»Das hab ich nicht gesagt, oder?«

»Ich werfe jetzt nicht die Flinte ins Korn, Alison.«

»Ich weiß! Das verlange ich ja auch gar nicht. Du bist jetzt frei und kannst machen, was du willst. Ich glaube nur manchmal, du wärst glücklicher ...«

»... wenn ich einfach aufgebe?«

»Ja, verdammt! Gib auf! Wirf das Handtuch! Zieh einen Schlussstrich! Komm auf den Boden!«

»Wer sagt das, Alison, die Personalberaterin?«

»Nein, Alison, deine *Freundin*. In dir steckt so viel mehr, Stephen.«

»Darum geht es nicht. Neulich zum Beispiel wäre Josh fast nicht zur Vorstellung erschienen. Ich stand quasi schon in seinem Kostüm in den Kulissen. Noch zwei Minuten, noch eine, und ich hätte auf der Bühne gestanden und die Hauptrolle gespielt.«

»Du wirst *nie* die Hauptrolle spielen, Stephen. Diese plötzlichen glücklichen Wendungen *passieren* einfach nicht. Die meisten Leute lernen das irgendwann – warum brauchst du so lange?«

»Solche Dinge passieren; sie passieren sogar ständig!«

»Aber nicht dir, Stephen, solche Dinge passieren nie *dir*. Und selbst wenn, was dann?«

»Na ja, es wäre ein Durchbruch, oder? Eine Veränderung, eine Chance zu zeigen, was ich kann, der Anfang von etwas ...«

»Und was ist, wenn dieser Glücksfall nie eintrifft? Was ist, wenn du wartest und wartest und wartest, und nichts passiert, und am Ende stehst du mit leeren Händen da?«

»Dazu wird es nicht kommen ...«

»Du kannst deine Zukunft nicht auf der vagen Möglichkeit aufbauen, dass Josh Harper vom Blitz getroffen wird, das ist einfach nicht realistisch.«

»Okay, vielleicht nicht, aber du weißt doch, wie es in der Branche läuft. Viele Schauspieler werden erst berühmt, wenn sie schon ziemlich alt sind.«

»Nenn mir *ein* Beispiel, Stephen!«

Ihm fiel die Han-Solo-Figur in seiner Tasche ein. »Harrison Ford hatte seinen Durchbruch erst mit 36!« Noch während er es sagte, wurde ihm klar, dass es ein Fehler war. Vielleicht tat sie ja so, als hätte sie es nicht gehört.

»Ach, Herrgott noch mal …«

»Was denn?«

»Du bist *nicht* Harrison Ford …«

»Ich weiß! Das hab ich nicht gemeint.«

»… und du lebst nicht in den Hügeln von Hollywood, Steve, sondern in Battersea.«

»Das ist mir klar! Ich wollte nur sagen, dass …« Stephen hielt kurz inne. Da seine Argumentation in sich zusammenbrach, beschloss er, das einzig Vernünftige, Erwachsene zu tun und eine komplizierte, unhaltbare Lüge zu erfinden. »Wenn du es unbedingt wissen willst, ich warte tatsächlich gerade auf eine Nachricht. Etwas Großes.«

»Und was?«

»Ein … Film. Die Hauptrolle. Die Hauptrolle in einem Film.«

»Die Hauptrolle in einem Film?«

»M-hm. So eine amerikanische Big-Budget-Sache. Eine romantische Komödie. Ich kann im Moment noch nicht viel dazu sagen. Aber es ist eine große Rolle. Genauer gesagt: die Titelrolle.«

Alisons Augen wurden schmal, skeptisch schüttelte sie den Kopf. »Die Titelrolle?«

»M-hm, die Titelrolle.«

»Und wie lautet der Titel?«

»Er lautet … hab ich vergessen.«

»Du hast den Titel vergessen?«

Los, Improvisation! Denk dir einen Namen aus, irgendeinen einfachen, glaubhaft klingenden Männernamen …

»Er heißt *John … Johnson. Johnny Johnson.*«

»Johnny Johnson …«

»Es ist ein Arbeitstitel.«

»Verstehe. Und warum du?«

»Was soll das heißen, warum ich?«

»Warum wollen sie dich? Warum nicht, keine Ahnung, Josh Harper oder sonstwen?«

»Sie wollen ein junges Gesicht.«

»Ein *junges* Gesicht?«

»Ein unbekanntes Gesicht.«

Argwöhnisch musterte sie Stephens unbekanntes Gesicht. »Und es ist eine *romantische Komödie*, sagst du?«

»Ist das wirklich so abwegig?«

»Das mit der Komödie verstehe ich ja, aber das mit der Romantik …«

»Alison …«

»Und worum gehts in dieser ›romantischen Komödie‹?«

»Och, um das Übliche. Transatlantischer Culture-Clash. Es geht um einen Engländer, der sich in eine resolute Amerikanerin verliebt.« Allmählich erwärmte er sich für das Thema, wuchs in die Lüge hinein, besetzte in der Fantasie die weibliche Hauptrolle, malte sich sogar einzelne Szenen aus, die süße erste Begegnung, den ersten Kuss, aber Alison sah immer noch misstrauisch aus. »Es ist weit besser, als es klingt. Wie schon erwähnt, ich kann noch nicht viel darüber sagen. Das bringt vielleicht Pech.«

»Du *hast* die Rolle also noch gar nicht.«

»Noch nicht … endgültig«, sagte Stephen und suchte hinter sich nach einem Fluchtweg.

Alison rümpfte die Nase und drehte ihm den Rücken zu. »Ah, verstehe …«

»Aber ich bin ihr Favorit!«

Alison fuhr herum und sah ihn an. »Stephen, du bist schon dein ganzes Leben lang der gottverdammte Favorit!«

»Na, ihr zwei …?«, sagte Colin, der wie auf Rollen ins Zimmer geglitten war.

»Verdammt noch mal, Colin!«, fuhr Alison ihn unter vollem Einsatz ihres Yorkshire-Akzents an. »Das is 'n Privatgespräch.«

»Ich weiß. Ich wollte nur fragen, ob ihr vielleicht etwas leiser sein könntet, das ist alles«, und er deutete mit dem Kopf auf die Tür. Am Flurende stand Sophie im gelben Vinyl-Regenmantel und umklammerte einen kleinen Rucksack. Geduldig starrte sie zu Boden, als würde sie nichts hören, wenn sie einfach nicht hinsah.

»Bin sofort da, mein Schatz«, rief Stephen mit seiner besten fröhlichen Stimme durch den Flur. Dann atmete er tief durch, lächelte Alison versuchsweise an, die auf ihrem Daumennagel herumkaute und zum Abschied eine Hand hob. Dann quetschte er sich, so schnell es ging, an Colin vorbei durch die Tür, nahm Sophie bei der Hand und verließ das Haus.

EINE UNBEZÄHMBARE LEBENSKRAFT

»Il pleut«, sagte Sophie.

»Il pleut«, wiederholte Stephen.

Sophie hatte die Wohnung ihres Vaters nur einmal betreten. Der Besuch war für beide ein Reinfall gewesen. Sophie war an einem verregneten Samstagnachmittag vorbeigekommen, und sie hatten eine grausam triste Partie *Cluedo* gespielt, die kaum weniger bedrückend war als ein echter Mord, mit dem Kerzenständer, im Arbeitszimmer. Der Besuch hatte in einer besonders dunklen Phase des Scheidungsprozesses stattgefunden, in den Monaten seiner Miss-Havisham-Phase, als er auch tagsüber trank, und selbst jetzt schauderte ihn noch bei dem Gedanken, er könne seine eigene Tochter erschreckt haben. Sophie musste Alison davon erzählt haben, denn kurz danach war diplomatisch angedeutet worden, sie sollten vielleicht lieber »Tagesausflüge« machen. Widerstrebend hatte er beschlossen, nicht auf weiteren Übernachtungen zu bestehen oder erst, wenn er etwas Ordnung in sein Leben gebracht hatte.

Aus diesem Grund schlenderten sie heute an einem Montagmorgen bei leichtem Nieselregen Hand in Hand die Richmond High Street hinunter und suchten nach einem Ort, wo sie einen Softdrink bestellen und warten konnten, bis das Kino aufmachte. Die Ausflüge waren an sich nicht unangenehm, aber Stephens Freude über die Wiedersehen mit Sophie wurde von einem vagen Gefühl der Rastlosigkeit und der Vertreibung getrübt, als hätten sie ihre Schlüssel verloren und warteten darauf, dass jemand nach Hause kam und sie einließ.

»*Il neige*«, sagte Sophie.

»Und was heißt das?«

»Es schneit.«

»*Il neige?*«

»*Il neige.*«

»*Il neige.*«

»*Très bon. Très, très bon, mon père.*«

»*Merci beaucoup, mon chérie.*«

»Es heißt ›*ma*‹ und nicht ›*mon*‹. Mädchen sind weiblich, erinnerst du dich?«

»Gott – dunkel.«

Sie kamen an einem Burger King vorbei. Stephen wusste, dass Colin ein entschiedener Gegner von Fast Food war, und obwohl das normalerweise eine Empfehlung gewesen wäre, fand er Neonbeleuchtung und urbane Rhythmen in seinem jetzigen Zustand nicht gerade verlockend.

»Und – wo sollen wir hingehen?«, fragte er Sophie.

»Egal.«

»Was möchtest du denn gerne essen?«

»Ich mag Sushi«, prahlte Sophie.

»Tust du nicht.«

»Tu ich doch«, widersprach sie, nicht sehr überzeugend.

»Du bist noch ein *Kind*, Sophie; Kinder mögen kein Sushi. Nicht mal japanische Kinder.«

»Ich aber schon. Sushi *und* Sashimi.«

»Wann hast du denn Sushi gegessen?«

»Gestern, im Waitrose-Supermarkt. Colin hat mir was von seinem abgegeben.« Typisch für den verdammten Colin, dachte er; hält meiner Tochter im Waitrose mit seinen fetten rosa Fingern rohen Thunfisch vor die Nase, erklärt ihr, was Wasabi ist, lässt sie probieren und lacht, wenn sie eine Grimasse zieht.

»Was hat Colin dir denn gegeben?«, fragte er, um einen neutralen Tonfall bemüht.

»Hab ich doch gesagt: Sushi. Das ist roher Fisch auf Reis, und Sashimi ist –«

»Ich weiß, was das ist, Madame Butterfly. Ich meine, welche *Art* von Fisch?«

»Keine Ahnung, einfach rosa Fisch.«

»Tja, ich fürchte, heute gibts kein Sushi. Ich spreche ein väterliches Machtwort.«

»Schon okay. So gerne mag ich es auch gar nicht.«

»Ich auch nicht. Igittibähpfui, roher Fisch«, sagte er, verzog angewidert das Gesicht, und sie schlenderten weiter die High Street entlang und versuchten, sich gegenseitig mit angewiderten Grimassen und Lauten des Ekels zu übertreffen, während Sophie mit dem ganzen Gewicht an seinem Arm hing, und einen Augenblick hatte Stephen das Gefühl, einen kleinen Sieg über Colin, große Häuser am Barnes Common und Sushi für Siebenjährige davongetragen zu haben.

Wie üblich landeten sie wie der Rest der Welt bei Pizza Express. Während Sophie eine lange, komplizierte Geschichte über eine Schulfreundin erzählte, von der Stephen noch nie gehört hatte, überlegte er, ob er Wein bestellen sollte. Er brauchte dringend etwas gegen den Kater von der Vornacht, aber Sophie sollte nicht den Eindruck bekommen, er hätte wieder angefangen zu trinken oder zu rauchen. Er konnte sich das Kreuzverhör vorstellen, wenn sie wieder zu Hause war. »Und was hatte Daddy zum Mittagessen, Sophie?« »Daddy hatte eine Flasche Wein und zwanzig Marlboro.« Er hatte nicht direkt Angst vor seiner Tochter – obwohl sie ein ungewöhnlich scharfsinniges, ernstes und einschüchterndes kleines Mädchen war, besonders, seit sie auf die neue Schule ging –, nur verhielt sie sich nicht so, wie er es aus seinen eigenen Kindheitserinnerungen kannte. Er wäre überglücklich gewesen, wenn sie sich bekleckert, Ketchup direkt aus dem Tütchen gegessen und über alles Grüne die Nase gerümpft hätte. Stattdessen saß sie gerade auf dem Stuhl, bestellte bei der Kellnerin selbstständig ihr vegetarisches Gericht, deutlich, selbstsicher und mit einem kleinen »Vielen Dank«-Lächeln, faltete sorgfältig die Serviette auseinander und breitete sie ordentlich im Schoß aus. Sie schnitt die Pizza in zwölf gleich große, trigonometrisch korrekte Stücke, kaute bedächtig und bezeichnete sie als »ausgezeichnet«. Sie strahlte so viel ungezwungene Kultiviertheit und Selbstbewusstsein aus, dass die Kellnerin wahrscheinlich sie gebeten hätte, den Wein zu probieren, wenn Stephen sich getraut hätte, welchen zu bestellen. Es war wie ein Ausflug mit dem UN-Botschafter.

»Und, wie läufts in der noblen neuen Schule, Soph?«

»Och, ganz okay. Ich bin gut in Kunst und Schreiben, aber in Mathe liege ich ein bisschen unter Par.«

Ein bisschen unter *was*? Ein Golfausdruck. Ein Golfausdruck von Colin. »Mach dir nichts draus, Soph, ich war auch immer eine Niete in Mathe«, sagte er, um ein Gefühl der Verbundenheit zwischen ihnen zu schaffen.

»Ich habe nicht gesagt, dass ich eine *Niete* bin. Ich habe nur noch nicht mein volles Potenzial erreicht«, verbesserte Sophie ihn. Instinktiv griff Stephen nach den Zigaretten, die neben Han Solo in seiner Tasche ruhten.

»Und Sport? Wie gefällt dir Sport?«

»Ganz gut. Ich mag Hockey, aber Korbball ist banal.«

»Korbball ist *was*?«

»Banal. Das heißt ...«

»Ich weiß, was banal heißt, Soph. Was ist mit Klavier? Wie läufts beim Klavierspielen?«

»Klavier ist öööde.« Na, Gott sei Dank, eine normale Antwort, dachte er. Trotzdem, besser, er hielt sich an die Regeln.

»Na ja, jetzt ist es vielleicht langweilig, aber später bist du froh darüber.« Mein Gott, nicht die »Später bist du froh darüber«-Ansprache – manchmal nervte er sich schon selbst. »Ich hatte früher auch Klavierunterricht, und ich wünschte, ich hätte weitergemacht.«

»Was ist ein Favorit?«, fragte Sophie plötzlich.

Stephen hörte auf zu kauen. »Wo hast du das denn aufgeschnappt?«

»Als du mit Mum geredet hast. Du hast gesagt, du wärst ein Favorit, und sie hat gesagt, du wärst *immer* ein Favorit. Nur, dass sie geflucht hat.«

»Favorit sein heißt … das war ein Privatgespräch, Soph.«

»Und warum habt ihr dann geschrien?«

»Es heißt, dass ich vielleicht einen Job habe. In einem Film.«

»Und wann kommt er ins Kino?«, fragte sie mit großen Augen.

»Was?«

»Der Film, für den du der Favorit bist?«

Er fühlte sich zunehmend unbehaglich. Es war eine Sache, aus Gründen der Selbstverteidigung seine Ex-Frau anzulügen, aber es war unverzeihlich, diese Flunkerei, diese Lüge seiner Tochter aufzutischen. Er machte den Mund auf und wieder zu und beugte sich vor. »Schau mal, das mit dem Film ist noch gar nicht sicher, es ist nur eine ganz, ganz kleine Chance. Am besten vergisst du es gleich wieder, okay?«

»Was für ein Film ist es denn?«

Tja, Sophie, ein erfundener Film …

»Es ist eine … romantische Komödie.«

»Was ist das?«

»Eine romantische Komödie ist eine Geschichte, in der jemand, der unglücklich ist, jemand anders trifft, der auch unglücklich ist, aber sie können nicht zusammenkommen wegen der Hindernisse …«

»Was für Hindernisse?«

»Ich weiß nicht – sie ist mit ’nem großen Filmstar verheiratet oder so. Jedenfalls gibt es viele Hindernisse auf dem Weg, aber am Ende überwinden sie die Hindernisse, und dann sind sie Freund und Freundin, und alle sind glücklich.«

»Und das passiert in deinem Film?«

»Es ist nicht *mein* Film, Sophie. Wahrscheinlich kriege ich die Rolle nicht mal. Komm, wir vergessens einfach ...«

»Hast du eine Freundin?«

»Können wir den Film einfach vergessen, Sophie?«

»Nicht im Film. In Echt.«

Sehnsüchtig strich Stephen mit den Fingerspitzen über das Zigarettenpäckchen.

»Wieso fragst du?«

»Nur so. Ich versuche, mich zu unterhalten.«

»Warum, hat deine Mutter was gesagt?«, wollte er wissen, aber die Frage kam schärfer heraus als beabsichtigt.

»Neiiin«, rief sie abwehrend und erhob die Stimme.

»Warum interessieren sich bloß plötzlich alle dafür?«

Sophie schwieg.

»Also, die Antwort ist nein, ich habe keine Freundin, nicht im Film und nicht in Echt, okay?« Einen Augenblick lang herrschte Schweigen, die Art von peinlicher Stille, die im Gespräch mit Kindern nicht vorkommen sollte. Sophie überbrückte es, indem sie ihr Glas an den Mund hob, in dem schon längst kein Saft mehr war. Die Eiswürfel klirrten ihr geräuschvoll an die Lippe.

»Ich hab doch nur was gefragt«, sagte sie schließlich.

»Ich weiß, ich weiß, Soph ...« Er streckte den Arm aus, strich ihr eine Haarsträhne hinters Ohr und legte ihr die Hand in den Nacken. Bildete er es sich ein, oder verkrampfte sie sich? Warum passiert das immer, fragte er sich. Sophie war das einzig uneingeschränkt Gute, das er in seinem Leben zustande gebracht hatte, und er wollte für sie unbedingt eine unbezähmbare Lebenskraft darstellen, eine respektlose, exzentrische, arme, aber liebenswerte Alternative zu ihrem rüpelhaften, humorlosen Stiefvater. Er wollte überlebensgroß sein, selbst wenn er sich in Wirklichkeit etwas kleiner fühlte. Aber Sophie war offensichtlich nicht überzeugt; sie spürte die Anspannung dahinter. Sein Spiel war unglaubwürdig. Er ließ ihren Nacken los.

»Es macht mir nichts aus, wenn du mich etwas fragst, Soph. Du kannst mich fragen, was du willst. Es ist nur eine ziemlich persönliche Frage, das ist alles. Ich meine, hast *du* einen Freund?«

»Neiiiin. Aber das ist nicht dasselbe.«

»Warum ist das nicht dasselbe?«

»Nun ja«, sagte sie langsam in erwachsenem Tonfall, »ich bin schließlich erst sieben.«

Und Stephen musste zugeben, dass das ein gutes Argument war.

WENN ICH NUR DEN MUT HÄTTE

> … aber Stephen McQueen ist zweifellos der Star der Inszenierung. Er ist als feiger Löwe sehr, sehr gut und bekommt viele Lacher vom Publikum. *Der Zauberer von Oz* ist wirklich ein sehr gutes Stück mit jeder Menge Musik und Spaß, deshalb kann ich das Stück den meisten Leuten wärmstens empfehlen, und Stephen in der Rolle des Löwen ist wirklich der Brrrrülllller.

Das schrieb Kevin Chandler, Theaterkritiker bei der *Trimester Times*, der Schülerzeitung der Shanklin-St.-Mary's-Gesamtschule, 1986 über Stephens Auftritt. Der *Shanklin-and-Sandown-Anzeiger* war der gleichen Meinung und schrieb, er sei »ein angehender Star, genau wie sein Namensvetter, der amerikanische Filmstar Steve McQueen!«. Die Vorstellung war fantastisch, da waren sich alle einig, und Stephen selbst in Kevins unvergesslichen Worten »sehr, sehr gut«. Auf der Party nach der letzten Vorstellung führte ihn Beverly Slater, seine Dorothy, von der Besserwisser behauptet hatten, sie sei eine Nummer zu groß für ihn, hinter den Literaturtrakt; und als er dort zitternd in der Dezembernacht stand, ihr vorsichtig eine Hand unter den Bolero schob und ihm der Kopf schwirrte von all dem Applaus, der Lust und dem geschmuggelten Cider, stand sein Entschluss fest: Eine Karriere im Showgeschäft war ein todsicherer Weg zu gesellschaftlichem Status, künstlerischer Erfüllung, Kritikerlob und unvorstellbaren sexuellen Abenteuern mit schönen Frauen, die noch glamouröser, faszinierender, hinreißender und vielschichtiger waren als Beverly Slater. Das einzige Dilemma war, wie er die Theaterarbeit mit seinen Hollywoodverpflichtungen vereinbaren sollte. Er hatte das Schwindel erregende Gefühl, nicht mehr in Kansas zu sein.

Trotzdem war er immer noch auf der Isle of Wight; ein guter Ort, um aufzuwachsen, aber was die Showbusinessaussichten anging, das reine Alcatraz. In den Weihnachtsferien beschloss Stephen, seine langfristigen Berufspläne gründlich zu überdenken. Eine Karriere als Informatiker verlor die bisherige berauschende Faszination, und so belegte er in der Sekundarstufe stattdessen Drama, was auf der Isle of Wight dem Durchbrennen mit dem Zirkus entsprach. Was seine Eltern betraf, die einen Zeitungskiosk hatten und einen unermüdlichen, lebenslangen Kreuzzug gegen jugendliche Ladendiebe führten, hätte er ebenso gut verkünden können, er wolle die Informatik für Crack und Prostitution an den Nagel hängen.

In den nächsten Jahren reifte und entwickelte er sich als Schauspieler. Er kaufte eine Menge Kerzen und versuchte, bei ihrem Licht zu lesen. In einer kurzen, bedauerlichen Phase trug er Pullover verknotet über den Schultern. Er hatte immer ein Wasserfläschchen dabei, beobachtete und imitierte Leute im Bus und hätte deshalb einmal fast Prügel gekriegt. Er sah sich sechsmal *Amadeus* an. James Dean zu Ehren fing er mit 17 an zu rauchen, fuhr schlecht Auto, kaufte sich eine Reihe unangenehm enge schwarze Rollkragenpullis und einen langen, wallenden Mantel, den er das ganze Jahr mit hochgeschlagenem Kragen trug, und verwandelte die Shanklin High Street in seinen ganz persönlichen Boulevard der zerbrochenen Träume. Er verschlang ein gebrauchtes Exemplar von Stanislawskis *Die Arbeit des Schauspielers an sich selbst* und arbeitete hart an seinem emotionalen Gedächtnis. Als er auf dem College eine Szene aus *Blick zurück im Zorn* spielte, verlegte er sich aufs Method-Acting, mit dem Erfolg, dass er einige Wochen ziemlich überheblich und eingeschnappt blieb und mehrere Familienessen ruinierte.

Noch kurz bevor er sich an Schauspielschulen bewarb, hofften seine Eltern, er werde seine Meinung ändern und einen normaleren, geregelteren Beruf ergreifen. Aber Stephen war nicht davon abzubringen; die Worte der Kritiker klangen ihm immer noch laut in den Ohren: »Der Brrrrüllller«, verkündete die *Trimester Times*. »Eine glänzende Schauspielkarriere erwartet den begabten jungen McQueen«, posaunte der *Sandown-and-Shanklin-Anzeiger*. Im Rückblick war es ein perfektes Beispiel dafür, warum man nie den eigenen Kritikern glauben sollte.

Selbst jetzt, rund 14 Jahre später, als Stephen die spärlich besuchte Ferienmatineevorstellung des *Zauberers von Oz* im Richmond-Programmkino sah, dachte er immer noch an seine hoch gelobte Darstellung des Löwen zurück und wünschte sich, Sophie hätte ihn damals sehen können. Auf dem Dachboden seiner Eltern gab es noch eine Videoaufzeichnung des Stücks, aber der Bühnenzauber geht auf kleinen Bildschirmen meist verloren, und außerdem war es eine Betamax-Kassette. Er nahm noch eine Weingummi-Colaflasche aus der Tasche und rutschte tiefer in den Sitz.

Sophie gab ihm währenddessen mit allen Mitteln zu verstehen, dass sie den Film zu kindisch und alles andere als zauberhaft fand: Sie baumelte schwungvoll mit den Beinen, trat gegen den leeren Vordersitz, schnaufte hörbar bei den rührseligen Szenen und stöhnte spöttisch bei *Somewhere Over the Rainbow*. Beim Angriff der geflügelten Affen hatte sie sich auf die Toilette verdrückt und war nicht zurückgekommen. Zuerst war Stephen zu abgelenkt, um es zu merken, aber als ihm schließlich auffiel, dass sie schon zehn Minuten weg war, sprang er auf und stolperte den Mittelgang entlang, um sie zu suchen.

Auf dem Weg ärgerte er sich, weil er sie nicht mehr richtig einschätzen konnte. Sie wurde so schnell erwachsen, und er sah sie so selten und kurz, dass er die kleinen Veränderungen nicht mehr sah, den Punkt nicht mehr bemerkte, an dem sie den *Zauberer von Oz* nicht mehr mochte und sich Gedanken machte, ob er eine Freundin hatte. Sie aufwachsen zu sehen, war ein ruckhafter Stop-Motion-Film: Jede Woche hatte sich ein kleines, aber wichtiges Detail verändert, etwas war verloren gegangen. Trank sie Kaffee? Kaufte sie Pop-Musik? Was hing in ihrem Zimmer an der Wand? Wollte sie Ohrlöcher haben oder nicht? All die unzähligen kleinen Wissenslücken sammelten sich an, bis er nicht mehr wusste, wie er sich verhalten sollte. Er merkte, dass er unbeholfen, gönnerhaft, befangen oder banal auf sie wirkte, oder, was vielleicht am schlimmsten war, ein bisschen unheimlich, beängstigend und seltsam, als hätte er sie für den Nachmittag gekidnappt. Sie entglitt ihm, genau wie Alison, und anscheinend konnte er nichts dagegen tun.

Sie saß in der Lobby, ließ die Beine baumeln und las in einem Roman von Jacqueline Wilson, mit dem sie sich anscheinend identifizieren konnte.

»Da bist du ja! Ich hab mir schon Sorgen gemacht. Was machst du?«

»Och, lesen.«

»Willst du nicht wieder reinkommen? Wir verpassen den Film.«

»Mir egal.«

»Es sind die geflügelten Affen, stimmts? Bei dem Teil gruselts mich auch immer. Siehst du?«, sagte er und hielt eine heftig zitternde Hand hoch.

»Das ist es nicht«, sagte sie mit gerunzelter Stirn.

»Zu banal für dich, hm?«

»Ein bisschen banal, ja.«

»Möchtest du gehen? Langweilst du dich?«

»Weiß nicht«, sagte sie und konnte ihren Vater nicht ansehen. Schmollend starrte sie zu Boden. Nicht gerade den Tränen nah, aber trotzdem schrecklich traurig. Das kam bei seinen Ausflügen mit Sophie in letzter Zeit öfter vor. Am Anfang lief alles prima, mit Umarmungen, ausgelassenen Spielchen und Herumgealbere, aber nach und nach verlor sie die Begeisterung für ihn, und der Spaß schwand dahin wie bei einem Aufziehspielzeug. Stephen erinnerte sich an den schrecklichen, bedrückenden Kinderkummer und wusste, dass er wenig dagegen tun konnte, wenn es ihm nicht gelang, hier und jetzt im Kinofoyer ein Pony oder einen Stutzflügel herbeizuzaubern. Er wollte es aber unbedingt versuchen, also ging er zu ihr, nahm ihren Kopf in beide Hände, küsste sie, kniete sich vor sie hin und fasste sie sanft an den Schultern.

»Hör mal, Soph, ich weiß, es ist nur ein alberner Film für kleine Kinder, und ich bin ein großer Erwachsener und viel zu alt für solche Sachen, aber wenn ich nicht rausfinde, ob sies nach Kansas zurück schaffen, kann ich heute Abend nicht einschlafen. Also, komm doch wieder mit rein, und wir gucken uns den Film zu Ende an, und dann können wir hingehen, wo du willst, und *alles* machen, was du willst. Einverstanden?«

Sophie sah durch den Pony zu ihrem Vater auf und senkte dann den Blick. Sie lächelte mit zusammengepressten Lippen und sagte: »Ich glaub, wenns dir nichts ausmacht, möchte ich jetzt lieber nach Hause.«

Stephen schaffte es nur mit großer Mühe, keine Miene zu verziehen.

»Na schön! Dann bring ich dich nach Hause.«

LAMPENFIEBER

Auf der Zugfahrt in die Stadt wurde Stephen klar, dass er seine Tochter irgendwie stolz machen musste.

Natürlich hatte er ein paar Erfolge vorzuweisen: den Benvolio in *Romeo und Julia*, ein interessantes neues Stück, eine alles in allem gar nicht mal so üble Inszenierung des Musicals *Godspell*, eine Off-Version von *Der Hausmeister* aus dem Jahr 97 und andere kleinere Triumphe. Sophie hatte all das leider nicht miterleben können, sie hatte ihren Vater nur ein einziges Mal spielen sehen, nämlich in der tragischen Rolle des unseligen Asthmatischen Fahrradkuriers in *Emergency Ward*, woraufhin sie in Tränen ausgebrochen war, allerdings aus den falschen Gründen. In allen anderen Filmrollen war er entweder tot oder als Eichhörnchen verkleidet, und er hatte Angst, Sophie könne denken, er habe seine Karriere nur erfunden, sie sei nur eine komplexe Verschwörung zwischen Alison und ihm, um zu erklären, wo er abends hinging. Plötzlich bekam er Angst, dass Sophie heranwachsen würde, ohne je zu sehen, wie ihr Vater etwas Wunderbares oder auch nur Gutes tat. Er musste doch mehr für seine Tochter darstellen als zwei Beine eines Klavierhockers.

Er musste etwas unternehmen, und zwar schnell, hatte aber keine Ahnung, wie er das anstellen sollte. Die Titelrolle in *Johnny Johnson* war natürlich ideal, weil sie aber nur ein Fantasieprodukt war, würde daraus wohl nichts werden. Er brauchte nur eine große Rolle, die kein Schwindel war, und einen Preis als bester Schauspieler, der nicht gestohlen war.

Vielleicht, wenn Josh heute krank war … Wenn ihm auf der Party irgendwas Schreckliches zugestoßen war … Vielleicht hatte er ja zu viel getrunken oder einen tragischen Skateboard-Unfall gehabt oder war an einer gerösteten Mandel erstickt oder von seinen eigenen Kellnern zusammengeschlagen worden …?

Josh stand draußen am Bühneneingang, gab einem Trio japanischer Studentinnen munter Autogramme, grinste breit, lachte und scherzte in übertrieben akzentuiertem Englisch. Nach dem monumentalen Acht-Stunden-*Fauxpas* der Party hielt Stephen es für das Beste, mit gesenktem Blick an ihm vorbeizuschleichen.

»He, Steve – Sekunde mal, ja?«, rief Josh, verabschiedete sich von seinen neuen Freundinnen mit einer kleinen, feierlichen, pseudo-orientalischen Verbeugung, sagte mit japanischem Akzent »Sayonara« und lief zu Stephen hinüber.

Er weiß es, dachte Stephen. Er weiß, dass ich seinen BAFTA gestohlen habe. Meine Motivation ist jetzt, mir nicht anmerken zu lassen, dass ich seinen BAFTA gestohlen habe.

»Ich riebe japanische Flauen, du nicht auch? Sehl sexy, sehl, sehl sexy. Wie gehts dil heute, du *schlimmel* Fingel?«, bellte Josh ihm ins Ohr, legte ihm den Arm um die Schultern, und Stephens Nacken- und Gesichtsmuskeln verkrampften sich; es war wie die Gangster-Umarmung bei Al Pacino und John Cazale in *Der Pate II*. »Ich weiß, dass du es warst, Fredo …«

Er weiß es. Er riecht sein Büfett an mir. Er fühlt seinen Han Solo in meiner Tasche. Er weiß alles …

Zusammen quetschten sie sich mit Mühe durch den Bühneneingang.

»… wil sind wohl schmelzempfindlich? Etwas velkatelt?«

Stephen fragte sich, wie lange Josh den Akzent durchhalten würde. Wenn Josh einen neuen komischen Akzent entdeckt hatte, ging das manchmal tagelang so weiter.

»Och, es geht. Etwas angeschlagen vielleicht …«

»Komm mit in meine Garderobe, wir quatschen ein bisschen, ja?«

Josh Harpers geräumige, gemütliche Garderobe lag an der Frontseite des Theaters, genau hinter der gigantischen Reklametafel, so dass er die angenehme Erfahrung machen konnte, durch die Lücke zwischen den eigenen riesigen Schenkeln das Gewimmel auf der Shaftesbury Avenue zu beobachten. Es gab eine Vase mit halbwegs frischen Blumen, einen glänzenden neuen Wasserkocher, ein Hantel-Set und eine Bettcouch, auf der Josh zwischen Matinee und Abendvorstellung seine animalische Anziehungskraft wieder aufladen konnte. Es gab sogar einen vollständigen Satz perlweißer Hochleistungsglühbirnen um den riesigen Spiegel, der zum Teil von hunderten Glückwunschpostkarten verdeckt wurde: van Goghs, Cézannes und Fotos von Burton und Olivier zum Vergleich, die den strengen Gewerkschaftsvorschriften gemäß mit Hafties an den Spiegel geklebt worden waren. Lauwarme Champagnerflaschen und ein dicker Stapel Theaterstücke und Drehbücher warteten bescheiden auf Beachtung, daneben stand ein zellophanverpackter Korb mit Mini-Muffins und Widmungskarte. Josh nickte zum Korb hinüber.

»Vom Filmstudio. Möchtest du einen? Sie werden sonst nur schlecht, und ich darf sie nicht essen, weil ich sonst zu fett werde«, sagte er und schaffte es irgendwie anzudeuten, dass Stephen den Kampf gegen das Übergewicht längst verloren hatte.

»Nein, danke.«

»Steve, ich wollte dich was fragen, was hältst du von meinen Zähnen?«, fragte Josh und erschreckte Stephen, als er sich plötzlich vorbeugte und die Zähne bleckte.

»Wie bitte?«

»Meine Zähne – findest du, ich muss sie richten lassen? Sei ehrlich …« Und wie ein Pferdehändler zog er sich mit den Zeigefingern die Lippen auseinander. Die reine Zahnpastareklame.

»Sie sind wunderschön«, sagte Stephen. *Wunderschön? Du hast seine Zähne gerade »wunderschön« genannt, du kleiner Spinner. Wie kommst du auf »wunderschön«?*

»Findest du wirklich?«, fragte Josh und ließ die Lippen los. »Meine Agentin will, dass ich sie bleichen oder überkronen lasse oder so. Für die ›Traumfabrik‹. Ist das zu fassen? Dabei *weiß* sie, dass ich diesen ganzen Hollywood-Scheiß hasse.«

»Und, lässt dus machen?«

»Oh, ja, wahrscheinlich schon. He, lass dir die Zähne doch auch richten. Nicht, dass mit deinen Zähnen was nicht stimmt, aber immerhin kann mans von der Steuer absetzen. Ich könnte mit meinem Zahnarzt reden und ihn fragen, was es dich kosten würde.«

Stephen presste unwillkürlich die Lippen zusammen, um die anstößigen Zähne zu verstecken.

»Los, hau dich hin.« Josh nickte zur Bettcouch hinüber, schaltete den Wasserkocher ein, setzte sich rittlings auf den Drehstuhl, drehte ihn zu Stephen herum, legte den Kopf auf die verschränkten Arme und sah ihn fragend an: eine verunsichernde Mischung aus Macho-Gehabe und Tuntigkeit. Kein Mann sieht rittlings auf einem Stuhl gut aus, dachte Stephen. Es war, als wurde man von einem Mitglied des Tournee-Ensembles von *Chicago* unbarmherzig ins Kreuzverhör genommen.

»Und, wann warst du zu Hause?«

»Gott, weiß ich nicht genau. Um drei?«

»Du hast aber nicht ins Taxi gereihert, oder …«

»Das wüsste ich.«

»… du warst nämlich ganz schön hinüber, weißt du.«

»Hab ich gemerkt.«

»Anscheinend hast du jemandem gesagt, er soll sich ins Knie ficken.«

»Ja, ich erinner mich dunkel. Tut mir Leid.«

»Schon okay, wahrscheinlich hatte ers verdient. Trotzdem – was für ein Crack, hm? Was für ein Crack …«

»Du hast *Crack* geraucht?«, sagte Stephen, gegen seinen Willen beeindruckt.

Josh sagte mit übertriebenem irischem Akzent: »Nein, *craic*, du weißt schon, *Spaß*.«

»Oh, na klar. Ja, was für ein *Craic!*«

»Sind meine Freunde nicht *großartig*? Du hast dich doch mit ihnen unterhalten? Ich meine, es war nicht nur Arbeit, oder? Hat jedenfalls nicht so ausgesehen. Wie auch immer – ich war noch gar nicht im Bett. Ich bin heute völlig *erledigt*, Mann. Total erledigt.« Er sah kein bisschen erledigt aus, eher noch besser als sonst – rosig, strahlend und gesund; sein Gesicht glänzte leicht schweißig wie die Plastikhaut einer Schaufensterpuppe, war aber ansonsten durchaus nahaufnahmentauglich. Aber er sah ja immer aus wie ein junger Gott; es hätte Stephen nicht gewundert, wenn Josh Harper irgendwo auf dem umgebauten Dachboden seines Lofts à la Dorian Gray ein Bildnis von sich versteckt hätte, mit dem einzigen Unterschied, dass auch das Porträt blendend aussähe. »Schade, dass du arbeiten musstest, Kumpel«, sagte er und fügte vielsagend hinzu: »Zumindest einen *Teil* der Zeit. Oh, apropos …« Er griff in die Hosentasche.

In allen Filmen, in denen Prostituierte eine Hauptrolle spielen, gibt es einen Standardsituation: die peinliche, erniedrigende Bezahlszene.

»Hier, mein Freund – 100 Mäuse bar auf die Kralle.«

»Das ist viel zu viel.«

»Nein, nur zu – nimm es.«

»Das geht nicht. Ich hab in den letzten zwei Stunden ja nichts *gemacht*, außer deine Gäste zu beleidigen.«

»Mach schon – nimm es an. Ich verdiene so viel *mehr* als du, dass es nur fair ist. Angewandter Sozialismus, okay?« Josh wedelte mit dem Bündel Zwanziger vor seiner Nase herum, und selbst Stephen bewunderte die Art, wie er Herablassung als politische Integrität verkaufte. Er nahm das Geld und stopfte es hastig in die Tasche.

»So, dann hast du also die reizende Nozza kennen gelernt!«, sagte Josh, um die Situation zu entspannen.

»Wer ist Noz – ach, du meinst *Nora*.«

»M-hm. Sie ist fan*tas*tisch, nicht?«

»Absolut.«

»Eine umwerfend schöne Frau.«

»Sie ist sehr attraktiv …«

»Und *wahnsinnig* sexy«, fügte Josh hinzu, schloss die Augen und schüttelte leicht den Kopf.

»Ja«, war alles, was Stephen dazu einfiel.

Josh schlug die Augen wieder auf. »Tut mir Leid, ich weiß, es ist prollig, so was zu sagen, aber es stimmt.«

»Tja, kann ich mir vorstellen«, sagte Stephen, der es sich vorstellen konnte und vorgestellt hatte. »Und sie ist sehr, sehr witzig.«

Josh lächelte traurig und atmete durch die Nase aus. »Du meinst wohl sarkastisch?«

»Nein, du weißt schon – schlagfertig.«

»Weil sie mich runterputzt?«

»Nein, ich meine nur …«

»Schon okay, meistens hab ich es auch verdient. Das Problem ist, sie ist so viel klüger als ich, weißt du?«

»Ach was.«

»Doch, ist sie, kannste mir glauben. *Viel* klüger. Ich baue immer so viel … Mist, ich sage das Falsche, ich tue das Falsche und … tja, ich weiß, ich vermassle es immer. Aber ich bete sie an, weißt du, Steve? Ich bete sie echt an, egal, was sie denkt. Es wäre bloß schön, wenn sie mir vertrauen würde, das ist alles.«

Stephen wusste nicht, was er dazu sagen sollte, deshalb schwieg er, nickte weise und lauschte dem Quietschen des Bürostuhls, als Josh sich hin und her drehte.

»Egal, sie fand dich jedenfalls *sehr* nett«, sagte Josh schließlich.

»Nora? Echt?«, sagte Stephen erfreut.

»Ja. Sie hat gesagt, du wärst der einzige Mensch auf der Party gewesen, mit dem sie anständig reden konnte. Normalerweise *hasst* sie meine Freunde. Kann sie nicht *ausstehn*. Besonders die Frauen. Sie kommt übrigens nachher vorbei, du solltest hallo sagen.«

»Gut. Okay, ich komme.« Stephen erhob sich von der Bettcouch. »Bis später – viel Glück für die Vorstellung, ja?«

»Ja, dir auch, Alter.«

Dir auch – sehr witzig, dachte Stephen und öffnete die Tür.

»Übrigens, hat sie was über mich gesagt?«, fragte Josh wie beiläufig, aber mit dem Gesichtsausdruck eines ängstlichen Schuljungen. Was will er denn hören, fragte sich Stephen.

»Nein, eigentlich nicht. Ich meine, nur Gutes. Wieso?«

»Weil … nur so, nur so …«

Er schloss die Tür und wollte gehen, als Josh ihn zurückrief: »Ach, Steve?« Er machte die Tür wieder auf. Josh saß immer noch rittlings auf dem Drehstuhl und zündete sich eine Zigarette an. »Noch was.«

»Was denn?«

»Ich kann meinen BAFTA nicht finden.«

Zeit, zu schauspielern. Spiel Theater. Setz die Unschuldsmiene auf. Runzle die Stirn, öffne die Lippen leicht, heb die Stimme …

»Was meinst du?«

»Mein BAFTA – irgendein Wichser hat ihn aus dem Schlafzimmer geklaut.«

Unschuldig. Denk unschuldig. Du bist unschuldig. Glucks ein bisschen und sag …

»Wiehiehieso sollte jemand so was tun?«

»Ich weiß nicht, Steve.« Er verschränkte die Arme und knetete sich den Bizeps. »Neid, schätz ich, oder Groll. Du hast niemanden damit gesehen, oder?«

»Nein. Nein, nein, hab ich nicht, nein.« *Zu viele »Neins«. Halte es echt, halte es natürlich …*

»Ich meine, es ist nur ein dummer Metallklumpen, Preise sind im Grunde *unwichtig*, und ich hasse diesen ganzen Showbiz-Scheiß, aber mir gefällt der Gedanke nicht, dass einer meiner guten Freunde so was macht. Es sei denn, es war einer von der Putzkolonne oder …«, und eine Idee nahm in seinem Kopf Gestalt an, »… einer der verdammten Kellner.«

»Von denen war es ganz sicher keiner.« *Zu sicher, zu überzeugt …*

»Warum nicht? Die sind doch die ganze Nacht im Schlafzimmer ein und aus gegangen.«

»Wahrscheinlich ist er immer noch zu Hause, oder es ist ein Streich, bloß ein dummer Streich, ein Besoffener hat sich einen Scherz erlaubt. Du kriegst ihn schon zurück, er taucht wieder auf.« *Zu viel Text. Hör auf zu quatschen. Vergiss nicht, weniger ist mehr …*

»Tja, komischer Scherz. Ich bin bloß froh, dass sie nicht meinen Original-Sturmtruppenhelm geklaut haben.«

»Du hast einen Original-Sturmtruppenhelm?« *Ungläubigkeit – guter Einfall.*

»Ja, ein Original von 77. Davon gibts nur noch 50 Stück. Ist ein Vermögen wert. Fast so viel wie meine vollständige *Star Wars*-Figurensammlung.« Han Solo in der Tasche trat

Stephen fest in die Hüfte. Josh schniefte, drehte den Stuhl zum Spiegel, zog sich die Lippen auseinander und kehrte zum leidigen Thema seiner wunderschönen Zähne zurück.

Stephen zog sich schnell zurück und schloss leise die Tür hinter sich.

Wenn eine Filmfigur um Haaresbreite davongekommen ist, zeigt sie den Zuschauern ihre Erleichterung, indem sie die Hand auf der Klinke liegen lässt, sich an die Tür lehnt, nach oben schaut und hörbar ausatmet oder ein Geräusch wie »Puuuuh!« macht. Und obwohl keine Zuschauer da waren, tat Stephen genau das.

DAS OBJEKT DER BEGIERDE

Er versteckte Han Solo auf dem Schrank.

Genau wie er es schon 99-mal getan hatte und noch 45-mal tun würde, verließ Stephen um exakt 8:48 Uhr die Garderobe und ging hinunter, um Josh von den Kulissen aus auf der Bühne zu beobachten. An diesem Abend sah er von seinem üblichen Platz aus Nora und verspürte wieder einen kleinen freudigen Stich. Er tippte ihr leicht auf die Schulter, sie drehte sich um und schrie erschrocken auf, verständlich angesichts der Kombination von Maske und Trikot und gerade so laut, dass Maxine sie von der rechten Kulisse aus anfunkelte. Stephen zog den Bauch ein, schob die Maske nach hinten, formte mit den Lippen ein »Sorry« und lächelte Nora beruhigend an. Sie lächelte zurück, ein breites, schiefes Lächeln, schien ehrlich erfreut, ihn zu sehen, fasste ihn am Arm und zog ihn zum Reden weiter nach hinten in die Kulisse.

»Netter Catsuit, mein Bester«, flüsterte sie.

»Eigentlich ist es ein Trikot.« Aus Schicklichkeitsgründen zog Stephen den Mantel enger um sich. »Ich soll darin finster aussehen.«

»Ja, *unglaublich* finster …«

»Tja, danke.«

»Ich dachte, Unterwäsche drüber zu tragen, wär längst out. Und da kommen Sie daher …«

»Gefällts Ihnen?«

»Obs mir gefällt? Es ist der *Hammer*! Wahnsinnig kleidsam. Wahrscheinlich auch tierisch *bequem*, oder?«, grinste sie. »Knopfeinsatz?«

»Nein, man steigt einfach hinein.«

»Lycra? Stretch?«

»Lycra-Mix. Ich gehöre zu den wenigen Londoner Männern, die ein Lycra-Trikot tragen können.«

»Also, davon mache ich mir lieber *selbst* ein Bild ...«, sagte sie, und es gab ein fröhliches Handgemenge, als sie an dem Mantel zerrte. »Ist es rückenfrei? Lassen Sie sehen ...«

Währenddessen rang Lord Byron mit dem tödlichen Fieber und lieferte einen besonders ergreifenden Sterbemonolog.

»Das ist mein Stichwort.«

»Hiergeblieben«, kicherte sie und hielt ihn am Mantel fest.

»Aber ich muss raus!«

»Bleiben Sie hier – soll Josh die verdammte Tür doch selber aufmachen.«

Das grüne Licht leuchtete. Er setzte ein strenges, professionelles Gesicht auf.

»Ich meins *ernst*, Nora.«

»Aber ich muss mit Ihnen reden.«

»Okay«, sagte Stephen erfreut. »Okay, nachher in meiner Garderobe ...«

»Ich seh Sie dann oben.«

»Gut, gut«, flüsterte er, zog die Maske herunter und setzte eine ernste Miene auf.

»Hau sie um, Superstar«, flüsterte sie und schob ihn auf die Bühne.

Während die Geisterhafte Gestalt bedrohlich am hinteren Bühnenrand entlangschritt, um die Tür zu öffnen, versuchte sie, ein Lächeln zu unterdrücken, aber zum Glück war es so dunkel, dass das Publikum es nicht bemerkte, außerdem war da ja noch die Maske.

Zurück in seiner Dachboden-Garderobe, schälte sich Stephen mit katzenhafter Anmut aus dem Catsuit, und als Nora nicht kam, betrachtete er eine Zeit lang seine Zähne. Bis jetzt hatte er sie immer völlig in Ordnung gefunden, aber im Vergleich zu Joshs kamen sie ihm besonders schief und gelb vor, wie die Tasten eines Kneipenklaviers. Nachdem er zehn unglückliche Minuten vor dem Spiegel mit einer verbogenen Sicherheitsnadel darin herumstochert und -geschabt hatte, fand er sich damit ab, dass Nora nicht kam.

Als er gerade den Mantel anziehen wollte, kam sie mit ihrem Mantel überm Arm und einem exquisiten Strauß roter Rosen hereingestolpert.

»Kann ich reinkommen?«

»Bitte – immer herein in die gute Stube.«

»Hey, die haben Sie hier oben aber ganz nett versteckt. Tut mir Leid, dass es so lange gedauert hat. Josh brauchte noch dringend eine Egomassage. Wenn man ihm nicht alle 25 Minuten sagt, wie toll er ist, bleibt sein Herz stehen.«

»Dann haben Sie die ganze Vorstellung gesehen?«

»Gott, nein! *Warum* sollte ich? Aber das muss Josh ja nicht unbedingt wissen, stimmts?« Sie sprach leiser. »Sagen Sie, finden Sie das Stück eigentlich *gut*?«

»Na ja, es ist eigentlich kein *richtiges* Stück. Ich meine, es hat nicht viel mit *Theater* zu tun.«

»Nein, scheint mir auch so …«

»Aber mit dem richtigen Hauptdarsteller. Jemand mit Charisma, wie Josh …«

»Oder Sie.«

»Oder ich.«

»Sie waren heute übrigens *phänomenal.*«

»Danke sehr. Weil Sie zugeschaut haben.«

Eine Pause entstand, während die Bemerkung durch den kleinen Raum schwebte und sie sich fragten, wo sie wohl herkam und was sie bedeuten mochte.

Sie lächelten sich an, und Nora fragte: »Und ... wie fühlen Sie sich heute?«

»Ganz gut. Ich hab ein paar mysteriöse blaue Flecken, aber ansonsten nicht schlecht. Hören Sie, ich erinnere mich dunkel, dass Sie mich gestern Nacht ins Taxi gesetzt haben.«

»Getragen triffts eher.«

»Tut mir Leid. Sehen Sie, ich hab Antibiotika geschluckt, und man darf danach eigentlich nicht trinken.« Das klang ziemlich lahm, aber zu spät, gesagt war gesagt.

»Antibiotika, wie? Sie Halunke. Ich dachte, Sie wären bloß ein lausiger Säufer.«

»Tja, das bin ich auch. Einige Leute werden charismatisch, witzig und unwiderstehlich, wenn sie betrunken sind. Ich flenne bloß und pinkle auf den Toilettensitz.«

»Na, wenn *das* keine einnehmende Kombination ist.« Sie lächelte ihr umwerfendes Lächeln, und Stephen fiel wieder auf, wie fantastisch die Lachfältchen waren, die sie dann bekam. »Keine Sorge. Wir waren alle genauso schlimm. Deshalb bin ich eigentlich auch hier: Tut mir Leid, dass ich gestern Nacht so eine Schreckschraube war.«

»Waren Sie gar nicht.«

»Oh doch. Josh öffentlich so anzuschreien. *Sehr* attraktiv. Ich könnts auf den Alkohol und die Drogen schieben, aber es war meine Schuld – ich weiß einfach nie, wann ich aufhören muss. Und ich *hasse* Joshs Partys. Als Sie weg waren, ist es *richtig* schlimm geworden: Die Rückenmassagen haben angefangen.«

»Haben Sie auch eine gekriegt?«

»Machen Sie Witze? Ich hätte ihnen die verdammten Finger gebrochen. Und die Bongos haben sie natürlich auch gefunden! Und das wars dann, alle waren zugedröhnt bis in die Haarspitzen, haben bis sechs Uhr morgens eine Jam-Session veranstaltet und ihre Lieblingsstellungen beim *Sex* ausposaunt.

Ich sage Ihnen, wenn so ein hübsches kleines Ding anfängt, meinen Mann zu massieren, und dabei grölt, dass sies von hinten am liebsten hat, dann *weiß* ich, es ist Zeit, gute Nacht zu sagen.«

»Wer hat das gemacht?«

»Irgendein Flittchen im Spaghettiträgerkleid – irgendwann sehen sie alle gleich aus. Wie auch immer, im Vergleich zu den meisten anderen waren Sie jedenfalls ein Engel. Ein wirres Zeug brabbelnder Engel, aber ein Engel.«

»Heute Morgen hab ich meinen Mantel angezogen, und meine Taschen waren voller Canapés.«

Nora lachte. »Ist schon okay. Wir hätten sie sonst nur weggeworfen. Haben Sie sie gegessen?«

»Ich hatte sie im Taxi schon platt gesessen, deshalb waren sie nicht mehr essbar.«

»Nett. *Wirklich* nett.«

»Ich glaub, unten in der linken Tasche klebt noch etwas Räucherlachs.«

»Danke, ich verzichte.«

Sie schwiegen, und plötzlich wurde ihnen bewusst, wie klein das Dachzimmer war. Jetzt hätte Stephen in die Rolle von Cary Grant schlüpfen müssen, der im *unsichtbaren Dritten* so elegant mit Eva Marie Saint flirtet, oder vielleicht doch lieber etwas Freundlicheres wie Jimmy Stewart in der *Nacht vor der Hochzeit*? Aber Stephen hatte den Verdacht, dass bloße Willenskraft einem noch kein Charisma verlieh; genauso gut konnte er versuchen, sich unsichtbar zu machen. Stattdessen fiel ihm plötzlich unangenehm auf, dass sein schwarzes Trikot hinter ihr an der Tür hing, wie eine schreckliche, abgestreifte Haut. Nora wusste nicht, was sie mit der freien Hand machen sollte, und zupfte an ihrem kurzen Pony herum.

»Wie auch immer, es wird Sie freuen zu hören, dass Josh und ich uns mit einem Kuss versöhnt haben. In Joshs Fall sogar mit 'nem Zungenkuss. Ich wollte mich nur bedanken, dass Sie so nett waren und zwischen Josh und mir vermittelt haben«, sagte sie und drückte ihm die Hand, die Rosen immer noch im Arm.

»Gern geschehen«, sagte Stephen, nahm ihr die Rosen ab und sah sich um. »Ich hab leider keine Vase …«

Nora stand da und sah ihre leere Hand an. »Ähm, tut mir Leid, aber die Blumen sind nicht für Sie«.

»Oh, verstehe …«

»Josh hat sie mir geschenkt …«

»Natürlich.«

»… aber behalten Sie sie ruhig.«

»Nein, seien Sie nicht albern, sie gehören Ihnen«, sagte er und wollte sie ihr zurückgeben. Nach einigem Zögern nahm sie sie.

»Übrigens spricht man es ›Veys‹ aus, nicht Vase«, sagte sie lächelnd.

»›Veys‹. Ich werds mir merken.«

»Wie in ›tomeyto‹.«

»NO-RA!«, brüllte Josh vom Fuß der Treppe.

»Hey. Ich muss los«, sagte Nora und zog den Mantel an. »Josh will mich in ein sündhaft teures japanisches Restaurant ausführen, und danach gehen wir nach Hause, reißen den Dielenboden auf und suchen den BAFTA. Ehrlich, so, wie er sich aufführt, könnte man meinen, ein *Kind* wär entführt worden. Aber ich wollte noch sagen, dass es nett war, Sie noch mal richtig zu treffen. So. Wir sehen uns, ja?«

»Das hoffe ich«, sagte Stephen.

»Also, tschüss.«

»Tschüss.«

»Nora, Süße, ich warte«, rief Josh von unten.

»Er hat Angst, dass sein Sushi kalt wird«, witzelte Nora. »Bis dann.«

»Tschüss.«

Sie lächelte wieder, schloss die Tür, und Stephen kam der Gedanke, dass er sie höchstwahrscheinlich nie wieder sehen würde – zumindest nicht richtig –, vielleicht ein kurzer, förmlicher Abschied auf der Party nach der letzten Vorstellung. Er fühlte, wie die Luft aus seinem Körper wich, und sank im Stuhl in sich zusammen.

»Hören Sie –«, sagte Nora und tauchte noch einmal im Türrahmen auf, »wir sollten mal zusammen einen Kaffee trinken. Josh lässt sich ständig die Zähne richten, die Grübchen spritzen oder die Seele klempnern oder was auch immer, also bin ich meistens allein.«

»Wir könnten uns die Nachmittagsvorstellung im Kino ansehen.«

»Nachmittagsvorstellung. Das find ich *klasse.* Ich lass mir von Josh Ihre Nummer geben und ruf Sie an.«

»Da bist du ja!«, sagte Josh, tauchte hinter ihr im Türrahmen auf, schlang ihr knapp unter den Brüsten die Arme um die Taille und schmiegte die Wange an ihre. »Komm schon, Süße, wir sind spät dran.«

»Stephen könnte ja mitkommen!«, schlug Nora halbherzig vor.

»Nicht heute Abend – ich will dich ganz für mich allein«, sagte er, hielt sie noch fester und hob sie hoch. Nora drehte den Kopf und küsste ihn, ein »Bitte, lass mich runter«-Kuss, dann wandten sich beide strahlend Stephen zu, als stünden sie auf dem roten Teppich und warteten darauf, fotografiert zu werden.

Pause.

»Also. Bis dann, Kumpel«, sagte Josh.

»Bis dann, Josh.«

»Tschüss, Steve«, sagte Nora.

»Tschüss, Nora.«

Und sie waren verschwunden.

Stephen wartete kurz, folgte ihnen leise, stand mit dem Rücken zur Tür schweigend auf dem Treppenabsatz und hörte das Echo ihrer Stimmen und Küsse im Treppenschacht.

»Und, worüber habt ihr geredet?«, hörte er Josh sagen.

»Über *dich*, mein Schatz …« Noch ein Kuss, dann: »Wir sprechen immer nur über *dich*.«

»Ich wollte nicht ...«

»Ich weiß, ich weiß …«

»Komm her«, sagte Josh und dann leise noch etwas. »Ich liebe dich«, vermutete Stephen.

»Ich dich auch, Liebling. Ich liebe dich auch.«

… Und Stephen stand still da, hörte sie weggehen und hoffte inständig, dass er sich nicht in Nora Harper verliebte.

Dritter Akt

DIE UNGLAUBLICHEN ABENTEUER DER NORA SCHULZ

Es gibt Menschen, die nehmen, und
Menschen, die genommen werden …

Billy Wilder und I. A. L. Diamond
Das Appartement

NEW YORK, NEW YORK

Nora Schulz konnte auf eine siebenjährige Karriere als professionelle Kellnerin zurückblicken, als Josh Harper zum ersten und letzten Mal mit den Fingern nach ihr schnippte.

Es wird viel über die Gefahren frühen Ruhms geschrieben und geredet, aber Nora fand frühes Scheitern auch nicht so toll. Nachdem Nora Schulz and the New Barbarians die unteren Chartsplätze im Sturm erobert hatten, wandten sie sich einer härteren, experimentelleren Musikrichtung zu, was zur Verramschung, zu bandinternen Streitigkeiten und einer bitteren Trennung führte. Nora tröstete sich damit, dass sie erst 23 war, rappelte sich wieder auf, schluckte ihren Stolz hinunter und beschloss pragmatisch, als Kellnerin zu arbeiten, nur für ein paar Monate, nur um sich über Wasser zu halten, während sie an neuen Songs schrieb und einen neuen Plattenvertrag suchte.

Den ersten Job bekam sie im Roh!, einem schrecklichen All-you-can-eat-Sushirestaurant im West Village, dessen Küche wie eine Felsenbucht roch und dessen Chefkoch Thunfisch so zubereitete, dass er wirklich wie das Hühnchen des Meeres schmeckte. Danach kam das Dolce Vita, ein schickes italienisches Restaurant inklusive Geldwäscherei, wo sie allabendlich auf eine Tundra leerer weißer Tischtücher starrte. Dann arbeitete sie in einem fanatisch makrobiotischen Veganerladen namens Rettich – weniger ein Restaurant als ein brutales totalitäres Regime –, in dem Musik, Alkohol, Salzstreuer und Spaß strengstens verboten waren, die blassen, kränklichen Gäste still im Rote-Beete-Carpaccio herumstocherten und nach dem Essen zu schwach waren, um Trinkgeld zu geben. Dann folgten 18 morbide, unglückliche Monate in einer exklusiven Zigarrenbar namens Old Havana in Midtown, Manhattan, wo sie jede Nacht von angetrunkenen Jungmanagern angegafft wurde, deren immer gleiche, hochtaillierte Bananenrepublik-Bundfaltenhosen dank breiter, knallbunter Hosenträger schön stramm im Schritt saßen. Obwohl der Job unglaublich lukrativ war, zettelte sie im Old Havana eine Revolution an, als sie einen Gast ins Gesicht schlug, weil er ihr einen 20-Dollar-Schein in die Bluse schieben wollte. Sie sah mit Genugtuung, dass ihm die Zigarre wie in einem Zeichentrickfilm von den Warner Brothers über das ganze Gesicht explodierte, aber dem kurzen Hochgefühl folgten unmittelbar Arbeitslosigkeit und Brandblasen an den Fingerknöcheln.

Eine kurze Zeit als Masseurin im Central Park endete, als die Leute sich beschwerten, dass sie zu fest knete, dann folgte eine kurze, verzweifelte Phase der Arbeitslosigkeit. Der Grund für ihren Umzug nach Manhattan, ihre musikalische Karriere, war zu einer Art Hobby verkommen – jeden Sonntagabend sang sie, auf der Gitarre begleitet von einem der netteren Mitglieder der New Barbarians, in einer Künstlerbar im West Village, in der sich die Gäste gegenseitig darin übertrafen, ihre ungewöhnliche, akustische, jazzige Version von *Smells Like Teen Spirit* mit Gebrüll zu übertönen. Mittlerweile überlegte Nora ernsthaft, ihre Niederlage einzugestehen und wieder zu ihrer geschiedenen Mutter zu ziehen, die mit den beiden jüngeren Brüdern in einer kleinen Wohnung in der Anflugschneise von Newark lebte.

Auf den letzten Drücker landete sie im Bob's, einer bescheidenen Bar mit Restaurant im Cobble-Hill-Bezirk von Brooklyn, hatte sich in den Laden verliebt und war umgezogen, um näher bei ihrem Arbeitsplatz zu sein. Was Restaurants anging, war es ein Traumjob. Das Essen war gut, die Preise vernünftig, und die Gäste gaben anständige Trinkgelder. Bob, der Besitzer, war reizend und gütig, die Köche waren sauber und freundlich, wuschen sich nach dem Pinkeln die Hände und waren relativ clean. Niemand stürmte nach der halben Schicht aus der Bar, niemand warf ihr in der Küche Beleidigungen oder Brötchen an den Kopf, niemand sperrte sie aus Spaß im Kühlraum ein, niemand brach ihren Spind auf. Die Arbeitszeiten waren flexibel, so dass sie hin und wieder auftreten konnte, wenn sich die Gelegenheit ergab. Die Leute merkten sich die Geburtstage ihrer Kollegen. Was Kellnerjobs anging, war es der Heilige Gral. Und das war das Problem. Es war zu einfach.

Der Rest ihres Lebens war eine einzige Katastrophe. Ihr damaliger Freund Owen, ein fast katatonisch fauler und verbitterter Möchtegern-Drehbuchschreiber, den sie im Restaurant kennen gelernt hatte, war zu ihrem persönlichen Writer in Residence geworden. Er lag den ganzen Tag auf dem Futon, angezogen und mit Essensresten im fusseligen Bart, und las zum x-ten Mal ein Buch mit dem Titel *Drehbuchschreiben leicht gemacht*, ohne dass es wirklich leichter wurde. Seine Tage wurden nur von gelegentlichen Raubzügen in Noras Kühlschrank oder der örtlichen Videothek unterbrochen, wo er Filme nur auslieh, damit er Unmengen salziger Snacks mampfen und lange, nervtötende Erklärungen absondern konnte: »… das nennt man erregendes Moment … Konflikt, Konflikt … ah – die Nebenhandlung beginnt! … Hey, da haben wir die Konfrontation im zweiten Akt …«

Wenn Personen wirklich durch ihre Handlungen charakterisiert wurden, wie *Drehbuchschreiben leicht gemacht* behauptete, dann hatte Owen praktisch keinen Charakter. Es war eine Beziehung ohne Sex, ohne Liebe und fast ohne Zuneigung geworden, die nur noch bestand, weil Owen sich die Miete für eine eigene Wohnung nicht leisten konnte und Nora krankhafte Angst vor dem Alleinsein hatte. Der Arzt hatte ihr Prozac verschrieben, das sie zuerst nur widerstrebend genommen hatte, ihre Schuldgefühle und ihre Angst vor dem Medikament kämpften mit der Aussicht auf mehr Zufriedenheit. Die Monate stahlen sich davon und wurden zu Jahren, aber nichts änderte sich. Sie trank mehr, futterte aus Frust, nahm zu und rauchte zu viel Marihuana, das sie bei den Hilfskellnern kaufte. Sie wurde 30, und zum Geburtstag schenkte Owen ihr ein *Alien*-DVD-Set und peinliche Reizwäsche in der falschen Größe, ein grässliches scharlachrotes Gewirr aus elastischen PVC-Riemen und Schnallen, das aussah wie die Berufskleidung einer Käfigtänzerin. Da Nora nicht der Typ zum Käfigtanzen war, hatte sie das Ding hastig hinten in der Schublade versteckt. Sexuell herrschte sowieso schon seit Monaten Flaute, nachts lag sie meistens wach auf dem Futon, der Owens Geruch angenommen hatte, benommen von zu viel Rotwein und Kopfschmerztabletten, und überlegte wirr, ob sie ihm mit dem Laptop den Schädel einschlagen oder ihn mit der Reizwäsche erdrosseln sollte.

Ihre Karriere, die schon in guten Zeiten eine ziemlich aussichtslose Sache gewesen war, kam ihr wie ein sinnloses Hirngespinst vor. In New York wimmelte es nur so von attraktiven Frauen mit angenehmen Folk-Jazz-Stimmen und Bossa-Nova-Versionen von *Big Yellow Taxi*. Sie konnte nicht tanzen oder schauspielern; in einer Stadt, in der fast jede Kellnerin eine so genannte Dreifach-Bedrohung darstellte, war Nora nur eine Einfach-Bedrohung, und obendrein keine sehr bedrohliche. Mit 23 war sie eine Sängerin gewesen, die gelegentlich kellnerte; mit 27 eine Kellnerin, die gelegentlich sang; mit 30 war sie schließlich eine ausgewachsene Kellnerin. Ehrgeiz und Selbstvertrauen waren Neid und Selbstmitleid gewichen. Immer öfter vermied Nora, abends nach Hause zu gehen, denn Owen würde in dem kleinen überheizten Raum sitzen und bei einem Mund voll Pistazien einen Actionstreifen auseinander nehmen, sie würde sarkastisch werden und ihn attackieren, sie würden streiten, und am Ende würde sie wütend sein und sich schämen, weil sie ihn nicht einfach vor die Tür setzte.

Auf der Suche nach einem kreativen Ventil hatte sie das Buch *Drehbuchschreiben leicht gemacht* genommen, gelesen und verarbeitet. Sie blieb lange auf, rauchte und machte sich versuchsweise Notizen – Dialoge, die sie bei den Jungs im Restaurant aufgeschnappt hatte, Geschichten aus der Zeit mit der Band, etwas Familienmythologie – und füllte in den frühen Morgenstunden Seite um Seite mit großer, wirrer Schrift. Um Objektivität bemüht, las sie die Entwürfe am nächsten Tag noch einmal durch und hatte den Verdacht, dass sie gar nicht so schlecht waren und es vielleicht doch etwas gab, das sie tun konnte. Als sie dann wieder schreiben wollte, blieb die Seite hartnäckig leer, und dieses neue Ziel erschien ihr genauso unpraktisch und sinnlos wie alle anderen.

Als Nora in jenem langen kalten Winter wieder einmal am späten Vormittag verkatert aufwachte und ihr der warme, nach Salzbrezeln riechende Atem des Mannes entgegenschlug, für den sie längst nichts mehr empfand, wurde ihr klar, dass sie vor Einsamkeit wie betäubt war. Ihr Schicksal musste sich wenden. Etwas Gutes musste passieren, und zwar bald.

Dann, im April, war Josh Harper ins Restaurant spaziert und hatte das Klubsandwich bestellt.

DER MANN DES JAHRES

Er kam nach Amerika, nachdem er seinen Großen Durchbruch gehabt und Clarence, den unheilbar kranken, geistig und körperlich behinderten Helden in *Nutze den Tag*, einem Fernsehfilm, der unerwartet ins Kino gekommen war, gespielt, sein Potenzial bestätigt, bei den Festivals die Runde gemacht und den BAFTA eingeheimst hatte. Die Kritiken waren überschwenglich, ja enthusiastisch gewesen, und die Angebote aus Film, Fernsehen und Theater hatten sich überschlagen. Er hatte auch seinen Teil dazu beigetragen, indem er in Hotelbars schamlos mit Journalistinnen flirtete, woraufhin unzählige schwärmerische Artikel über ihn erschienen – als Journalismus getarnte plumpe Anmachen: die fantastischen Augen, das schiefe Lächeln, der bodenständige, ungekünstelte Charme und der Sex-Appeal, den er anscheinend unbewusst verströmte. Er hatte in Wochenendbeilagen die neuesten Anzugkollektionen vorgeführt, die er anschließend behalten durfte. Er hatte in Grundbesitz investiert. Er war von einer Zeitschrift zur »Mann des Jahres«-Preisverleihung eingeladen worden, und obwohl er nicht *selbst* zum Mann des Jahres gekürt worden war, hatte er immerhin den Mann des Jahres getroffen und Koks mit ihm gesnieft, ironischerweise in den Behindertentoiletten. Plötzlich hatte er zwei Agenten, einen Manager, eine Presseagentin, einen Architekten, einen Steuerberater und einen Finanzberater; er hatte Leute. Er war jemand, der Leute brauchte.

Das unkonventionelle, ultrabrutale Transvestiten-Gangsterdrama *Stiletto* folgte, danach die Rolle als verwegener Antiheld in einem BBC-Kostümdrama, in dem er, wie *Radio Times* schrieb, »die Herzen der Damen fürwahr zum Schmelzen gebracht« habe. Um sein Rollenspektrum und seinen Bekanntheitsgrad zu vergrößern, hatte er die zweite Hauptrolle in *TomorrowCrime* angenommen, einem großen amerikanischen Kommerzfilm, in dem er Otto Dax spielte, einen Sprücheklopfenden Prinzipientreuen Polizeifrischling Auf Kriegsfuß Mit Der Korrupten Obrigkeit In Megapolis 4, eine Rolle, die er entweder als »einfach nur Spaß« oder als »den letzten kommerziellen Mist« bezeichnete, je nachdem, mit wem er sprach. Das Beste war, dass er erster Klasse nach L. A. geflogen wurde – nein, nicht erster Klasse, *Première Classe*, französisch, eine Gefälligkeit des Filmstudios. Als er das dritte Gratisglas Champagner von der Flugbegleiterin (deutlich hübscher als die der Economy-Class) bekam und die riesige, unanständige Savanne der Beinfreiheit vor seinem Liegesitz überblickte, kam es ihm vor wie ein wundervoller Irrtum. Und was das Schönste war: Als er die Flugzeitschrift aufschlug, entdeckte er den Artikel »Mad about the Boy: Warum Hollywood verrückt nach Josh Harper ist«. Kein Wunder, dass die Leute ihn anstarrten. Er hob das Champagnerglas an die Lippen und sah, dass die Flugbegleiterin ihre Telefonnummer auf den Untersetzer geschrieben hatte. Der Flug von London nach Los Angeles dauerte zwölf Stunden, aber wenn es nach Josh gegangen wäre, hätte er ewig weitergehen können.

Nach zwei Wochen auf dem Evian-Pfad in L. A. ging es zurück nach New York, um neue Freunde zu treffen und, zumindest theoretisch, für den Film an seinem Akzent zu feilen. Als er eines Nachts betrunken und ein bisschen stoned ins Bob's kam, hatte er den potenziell tödlichen Fehler begangen, mit den Fingern zu schnippsen, um die Kellnerin auf sich aufmerksam zu machen. Die folgende Schimpftirade war so vorwurfsvoll, so scharfzüngig und witzig gewesen, dass Josh nicht umhin gekommen war, sich wortreich zu entschuldigen, ihr einen Drink zu spendieren, dann noch einen, sie bei der Arbeit anzustarren und ihr ein mehr als großzügiges Trinkgeld zu geben. Nachdem das Restaurant geschlossen hatte und alle gegangen waren, half er ihr, die Salzstreuer und Ketchupflaschen aufzufüllen und die Stühle auf den Tisch zu stellen, wobei er immer wieder verstohlen zu ihr hinübersah. Als alles aufgeräumt war, setzten sie sich in eine Nische und redeten.

Wie immer war Nora am Anfang skeptisch gewesen. Sie mochte Engländer nicht besonders, schon gar nicht die jungen, angeblich hippen, die fast jeden Abend in die Bar kamen und herumgrölten. Sie hasste ihre gönnerhafte, überhebliche Art, die selbstgefällige Annahme, es reichte schon, Engländer zu sein, als hätten Shakespeare und die Beatles die ganze Arbeit für sie geleistet. Und nein, sie mochte den Akzent *nicht*, fand ihn nasal, schneidend und schrill. Sie hasste die politische Selbstgerechtigkeit der Briten und ihre unerschütterliche Überzeugung, sie wären die Einzigen, die etwas von linker Politik und Ironie verstehen. Nora beherrschte die Finessen der Ironie schon seit 25 Jahren, ergebensten Dank, und brauchte keine Nachhilfe, schon gar nicht von einer Nation, die das Wort nicht mal richtig aussprechen konnte. Als sie erfuhr, dass Josh nicht nur Engländer, sondern ein englischer Schauspieler war, wäre sie fast rückwärts durch den Notausgang gestolpert. Wenn es ein Wort gab, das bei ihr die Alarmglocken schrillen ließ, dann war das »Schauspieler«; nur »Jongleur« und »Waffennarr« waren schlimmer.

Aber in diesem Fall beschloss Nora, im Zweifelsfall zu Joshs Gunsten zu entscheiden, was ihr leicht fiel, weil Josh der bei weitem schönste Mensch war, den sie je gesehen hatte. Sie hätte hysterisch auflachen können, so gut sah er aus. Er war ein wandelndes, sprechendes Werbeplakat: absurd blaue Augen, volle Lippen und makellose, scheinbar porenlose Haut, wie mit Airbrush gemalt, aber nicht unmännlich oder geschniegelt oder – oh Schreck! – gelackt. Er war nicht nur gut aussehend und unglaublich sexy, sondern auch witzig und charmant, wenn auch etwas linkisch und tapsig. Er hörte ihr mit irritierender Aufmerksamkeit und festem, durchdringendem Blick zu, der ans Theatralische, Übertriebene grenzte. Er lachte über ihre Geschichten, gab die richtigen ermutigenden Laute von sich, als sie von ihrer verpatzten Gesangskarriere erzählte, und war angemessen zurückhaltend und selbstironisch in Bezug auf den eigenen Erfolg; er schien wirklich verblüfft über all die Dinge, die ihm passierten, erfrischend bescheiden in Bezug auf sein unverdientes Glück, wie er es nannte. Er war fast absurd zuvorkommend und charmant, wie ein Überbleibsel aus alten britischen Schwarzweißfilmen, aber nicht zahm oder geschlechtslos, ganz im Gegenteil. Trotzdem wirkten der Charme und die Aufmerksamkeit nicht gespielt, oder wenn sie es waren, dann so geschickt und überzeugend, dass es ihr egal war.

Sie entdeckten, dass sie in ähnlichen Verhältnissen aufgewachsen waren – Familien der oberen Arbeiterklasse, in denen man schreien musste, um sich bemerkbar zu machen. Als sie die Flasche Whiskey so weit geleert hatten, dass sie zu benebelt waren, um zu reden, stiegen sie auf Kaffee um, und ehe sie sichs versahen, wurde es draußen hell. Also schloss Nora um sechs Uhr morgens das Restaurant ab, und sie gingen hinunter nach Brooklyn Heights und über die Brooklyn Bridge nach Lower Manhattan. Das war eigentlich genau die Art von kitschigem, befangenem, romantischem Getue, über die Nora sich sonst immer lustig machte, und dementsprechend spöttelte sie ein bisschen, als sie die Brücke Hand in Hand überquerten, diesmal allerdings nur halbherzig. Schließlich war es eine nette Abwechslung. Owen hatte sie bei der ersten Verabredung am späten Nachmittag in ein mexikanisches Restaurant eingeladen, damit sie zur Happy Hour zwei Burritos zum Preis von einem essen konnten, und war anschließend mit ihr in *Stomp!* gegangen, wovon sie Migräne bekommen hatte. Damals hatte es ihr nichts ausgemacht, oder zumindest nicht viel. Romantik war ihr unangenehm, und Owen war einfach praktisch veranlagt, selbst wenn der Rest des Abends etwas gaslastiger gewesen war, als einer Frau beim ersten Date lieb ist.

Sie kamen in Joshs Hotel an, als der Rest der Stadt sich zur Arbeit kämpfte. Dort waren sie in T-Shirts und Unterwäsche auf dem frisch gemachten Bett eingeschlafen, zusammengerollt und einander zugewandt wie zwei Klammern. Drei Stunden später wachten sie auf, verkatert und ein bisschen verlegen, und als Josh im Badezimmer war, trank Nora ein großes Glas kaltes Wasser, dann noch eins und rief vom Hoteltelefon in ihrer Wohnung an. Owen schlief noch, und dass Nora nicht da war, merkte er erst, als das Telefon ihn weckte. Es war kein besonders langes oder zärtliches Gespräch. Nora empfahl ihm einfach, sich Hosen anzuziehen, seinen Kram zu packen, sich vom Acker zu machen und die *Alien*-DVDs am besten gleich mitzunehmen.

Dann legte sie sich auf das riesige Hotelbett, drehte sich auf die Seite, sah aus dem Hotelfenster auf das Bürogebäude gegenüber und versuchte angestrengt, Trauer oder Bedauern zu empfinden. Als das nicht klappte, lachte sie leise in sich hinein. Danach fühlte sie sich viel besser, leichter und glücklicher, stand auf, zog die restlichen Sachen aus, ging ins Badezimmer, zog den Duschvorhang auf und küsste Josh Harper.

Sie verließen das Hotelzimmer drei Tage lang nicht. Im folgenden September heirateten sie, und aus Nora Schulz war Nora Schulz-Harper geworden.

COFFEE AND CIGARETTES

»… und so haben wir uns kennen gelernt. Vor über zwei Jahren. Eine rührende Geschichte, findest du nicht? Aber ich wette, Josh hat sie dir schon erzählt. Er erzählt sie jedem gottverdammten *Journalisten*, der ihm über den Weg läuft – ›Wie ich meine Frau, die mutige Kellnerin, getroffen und sie vor einem Leben hirnloser Plackerei gerettet habe‹. Es steht sogar auf seiner offiziellen Webseite …«

Sie tranken körnigen, bitteren Cappuccino und aßen teilweise aufgetauten Käsekuchen im Acropolis, einer Original-Fressbude aus den Fünfzigern in einer Seitenstraße der Shaftesbury Avenue. Ursprünglich hatten sie ins Kino gehen wollen, aber es gab nur Filme, die sie schon kannten oder die vollständig computeranimiert waren. Deshalb hatten sie sich ins Café gesetzt und Kaffee getrunken, bis sie sich schlecht und zittrig fühlten, und hatten geredet und geredet, das heißt, Nora hatte geredet. Aber das störte Stephen nicht. Nüchtern mochte er sie sogar noch lieber. Sie war witzig und klug, sarkastisch und selbstironisch, clever und sexy und … aber welchen Sinn hatte es? Sie liebte ihn offensichtlich. Warum sprach sie sonst die ganze Zeit über ihn? Aus Selbstschutzgründen versuchte er, sich auf Noras schlechte Eigenschaften zu konzentrieren, konnte aber keine entdecken.

»Und dann habt ihr geheiratet? Einfach so?«

»Nein, nicht einfach so. Er hat mir ziemlich stürmisch den Hof gemacht. Champagner, Geschenke, Erste-Klasse-Flüge über den Atlantik. Josh glaubt an die magische Kraft von Floristen. Monatelang konnte ich meine Wohnung nicht verlassen, ohne in eine schwarze Orchidee zu treten. Du kennst ja Josh: Er macht keine halben Sachen.«

»Klingt romantisch.«

»Oh, war es auch. Aber nicht schmalzig-romantisch, weißt du? Es war auch wild. Ich meine, in den ersten drei Monaten waren wir *ständig* am Saufen, Kiffen oder Vögeln. Das, woran ich mich erinnern kann, war wundervoll.«

»Er betet dich an, stimmts?«

»Tut er das?«, fragte sie und strahlte unwillkürlich. »Ich weiß nicht …«

»Natürlich. Er vergöttert dich.«

»Tja, vergöttert zu werden, ist ja ganz nett, aber wir Göttinnen brauchen hin und wieder auch ein bisschen Unterhaltung, weißt du? Mal was anderes als immer nur: ›Findest du, ich sollte mir die Zähne richten lassen?‹« Sie lächelte, lutschte den Kaffeelöffel ab und klopfte Stephen damit auf den Handrücken. »Und was ist mit dir? Wie hast du deine Frau, Ex-Frau, kennen gelernt?«

»Alison. Oh, am College.«

»Ah, eine Sandkasten-Liebe. Liebe auf den ersten Blick?«

»Eigentlich nicht, jedenfalls nicht von ihrer Seite. Mehr ein langer, zermürbender, methodischer Feldzug.«

»Du hast sie weich gekocht.«

»Ich hab sie weich gekocht.«

»Du hast ihr nachgestellt.«

»Auf nette Art.«

»Natürlich. Und was ist schief gelaufen?«

»Willst du die lange oder die kurze Version hören?«

»Die lange. Außer, sie ist *wirklich* lang. Wenn ich mit dem Gesicht in den Käsekuchen sinke, solltest du besser zum Ende kommen.«

Stephen hob den kalten Kaffee an die Lippen, überlegte es sich anders und stellte ihn wieder hin.

»Ich glaube, sie hatte einfach die Nase voll davon, auf den Durchbruch zu warten. Als wir zusammenkamen, dachten wir, alles würde gut laufen – du weißt schon, ein Abenteuer, arm, aber glücklich. Aber nach Sophies Geburt stellte sich raus, dass wir einfach nur arm waren. Nicht, dass Sophie ein Unglück gewesen ist, im Gegenteil, sie war wunderbar, ist wunderbar, das Allerbeste, was ich je zustande gebracht hab, und ohne sie wären wir wahrscheinlich nicht so lange zusammengeblieben. Aber es hat einfach keinen … Spaß mehr gemacht, weißt du. Man sorgt sich die ganze Zeit, schlägt sich mit miesen Gelegenheitsjobs durch, isst Toast und zofft sich. Irgendwann – das hab ich noch keinem erzählt – hab ich so getan, als hätte ich Vorstellungsgespräche, Vorsprechen für große Rollen in erfundenen Filmen, hab mich ins Café gesetzt, ihr hinterher erzählt, ich sei der Favorit für die Rolle und hab dann eine Ausrede erfunden, warum ich sie nicht gekriegt hab, z.B. dass ich zu klein war oder so.« Die gebeichteten Taten lagen weniger lang zurück, als er zugeben konnte, trotzdem hoffte er, Nora würde ihn trösten.

»Wow. Das ist *ziemlich* erbärmlich«, seufzte sie und schüttelte den Kopf.

»Ja, nicht?«

»Trotzdem, wenn du diesen lächerlichen Job unbedingt machen willst …«

»Ich weiß, ich weiß. Wie auch immer, am Ende hat sie sich einfach gelangweilt. Du weißt schon – das berauschende Aphrodisiakum namens Misserfolg.«

»Es ist kein Misserfolg. Es ist nur aufgeschobener Erfolg. Wir sind einfach nur Spätentwickler, du und ich.«

»Na ja, für Alison war es jedenfalls zu spät. Sie hat diesen verlockenden Job in der Londoner City gekriegt, hat sich natürlich unentbehrlich gemacht, und auf einmal hat es ihr Spaß gemacht, sie hat spätabends gearbeitet, und als Nächstes erfahre ich, dass sie ihren Boss in einem Boutique-Hotel vögelt, und das wars dann. Sie ist jetzt Personalberaterin. Lebt in einer gottverdammten großen Villa in Barnes. *Sehr* glücklich. Glücklich, glücklich, glücklich, glücklich, glücklich.«

»Aber wenigstens bist du nicht verbittert.«

»Wenigstens bin ich nicht verbittert.«

»Und das ist die lange Version?«

»Hättest du sie gern noch länger?«

»Hätte mich nicht gestört.«

»Ich glaube, das reicht schon.«

Nora rührte im Kaffee. »Und, triffst du dich mit jemandem?«

»Gott, nein.«

»Aber bist du nicht manchmal ein bisschen …?«

»Eigentlich nicht. Ich lese viel, schau mir 'ne Menge Filme an. Ich habe Breitband, Kabel. Ich habe einen hochauflösenden Heimkino-Projektor mit Surround-Sound. Ich bin eine Art High-Tech-Mönch. Ich hab wirklich 'ne Menge Spaß.«

»Und wie gehts dir, wenn du an sie denkst?«

»An wen? Meine Ex-Frau? Ich denke nicht über sie nach. Na ja, stimmt nicht ganz. Ich versuche, nicht an sie zu denken.«

»Aber du liebst sie noch?«

»Irgendwie schon. Und Sophie fehlt mir.«

»Deine Tochter?«

»Meine Tochter.«

Einen Moment lang herrschte Schweigen, das erste Mal an diesem Nachmittag, und Stephen überspielte es, indem er mit dem Daumennagel ein Zuckerkörnchen auf dem Resopaltisch zerdrückte.

»Nun – ich bin sicher, du lernst wieder jemanden kennen«, sagte Nora schließlich und stupste seine Hand an.

Er sah sie an. »Genau davor hab ich Angst.«

Sie lächelte, und wieder entstand eine Pause, als sie überlegten, was sie sagen konnten.

Nora rutschte unruhig auf dem Stuhl herum. »Oh Gott – das hör sich einer an. Komm, wir lassen die Puppen tanzen, okay? Das Koffein abbauen.«

ROMANTISCHES-KOMÖDIEN-VERHALTEN

Stephen hatte durchschnittlich fünf Filme pro Woche gesehen, seit er fünf war. Dazu noch ein paar Theaterstücke und zu viele TV-Dramen, aber die Filme hatten ihn am meisten beeindruckt. Er war Zeuge von allerlei Phänomenen geworden, die man auf der Isle auf Wight normalerweise nicht erlebte: explodierende Planeten, schmelzende Gesichter, lesbische Vampire und Wikingerbegräbnisse. Durch Filme hatte er zudem eine Menge Dinge gelernt, von denen einige nützlich waren, andere weniger. Er hatte gelernt, wie man küsst, arme Ritter zubereitet, ein Auto kurzschließt und wie man die Erde aus einem Fluchttunnel beiseite schafft. Er hatte gelernt, dass Bauunternehmer meistens böse sind und dass ein Bulle einen Fall auch dann noch lösen kann, wenn er ihm wegen Befangenheit entzogen wird. Er glaubte auch, durchaus einen Jumbo Jet landen, das Gewehr eines Scharfschützen zusammensetzen und die eigenen Wunden nähen und ausbrennen zu können.

Nicht alles, was er aus Filmen gelernt hatte, erwies sich als hilfreich. Bei seiner ersten Fahrstunde musste man ihn daran hindern, ständig das Lenkrad herumzureißen. Er hatte eine einschüchternde Anzahl weiblicher Orgasmen miterlebt, weit mehr, als er je zu verursachen hoffen konnte. In romantischen Komödien hatte er eine Menge Liebeserklärungen in letzter Minute gesehen, auf Flughäfen, Bahnhöfen, besonders bei Regen oder Schnee, Erklärungen, die sich als überzeugender erwiesen hatten als seine eigenen Versuche im wirklichen Leben. Als er mit 19 nach London kam, wollte er sich nach Schauspieler-Manier ein Taxi rufen – er hob einen Arm, trat auf die Straße, rief laut, mit steigender Betonung »Tax-ii!« – und wurde von Passanten ausgelacht. Als er nach zwei Wochen Schauspielausbildung zum ersten Mal mit einer Frau schlief (Samantha Colman, seine Partnerin in einem vor Erotik knisternden Bühnenkampf-Seminar), benutzte er einen umwerfend sinnlichen Trick, den er sich in einem alten Stewart-Granger-Film abgeguckt hatte – er bedeckte erst ihren Arm, dann ihren Fuß mit kleinen Küssen und arbeitete sich langsam höher, eine Technik, bei der sich Samantha Colman, wie sie später sagte, wie ein Maiskolben fühlte.

Die emotionalsten und intimsten Erfahrungen seines Lebens verglich er immer mit ähnlichen, von Schauspielern dargestellten Situationen: der Freudentaumel bei der Geburt seiner Tochter oder die Trauer, als er vom frühen Tod eines Schulfreundes erfuhr, der freudige Aufschrei, als Alison in die Heirat einwilligte, oder das Lächeln am Tag seiner Hochzeit. Das hieß nicht, dass seine Gefühle weniger aufrichtig waren. Nur hatte er, bewusst oder unbewusst, gleich Reaktionen von Schauspielern im Kopf und hoffte, dass er möglichst nah herankam. Das Leben war anscheinend am schönsten, wahrsten und intensivsten, wenn es dem gespielten Leben auf der Leinwand am ähnlichsten war: voller Vorgriffe, Schnitte und Zeitlupen, cooler Abgangssprüche und langsamer Ausblendungen.

Genau das genoss er am meisten beim Zusammensein mit Nora. Bei ihr fühlte er sich cleverer, witziger und vielschichtiger, nicht ganz so heruntergekommen und langweilig, wie er wohl wirklich war. Sie gab ihm das Gefühl, eine gute Besetzung zu sein, eine wichtige Rolle zu spielen und nicht die Zweitbesetzung irgendeines Doppelgängers. Nicht gerade die *Haupt*rolle – unmöglich, wenn Josh in der Nähe war –, aber auch keine Statistenrolle; nichts Auffälliges oder Heldenhaftes, aber wenigstens ein Sympathieträger, dem man nicht wünschte, in die Luft gejagt, ins Weltall gesaugt oder von Piranhas gefressen zu werden. Mehr als nur menschliche Überreste.

In dieser speziellen Szene schlenderten sie an einem Winternachmittag Arm in Arm durch West Soho.

»Übrigens wird es dich freuen zu hören, dass ich nach unserer Unterhaltung auf der Party wieder mit dem Schreiben angefangen habe.«

»Wirklich? Worüber denn?«

»Och, es ist bloß eine Idee zu einem Film, über die ich schon eine ganze Weile nachdenke. Er spielt in Jersey, in den Achtzigern – es geht um eine Band, die gegründet wird und sich wieder trennt. Ist, glaub ich, ganz okay. Witzig.«

»Bestimmt. Fantastisch. Das freut mich wirklich.«

»Na ja, du warst sehr ermutigend …«, sie drückte ihm den Arm, »… und es ist ja nicht so, als hätte ich keine Zeit.«

Sie landeten in einer Spielhalle in der Old Compton Street, wo Nora darauf bestand, dass Stephen mit ihr auf einen Tanzautomaten stieg. Als er neben ihr eine Schrittfolge auf der blinkenden Tanzfläche steppte, überlegte er mit einem Anflug von Sorge, ob Nora vielleicht der flippige, freigeistige Typ war, die Art von unberechenbarer Lebenskraft, die in der imaginären, romantischen Komödie in seinem Kopfkino das öde Leben des Helden auf den Kopf stellte etc. etc. … Die Feuerprobe für flippige Freigeister ist, dem Probanden ein Feld mit Neuschnee zu zeigen; wenn er sich auf den Rücken wirft und einen Schneeengel macht, ist der Test positiv. Mangels Schnee beschloss Stephen, nach anderen verräterischen Anzeichen von Flippigkeit Ausschau zu halten: eine Vorliebe für schräge Hüte, schrille, nicht zusammenpassende Socken, Laubaufwirbeln, eine übertriebene Begeisterung für Karaoke,

Drachensteigenlassen und unbeschwerten Ladendiebstahl: die komplette Holly-Golightly-Nummer.

Nicht, dass er diese Eigenschaften unattraktiv fand – ganz im Gegenteil: Bevor Alison Personalberaterin geworden war, hatte auch sie zu schriller Freigeistigkeit geneigt und sein ödes Leben auf den Kopf gestellt etc. etc., zumindest ein paar Jahre lang. Nur war ihm mittlerweile klar, dass Romantische-Komödien-Verhalten im wirklichen Leben sehr schnell an Reiz verliert. Es hatte etwas Befangenes, Unhaltbares, Gekünsteltes – man hatte Spaß und war sich gleichzeitig bewusst, dass man »Spaß« hatte.

»Sie sind ein toller Tänzer, Mr McQueen«, rief Nora atemlos über eine Synthesizer-Version von *Get down on it* hinweg.

»Drei Jahre Stepptanz«, erwiderte er – und hatte gleich das dringende Bedürfnis, wenigstens einen winzigen Teil seiner Männlichkeit zu retten; er suchte die Spielhalle nach etwas zum Boxen, Schießen oder Fahren ab.

Er erspähte es ganz hinten in der Spielhalle versteckt, wo die alten Spiele zum Sterben hinkamen – *TomorrowCrime*, der Ego-Shooter, der auf Josh Harpers Kassenschlager vor zwei Jahren beruhte. Auf dem Bildschirm erschien eine halbwegs ähnliche Computeranimation von Josh als Sprücheklopfendem Polizeifrischling Otto Dax im langen schwarzen Ledermantel und erschoss in Megapolis 4 mordlüsterne Cyborgkiller.

Nora und Stephen sahen sich mit großen Augen an.

»Willst du spielen?«

»Klar«, sagte Stephen, steckte eine Münze in den Schlitz, nahm die große rote Plastikpistole und zielte.

»Weißt du, was ich glaube?«, sagte Josh als Otto Dax aus den Lautsprechern des Spiels.

»Sags uns, Josh Darling«, sagte Nora.

»Ich glaube, es ist Zeit, Cyborgs umzunieten.«

Bald zeigte sich, dass das Umnieten von Cyborgs nicht unbedingt zu Stephens Stärken gehörte. Zwar feuerte Nora ihn an, aber es waren einfach zu viele von den verdammten Biestern, wie Otto sagte, und noch bevor eine Minute um war, presste der computeranimierte Josh sich die Hand auf die Brust, sank auf die Knie und brach zusammen. »Was solls, wer will schon ewig leben?«, stöhnte Otto Dax mit letzter Kraft.

»Und, was ist das für ein Gefühl?«, fragte Nora und legte ihm die Hand auf den Rücken.

»Was?«

»Mein Mann zu sein?«

»Fühlt sich … gut an«, sagte Stephen, blies den imaginären Rauch von der Mündung der Spielzeugwaffe und steckte sie in die Halterung zurück.

DIE HOHE KUNST DES STUTZENS

Am Spätnachmittag schlenderten Nora und Stephen langsam zum Theater. Die Herausforderung war, keinen Kommentar zu der riesigen Reklametafel von Josh abzugeben, die drohend über der Shaftesbury Avenue aufragte. Aber es ist ziemlich schwierig, an einer neun Meter hohen Abbildung seines Mannes in engen Lederhosen vorbeizugehen, ohne etwas zu sagen. Nora blieb an der Ecke Wardour Street gegenüber stehen und spähte zu ihm hinauf.

»Mich gruselts immer, wenn ich das Ding sehe«, sagte sie schaudernd. »Als würde Gott einen beobachten.«

»Gott in weißer Rüschenbluse.«

»Gott mit Brustmuskeln und Waschbrettbauch. Gott mit Muckibuden-Mitgliedschaft.«

»Angeblich kann man an einem klaren Tag vom London Eye aus seine Nippel sehen.«

Nora lachte. »Manchmal wünsch ich mir eine Spraydose und eine Trittleiter. Nur, dass dus weißt, die Beule in der Hose ist nachträglich retuschiert worden.«

»Echt?«

»Oh ja, definitiv. Josh hat sicher den Poster-Typen bestochen.« Und Nora ahmte Josh täuschend echt nach: »›Größer! Ich will das verdammte Ding größer.‹ Was ist so lustig?«

»Ach, ich mags einfach, wenn Amerikaner schlechte englische Akzente nachmachen.«

»Halt die Gosche.«

Sie überquerten die Wardour Street und blieben am Bühneneingang stehen.

»Und – willst du mit raufkommen und schauen, ob Josh da ist?«

»Nein, ich glaube, wir hatten für diesen Nachmittag genug von Josh. Grüß ihn von mir. Wir machen das bald mal wieder, ja?«

»Sehr gerne«, sagte Stephen, merkte, dass er sie auch sehr gerne küssen würde, lehnte sich zu ihr hinüber, wurde sich plötzlich des neun Meter großen Josh bewusst, der drohend über ihnen aufragte und dessen Degen auf seinen Hinterkopf zielte, und streifte deshalb nur ihre Wange mit seiner. Es fühlte sich an wie eine tröstliche Geste für entfernte Tanten auf einer Beerdigung, sie versteifte sich etwas und ging dann zügig Richtung U-Bahn.

Stephen trug sich am Bühneneingang ein und ging zu Joshs Garderobe. Er war entschlossen, ihm gleich von dem Nachmittag zu erzählen, zumindest, dass er seine Frau getroffen hatte, nicht, dass er sich gerade in sie verliebte; am besten legte er die Karten offen auf den Tisch und betonte die platonische Seite. Er blieb auf den Stufen vor Joshs Garderobe stehen, aus der laute klassische Musik drang, klopfte kurz und machte dann die Tür auf.

In klassischen Farcen gibt es zwei komische Standardreaktionen, wenn jemand in ein Zimmer kommt und etwas Verbotenes sieht: Stutzen oder ein langer, entgeisterter Blick. Stephen entschied sich für Letzteres. Er brauchte eine gewisse Zeit, um die genauen Umstände zu erkennen, und zu entwirren, welcher Körperteil zu wem gehörte. Maxine saß mit dem Rücken zu Stephen und dem Gesicht zum Fenster rittlings auf einem Stuhl und hatte ein Bein auf den Tisch gelegt. Sie war vollkommen nackt bis auf die hohen Schnürstiefel, die sie auf der Bühne trug, und von Stephens Standort aus sah es aus, als wäre ihr ein zweites Paar Beine gewachsen. Die Täuschung wäre perfekt gewesen, wäre das zweite Beinpaar nicht wesentlich muskulöser und behaarter gewesen als ihr eigenes und hätten Knie und Füße nicht in die andere Richtung gezeigt. Bald wurde klar, dass diese Beine Josh gehörten. Er hatte das Gesicht tief in Maxines Busen vergraben, aber der Rest von ihm war gerade noch in dem körperhohen Spiegel sichtbar, der von der Wand genommen und zum voyeuristischen Vergnügen der Beteiligten ans Bett gelehnt worden war.

Stephen stand wie erstarrt im Türrahmen und dachte, dass er a) abgesehen von einer sorgfältig verdrängten Kindheitserinnerung an seine Eltern bei einem Campingurlaub in der Bretagne noch nie zwei andere Erwachsene beim Sex beobachtet hatte, was b) alles in allem auch ganz gut war. Es war einfach zu krass biologisch, unansehnlich, intim und unbeholfen, als würde man jemandem zusehen, der einem anderen mit Zahnseide die Zähne reinigt. Ihm war unangenehm bewusst, dass er dort nichts zu suchen hatte, und wie um die Situation so deutlich und peinlich wie möglich zu machen, hörte Stephen plötzlich, was Maxine sagte.

Leise und atemlos flüsterte sie mit italienischem Akzent: »Oh, Lord-e Byron, Ssie sind-e sooo gutt-e …«

Woraufhin Lord-e Byron sagte: »Du bist so *scharf*, Consuela …«

… und Stephen begriff, dass sie *in ihren Rollen* Sex hatten, Method-Acting-Sex, zu klassischer Musik. War Joshs Verwendung des Worts »scharf« im historischen Kontext nicht etwas anachronistisch, und war Consuela nicht ein spanischer Name? Er hielt es für kleinlich, darauf hinzuweisen, und wollte sich diskret zurückziehen. Aber als er nach der Klinke griff, rutschte der Stuhl, mit dem die Tür mehr schlecht als recht verbarrikadiert worden war, über den Holzboden und kippte polternd um, so dass die Lehne sehr wirkungsvoll als Türstopper fungierte und ihn hinderte, das jetzt sehr, sehr klein wirkende Zimmer zu verlassen.

Sichtlich widerstrebend nahm Josh das Gesicht aus Maxines Busen, aber sein erster Blick galt erstaunlicherweise nicht Stephen, sondern dem eigenen Spiegelbild, er warf das Haar zurück, sah Stephen an, und selbst der Schock über den Eindringling vertrieb das Grinsen nicht ganz aus seinem Gesicht.

»Hi, Leute«, sagte Stephen.

Ohne mit den Hüftbewegungen aufzuhören, drehte Maxine den Kopf und warf Stephen einen vernichtenden Blick zu. Die Stille in dem kleinen Raum durchbrach nur das Keuchen, das rhythmische Quietschen des Bürostuhls und die Orchestermusik, die gerade einen voll tönenden, dramatischen Höhepunkt erreichte und die Stephen als den Soundtrack zu *Der Herr der Ringe* erkannte.

Er sah, wie sich ein schmutziges Grinsen auf Maxines Gesicht ausbreitete.

»Wir wärmen uns nur auf!«, sagte sie und lachte. Josh lachte auch, ein leises, geiles Glucksen, dann fing er sich, setzte eine ernste Miene auf und sagte leise, sehr langsam und deutlich …

»Verfickt und zugenäht, Stephanie. Mach die Tür von außen zu.«

DAS PHANTOM DER OPER

INNEN. THEATER. NACHT.

Großaufnahme: Ein Klavier baumelt von einem gefährlich abgenutzten Seil, das an einen Metallstab scheuert oder

Nein, so nicht. Noch mal von vorn …

das Seil wird mit einem großen Messer durchgeschnitten, von einem UNBEKANNTEN ANGREIFER, der einen schwarzen Mantel und eine unheimliche weiße Maske trägt.
SCHNITT ZU –

JOSH HARPER, 29, dämonisch gut aussehend, hält auf der Bühne nichts ahnend eine flammende Rede.
SCHNITT ZURÜCK –

– zum Seil. *Großaufnahme* der Seilfasern, die eine nach der anderen reißen, während Josh sich unten dem Höhepunkt der Rede nähert.

Nahaufnahme der letzten Faser, die sich mehr und mehr dehnt und schließlich reißt. Das Klavier fällt. Josh hört das Seil reißen und durch den Flaschenzug sirren. *Crash Zoom* auf Joshs entgeistertes Gesicht, SCHNITT ZUM Publikum, das schockiert aufschreit, das Klavier schlägt mit ohrenbetäubendem disharmonischem Akkord auf, *Nahaufnahme* einer schreienden FRAU, dann SCHNITT ZUR *Großaufnahme* von Joshs Arm im Rüschenärmel, der aus den Trümmern ragt, die Finger zucken hilflos, und unter den Überresten des Klaviers breitet sich eine Blutlache aus. Über die Schreie hinweg hört man ein teuflisches, böses Lachen. SCHNITT ZU – DER GEISTERHAFTEN GESTALT. Eine gekrümmte Hand im Lederhandschuh greift nach der weißen Maske, nimmt sie ab und enthüllt das entstellte, hassverzerrte Gesicht von

»Mr McQueen!«, zischte die Stimme aus dem Lautsprecher in der linken Kulisse. »Zum letzten Mal, Mr McQueen, das ist Ihr Stichwort, Mr McQueen. McQueen, auf die Bühne!«

Hastig zog sich Stephen die Maske übers Gesicht, trottete, nicht ganz so gespenstisch wie sonst, durch die Dunkelheit hinter der Bühne, stellte sich an die Tür und wartete ungeduldig darauf, dass Josh endlich abkratzte. Er brachte seinen Part hinter sich – machte die Tür auf (langsam), verbeugte sich (feierlich), schloss die Tür (langsam) und ging ab (schnell) –, wenn auch nicht ganz so anmutig und konzentriert wie sonst.

Josh wartete grinsend in der Kulisse auf ihn.

»Hi, Bullitt!«, rief er über den Applaus hinweg und biss sich in einer Art kecker Zerknirschtheit auf die Unterlippe.

»Sorry wegen der Beischlaf-Sache von vorhin. Kommst du nachher mit auf einen Drink? Zum Drüberreden? …«

»Josh, das geht mich wirklich nichts an«, sagte Stephen und runzelte sinnloserweise unter der Maske die Stirn.

»Ich will dir nur meine Seite der Geschichte erklären, okay? Die Sache bereinigen …?« Der Applaus schwoll an, als die Scheinwerfer sich auf die leere Bühne richteten. »Schau mal, ich muss das hier noch kurz erledigen, aber ich komm nachher vorbei und hol dich ab. Fünf Minuten, okay?«, sagte Josh, machte seinen albernen Rückwärtshopser, trabte nach vorn auf die Bühne, der Applaus schwoll an, die »Bravo«- und »Zugabe«-Rufe begannen, und er machte die »Ich bin vollkommen er-*schöpft*«-Verbeugung.

Stephen schob die Maske nach hinten und sah zu. »Nicht klatschen!«, hätte er am liebsten gebrüllt. »Applaudieren Sie nicht! Er ist eine Witzfigur, ein eitler, narzisstischer, arroganter Idiot im Rüschenhemd. Applaudieren Sie diesem Mann *nicht*! Er ist absolut *kein* netter Mensch. Dieser Mann vögelt zum *Herr der Ringe*-Soundtrack!«

Als hätte es einen Unterschied gemacht.

Er stapfte die Treppe zur Garderobe hinauf, wo Donna die Inspizientin schon auf ihn lauerte.

»Also, Mr McQueen, was *sollte* das?«

»Tut mir Leid, hab nicht aufgepasst.«

»Herrgott nochmal, Stephen, du musst dich doch bloß vor Josh verbeugen und die verflixte Tür öffnen. Das ist doch wohl nicht zu viel verlangt«, sagte sie und zwängte sich an ihm vorbei. »Ein Affe könnte den Job machen, wenn wir einen mit Gewerkschaftskarte finden würden.«

Vor der Garderobe wartete Maxine auf ihn.

»Kann ich kurz mit dir reden?«

Sie folgte ihm hinein, lehnte sich mit dem Rücken an die geschlossene Tür und biss sich auf die Lippe, eine Film-noir-

Femme fatale aus der Nähe von Basingstoke, und es erschien nicht abwegig, dass sie in der Tasche ihres flauschigen weißen Bademantels eine winzige silberne Pistole versteckt hatte. Oder einen Eispickel.

»Ich weiß, was du denkst, Steve«, schnurrte sie.

»Und was denke ich, Max?«

»Du hältst mich für leichtfertig.«

Stephen drehte sich um, weil er sehen wollte, ob das ihr Ernst war. Man konnte nicht sagen, dass »Prinzipien« für Maxine ein Fremdwort war. Wenn es ihr in den Kram passte, kaufte sie delphinfreundlichen Thunfisch, sie hatte sehr entschiedene Ansichten, was das Tragen von Strumpfhosen zu Slippern oder Marineblau zu Braun betraf, aber ansonsten hatte sie so gut wie keine Werte. Deshalb musste sie sich wirklich anstrengen, um ein schuldbewusstes Gesicht hinzubekommen. Ihre Mundwinkel kämpften sichtlich damit, sich nicht zum Feixen eines Kleinkindes zu verziehen, das sich gerade absichtlich in die Hose gemacht hat.

»›Leichtfertig‹ trifft es nicht ganz, oder, Max?«

»Na ja, vielleicht nicht. Trotzdem, wenn du *geklopft* hättest, Stephen, anstatt einfach reinzuplatzen.«

»Ich hab geklopft!«

»Aber nicht *richtig*. Warum klopfst du überhaupt, wenn du nicht willst, dass man es hört?«

»Wenn ihr den *Herr der Ringe*-Soundtrack etwas leiser gestellt hättet …«

»Wie lange hast du überhaupt dagestanden?«

»Nicht lange.«

»Hast aber ganz genau hingeschaut, was?«

»Nein!«, sagte er, bemüht, nicht defensiv zu klingen.

»Mit offenem Mund und Stielaugen. Ich meine, jeder andere wäre einfach gegangen, hätte die Tür hinter sich zugemacht …«

»Hey, Con*sue*la ...«

»... und hätte nicht eine Viertelstunde rumgestanden wie ein Spanner.«

»Ich kann nicht ...«

»Es überrascht mich, dass du nicht nach Hause gegangen bist und ’ne Videokamera geholt hast.«

»Ich glaubs nicht.«

»Was?«

»Du erwartest, dass *ich* mich entschuldige!«

»Na, *ich* tus ganz sicher nicht! Es war nur Sex – fantastischer Sex, um genau zu sein –, aber ich habe nichts *falsch* gemacht.«

»Und was, wenn Nora reingekommen wär?«

»Ist sie aber nicht.«

»Sie stand unten auf der Straße, Maxine.«

»Josh sagt, dass sie nie unangemeldet vorbeikommt, sie ruft immer vorher an. Eine ihrer Regeln.«

»Wie praktisch für euch.«

»Ehrlich, Steve, ich kann nicht glauben, dass du so ein Drama daraus machst. Ist ja nicht so, als wärs eine gute Ehe. Josh erzählt mir alles über sie; sie ist komisch, wenn du mich fragst. Ich meine, du kennst sie, Steve – findest du sie nicht komisch?«

»Nein! Sie ist nur ziemlich ... angespannt.«

»›Angespannt‹ ist doch bloß ein überkandideltes Wort für ›gaga‹. Josh glaubt, sie ist schizophren oder manisch-depressiv.«

»Schwachsinn.«

»Kein Schwachsinn! Es stimmt. Sie kriegt Medikamente und so. Und sie *trinkt*. Wenn Josh nach Hause kommt, ist sie immer sternhagelvoll.«

»Und, macht es das besser oder schlimmer?«

»Was?«

»Dass du mit Nummer Zwölf diese ... Geschichte hast.

Macht es die Sache besser oder schlimmer, wenn Nora unglücklich ist?«

Er sah, wie sich Maxines Gesicht im Dilemma verzog. »Das macht es … Gott, dass ist *so* typisch für dich, Stephen.«

»Was?«

»Dass du 'ne große Richtig-oder-falsch-Sache draus machst.« Sie setzte sich auf den Rand des Schminktischs, zog sich den Bademantel über die Schenkel und verzog das Gesicht langsam zu einer Miene namens ›Mitfühlende Reue‹. Ihre Gesichtsmuskeln spannten sich vor Anstrengung wie Zeltschnüre.

»Ich würd mich jetzt gern umziehen, Maxine«, sagte Stephen und begann den allabendlichen Kampf mit der Strumpfware, in der Hoffnung, dass sie das vertrieb.

»Und, verpfeifst du uns?«

»Bei wem?«

»Du weißt schon – bei den Zeitungen. Oder bei ihr.«

Sein Handy klingelte. Er sah auf das Display: Nora. »Wenns dir nichts ausmacht, Maxine …«

»Wer ist das? Ist sie das?«

»Machst du die Tür hinter dir zu?«

Maxine zog eine Grimasse und verdrückte sich widerstrebend. Stephen wartete noch ein Klingeln ab und ging dann ans Telefon.

»Hey, Superstar!«, sagte Nora.

»Hi! Hi, wie gehts dir?«

»Och, ganz gut. War die Vorstellung gut? Hast du sie vom Hocker gehauen?«

»Na ja, weißt du …«, sagte er, als ihm das Handy entglitt und in den Zwickel rutschte. Hastig fischte er es heraus. »Tschuldigung – meine Beine haben sich in dem blöden Trikot verfangen.«

»*Das* muss ja ein Bild für die Götter sein, kanns mir lebhaft vorstellen«, kicherte Nora und schwieg kurz, vermutlich, um es sich vorzustellen.

»Ich kann fühlen, wie du mich im Geiste anziehst«, sagte er und hörte schallendes Lachen am anderen Ende der Leitung. Er wartete, bis sie fertig war, und sagte dann: »Und, wo bist du? Was machst du gerade?«

»Och, du weißt schon, wieder mal ein Abend voller Nervenkitzel, ich häng allein herum und seh mir die Darts-Weltmeisterschaft an. *Das* nenne ich einen großartigen britischen Sport. Der Sport der Könige. Jeden Moment könnte sich jemand an die Brust fassen und tot umfallen, so *aufregend* ist es …« Ihre Stimme war leise und etwas heiser, und er stellte sich vor, wie sie allein auf dem Sofa vor dem riesigen Fernseher lag, gelangweilt und vielleicht angetrunken. Das Gespräch hatte jedenfalls etwas Zielloses, Genuscheltes, was typisch war für betrunkene nächtliche Anrufe; er wusste das, weil er selbst schon welche gemacht hatte.

Josh klopfte, kam gleichzeitig herein, und Stephen verdoppelte seine Anstrengungen, sich aus dem schrecklichen, tückischen, schwarzen Lycragewirr zu befreien.

»Oh, sorry, Kumpel, soll ich draußen warten?«, sagte Josh und presste sich die Hand vor die Augen.

»Nein, schon in Ordnung, komm rein«, sagte Stephen und bedeckte sich den entblößten Schoß mit dem Mantel.

»Wer ist das?«, fragte Nora am Telefon. »Eins deiner Groupies?«

Er sah zu Josh hinüber, der in der Tür stand und konzentriert eine SMS schrieb. »Josh«, flüsterte er.

»Ja, er hat gesagt, dass er heute Abend mit dir um die Häuser ziehen will; das stimmt also?«

»Ich glaub schon, ja.«

»Benehmt euch bloß. Dass er mir ja heil nach Hause kommt. Nicht, dass ihr in irgendeiner Crack-Hölle oder 'nem Puff oder so endet. Du kannst natürlich machen, was du willst, aber wehe, du lässt Josh …«

»Ich pass schon auf.«

»Erinnere ihn daran, dass er glücklich verheiratet ist.«

»Wird gemacht.«

»Und, Stephen?«

»Ja?«

»Ich wollte dir nur sagen, dass es heute Nachmittag sehr nett war. Ich hab hier drüben nicht allzu viele Freunde, oder nur Freunde von Josh, und, na ja, es ist einfach nett, sich manchmal mit jemandem zu treffen, der meinen Mann nicht vögeln will.« Stephen prustete und kletterte in seine Hose. »Oder etwa *doch*?«, murmelte Nora.

Stephen sah Josh an, der im Türrahmen lehnte, das Handy vor der Brust hielt, eichhörnchenflink eine SMS schrieb und sich konzentriert auf die Lippe biss.

»Er ist nicht mein Typ«, sagte Stephen.

»Nein, meiner auch nicht«, lachte Nora leise. »Also. Bis bald, ja?«

»Ich hoffs.«

»Ich auch. Gut, dann gib mich mal weiter.« Stephen warf das Handy zu Josh hinüber, der sich leicht gereizt von seiner SMS losriss.

»Hallo, Augenstern … Nein … Nein … Natürlich nicht … Ja, mach ich … liebe dich auch … Ja, wenn du noch wach bist … Ich freu mich schon. Bis dann.« Mit der einen Hand schaltete Josh Stephens Handy aus, mit der anderen verschickte er die SMS, warf Stephen das Handy zu, ohne aufzusehen, und als Stephen es vom Boden aufhob, sagte er: »Okay, dann wolln wir mal auf die Kacke haun!«

BODYGUARD WIDER WILLEN

Es gibt wenige unangenehmere Situationen, als hinter einem Mann zu stehen, der Autogramme gibt.

Stephen wusste nicht, was für ein Gesicht er machen oder was er mangels Stift und Papier mit seinen Händen anfangen sollte. Er entschied sich für respektvolle Geduld – ein nachsichtiges, halbes Lächeln, Hände hinter dem Rücken verschränkt, eine Haltung, die man in Gegenwart gekrönter Häupter einnahm.

Josh sprach derweil mit seiner After-Show-Stimme, einem leicht heiseren, ausgepowerten Knurren mit starkem Cockney-Akzent. Wie immer trug er noch einen Rest Make-up.

»Was soll ich schreiben?«, fragte er eine Dame mit Troddelhut, die Stephen hier schon öfter aufgefallen war.

»Für Carol.«

»Für … Carol …«, murmelte Josh, als fiele es ihm dadurch leichter, die Worte zu schreiben. »›Alles … Liebe … Josh … x … x … x‹«

»Könnten Sie ›Für Kevin‹ draufschreiben?«, sagte ein verhutzelter junger Mann mit Fliegersonnenbrille im voluminösen Parka.

»Hey, ich sag Ihnen, wessen Autogramm Sie sich holen sollten, Kevin«, sagte Josh und deutete mit dem Kopf auf Stephen. »Das hier ist *Steve McQueen.*«

Oh Gott, dachte Stephen, nicht schon wieder …

»Doch nicht *der* Steve McQueen?«, wollte Kevin wissen.

… doch, schon wieder.

»Mit P-H«, sagte Stephen.

»Steve spielt im Stück mit!«, sagte Josh.

»Hab Sie gar nicht gesehen«, sagte Kevin skeptisch.

»Na ja, es ist nur eine Minirolle …«

»Ja, man muss ihn mit der Lupe suchen!«, warf Josh ein. Kevin lachte pflichtschuldigst, und Stephen hatte das Gefühl, sich rechtfertigen zu müssen.

»Und ich bin Joshs Zweitbesetzung.«

»Ja, wenn ich vom Bus überfahren werde, schreibt er für mich Autogramme. Okay, das wars, Leute, habt ihr kein Zuhause?«, rief Josh scherzhaft. »Ich muss los, tut mir Leid, machts gut, tschüss«, entschuldigte er sich, ging mit ausgestreckten Händen rückwärts, vollführte eine seiner typischen Turmspringer-Schrauben und rannte die Wardour Street hinunter, dicht gefolgt von Stephen, seinem Bodyguard wider Willen. Josh in der Öffentlichkeit zu begleiten, war immer eine befremdliche Erfahrung. Stephen sah Kinnladen herunterklappen, wenn Josh sich näherte, und hörte das Getuschel des Wiedererkennens in seinem Kielwasser. Als Reaktion darauf hatte Josh sich ein fröhliches, kumpelhaftes Nicken und ein höfliches, aber professionelles »Ja, genau der bin ich«-Lächeln angewöhnt, verbindlich und distanziert zugleich, das er in der Menschenmenge nach beiden Seiten austeilte.

»Autogramme! Was *soll* das überhaupt?«, sagte Josh über die Schulter. »Wer zum Teufel stellt sich für ein Autogramm in den Regen?«

»Es ist eine Art Beweis. Ein Stückchen Ruhm, ein Stückchen Erfolg und Glamour zum Mitnehmen. Das ist alles, was die meisten Leute je davon abbekommen.«

»Aber viele von denen sehen sich nicht mal das Stück an! Die haben einen an der Klatsche, Stephen, ich sags dir – lauter Irre.«

»Also, ich weiß nicht …«

»Du hast leicht reden, schließlich hast du sie ja nicht jeden Abend am Hals.« Als Josh merkte, dass man ihm das als Arroganz auslegen konnte, machte er eine Kehrtwendung Richtung Bescheidenheit. »Ich meine, ich würds ja verstehen, wenn ich, was weiß ich, Jack Nicholson wär oder so. Als ich Jack Nicholson in L. A. getroffen hab, hab ich ihn natürlich um ein Autogramm gebeten, aber er ist schließlich Jack Nicholson, verdammt noch mal! Aber ich? Ich bin doch nur *ich* – warum sollte jemand ein Autogramm von *mir* wollen?«

»Keinen blassen Schimmer«, murmelte Stephen wahrheitsgemäß.

Sie kämpften sich Richtung Norden nach Soho durch, ignorierten die Blicke und Zurufe der Leute, an denen sie vorbeikamen, die übellaunigen Menschenmassen nach Feierabend, die Unmengen von Rikschas und die spärlich bekleideten, blau geäderten Frauen in den Hauseingängen der Nepplokale in der Brewer Street, die Josh Gratisnummern anboten. Als sie den Durchgang zur Berwick Street passierten, wurde Josh von einer Truppe randalierender Bürogehilfen erspäht, die an ihrem freien Abend einen draufmachten, und einer von ihnen rief: »Ey, Josh, du Wwwwwwichser!« Stephen fragte sich, ob es eine Schlägerei geben würde und ob Josh, der für *Mercury Rain* ein ausgedehntes Kampfsporttraining absolviert hatte, ein paar Schläge ausprobieren und merken würde, dass sie ihm in einer Straßenschlägerei gegen vier vergrätzte, mit Barhockern oder Flaschen bewaffnete Typen aus Catford wenig nützten.

Aber Josh ignorierte die Bemerkung, und sie gingen schweigend weiter, bis sie zu einem Bekleidungsgeschäft nördlich des Berwick-Street-Markts und einer unauffälligen, schwarzen Stahltür kamen, die Stephen noch nie bemerkt hatte. Josh klingelte.

»Ich dachte mir, wir gehen hierher, wenns dich nicht stört. Es ist nichts Besonderes, aber immerhin entgehen wir eine Weile dem Hexenkessel hier, okay? Und wir können uns unterhalten, mal richtig quatschen.«

»Ja, geht klar«, sagte Stephen lächelnd. Das Wichtigste war, sich auf keinen Fall einwickeln zu lassen. Lass ihn reden, aber fall nicht auf ihn herein. *Meine Motivation ist, mich nicht von Josh verarschen zu lassen …*

Die Tür wurde von einer unglaublich coolen, taffen Frau mit zurückgegeltem schwarzem Haar geöffnet; ein besonders auffälliger Android. Sie sah Josh, breitete die Arme aus, wobei ihr Klemmbrett nur knapp Stephens Hals verfehlte, und stürzte sich auf Josh.

»Hallo, du schöööner Mann«, quietschte die Replikantin.

»Hallo, du! Das ist mein guter Freund Steve McQueen.«

»Doch nicht *der* Steve McQueen?«

»Mit P-H.«

»Trotzdem, schön, dass Sie da sind, Steve! Kommt rein, kommt rein …«, und sie bugsierte sie hinein, eine schummrige Treppe mit künstlich industriellen Stufen hinunter und hinein ins exklusive, luxuriöse Innere des Gebäudes.

DIE SEI-BRAV-STIMME

Die Lounge war ein unterirdischer, kerzenbeleuchteter Kasten voller Leder, Metall, Glas und Gummi, die Art von angesagter futuristischer Bar, die sofort unglaublich altmodisch wirkt. Vom Design her entsprach sie im Großen und Ganzen der Korova-Milchbar aus *Uhrwerk Orange* und hatte ungefähr dieselbe gemütliche, heitere Atmosphäre. Statt aus Droogs bestand die Klientel größtenteils aus eleganten, gertenschlanken Mädchen mit taffen Gesichtern, die angetrunkenen, geilen, vorzeitig gichtkranken jungen Männern aus den Medien zuhörten, die auf creme- und leberfarbenen Ledersitzgruppen ruhten, oder etwas unbequem auf etwas hockten, das man »Puff« nannte, zumindest auf der Isle of Wight.

»Machts euch bequem, Jungs«, sagte die Replikantin und drückte Josh noch einen Kuss auf die Wange. »Ich nehm gleich eure Bestellung auf.«

»Wer war das denn?«, fragte Stephen, als sie gegangen war.

»Keinen blassen Schimmer. Deshalb sag ich immer ›Hallo, du‹ oder ›Schätzchen‹ oder so was. So muss man sich nicht jeden Namen merken.«

»Guter Tipp, Josh.«

»Und, wo sollen wir uns hinsetzen?«

»Wie wärs mit dem Kanapee da drüben?«, fragte Stephen und benutzte das Wort »Kanapee« zum ersten und hoffentlich letzten Mal in seinem Leben.

»Cool. Geh voran, Macduff!«, sagte Josh und spielte sich selbst geschickt die Hauptrolle zu.

Sie drehten sich um und zwängten sich an scharfkantigen Glastischen und einer tischtuchgroßen, trotzig blinkenden Tanzfläche vorbei, wo ein einsames, dürres Mädchen in selbstvergessener Betäubung herumstolperte, als taumelte es von einem Unfallauto weg. Sie quetschten sich in eine schummrig beleuchtete Sitzgruppe in der Ecke. Stephen war schon gelegentlich in exklusiven Privatclubs gewesen und war jedes Mal hin und her gerissen zwischen der Begeisterung, eingelassen zu werden, und der Trostlosigkeit solcher Orte: das Gaffen, die zugekokste Egomanie, die Unbequemlichkeit und die unterschwellige Feindseligkeit, die völlige Abwesenheit menschlicher Wärme und Zuneigung. Aber auch das gehörte wohl zum Preis, den Josh für seinen Ruhm zahlen musste, vermutete Stephen: ein Leben lang zu solchen Martinihöhlen verdammt zu sein.

Sie sahen sich schweigend die Cocktail-Karte an, und Stephens Hoffnungen auf ein Stella-Bier und Chips zerschlugen sich schnell. Sie bestellten japanisches Bier und spanische Oliven bei der Replikantin, sahen sich im Raum um, Josh knabberte an der vollen Unterlippe und nickte leicht im Takt zur Musik. Weil Stephen nichts Besseres zu tun hatte, nickte er auch.

»Und, wie gefällts dir?«, fragte Josh und lächelte stolz. »Etwas affig, ich weiß, aber wenigstens belästigt uns hier keiner.« *Wir.* Stephen liebte dieses »wir«.

Das Bier wurde gebracht. »Also«, sagte Josh und stieß mit Stephen an, »ich schätze, du hältst mich für einen Vollidioten.«

Stephen widersprach anstandshalber. »Ich weiß nicht, Josh. Es ist nur, na ja, ich kenne Nora jetzt, wir sind quasi befreundet, und es bringt mich in eine schwierige Lage, das ist alles …«

»Ich weiß, ich weiß, Steve, und ich wünschte wirklich, ich hätte dich nicht in diese Lage gebracht. Maxine und ich – ich weiß ja nicht, was sie dir erzählt hat, aber es geht wirklich nur um Sex. Und ich muss sagen, es ist ganz fan*tas*tischer Sex.«

»Ja, das hat sie auch gesagt.«

»Ach ja?«, sagte Josh, plusterte sich kurz auf, sank aber gleich wieder in sich zusammen, als ihm einfiel, dass er ja zerknirscht sein sollte. »Ich meine, es ist doch kein Wunder, oder? Sie liegt jeden Abend splitternackt auf meinem Schoß – was soll ich denn machen? Ich bin auch nur ein Mensch. Das heißt nicht, dass ich Nora weniger liebe.«

»Doch, eigentlich heißt es das, oder?«

Josh überlegte einen Moment und nippte an dem Bier. »Ja, na ja, vielleicht ein bisschen weniger, aber ich liebe sie immer noch. Ich liebe Nora wirklich. Wirklich. Und ich würde *nie* etwas tun, das sie *verletzen* könnte, es ist nur …«, er stellte feierlich das Bier auf den Tisch, »kann ich offen zu dir sein, Steve?«

Genau wie bei »Ich habe ein Hühnchen mit dir zu rupfen« rutschte Stephen bei dem Satz »Kann ich ehrlich zu dir sein?« immer das Herz in die Hose. Am liebsten hätte er geantwortet: »Nein, lieber nicht«, aber er nickte nur und sagte: »Klar.«

Josh rutschte ein bisschen näher.

»Tatsache ist, ich bin nicht wie du, Stephen. Ich weiß, ich bin nicht besonders helle. Schlimmer noch, ich bin sogar ziemlich dumm. Als ich zum Beispiel diese Rolle bekam, hab ich mir alle möglichen Bücher über Byron gekauft, genau wie du – ich weiß das, ich hab sie in deiner Garderobe gesehen –, und hab versucht, sie zu lesen, aber ich musste aufgegeben, weil ich kein Wort verstanden hab. Ich hab sie bloß bei den Proben rumliegen lassen. Als ich Romeo gespielt hab, wars genauso – ich musste mich rausschleichen und die verdammte Schulausgabe kaufen. Das meiste hab ich mir auf der DVD abgeguckt. Ich schätze, 50 Prozent meines Romeo sind bei Leonardo DiCaprio geklaut. Ich bin so dumm, dass ich jahrelang dachte, der *Schwan von Avon* wär ein echter Schwan.«

Hatte Josh den Witz nicht in irgendeinem Interview gebracht? Stephen war sich ziemlich sicher, lächelte aber trotzdem höflich.

»Siehst du, du lachst mich aus, und es stört mich nicht. Als ich den Romeo gespielt hab, haben die Leute auch gelacht – diese großkotzigen Mistkerle mit geschniegelten Haaren aus Oxbridge, die Angelo oder Fernando oder sonstwen gespielt haben, und alle standen kichernd mit Speeren in der Hand im Proberaum rum, weil ein Proll die Rolle gespielt hat, die rechtmäßig ihnen zugestanden hätte. Die Leute haben mich damals ausgelacht, und sie lachen mich heute aus, genau wie du und Nora wahrscheinlich auch – sag nichts, ich weiß doch, was los ist. Und du hast Recht damit, denn Tatsache ist, ich bin ein zutiefst unwissender, oberflächlicher, einfältiger Mann. Mein einziger Vorzug ist … dieses … dieses …«

Josh zog das Gesicht in Falten, fuchtelte vage in der Luft herum und suchte nach einem treffenden Wort, das nicht überheblich klang. Stephen fand es immer seltsam, dass ein Mensch, der auf der Bühne so anmutig und ausdrucksvoll war, ein Mensch, den er auf einer hausgroßen Kinoleinwand mehr als einmal die Welt hatte retten sehen, im wirklichen Leben oft so wichtigtuerisch und wirr daherquatschte. Josh bei der Suche nach dem richtigen Wort zuzusehen, war, als beobachtete man ein Kleinkind beim Mischen eines riesigen Kartenspiels.

Die Suche nach dem richtigen Wort ging noch ein Weilchen weiter, dann entschied sich Josh für: »… Dings. Dieses Schauspielereidings. Keinen Schimmer, woher ich das hab, in der Schule war ich ein Totalversager. Ich war das Sonderschul-Kind. Dumm wie Brot – das haben die anderen Kinder immer auf dem Schulweg gesungen.« Und zur Melodie von *Let It Be* sang er: »›Dumm wie Brot, dumm wie Brot …‹ Strunzdoof, keine Zukunft – nutzlos. Und hässlich – ich weiß, du denkst, ich hätte immer schon so …«, wieder suchte er nach dem richtigen Wort, »ich hätte immer schon so ausgesehen, stimmt aber nicht. Erst als ich mit der Schauspielerei anfing, hab ich ein bisschen mehr Selbstvertrauen gekriegt, hab mir die Haare schneiden lassen und Geld für neue Klamotten ausgegeben. Zum ersten Mal in meinem Leben beachten die Leute mich, hören mir zu. Fundamentalistische Islamisten! Neulich fragt mich ein Journalist, was ich von den fundamentalistischen Islamisten halte! Ich sag, mein Name ist Hase, Kumpel! Der ganze Ruhm, ich weiß, ich geh nicht immer gut damit um, ich rede eine Menge Scheiß und mach Sachen, die ich nicht machen sollte, und manchmal bin ich 'n bisschen arrogant, 'n bisschen egoistisch. Aber ich versuche wirklich, ein anständiger Kerl zu sein, ernsthaft.« Er beugte sich vor und tippte sich mit dem Finger an die Stirn. »An jedem einzelnen Tag wache ich auf und höre diese Stimme in meinem Kopf, und die sagt: ›Vergiss nicht, Josh, alter Kumpel, du bist nichts Besonderes, du verdienst das alles gar nicht, du hattest einfach nur Schwein. All das könnte ruck, zuck vorbei sein, also benimm dich. Sei nett. Sei anständig. Sei *brav.*‹«

»Aber …«, Josh beugte sich noch weiter vor, um besser von Mann zu Mann reden zu können, ein kleines Lächeln umspielte seine Lippen, »… ich krieg diese Briefe, Steve, am Bühneneingang, ich krieg Briefe von Frauen, die nachher in der ersten Reihe sitzen, sie schauen mich an, werfen mir, du weißt schon, Den Blick zu, und ich gehe auf Partys, und sie stecken mir kleine Zettel zu … warte mal …«, er griff in seine Brieftasche und klappte sie auf, damit Stephen hineinsehen konnte, »… Namen und Telefonnummern von vornehmen Frauen, *berühmten* Frauen, Frauen, die ich früher nur aus Zeitschriften kannte, Models, Sängerinnen, Schauspielerinnen, Schickeriatussis, Adelige …«, und er zog einen Zigarettenschachtelschnipsel aus dem Konfetti in seinem Portemonnaie und gab ihn Stephen.

Auf dem Schnipsel stand: »Josh – ruf mich an, du wirst es nicht bereuen! – Suzie P.«

»›Du-wirst-es-nicht-bereuen-*Ausrufezeichen.*‹ Was *bedeutet* das Ausrufezeichen wohl, Steve? Was für ein Bild beschwört das herauf? Ich sags dir – dieses Ausrufezeichen steht für Sex. *Das*, mein Freund, ist schmutzige Zeichensetzung. Und ich weiß nicht mal, wer Suzie P. ist! Einfach ein Mädchen, das ich im Club getroffen hab. Ich soll sogar eine Schwulenikone sein. Ich mein, es ist einfach *verrückt*. Und offen gestanden, es ist auch wundervoll. Ich hab alles, wovon ich je geträumt habe, und ich kann nichts dafür, ich finds einfach geil. Alles davon! Sogar, dass ich eine Schwulenikone bin! Und wenn du je eine Kostprobe davon gehabt hättest, würdest dus auch geil finden. Und weißt du was? Verheiratet oder nicht, du würdest dasselbe machen wie ich. Jeder Mann würde das.«

»Nicht, wenn ich mit Nora zusammen wär«, rutschte es Stephen heraus. Schnell fügte er hinzu: »Mit jemandem wie Nora. Ich meine, Nora ist einfach wundervoll.«

»Ich weiß! Ich weiß das, und ich liebe sie, ich liebe sie wirklich. Nora ist mit Abstand das Beste, was mir je passiert ist. Es ist nur so, dass mir, seit ich sie geheiratet hab, noch viele andere tolle Dinge passiert sind. Und das bedeutet unausweichlich … Gelegenheiten. Ich schwöre dir, 90, nein 95 Prozent der Zeit bin ich 100 Prozent treu. Aber hin und wieder, diese Stimme in meinem Kopf, diese Sei-brav-Stimme? Nun ja, sie wird … einfach … sehr … leise. Tatsache ist, Steve, ich habe entdeckt, dass es wahnsinnig schwer ist, auch nur etwas berühmt zu werden, ohne ein bisschen zum Arschloch zu mutieren. Noch ein Bier?«

»Klar.«

Josh winkte der Replikantin, die ihn sowieso angestarrt

hatte. Stephen hatte noch das Zigarettenschachtelstück von Suzie P. in der Hand. *Du-wirst-es-nicht-bereuen-Ausrufezeichen.* Er ertappte Josh, wie er es anstarrte. »Willst du das zurückhaben?«, sagte Stephen und hielt ihm die Nummer hin.

Josh sah sie einen Moment an und sagte dann sichtlich widerstrebend: »Nein, scheiß drauf, behalt du sie.«

»Was soll *ich* denn damit, Josh?«, lachte Stephen.

»Du könntest sie anrufen.«

»Du meinst, wenn *ich* sie anrufe, wird sie es nicht bereuen?«

»Kommt auf den Versuch an, Kumpel.«

»›Hallo, Suzie? Wir kennen uns nicht, und Josh hat keine Zeit, aber das geht schon in Ordnung, ich bin seine Zweitbesetzung …‹«

»Schon gut, schon gut, wirf sie einfach weg.« Und Stephen zerknüllte das Stück Pappe und warf es in den Aschenbecher. Während sie auf das Bier warteten, starrten sie es weiter an, wie Ex-Raucher eine offene Zigarettenpackung. *Du-wirst-es-nicht-bereuen-Ausrufezeichen.* Schließlich nahm Josh es wieder aus dem Aschenbecher und zündete es mit den Gratis-Streichhölzern an.

»Weißt du, was das eigentliche Problem ist, Steve?«, sagte er, während er die brennende Pappe mit den Fingerspitzen hielt.

»Was?«

»Die ständigen erotischen Gelegenheiten. Es ist die Hölle. Besonders in meinem Zustand.«

In seinem Zustand? Was für ein Zustand? Doch nicht etwa … eine *Krankheit*? »Was für ein Zustand denn?«, fragte Stephen und versuchte, nicht hoffnungsvoll zu klingen.

Bedauernd sah Josh den Aschenbecher an und stocherte mit dem abgebrannten Streichholz in der Asche. »Na ja, weniger ein Zustand, mehr so eine Art Sucht.«

»Was, Kokain?«

»Nein! Sex. Ich glaube, ich bin sexsüchtig.«

Stephen verschluckte sich fast vor Lachen.

»Nein, ernsthaft. Es ist eine Krankheit. Du würdest doch auch nicht lachen, wenn ich dir sagen würde, dass ich magersüchtig bin, oder?«

»Nein, natürlich würde ich nicht lachen«, sagte Stephen, obwohl er sich das nur zu gut vorstellen konnte.

»Siehst du. Es ist genau dasselbe.«

»Josh, das ist *überhaupt* nicht dasselbe.«

»Nein, aber es ist ernst. Sehr ernst. Es ist sehr, sehr ernst. Es zerstört Beziehungen, wirklich. Ich hab alles darüber gelesen. Es liegt daran, dass ich im Grunde unsicher bin.«

Stephen hätte fast losgeprustet. »Josh, du bist so mancherlei, aber glaub mir, du bist *nicht* unsicher.«

»Doch, bin ich! Ich bin *tierisch* unsicher. Darum suche ich Bestätigung in sexueller Befriedigung, und darum bin ich sexsüchtig.«

»Völliger *Schwachsinn.* Wir sind alle sexsüchtig, Josh, aber die meisten von uns haben keine Gelegenheit, es in die Tat umzusetzen.«

»Aber Sexsucht ist anders. Ich hab im Internet alles darüber gelesen«, sagte Josh, erwärmte sich für das Thema und strich sich gedankenverloren über den linken Brustmuskel, was Stephen ziemlich irritierte. »Ich bin ein klassischer Fall, ich setze meine Beziehung aufs Spiel, indem ich gefährliche Liebschaften mit unpassenden Partnerinnen eingehe, wie Maxine oder … also, wie Maxine. Das liegt daran, dass Sex außer Schauspielern das Einzige ist, was ich gut kann. Im Grunde hab ich einen Minderwertigkeitskomplex.«

»Du glaubst wirklich, du hättest einen *Minderwertigkeitskomplex?*«

»Absolut! Wenn ich mich selbst mehr lieben würde, hätte

ich dieses Problem nicht.« Wieder konnte Stephen kaum das Lachen unterdrücken. »Und das Schlimme ist, plötzlich bieten mir *ständig* alle Leute Sex an. Ich sage dir, ich wäre einfach unausstehlich, wenn ich nicht verheiratet wär.«

»Bist du aber. Verheiratet, meine ich.«

»Ja. Du hast Recht. Bin ich. Und *wie*«, seufzte er.

»Und … was hast du jetzt vor?«

»Keine Ahnung, Kumpel, wirklich keine Ahnung …«, sagte Josh nachdenklich und widmete sich dem rechten Brustmuskel, wie andere Leute sich am Kopf kratzen. »Ich meine, es gibt Selbsthilfegruppen, zu denen ich gehen könnte, aber wahrscheinlich würde ich am Ende nur meine Leidensgenossinnen flachlegen. Und wenn die Presse Wind davon kriegt –«

»Ich meine, was hast du mit Maxine vor?«

»Oh, ach so. Tja, ich schätze, ich muss mich einfach in Selbstbeherrschung üben.« Er setzte seine beste lammfromme, zerknirschte Miene auf, seufzte tief und zerzauste sich mit den Fingerspitzen die Haare. »Um ehrlich zu sein, wollte ich sowieso Schluss machen. Deshalb bin ich seltsamerweise irgendwie *froh*, dass dus herausgefunden hast.« Er beugte sich vor, bis ihre Gesichter sich fast berührten. »Stephen, ich hab nicht vor, Druck auf dich auszuüben, damit du den Mund hältst. Nora und du, ihr seid jetzt so was wie Freunde, und wenn du wirklich das Gefühl hast, es ihr erzählen zu müssen, dann tu das. Ich werde die Suppe auslöffeln, die ich mir eingebrockt habe, und mach dir keinen Vorwurf.« Er leckte sich die Lippen, sprach leiser weiter. »Aber du musst wissen, dass ich Nora wirklich von ganzem Herzen liebe. Sie ist meine beste Freundin, meine Seelengefährtin, sie holt mich auf den Boden der Tatsachen zurück. Ohne sie würde ich morgens nicht aufstehen, einfach nicht mehr funktionieren. Und darum wäre ich dir sehr, sehr, *sehr* dankbar, wenn du *doch* beschließen solltest, es für dich zu behalten«, sagte er und legte Stephen eine Hand auf den Unterarm. Er sah Stephen an, ein ernster, flehender Blick aus feuchten Augen, und drückte ihm so fest den Arm, dass Stephen fast zusammengezuckt wäre. »Du ahnst nicht, wie dankbar ich sein kann …«

Da tauchte eine sichtlich betrunkene Frau mittleren Alters mit gerötetem Gesicht kichernd hinter Josh auf und legte ihm eine Hand auf den Rücken. »Entschuldige, Josh, ich wollte nur sagen, ich bin ein Riesenfan von …«

»Verfluchte Scheiße, *spinnen* Sie?«, zischte Josh plötzlich überraschend wütend und bleckte die Zähne. »Das hier ist ein Privatgespräch! Verpissen Sie sich, kapiert?«

Die Frau taumelte rückwärts, als hätte er sie ins Gesicht geschlagen, stolperte gegen einen Stuhl, ihr Mund stand offen, und die Augen füllten sich vor Schreck mit Tränen. Stephen sah beschämt zu, wie sie mit hängenden Schultern durch den Klub schlich und sich gedemütigt wieder an ihren Tisch setzte.

»Tut mir Leid«, sagte Josh, fuhr sich mit dem Handrücken über den Mund und wandte sich wieder Stephen zu. Er grinste zwar, aber in seiner Stimme lag ein Rest Verachtung. »Manchmal werde ich einfach so … wütend. Auf der Straße würde es mich nicht stören, aber man sollte doch erwarten, dass die Leute hier nicht ganz so *bescheuert* sind, oder?«

Stephen sah an Josh vorbei die Frau an, die jetzt wieder bei ihren Freunden am Tisch saß, eine Frau strich ihr über den Rücken und sah finster zu Josh hinüber.

»Ist man sauer auf mich?«, fragte Josh, ohne sich umzudrehen.

»M-hm.«

»Glaubst du, ich war etwas zu hart?«

»Ein bisschen.«

»Tja – scheiß drauf.«

Aber der Vorfall stand zwischen ihnen. Josh starrte düster zu Boden, schmollte, knibbelte das Etikett von der Flasche, die freundschaftliche Stimmung war verflogen, und plötzlich trank er sein Bier aus und stand auf.

»Komm, wir gehen.«

Mit gesenkten Köpfen bahnten sie sich einen Weg zum Ausgang, als Josh Stephen plötzlich am Ärmel zupfte. »Einen Augenblick, Steve. Ich muss noch was erledigen.«

Stephen blieb stehen, sah, wie Josh quer durch den Club zu der Frau hinüberging, sich ihr von hinten näherte, neben sie hockte und sie sanft am Arm berührte. Sie drehte sich um, anfangs sah sie feindselig, ja ängstlich aus, aber Josh flüsterte ihr eine gute Minute lang eindringlich etwas ins Ohr, wie ein Show-Hypnotiseur, den Kopf demütig gebeugt, und bald darauf nickte sie, lächelte, lachte sogar. Josh stand auf, verbeugte sich bescheiden, sagte etwas zum ganzen Tisch und deutete mit anklagend erhobenen Händen auf sich. Auch die anderen Leute lachten herzlich, und einige prosteten ihm sogar zu, als er sich verabschiedete. Er küsste die Frau schnell auf die Wange, sie wurde rot, legte atemlos eine Hand auf die gesegnete Wange und die andere auf die Brust. Stephen beobachtete die Szene aus einiger Entfernung und wusste nicht, ob er beeindruckt oder entsetzt sein sollte.

»Alles unter Kontrolle«, sagte Josh, als er wieder neben Stephen stand. »Ich geh dann mal besser heim zur besseren Hälfte.«

EIN ANGEBOT, DAS MAN NICHT ABLEHNEN KANN

Natürlich würde Stephen es Nora nie erzählen. Trotzdem fand er es irgendwie reizvoll, ja sogar schmeichelhaft, dass Josh so um ihn herumscharwenzelte. Nach der Pleite von der Party war es wie eine Revanche für Nora und ihn, und er beschloss, Josh noch ein Weilchen hinzuhalten, ihn zappeln zu lassen. Wenigstens hatte er sich nicht einwickeln lassen. Josh Harper hatte ihn nicht verarscht.

Es regnete, sie standen zusammen im Hauseingang und hielten nach schwarzen Taxis Ausschau. »Ach, übrigens«, sagte Josh beiläufig, »eins wollt ich dich noch fragen: Du kannst doch meinen Text, oder?«

»Das ist mein Job, Josh.«

»Und die Gesten? Ich meine, du traust dir zu, mich zu ersetzen, wenns sein muss?«

»Jederzeit. Warum?«

»Ich meine ja nur, es ist gut möglich, dass du irgendwann ein paar Vorstellungen für mich übernehmen musst, das ist alles.«

Stephen lachte. »Blödsinn, du bist nie krank.«

»Nein, aber ich mein, *vielleicht* fange ich mir ja wirklich was ein. In naher Zukunft.«

»Ich hab Echinacea in der Tasche.«

Josh sah finster aus. »Keine Erkältung, Steve – etwas *Ernstes*.«

»Etwas Ernstes? Was denn? Ich meine, wenn ich fragen darf …«

Josh sah zu Boden und sagte mit erstickter Stimme: »Der Arzt sagt, es ist … es ist … Faulitis.«

»Was?«

»Faulitis. Du weißt schon – pathologisches Blaumachen? Krankfeierfieber? PlayStation-Syndrom? Nicht jetzt, aber, sagen wir, an einem Mittwoch oder Donnerstag? In etwa einem Monat, vielleicht am 18. Dezember. Mein Weihnachtsgeschenk für dich. Würde dir das passen?«

Stephen schwieg kurz. Schließlich sagte er: »Schlägst du … schlägst du etwa vor …?«

»Ich schlage gar nichts vor«, sagte Josh und zwinkerte übertrieben.

»… aber wenn das rauskommt …«

»Wie soll das rauskommen? Wenn ich krank bin, bin ich krank.«

»Aber die von der Geschäftsleitung kriegens *ganz sicher* raus.«

»Wie sollen sies rauskriegen? Ich tu ja nicht so, als hätte ich ein Bein verloren. Nur 'ne Grippe, Drüsenfieber, 'ne Lebensmittelvergiftung, 'ne verdorbene Auster oder so. Wenn ich mich jeden Abend vor 800 Leuten zu Tode husten kann, dann überzeuge ich auch Donna, dass ich Dünnpfiff hab. Ich bin Schauspieler, weißt du nicht mehr? Lügen ist mein *Beruf*.«

»Tja, danke für das Angebot, Josh, aber ich muss ablehnen.«

»Moment mal – du meinst, du willst nicht die Hauptrolle in einem West-End-Erfolgsstück spielen?«

»Nein, ich würde nur zu gern spielen …«

»Wo liegt dann das Problem?«

»Es ist nur so, weil ich weiß, was ich weiß, fühle ich mich einfach … nicht wohl, wenn ich zustimme. Ich meine, ich will nicht das Gefühl haben, dass die beiden Sachen irgendwie zusammenhängen, als hätte ich ein … Geschäft gemacht.«

»Geschäft?«

»Ja – Geschäft.«

Josh griff sich überrascht an die Brust und taumelte rückwärts, eine so stereotype und abgedroschene Geste, dass nur ein brillanter Schauspieler damit davonkam. »Moment mal, Kumpel – du glaubst, ich will dich *bestechen*? Ist es das?«

»Nicht ganz.«

»Du glaubst, ich mache das, um dich zum Schweigen zu bringen? Du verpfeifst mich nicht bei Nora, und ich mache dich zum Star? Himmel, Steve, wofür hältst du mich denn? Ich weiß, du hältst mich für einen Vollidioten, aber mir war nicht klar, dass du mir zutraust, so tief zu sinken.«

»Tu ich ja gar nicht, es ist bloß …«

»Ich wollte dir schon seit Ewigkeiten zum Durchbruch verhelfen, aber bis jetzt hat sich die Gelegenheit nicht ergeben. Aber wenn es wirklich derart gegen deine *Prinzipien* verstößt, wenn du wirklich denkst, dass ich es deshalb mache, um dich in der *Hand* zu haben …«

»Das denke ich ja gar nicht, es ist nur – ich will es durch mein eigenes Verdienst schaffen, das ist alles.«

Josh lachte laut auf. »*Verdienst?* Steve, Kumpel, was das Publikum betrifft, *hast* du kein Verdienst. Du könntest Larry Olivier sein, und es wär scheißegal, wenn dich niemand sieht. Schau mal, wenn du lieber der Unsichtbare bist, oben in deinem Kabuff hockst, Tee trinkst und an deinen Füßen herumknibbelst, anstatt allen zu zeigen, was du kannst, gut, bestens, vergessen wir das Ganze. Weißt du, was die Sanftmütigen ernten? Einen Scheißdreck, Kumpel. Einen. Scheißdreck.« Josh ging in den Regen hinaus nach Norden, Richtung Oxford Street. »Aber glaub nicht, dass du eine zweite Chance kriegst. Wie du schon gesagt hast, ich bin nie krank.«

Stephen blieb kurz im Hauseingang stehen und spielte die vertraute Szene in seinem Kopfkino durch.

… das Toben des Publikums, das geschlossen aufsteht. Riesige Wogen der Liebe, Anerkennung und Bewunderung spülen über ihn hinweg, er schützt die Augen vor dem Scheinwerferlicht, blinzelt ins Publikum und erspäht seine Ex-Frau Alison und seine Tochter Sophie, die grinsen und lachen, schreien und brüllen, ihre Augen glänzen vor Stolz und Freude …

»Josh, warte mal«, rief er, schlug den Mantelkragen hoch und rannte die Berwick Street hoch. »Ich will nicht undankbar erscheinen, Josh. Ich meine, ich weiß das Angebot zu schätzen.«

»Schau mal, Stephen, du musst Action in die Sache bringen. Deine Karriere – selbst mit gutem Willen kann man nicht sagen, dass dir das Showgeschäft zu Füßen liegt, oder?«

»Tja, nein, aber …«

»Das sollte es aber, oder? Ich meine, du *willst* es, du *verdienst* es. Du bist besser als die Hälfte der unbegabten Witzfiguren da draußen. Du brauchst nur etwas Glück, hab ich Recht?«

»Tja, wahrscheinlich …«

»Und es würde helfen, wenn du ein paar Vorstellungen übernimmst? Die Hauptrolle in einem West-End-Stück. Lad ein paar Leute ein, einflussreiche Leute, zeig ihnen, was du drauf hast. Ich könnte meinem Agenten Bescheid sagen, und du kannst deine Familie einladen. Ich könnte natürlich nicht zusehen, aber Nora vielleicht.«

»Aber die Leute kommen doch, um *dich* zu sehen.«

»Nein, sie wollen das Stück sehen. Wie schon der Däne sagte: Das Schauspiel sei die Schlinge. Und du bist doch genauso gut wie ich, oder? Das denkst du doch, sonst würdest du den Job nicht machen.«

»Na ja …«, Stephen warf ihm einen Seitenblick zu, und Josh grinste ihn an, »ich bin nicht schlecht.«

»Dann scheiß auf die Zuschauer. Wir drehen ihnen ja

keinen Schund an. Du bist der einzigartige Stephen C. McQueen! Mit P-H! Du reißt sie verdammt nochmal vom Hocker!«

Plötzlich trat Josh auf die Straße, hielt ein vorbeifahrendes Taxi an, und Stephen sah das Lächeln des Wiedererkennens auf dem Gesicht des Fahrers. »Primrose Hill, bitte, Kumpel«, sagte Josh, ganz Straßenhändler, und machte die Tür auf.

Er meints ernst, dachte Stephen. Endlich ist er da, der Große Durchbruch. So ist man seines Glückes Schmied. Man sagt ja.

Sag ja.

»Josh?«

Josh schlug die Tür zu und ging zu Stephen zurück. »Ja?«

»Du machst mit Maxine Schluss, klar?«

»Klar.«

»Und du bringst die Sache mit Nora ins Reine?«

»Natürlich.«

Der Taxifahrer hupte.

»Okay, einverstanden«, sagte Stephen. »Ich bin dabei.«

Josh legte ihm eine Hand auf die Schulter und drückte sie fest. »Bist du sicher?«

»Ganz sicher.«

»Zwei Tage, der 18. und 19. Dezember, okay? Das sind zwei Abendvorstellungen und eine Matinee. Genau zur Weihnachtszeit. Das gehört übrigens auch zum Geschäft: Du musst verdammt noch mal sensationell sein.«

»Das werde ich.«

»Okay. Abgemacht.«

Josh zwinkerte, drehte sich um, aber bevor er ins Taxi stieg, sagte er, etwas zu beiläufig: »Ach, und nur zu meiner Beruhigung, und es hat auch gar nichts damit zu tun, aber wir sind uns einig, dass du du-weißt-schon-wem nichts über du-weißt-schon-was sagst?«

Stephen dachte kurz nach und zuckte dann die Schultern. »Meine Lippen sind versiegelt.«

»Versprochen?«

»Versprochen.«

Dann saß Josh im Taxi und fuhr in den Regen hinaus.

Stephen sah, wie Josh ihn durch die Heckscheibe angrinste, eine imaginäre Pistole auf ihn richtete, abdrückte und zurück zu Nora fuhr. Irgendwo vergraben unter der Hoffnung und dem Hochgefühl hatte Stephen das deutliche Gefühl, einen schrecklichen Fehler gemacht zu haben.

Er drehte sich um und ging Richtung Trafalgar Square und Nachtbus davon.

Vierter Akt

DER GROSSE DURCHBRUCH

Hören Sie zu, Sawyer, hören Sie gut zu …
Die müssen Sie mögen. *Müssen*. Verstehen Sie? Sie dürfen nicht versagen. Sie dürfen nicht, denn Ihre und meine Zukunft und alles, was wir haben, hängen von *Ihnen* ab. Schon gut, ich bin jetzt fertig, aber bleiben Sie auf dem Boden, verlieren Sie nicht den Kopf, und gehen Sie da raus, und, Sawyer, Sie gehen als Grünschnabel, aber Sie müssen als Star zurückkommen.

Rian James und James Seymour
Die 42. Straße

THERE'S NO BUSINESS LIKE SHOW BUSINESS

Das internationale Hauptquartier der Creative Talent Agency Enterprises Limited lag am Rand des glitzernden Londoner West End, genauer gesagt im ehemaligen Gewerbegebiet von Acton, das in »Dienstleistungspark« umbenannt worden war. Stephen ging ungern zu seinem Agenten. Frank war immer sehr ermutigend und gut gelaunt, aber es ähnelte trotzdem dem Termin bei einem enthusiastischen Amateur-Zahnarzt. Als er an diesem Tag über den regennassen Vorhof zu den flachen, grauen, ausladenden Fertiggebäuden aus Aluminium und Spanplatten ging, die von Nato-Draht umgeben waren, kam ihm der Dienstleistungspark mehr denn je wie ein Ort vor, aus dem man am liebsten ausbrechen würde.

Die Geschäftsräume umfassten eine kompakte »Zwei-Zimmer-Flucht« zwischen einem dubiosen Reiseveranstalter und einem Inkassobüro. Mehrere große, mürrische, rotgesichtige Schuldeneintreiber lungerten im Treppenhaus herum, aßen Sandwiches von der Tankstelle und qualmten wie die Schlote. Stephen quetschte sich verlegen an ihnen vorbei, blieb vor dem Büro seines Agenten stehen, trocknete sich das feuchte Haar mit dem Mantelärmel ab, strich es glatt, setzte ein selbstbewusstes, weltgewandtes, professionelles Lächeln auf, klopfte leicht an die dünne Furniertür und ging hinein.

Melissa, die Empfangsdame, hielt am Schreibtisch Wache und schabte mit einem Plastiklöffel methodisch Diätjoghurtreste aus einem Becher. Ein Büroartikelkatalog lag aufgeschlagen vor ihr auf dem Tisch, und auf dem gelblichen Computerbildschirm neben ihr flimmerte ein Solitärspiel.

»Hallo! Ich möchte Frank sprechen«, sagte Stephen lächelnd und zupfte grundlos an seinem Ohrläppchen.

Melissa sah kurz vom Ringbuchangebot auf und kratzte dann weiter geräuschvoll subatomare Joghurtreste aus dem Becher.

»Möchten Sie sich anmelden?«, seufzte sie.

»Eigentlich nicht …«

»Wir nehmen im Moment keine neuen Klienten an. Die Karteien sind voll, aber wenn Sie uns Ihr Foto und einen Lebenslauf schicken, legen wir eine Akte über Sie an.«

»Nein, Sie verstehen nicht, Melissa – ich *bin* schon Klient. Ich bins – Stephen McQueen? Frank erwartet mich.«

Melissa lutschte den Löffel ab. »Ach, sicher, natürlich, tut mir Leid, Stephen, ich hab Sie nicht erkannt.«

Und, wessen Schuld ist das?, dachte Stephen, sagte aber nichts. Erste Showbiz-Regel: Verdirb es dir nie, nie mit deinem Agenten. Melissa richtete sich auf, nahm das Freisprechgerät und wählte Franks Durchwahlnummer, ein ziemlich überflüssiger technischer Aufwand, denn man hörte Franks Stimme deutlich durch die Fertigwand hinter ihr.

»Frank?«

»Ich bin grad am Handy, was gibts, Melissa?«, knurrte Frank durch die Wand.

»Ich wollte nur sagen, dass Steve McQueen dich sprechen will.«

Stephen wappnete sich. *Nicht schon wieder …*

»Der Star? Oder der Klient?«, rief Frank.

… doch, schon wieder.

»Der Klient«, sagte Melissa grinsend.

»Wunderbar. Sag ihm, er soll sich einen Moment setzen, ich bin sofort für ihn da.«

»Setzen Sie sich bitte, er ist sofort für Sie da.«

»Okay, danke. Und, äh, ich glaube, als Nächstes ist die Herzdame dran«, sagte Stephen in einem Anflug von Verwegenheit.

»Was?«

Stephen nickte zu dem Solitärspiel auf dem Computerbildschirm.

»Ah, verstehe«, murmelte Melissa, lächelte kurz und hackte dann heftig und scheinbar blindlings auf die Tastatur ein wie ein wahnsinniger Konzertpianist. »Wenn Sie dort drüben Platz nehmen wollen …?«

Stephen ging zu einer Stuhlreihe, die etwas entfernt von Melissa stand und so niedrig war, dass man fast auf dem Boden saß, und ließ sich vorsichtig darauf nieder, bis seine Knie schließlich auf Augenhöhe waren. Senffarbener Schaumstoff lugte verführerisch aus einem Loch im Bezug, aber er widerstand der Versuchung, daran herumzuknibbeln.

Melissas Sprechanlage summte. »Sag Stephen, ich bin jetzt für ihn da«, sagte Frank durch die Wand.

»Er ist jetzt für Sie da«, sagte Melissa.

»Okiley dokiley«, sagte Stephen und hievte sich vom Boden hoch. *Okiley dokiley?* Wo war *das* wieder hergekommen? Er zwängte sich an Melissa vorbei ins Allerheiligste.

Das kleine braune Büro roch nach alten Kippen und Instantkaffee, dicke blaugraue Qualmschwaden hingen über Frank, einem langen, knochigen Mann Ende 40 mit angeklatschtem, schütterem Haar und Zähnen in der Farbe von Ein-Pfund-Münzen. Selbst das Weiße seiner Augen war ungesund gelb, er trug einen fast fleischfarbenen Pullover mit ausgeleiertem, weitem Rollkragen, was ihm den beliebten Schlabberkropf-Look verlieh. Er drehte sich ruckartig auf dem Bürostuhl, mit der nervösen Energie eines Mannes, der sich hauptsächlich aus riesigen Vorratsbehältern voller Zichorienkaffee, Milchpulver, lauwarmer Cola und Silk Cuts ernährte. Dank des Pinien-Raumerfrischers am Rand des überladenen Schreibtischs roch es wie nach einem Waldbrand, daneben stand ein Schälchen zugeaschter Gourmet-Geleebonbons.

»Hallo, Mr McQueen, wie *gehts* uns denn so?«, sagte er, legte die Zigarette auf dem Rand einer Coladose ab und hielt Stephen die knochige Hand mit den Nikotinflecken hin. Frank sah aus und benahm sich wie ein unangemessen fröhlicher Leichenbestatter, den es irgendwie ins Showbusiness verschlagen hatte. In Wirklichkeit war er ein ehemaliger Schauspieler, der als geiler bigamistischer Gemüsehändler in einer Seifenoper lange Zeit Erfolge gefeiert hatte. Als der Gemüsehändler bei einem seltsamen Gabelstapler-Unfall starb, hatte Frank sich auf die Herausforderung gefreut, die Klassiker zu spielen – den Vanya oder eines Tages vielleicht sogar den Lear –, aber für die Leute blieb er immer der geile, bigamistische Gemüsehändler, und schließlich wechselte er die Seiten: »Ein Wilderer, der zum Wildhüter wird, wenn man so will …«

»Ich freu mich, ich freu mich. Setz dich, setz dich, nimm ein paar Geleebohnen.« Stephen ließ sich zögerlich auf dem wackeligen zweitbesten Bürostuhl gegenüber nieder, aus dessen Polsterung ebenfalls senffarbener Schaumstoff lugte. Nicht knibbeln. Konzentrier dich. Sei freundlich, aber bestimmt, professionell, aber lässig.

»Regnet es?«, fragte Frank. Da man den Regen aufs Dach trommeln hören und durchs Fenster sehen konnte, war »ja« die einzig passende Antwort.

»Tja, gute Neuigkeiten, junger Mann«, sagte Frank, griff nach der Zigarette und kam zum Geschäftlichen. »Ich hab da eine Kleinigkeit für dich.« Und er durchsuchte die obere Papierschicht auf dem Schreibtisch, fand schließlich einen

Zettel und wedelte Stephen damit vor der Nase herum. »Ein Scheck, ausgestellt auf Mr Stephen C. McQueen, über die stolze Summe von 1762,24 Pfund.«

»Wirklich? Wofür?«

»*Sammy das Eichhörnchen.* Auslandserlöse. Anscheinend bist du in Osteuropa der absolute Renner.«

»Tja, gut zu wissen.«

»Ich hab dir ja gesagt, dass es sich lohnt, stimmts? Und es wird noch besser. Sie wollen dich noch mal engagieren.«

»Wirklich? Wofür?«

»Für die Fortsetzung. *Sammy das Eichhörnchen 2 – Klatsch, wenn du glücklich bist.*«

Stephens gute Laune war wie weggeblasen. Es war natürlich zu viel erwartet, dass Frank ihm die Titelrolle in der romantischen Komödie anbot, von der er Alison und Sophie so viel erzählt hatte, schließlich war sie nur ein Fantasieprodukt. Aber Sammy? Schon wieder? Das war, als müsste er zurück in den Knast.

»Und glaubst du, die Fortsetzung ist ausnahmsweise mal besser als das Original?«

»Hast du nicht gesagt, du willst Arbeit, Steve? Tja, du fragst, und Frank kümmert sich drum. Nimm es als ein Wiedersehen mit einer viel geliebten Figur.«

»Und worum gehts dabei?«

»Ungefähr zwei Riesen.«

»Nein, was müsste ich für die Rolle tun?«

»Keine Ahnung, das Übliche – du singst Lieder mit deinen Freunden aus dem Wald, hältst eine Rieseneichel …«

»Hast du das Drehbuch gesehen?«

»Noch nicht. Ich glaube nicht, dass ich Einfluss auf das Drehbuch aushandeln kann, aber sie möchten dich gern wiederhaben.«

»Gut, Frank, ich überlegs mir.«

»Vielleicht wirst du dadurch berühmt.«

»Nur bei Kleinkindern, Frank.«

»Regisseure haben auch Kinder, Steve. Und die Bezahlung ist nicht schlecht. Eineinhalb Riesen plus mögliche Zusatzprämien …?«

»Ich überlegs mir, Frank.«

»Was gibts da zu überlegen?«

»Ich möchte einfach gerne mal was Neues machen.«

»Das ist was Neues!«

»Was ist daran neu?«

»Na ja, im ersten Teil gings um Zahlen, im zweiten liegt der Schwerpunkt auf dem Alphabet.«

»Es ist trotzdem ein Kostümjob, Frank.«

»Was soll das heißen? Man sieht doch dein Gesicht.«

Stephen seufzte und sah aus dem Fenster in den Regen hinaus. »Tja, wie gesagt, ich überlegs mir.«

»Gut, aber überleg nicht zu lange, okay? Im Winter ist nichts los, und obs dir gefällt oder nicht, eineinhalb Riesen sind keine Peanuts.«

»Oder Haselnüsse«, fügte Stephen hinzu.

Frank lachte und hustete gleichzeitig. »Haselnüsse – köstlich, gefällt mir. Du solltest auf der Bühne stehen, mein Freund.« Franks Handy piepste Scott Joplins *Entertainer,* er klappte es sofort auf, schaute auf das Display und runzelte die Stirn. »Tut mir Leid, Steve, ich muss rangehen. Einen Moment, ja?« Er stellte die Verbindung her, drehte den Stuhl um 90 Grad, legte die Füße auf den Schreibtischrand und sah auf den Parkplatz hinaus – seine Filmmogulpose. »Hallo … tja, ich hab grad eine Besprechung mit einem Klienten, deshalb passts nicht so gut … Steve McQueen … Nein, nicht der … Schau mal, ich dachte, das hätten wir schon geklärt … Nein, vor Freitag rühre ich keinen Finger … ist mir egal … ich habs dir gesagt, es *ist mir egal*!«

Wenn er knallharte Verhandlungen führt, sollte ich vielleicht lieber gehen, dachte Stephen, machte Anstalten aufzustehen und nickte zur Tür hinüber, aber Frank genoss es sichtlich, sich vor einem Klienten wichtig zu machen, und bedeutete ihm, sich wieder zu setzen.

»Nein, es geht *nicht* ums Geld, es ist eine Frage von Zeit und *Machbarkeit* … Morgen ist absolut nicht drin … Nein, hör zu, wir drehen uns nur noch im Kreis …«, er sah Stephen an, schüttelte den Kopf und verdrehte theatralisch die Augen, »Freitag ist mein *letztes* Angebot. Wenn du nicht bis Freitag warten kannst, such dir jemand anders.«

Vielleicht ist Frank doch nicht so übel, dachte Stephen und hatte ein schlechtes Gewissen. Eigentlich hatte er vorgehabt, Joshs einflussreichen Agenten zum bevorstehenden Großen Durchbruch einzuladen, hoffentlich bald zu ihm überzulaufen und es Frank dann schonend beizubringen: »Ich finde, wir sollten uns auch mit anderen treffen.« Aber vielleicht war Frank doch okay. Schließlich erwartete man von einem Agenten, dass er Klartext redete, furchtlos und loyal war und keine faulen Kompromisse auf Kosten der Klienten einging …

»Nein, tut mir Leid, das ist mein letztes Angebot. Na bitte, dann also Freitag … Gegen vier? Und, Mum? Jemand muss mir helfen, den Kühlschrank die Treppe runterzutragen … Ich kanns schließlich nicht allein machen, oder? Frag einfach die Nachbarn. Frag den Dingsbums von nebenan. Schau mal, Mum, ich hab einen Klienten hier … Kennst du nicht … Gut, dann bis Freitag.« Er legte auf.

»Tut mir Leid«, sagte Frank und wühlte wieder in den Papieren auf dem Schreibtisch – Rollenbeschreibungen, Briefe potenzieller Klienten, herausgerissene Seiten aus *The Stage.* »Mums neuer Kühlschrank wird Donnerstag geliefert, und die Typen von Argos weigern sich, den alten mitzunehmen. Man kanns ihnen nicht verübeln, ich würd das Ding nicht mal mit der Kneifzange anfassen. Es ist ein Wunder, dass er nicht allein aus der Wohnung spaziert. Und sie wohnt im vierten Stock ohne Fahrstuhl, keine Ahnung, was sie von mir erwartet – soll ich ihn vielleicht die Treppe runterwerfen oder was? Hey, du kennst nicht zufällig jemanden, der einen Kühlschrank braucht? Er müsste allerdings desinfiziert werden …«

»Ich bräuchte einen …«

Die Aussicht, einem Klienten unter die Arme greifen zu können, ließ Franks Augen aufleuchten. »Wirklich?«

»… aber eigentlich hab ich keinen Platz.«

Frank ließ die Papiere liegen. »Du hast keinen *Kühlschrank*?«

»Im Moment nicht.«

»Und was benutzt du stattdessen?«

»Och, die Fensterbank.«

»Verdammt, Stephen, wir müssen dir *wirklich* Arbeit besorgen«, sagte er und verstreute mit neuem Elan Asche auf dem Schreibtisch.

Es kann nicht gut sein, in einem kleinen Raum so viel zu rauchen, dachte Stephen. Frank wurde allmählich von Silk Cut geräuchert. Wenn er plötzlich starb – was gut möglich war, denn er erledigte seinen Wocheneinkauf an der Tankstelle –, dann hielt er sich vermutlich ein Weilchen.

»Mal sehen, was haben wir denn da. Nein … nein … nein … Ah, da ist es: Plakatwerbung. Für ein Reinigungsmittel. Sie suchen maskuline Typen, könnte dir ein hübsches Sümmchen einbringen. Den maskulinen Typ hast du doch drauf, oder? Soll ich dich anmelden?«

Stephen sah sich mit Mopp in der Hand auf einem Werbeplakat und stellte sich vor, wie Sophie auf dem Schulweg mit ihren vornehmen Freundinnen daran vorbeikam: »Das da oben ist mein Dad, der mit der Schürze.«

»Lieber nicht, Frank.«

»Im Moment ist nicht viel los …«

»Ich weiß, ich weiß. Aber das ist ein Modeljob, Frank. Ich hatte eher auf etwas gehofft, wo ich, na ja, mich bewegen und sprechen kann und so.«

»Kannst du Russisch?«

»Eher weniger.«

»Schade. Netter Job, nächste Woche, eine Kosakenrolle oder so. Aber man muss fließend Russisch sprechen. Du könntest es ja lernen.«

»Aber nicht bis nächste Woche.«

»Nein, nein, wahrscheinlich nicht.« Er wandte sich wieder den Papieren zu und durchwühlte die unteren Schichten – »Nein … nein … nein … Wie wärs damit: *Raisin in the Sun*, im Dundee-Repertoiretheater.«

»Nein.«

»Warum nicht? Wenn dir die Reise zu viel ist, Steve …«

»Das nicht, aber dazu müsste ich schwarz sein.«

Es war derselbe Quatsch wie damals bei den *Vagina-Monologen*. Frank las die Rollenbeschreibung durch, bewegte die Lippen, sah Stephen an, um zu prüfen, ob in puncto Hautfarbe wirklich nichts zu machen war, seufzte, als wäre das Stephens Schuld, und wandte sich wieder den Papieren zu.

»›Schauspieler, Sänger und Tänzer gesucht für *Fear!*, die Musicalversion von Bertolt Brechts *Furcht und Elend im Dritten Reich*.‹ Keine Bezahlung, aber …«

»Ich brauche wirklich Geld, Frank.«

»Okay, wie wärs dann damit: ›Theatervolk: ein spannendes, neues, pädagogisches Theaterprojekt mit einem Stück für Kinder über Zahnhygiene, tourt an Schulen in East Anglia, fängt im Januar an. *In aller Munde*. Ein Wortspiel, verstehst du? Die Gage ist nicht so toll, aber das Tagegeld ist sensationell. Du würdest eine Figur namens, lass mal sehen – Zacharias Zahnstein spielen. Na, wie wär das?«

»›Zacharias Zahnstein‹?«

»Na schön, vergessen wir das *auch*«, sagte Frank gereizt. Er warf die Zettel auf den Schreibtisch, blies eine lange Rauchfahne durch die schmale Nase und lehnte sich im Stuhl zurück, der gefährlich quietschte. »Weißt du, wie du deine Karriere in Schwung bringen könntest?«

»Wie?«

Frank sah über die Schulter und unter den Schreibtisch, als suchte er nach Lauschern oder Wanzen, und sagte dann mit todernster Stimme: »Leg Josh Harper um.«

Stephen lachte.

»Das ist mein Ernst. Vergiss nicht, die Grenze zwischen Riesenerfolg und Riesenpleite ist fließend. Weißt du, ich seh dich noch in *Godspell* vor mir. Hat sich mir in die Netzhaut eingebrannt.« Stephen wand sich und fand, dass sich nichts Schlimmeres auf einer Netzhaut hätte einbrennen können. »Du bist wahnsinnig talentiert, du brauchst nur eine Gelegenheit, es zu zeigen. Du springst für Josh ein, und seis nur für ein paar Vorstellungen, ich treib die besten Leute auf – Castingagenten, Fernsehleute –, und dann geht es steil nach oben. Wie ein …«, und er suchte in dem kleinen, verräucherten Zimmer nach dem richtigen Wort, »wie ein Adler.«

»Komisch, dass du das sagst, Frank«, sagte Stephen leise.

»Bitte?«

Stephen warf auch einen Blick über die Schulter und unter den Tisch und sagte leise: »Tja … hast du um den 18. Dezember rum schon was vor?«

DER PROMI

»Kann ich dich was fragen?«

»Klar.«

»Wir sind doch Freunde, oder? Ich meine, wir kennen uns noch nicht sehr lange, aber ich hab trotzdem das Gefühl, wir sind so was wie Freunde …«

»Find ich auch.«

»Und du sagst mir die Wahrheit? Wenn ich dich was Persönliches frage?«

»Natürlich.«

»Ich kann dir vertrauen?«

»Du kannst mir vertrauen.«

»Hat Josh eine Affäre?«, fragte Nora.

Die Unterhaltung fand eine Woche nach Abschluss des Geschäfts statt, als Nora und Stephen spätnachmittags über die Waterloo Bridge gingen. Sie kamen aus dem National Film Theatre, wo sie sich *Frau ohne Gewissen* angeschaut hatten. Stephen hatte den Film schon zehnmal gesehen, aber erst, als er mit Nora im Kino saß, ihre Ellbogen sich berührten und beide die Hände in einer riesigen Tüte M&Ms vergruben, fiel ihm die schwüle, erotische Spannung des Films auf, und er fragte sich träge, wie gut Josh versichert war. Nur für den Fall, dass ihm etwas zustieß oder so …

Später schlenderten sie über die Brücke und sprachen über ihre Lieblingsschauspieler.

»Cary Grant natürlich …«, sagte Nora.

»Und Jimmy Stewart.«

»Cary ist besser.«

»Burton, Olivier?«

»Sind mir zu anspruchsvoll. Von denen kenn ich nicht viel.«

»Wie stehts mit Hepburn?«

»Audrey nicht. Katharine ist großartig, Audrey ist mir zu dünn und niedlich.«

»Ich bewundere Katharine, aber ich glaube, ich würde, nicht unbedingt mit ihr *ausgehen* wollen, weißt du.«

»Bei Audrey hättest du 'ne Chance.«

»Aber wie soll ich das Julie Christie beibringen?«

»Jane Fonda fand ich toll. Ich wollte immer Jane Fonda sein, in *Cat Ballou* oder *Auf glühendem Pflaster.* Jane Fonda im Holzfällerhemd.«

»Weißt du, wer mein absoluter Lieblingsschauspieler ist?«, fragte Stephen. »John Cazale.«

»Kenn ich nicht.«

»Klar kennst du den – John Cazale. In *Der Pate I* und *II* hat er Fredo gespielt, den schwachen Bruder. Die eine Szene mit ›Ich weiß, dass du es warst, Fredo. Du hast mir das Herz gebrochen‹. Er war mit Meryl Streep verlobt und ist ziemlich jung an Krebs gestorben, mit 40 oder so, und er hat insgesamt fünf Filme gemacht, das ist alles, nur fünf Filme, und *alle* waren für den ›Besten Film‹ nominiert, jeder Film, in dem er mitgespielt hat, Bester Film, und in jedem ist er einfach brillant. Selbst wenn er nichts sagt, selbst in den Szenen mit Pacino oder De Niro oder wem auch immer, schaut man immer nur ihn an. Als er in *Der Pate II* stirbt, sieht man nicht mal sein Gesicht, und er ist trotzdem herzzerreißend.«

»Genau wie du als Geisterhafte Gestalt.«

»*Genau* so. Und deshalb ist man Schauspieler. Nicht um berühmt zu sein, sondern um *gut* zu sein. Um gute Arbeit zu leisten. Das zu finden, was man gern tut, und es so gut wie möglich zu machen.«

»Und gibts da so was wie ein Zeitlimit? Eine Deadline?«

»Die gäbe es, wenn ich was anderes machen könnte.«

»Das ist Schwachsinn, Steve, jeder kann was anderes machen«, sagte Nora, vielleicht etwas schroffer als nötig, und eine Weile gingen sie schweigend weiter.

Stephen, etwas gekränkt, sprach als Erster. »Ich hab gute Neuigkeiten von meinem Agenten.«

»Ach ja?«

»Ich hab einen neuen Job.«

»Das ist toll! Ein Stück?«

»Ein Film. Nur so eine Low-Budget-Sache, ein Independentfilm. Ich drehe schon nächste Woche.« Um überzeugender zu wirken, dachte er an *Sammy das Eichhörnchen 2 – Klatsch, wenn du glücklich bist*, und obwohl das streng genommen nicht unter den Begriff »Film« fiel, war es wenigstens keine richtige Lüge. Ihm fiel auf, dass er in letzter Zeit viel zu oft log. Er musste wirklich mit dem Lügen aufhören.

»Wie heißt der Film denn?«

»*Dark Obsession*. Eine Art Krimi-Drama. Ich spiele einen heruntergekommenen, zynischen Polizeischarfschützen namens Sammy. Nichts Besonderes, der übliche Macho-Scheiß. Kommt vielleicht nicht mal in die Kinos«, sagte er und war sicher, wenigstens in dem Punkt die Wahrheit zu sagen.

Sie überquerten die Straße und fanden einen dunklen, verlassenen Pub in einer Seitengasse von Covent Garden, abseits der Haupttouristenfallen, quetschten sich nebeneinander auf eine rote Samtbank und tranken doppelte Gin-Tonics.

»Kann ich dich was fragen?«

»Klar.«

»Und du wirst nicht sauer?«

»Mal sehen.«

»Hm, tja – war das nicht ein bisschen … gemein von deinen Eltern?«

»Was?«

»Dir diesen Namen zu …?«

»Oh.«

»Siehst du, es macht dir doch was aus.«

»Nein, nein, schon in Ordnung. Sie habens nicht böse gemeint, mein Großvater mütterlicherseits hieß Stephen, er ist kurz vor meiner Geburt gestorben, und sie haben mich quasi ihm zu Ehren so genannt. Und ich schätze, es wär kein Problem gewesen, wenn ich in die Computerbranche gegangen wär, wie ich es hätte tun sollen. Es wär nicht ganz so …«

»Ironisch gewesen.«

»Ironisch gewesen.«

Sie schwiegen einen Augenblick.

»Steve McQueen war fantastisch«, sagte Nora.

»Mir war Newman immer lieber.«

»Weißt du, für wen ich wirklich geschwärmt hab? Walter Matthau. *Der* war sexy. Und ich hatte jahrelang eine seltsame Schwäche für Dick Van Dyke, aber nur als Schornsteinfeger. Ich hab immer geträumt, er kommt nachts in mein Zimmer, voller Ruß, und stellt sein, du weißt schon, Schornsteinfegerzeug in die Ecke. Und, Gott, Danny Kaye erst. Danny Kaye und ich hängen in einem großen Appartement an der Upper East Side rum und üben Zungenbrecher. Da war ich wohl auf dem falschen Dampfer.«

»Und jetzt bist du hier, mit einem echten Filmstar verheiratet«, sagte Stephen.

»Ich weiß. Wie zum Teufel ist *das* passiert? Manchmal frag ich mich, ob ich mit Danny Kaye nicht besser dran gewesen wär.« Sie lachte, sah Stephen an, beugte sich vor und nippte an ihrem Drink. Eine kurze Pause entstand, die eine Frage zu erfordern schien.

»Alles okay?«, fragte Stephen.

»Eigentlich schon«, seufzte Nora und lehnte sich zurück. »Ich sollte mich nicht beschweren. Ich meine, er ist wirklich süß und wahnsinnig großzügig und so, auch wenn er mich ›Nozza‹ nennt. Er bringt mich zum Lachen, unterstützt mich bei der Drehbuchsache und erträgt meine Launen. Und der Sex ist natürlich immer noch sensationell.«

»Ja, hast du schon gesagt.«

»Hab ich? Tut mir Leid. Trotzdem, er hat sich ziemlich verändert, seitdem er … so ein Promi ist.«

»Und wie?«

»Bist du sicher, dass es dir nichts ausmacht, darüber zu sprechen?«

»Überhaupt nicht.«

»Okay, er ist zum Beispiel unglaublich eitel geworden. Wenn ich zu Hause nicht alle Spiegel abdecke, verlässt er das Appartement überhaupt nicht mehr. Seit er zum ›zwölftsexiesten Mann der Welt‹ gewählt wurde, ist es außer Kontrolle geraten.«

»So nennen wir ihn im Theater: Nummer Zwölf.«

»Wer ist ›wir‹?«

Halt Maxine da raus.

»Maxine und ich.«

»Maxine?«

Bleib cool, behalte die Nerven …

»Das Mädchen im Stück.«

»Das Flittchen?«

»Tja …«

»Nummer Zwölf – er liebt das! Er gibt es nicht zu, aber manchmal glaube ich, er besorgt sich ein Gewehr und eine Skimaske, spürt die anderen elf auf und Macht. Sie. Kalt. Und er kauft sich diese verrückten, kitschigen Klamotten, du weißt schon – große Kragen, grelle Farben, einen dunkelblauen Samtanzug. Samt und Sondermüll, wie ich ihn nenne. Und das schwarze *Leder*hemd, und diese … diese …«, sie schluckte hart, »… *Wildlederslips*«, sie schauderte übertrieben. »Stell dir das vor, Steve – Kühe mussten dafür *sterben*. Ich schwör dir, manchmal, wenn wir zu einer Premiere oder so gehen, komme ich mir vor wie eine Bibliothekarin, die aus unerfindlichen Gründen einen Zuhälter geheiratet hat. Und – was mich in den *Wahnsinn* treibt – wenn jemand was trägt, das ihm gefällt, fragt er nicht etwa ›Wo hast du das her?‹, sondern ›Von wem ist das?«, er fragt ›Von wem ist das?‹. ›Von wem ist das?‹ – als wärs ein Kunstwerk oder so. ›Tja, es ist *von* Marks und Spencers, du Knallkopf.‹ Neulich hab ich ihn erwischt, wie er etwas *umsonst* für eine Premiere abstauben wollte. Kannst du dir das vorstellen? Er verdient jede Menge Kohle und denkt, das gibt ihm ein Anrecht auf *kostenlose* Kleidung. Was für eine schräge Logik ist das, bitteschön? Oder schräge Moral, wenn man so will. He, aber erzähl ihm bloß nicht, dass ich dir das verraten hab.«

»Natürlich nicht.«

»Findest du mich gehässig?«

»Na ja, ein bisschen, aber es stört mich nicht.«

»Okay, was gibts noch?« Sie klatschte in die Hände. »Genau – er trägt ständig diese beknackten Fliegersonnenbrillen, sogar im Appartement. Weiß der Geier, warum – wahrscheinlich, damit ich ihn nicht wegen Autogrammen belästige. Oh, und er fährt nicht mehr mit öffentlichen Verkehrsmitteln.«

»Also das find ich verständlich.«

»Ich finds schwer, Mitleid mit jemandem zu haben, der sich selbst bei *Google* eingibt *und* die Ergebnisse ausdruckt. Und er schaut sich ständig seine Webseiten an, spioniert in den Chatrooms, um zu sehen, was die Fans von ihm denken – www.egomane.com. Oh, und er trainiert ständig. Praktisch jedes Mal, wenn ich ihn sehe, baumelt er gerade in Wildlederunterwäsche vom Türrahmen. Ist mir ein Rätsel, warum er sich beim Sport nicht was anziehen kann. Als würde ich mit einem nackten Orang-Utan zusammenleben. Nichts gegen deine Kollegen, Stephen, aber erzähl einem Mann zu früh, dass er eine Schwulenikone ist, und er mutiert sehr wahrscheinlich zum Riesen*arsch*.«

Sie lächelten und griffen gleichzeitig zu den Drinks. Stephen sah Nora von der Seite an, betrachtete die Lachfältchen um ihre dunklen Augen und sah diese langsam verschwinden, als sie wieder ernst wurde. »Ich kenne keinen Mann, der so lange SMS schreibt und liest, und ständig klingelt nachts sein Handy. Er verlässt das Zimmer, benutzt immer diese seltsame ›professionelle‹ Stimme, verzieht sich in den Flur und flüstert.«

»Ich bin sicher, das hat nichts zu bedeuten.«

»Und wem simst er?«

»Hast du ihn mal gefragt?«

»Ich versuch, es nicht zu tun. Oder er sagt, es ist ›die Küste‹.«

»Na ja, wahrscheinlich ist es auch ›die Küste‹.«

»Hm, wahrscheinlich hast du Recht.« Sie schwiegen und lauschten dem blechernen Rattern des einarmigen Banditen. »›Die *Küste*‹! Ist es zu fassen? Das ist, als würde er ›in den Staaten‹ sagen. Ich sage auch nicht ›die Küste‹, und ich bin Amerikanerin.«

»Vielleicht meint er Margate«, sagte Stephen, in der Hoffnung, die Stimmung zu heben.

»Wo liegt Margate?«

»Es ist eine englische Stadt. Na ja, eben an der Küste.«

»Ach so. Ja, vielleicht.« Nora zog fest an der Zigarette, wischte sich etwas Unsichtbares von der Lippe, dachte kurz nach und sagte es dann.

»Kann ich dich was fragen?«

»Klar.«

»Wir sind doch Freunde, oder? Ich meine, ich weiß, wir kennen uns noch nicht sehr lange, aber ich hab trotzdem das Gefühl, wir sind so was wie Freunde …«

»Find ich auch.«

»Und du sagst mir die Wahrheit? Wenn ich dich was Persönliches frage?«

»Natürlich.«

»Ich kann dir vertrauen?«

»Du kannst mir vertrauen.«

»Hat Josh eine Affäre?«, fragte Nora.

Er konnte es ihr natürlich sagen. Sie hatte schließlich ein Recht, es zu erfahren, und Stephen schuldete Josh nichts.

Außer dem Geschäft natürlich. Unwahrscheinlich, dass Josh sich noch an die Abmachung hielt, wenn Stephen jetzt etwas sagte.

»Neiheihein«, sagte Stephen und schüttelte ungläubig den Kopf.

Noras Augen wurden schmal. »Sicher?«

»Absolut.«

»Und du würdest es mir sagen? Wenn du was wüsstest?«

»Nora, da ist nichts.«

»Schwörst du?«

»Ich schwöre.«

»Danke. Jetzt gehts mir viel, viel besser.«

NACHHILFE IN CHARISMA

Wie die meisten Leute glaubte Stephen fest an die positive Wirkung des Entschlackens.

Er wusste nicht genau, was Schlacken waren oder wo sie herkamen, aber er glaubte fest daran, dass es eine bestimmte Menge dieser Substanzen in seinem Körper gab, etwa einen Liter weißes, flockiges Zeug, wie geronnene Milch. Vielleicht war es auch fester, eineinhalb Pfund fettiges, butterartiges Zeug, die angesammelten Überreste von Fertigmenüs und Busabgasen, billigem Käse und fragwürdigen Würstchen. Diese Schlacken bremsten ihn. Die gute Nachricht war, wenn man ozeanische Wassermengen trank, wieder ausschwitzte und seinen Darm auf neue, exotische Arten bewegte, konnte man sie loswerden. Mit diesem Gedanken im Hinterkopf und dem bevorstehenden Großen Durchbruch, drei Vorstellungen in weniger als zwei Wochen, beschloss er im Stillen, sein Leben umzukrempeln.

Er trank nicht mehr, oder wenigstens betrank er sich nicht mehr allein. Er schränkte das Rauchen ein und trank stattdessen literweise flüssige Früchte. Er dünstete die Dinge, die er gern gebraten hätte, aß Hülsenfrüchte, Pinienkerne, Sonnenblumenkerne und andere Sachen, die eher zur Abteilung Vogelfutter gehörten. Er stärkte sein Immunsystem, stopfte sich voll mit Vitaminretardkapseln, öliger schwarzer Echinacea und diversen anderen Mineral- und Nahrungsergänzungsstoffen, die er im Medizinschränkchen fand, einschließlich einiger Präparate für schwangere Frauen. Berauscht von den

Möglichkeiten des Lebens und Nachtkerzenöl, joggte er jeden Morgen im Battersea Park, bis er Seitenstechen bekam und sein Atem rasselte, dann klappte er zusammen und hustete, bis er Ohrensausen hatte. Er fühlte sich schrecklich und fantastisch zugleich.

Jeden Abend drehte er in der Stille der Dachboden-Garderobe hoch über der Shaftesbury Avenue den Lautsprecher leise und übte den Text und die Gesten. Die Rolle des Lord Byron war geistig und körperlich anspruchsvoll, und, was noch wichtiger war, man lief ziemlich lange mit nacktem Oberkörper herum. Um seinen Körper, der in letzter Zeit an einen Sitzsack erinnerte, in Form zu bringen, absolvierte er endlos Liegestütze, Rumpfbeugen, Klimmzüge und Bauchaufzüge, bis ihm sein Leben wie die Montage der Trainingsszenen in *Rocky* vorkam. In zwei Wochen würde er es vielleicht nicht bis zur Schwulenikone mit Muskeln aus Stahl bringen, aber Leichtmetall genügte ihm eigentlich schon.

Außerdem beschloss er, an seinem Charisma und seiner erotischen Anziehungskraft zu arbeiten. Stephen C. McQueen hatte viele berufliche Vorzüge. Er gehörte definitiv zu Englands pünktlichsten Jungschauspielern. Er war ein geschickter Pantomime und konnte gut vom Blatt spielen. Zur Not war er ein leidlicher Jazztänzer, und bei elisabethanischem Volkstanz konnten ihm wenige Männer das Wasser reichen. Wenn es beim Agieren ums *Re*agieren ging, wie man ihm oft beteuerte, dann reagierte er wie kein Zweiter. Aber er war sich nicht sicher, ob er genügend Charisma hatte, um ein Publikum allein durch seine persönliche Austrahlung zu fesseln, und deshalb nahm er verlegen Joshs Angebot an, mit ihm zu arbeiten. Er verbrachte die Nachmittage nicht mehr mit Nora im Kino, sondern ging früh ins Theater, schnallte sich ein Schwert um, stellte sich auf die Bühne und ging mit Josh

Szene für Szene durch. Wenn er deshalb das Gefühl hatte, zum Feind übergelaufen zu sein, verdrängte er es.

»Verrückt, verworfen und gefährlich (*bitteres Lächeln*). Diesen Leumund habe ich in England. So hörte ich ...«

»STOPP«, rief Josh, der sich auf einem Sitz in Reihe elf lümmelte und die Beine auf den Vordersitz gelegt hatte. »Noch mal von vorn.«

»Verrückt, verworfen und gefährlich (*bitteres Lächeln*). Diesen Leumund ...«

»Nein, nochmal.«

»Verrückt, verworfen ...«

»Nochmal!«

Stephen blinzelte in den Saal. »Darf ich fragen, warum?«

»Tut mir Leid, Steve, ich nehm dir das einfach nicht ab.«

»Was nimmst du mir nicht ab?«

»Nichts davon. Ich glaub dir kein Wort.« Josh trank einen Schluck aus dem obligatorischen Wasserfläschchen, beugte sich vor und legte das Kinn auf den Vordersitz. »Du bist *Lord Byron*, Steve. Du bist ein großer Liebhaber, ein Rebell, ein Kämpfer. Die Leute dachten, Byron wär der leibhaftige Teufel; er hat sich einen Dreck um Konventionen, Ehe, Treue und diesen ganzen Scheiß geschert. Liebe, Leidenschaft und Sehnsucht trieben ihn an, nicht gesunder Menschenverstand. Der Typ hat seine *Schwester* gevögelt, verdammt nochmal ...«

»Also, eigentlich nur seine Halbschwester.«

»Das machts nicht besser, Steve.«

»Also, was genau nimmst du mir nicht ab?«

»Ich nehm dir ›verrückt, verworfen und gefährlich‹ nicht ab. Ich nehm dir ab, dass du nett, vernünftig und vorsichtig bist, aber wer zur Hölle will ein Stück namens *Nett, vernünftig und vorsichtig* sehen?« Ganz Regisseur, stand Josh auf, ging mit der Wasserflasche in der Hand nach vorn zum Bühnenrand und suchte vergeblich etwas, worauf er sich rittlings niederlassen konnte. »Das Problem ist, du spielst damit, Steve –«, er tippte sich an die Stirn, »mit dem *Verstand*, dem Gehirn. Du denkst zu viel. Sogar in Reihe elf seh ich dich noch denken.« Er stellte die Wasserflasche auf den Bühnenrand. »Weißt du, was du stattdessen benutzen solltest?«

Stephen fragte sich, ob Josh vorschlagen würde, »Die Macht« zu benutzen.

»Weißt du, womit du *wirklich* spielen solltest?«

Die konventionelle Antwort auf diese Frage war »mit dem Zwerchfell«, aber Stephen hatte eine schreckliche Ahnung, was jetzt kam …

»*Damit* musst du spielen.«

… und tatsächlich griff Josh sich plötzlich mit beiden Händen zwischen die Beine. Er hielt Stephen das kostbare Gemächt hin, vorsichtig, wie ein Tier, das er in der Wildnis freilassen wollte.

»Damit, klar?«

»Sicher, klar, okay«, sagte Stephen und starrte auf einen Punkt im zweiten Rang.

»Damit, klar, Steve? Damit. Damit, ja? Ja?«, wiederholte Josh und schüttelte es noch einmal mit Nachdruck.

»Ja, ja, habs kapiert, Josh.«

»Und *damit*«, sagte er, nahm eine Hand aus dem Schritt und schlug sich fest mit der Faust auf die Brust. »Damit und *damit.*«

»Aha. Das Herz, richtig?«

»Genau. Das Herz. Mit Schwanz und Herz. Lass das dein Motto sein.«

»Gut, okay. Mit Schwanz und Herz?«

»Mit Schwanz und Herz.« Sichtlich widerstrebend ließ Josh Schwanz und Herz los und sprang auf die Bühne. »Schließ mal bitte die Augen.«

»Die Augen schließen?«

»Ja, mach schon.« Er packte Stephen fest an den Armen. »Mach die Augen zu.«

Stephen wusste nicht, ob er Josh für eine Vertrauensübung genug vertraute, schloss die Augen und öffnete sie sofort wieder.

»Ts, ts«, mokierte sich Josh. »Schau, ich mach es auch.«

Sie schlossen die Augen.

»Jetzt denk an jemanden, den du wirklich willst. Ich will nicht wissen, wer es ist, aber ich möchte, dass du das Bild dieser Frau heraufbeschwörst, ihr Gesicht, ihren Körper, was auch immer, jemand, den du magst – nein, mehr als nur magst, jemand, den du *begehrst*, jemand, den du *willst*, den Menschen, den du mehr als alles auf der Welt willst und begehrst.«

Stephen tat es.

»Hast dus?«

»Ja.«

»Du hast sie vor Augen?«

»Hab sie vor Augen.«

Sie standen einen Moment mit geschlossenen Augen da und dachten an jemanden.

»Okay, stell dir ihr Gesicht vor, denk daran, und wenn du bereit bist, fang von vorne an.«

Stephen tat es.

»Besser«, sagte Josh nach einer Weile. »Viel, *viel* besser.«

MEIN ESSEN MIT SOPHIE

Der folgende Sonntag war wieder ein Nutze-den-Tag-Tag, schon der neunte nach Joshs Angebot. Wenn das so weiterging, hatte Stephen bald zwei Wochen in Folge genutzt.

Er beschloss, Sophie als besonderen Leckerbissen zum Hamburgeressen in Soho einzuladen. Mit dem Geld von dem Kellner-Debakel und der Aussicht auf den Vorschuss für *Sammy das Eichhörnchen 2* war er in Spendierlaune, deshalb gingen sie in ein exklusives Bistro im amerikanischen Stil, in dem smarte, intakte Großstadtfamilien das authentische Brunch-Erlebnis kennen lernen wollten, die Eltern lasen am Tisch Zeitung, während die smarten, gut gekleideten Sprösslinge im Essen stocherten und bitter bereuten, Eier Benedict bestellt zu haben.

»Was *sind* Eier Benedict?«, wollte Sophie wissen.

»Nenn mich nicht Benedict«, sagte Stephen, was er ganz witzig fand, obwohl Sophie nicht reagierte. »Das sind glibbrige, pochierte Eier in einer fiesen, schweren, gelben Pampe. Es ist wie Gehirn auf Toast.«

»Kann ich das haben?«

»Nein! Ich sage doch, Soph, es ist eklig. Es klingt toll, aber es ist echt widerlich.«

»Was kann ich dann haben?«

»Alles auf der Karte, was nicht zu viele Vitamine und Mineralstoffe enthält.«

»Und wenn ich nur einen Salat will?«

»Kein Salat – so sind die Regeln. Und kein Fruchtsaft. Und du kriegst nur Cola, wenn eine Kugel Eis drin ist.«

»Das ist *eklig.*«

»Woher willst du das wissen, wenn dus noch nicht probiert hast? Es ist wichtig, die feineren Dinge des Lebens auszuprobieren.«

»Warum willst du, dass ich ungesunde Sachen esse?«, fragte sie mit gerunzelter Stirn.

»Tu ich doch nicht, ich will … Ich will dich nur *verwöhnen*, Soph. Hin und wieder ist es gut, sich verwöhnen zu lassen – tut mir Leid, aber mit gedünstetem Spinat kann man niemanden verwöhnen. Die meisten Kinder mögen so ’n Zeug und machen sich keine Sorgen um ihre Gesundheit.«

»Und was bestellst du?«

»Salat.«

»*Du* kriegst also Salat!«

»Weil ich abnehmen will. Ich soll doch nicht so fett und rosa werden wie Colin, oder?«

Sophie lächelte hinter der Speisekarte. »Das sag ich ihm.«

»Nur zu, sags ihm, ich hab keine Angst vor Colin.«

»Du magst Colin nicht, oder?«

»Wie kommst du denn darauf?«

»Ich weiß es eben. Meinetwegen tust du, als ob du ihn magst, aber du magst ihn nicht.«

»Ich hab nichts gegen ihn.«

»Hast du wohl.«

»Nein, Soph, es ist nur, ich … es ist kompliziert.« Stephen sah wieder auf die Karte.

»Und ich mag ihn auch nicht«, sagte Sophie bestimmt.

Stephen legte die Karte hin. »Warum nicht? Hey, er ist doch nett zu dir, oder?«

»Schon.«

»Und warum magst du ihn dann nicht?«

»Weil du ihn nicht magst.«

Er beugte sich über den Tisch zu ihr. »Das ist doch kein

Grund, Soph. Du solltest ihn mögen oder es zumindest versuchen. Egal, was früher war – er ist ein guter Mann, er liebt deine Mum und, na ja, du solltest versuchen, mit ihm auszukommen, okay?«

»Okay.«

»Versprochen?«

»Wenns sein muss.«

»Schau her, Soph –«, sagte er, runzelte finster die Stirn und streckte die Unterlippe so weit wie möglich vor, »ich mach mein strenges Gesicht.«

»Na gut, versprochen.«

»Schön.« Er drückte ihr die Hand und wandte sich wieder der Karte zu. »Und erzähl ihm besser nicht, dass ich ihn fett und rosa genannt hab. Vorsichtshalber. Versprochen?«

»Viiiiiieeelleicht.«

»Was heißt ›vielleicht‹ auf Französisch?«

»Peut-être.«

»Genau. *Peut-être.* Gott, bist du schlau. Und du kannst dich austoben und Spinat und Rauke haben, wenn du willst, aber nur, wenn du auch Nachtisch nimmst. Pekanusspastete oder so was. He, du bist doch nicht eins von diesen verweichlichten Kindern mit Nussallergie, oder?«

»Nicht dass ich wüsste.«

»Gut.«

»Suki Hodges aus meiner Klasse hat eine Nussallergie, und als sie aus Versehen eine gegessen hat, ist ihr Kopf angeschwollen wie ein Basketball.«

»Glaub mir, sie wollte sich nur ins Rampenlicht rücken.«

»Was ist ›sich ins Rampenlicht rücken‹?«

»Das erfährst du noch früh genug.«

»Warum bist du so?«, fragte Sophie plötzlich.

»Wie denn?«

»Komisch.«

»Seltsam-komisch oder lustig-komisch?«

»Seltsam-komisch.«

»Komisch, ich dachte, ich wär lustig-komisch.«

»Bist du auch. Irgendwie.«

»Na ja, hauptsächlich, weil ich mich so freue, mit meiner fantastischen Tochter zusammen zu sein. Das ist doch in Ordnung, oder?«

»Ich glaub schon.«

Die Kellnerin kam, und Stephen flirtete beim Bestellen mit ihr. Er fand den Flirt ziemlich subtil – ein sanftes, schiefes, kleines Lächeln und ein gewisser leicht verschleierter Blick, fast ein Silberblick – aber Sophie verdrehte die Augen und trat ihn unterm Tisch.

»Sag nichts, Soph, ich glaube, unsere Kellnerin ist ein bisschen in mich verknallt.«

»Das ist soooo peinlich«, sagte Sophie mit Sitcom-Betonung.

Nachdem er Sophie ein feierliches Schweigegelöbnis abgenommen hatte, ließ er sie an seinem Bier nippen und lächelte nachsichtig, als sie wie üblich die Betrunkene spielte. Sie sprachen über die Schule, besonders über die letzten Entwicklungen der Springmaus-Population. Das Essen kam, der Flirt mit der Kellnerin ging weiter, und Stephen hörte geduldig zu, als Sophie ihm ernst und ausführlich alles erzählte, was sie kürzlich über das Goldene Zeitalter der Tudors gelernt hatte.

»Und was ist mit Theater?«, fragte er.

»Ist ganz okay. Ich bin in der STAG.«

»Was ist die STAG?«

Sophie schüttelte den Kopf über so viel Unwissenheit. »Die Schultheater-Arbeitsgemeinschaft.«

»Von denen hab ich schon gehört. Mein Agent will mir da einen Job besorgen.«

»Das ist doof«, murmelte Sophie.

»Sag nicht ›doof‹, sag ›albern‹.«

»Dann eben albern.«

»Und woran arbeitet ihr?«

»Oh, hauptsächlich an Eigenproduktionen«, sagte Sophie sehr ernst.

»Verstehe – *Eigen*produktionen«, sagte Stephen und nickte weise. »Und, wie gefällts dir? Das Schauspielern, meine ich.«

»Gut, aber ich möchte später keine Schauspielerin werden. Colin sagt, es ist in Ordnung, wenn man noch jung ist, aber es ist kein anständiger Beruf für einen Erwachsenen. Er sagt, es ist würdelos.«

»Da hat er Recht.«

»Warum machst du es dann?«

Stephen dachte kurz nach. »Weißt du noch, Weihnachten vor ein paar Jahren, als Mum und ich dir den falschen Schnurrbart und die riesigen Koteletten angeklebt haben, die so echt aussahen? Wir haben Fotos gemacht, erinnerst du dich?«

»M-hm«, murmelte sie, eine welterfahrene Siebenjährige, der die kindischen Streiche von vor drei Jahren peinlich sind.

»Du hast sie den ganzen Tag getragen und alle zum Lachen gebracht, sogar Grandma McQueen, die sonst nur lacht, wenn Leute sich wehtun, und du wolltest sie gar nicht mehr abnehmen, sogar, als du ins Bett gegangen bist?«

»Das war doch nur Angeberei.«

»Ja, aber *gute* Angeberei, Soph. Ich hab in meinem ganzen Leben noch *nie* so gelacht. Noch *nie*. Ernsthaft, ich dachte, ich *sterbe* vor Lachen. Und das hat Spaß gemacht, oder? So tun, als ob, herumalbern, Leute glücklich machen – das hat sich doch gut angefühlt, nicht?«

Sophie dachte kurz nach und runzelte konzentriert die Stirn. »Ich glaub schon.«

»Und so sollte Schauspielern sein. Gute Angeberei. Tauschst du ein paar von deinen Pommes gegen meinen Salat?«

»Na gut.«

Nach dem Essen rülpste Sophie, und Stephen verspürte einen Anflug von Stolz.

Danach fühlten sie sich angenehm voll und benommen und schlenderten zur National Gallery. Das schien eine angemessen lehrreiche, aber lustige Vater-Tochter-Beschäftigung für einen strahlenden Sonntagnachmittag im Winter, und Stephen führte Sophie so durch das Soho-Geschäftsviertel, dass sie möglichst wenig vom Rotlichtmilieu mitbekam. Die Shaftesbury Avenue, das Hyperion Theatre und die riesige Reklametafel von Josh Harper konnten sie allerdings nicht umgehen.

Anfangs war Stephen deshalb etwas besorgt, aber dank der Vertragsbedingungen stand sein Name auf den Plakaten am Theater. Vielleicht machte es ja Spaß, seiner Tochter den gedruckten Namen ihres Vaters auf einem West-End-Theaterplakat zu zeigen: ein echter, unumstößlicher Beweis, dass er sich seine Schauspielkarriere nicht nur aus den Fingern gesaugt hatte. Vielleicht war sie sogar stolz auf ihn und nicht besorgt oder verwirrt, ein kleiner Vorgeschmack auf die Zeit nach seinem Großen Durchbruch am 18. Sie standen einen Augenblick vor den riesigen Schwarzweißfotos von Josh, mit denen die Theaterfassade gepflastert war.

»JOSH HARPER FÜLLT DIE BÜHNE AUS WIE EIN MÄCHTIGER GIGANT ...«

»Das ist Schauspielkunst vom Feinsten.
Harper ist der würdige Nachfolger von
Olivier und Burton. Lassen Sie sich
dieses Ausnahmetalent nicht entgehen ...«

*»Harper beherrscht die Bühne wie ein gefährlicher,
geschmeidiger junger Panther.
Keine Frage, meine Damen,
Mr Harper ist Fleisch gewordener Sex-Appeal ...«*

JOSH HARPER

IN

»Verrückt, verworfen und gefährlich«

BUCH UND REGIE Terence Blackheath
UND IN IHRER ERSTEN ROLLE Maxine Cole

MIT

Stephen C. McQueen

Plötzlich kam Stephen das Plakat vor wie der Sehtest eines sadistischen Optikers.

»Hm. Worum gehts in dem Stück?«, fragte Sophie, ganz eifrige Schülerin.

»Es geht um einen Mann namens Byron, er war ein berühmter Dichter und ein Lord, hat viele Abenteuer erlebt und hatte viel Erfolg bei den Damen, genau wie ich vorhin bei der Kellnerin. Guck, da steht mein Name …«, sagte er, hockte sich hin und zeigte nach unten. »Wenn *dem* Mann da was passiert –«, er stand auf und zeigte auf Joshs Foto, mitten auf die Stirn, »wenn er krank wird oder ihm ein Klavier auf den Kopf fällt, dann vertrete ich ihn.«

»Warum steht da Stephen C. McQueen?«

»Damit die Leute mich nicht mit dem berühmten amerikanischen Filmstar verwechseln.«

»Ist das schon mal passiert?«

»Nein. Nein, ist es nicht, Sophie.«

»Und warum bist du nicht auf den Fotos?«

»Bin ich doch – das da bin ich.«

»Wo denn?«

»Da im Hintergrund …«

»Wo?«

»Na, da!«

»Warum ist es so nebelig?«

»Das ist Trockeneis. Dadurch sehe ich geheimnisvoll aus.«

»Kann man deshalb dein Gesicht nicht sehen?«

»Genau. Dadurch wirke ich geisterhaft, faszinierend und geheimnisvoll. Du weißt schon – gruselig, wie der Sensenmann, der Lord Byron in den Tod führt …«

»Und ist der da dein Freund?«, fragte sie und zeigte auf ein großes Schwarzweißfoto von Josh, eine kontrastreiche Nahaufnahme, auf der er dekorativ schwitzte.

»M-hm. Ich meine, kein richtig guter Freund, kein *bester*

Freund oder so, aber wir gehen schon mal zusammen was trinken.« Ach, und ich bin in seine Frau verliebt, dachte er, sagte aber stattdessen: »Und ich kenne seine Frau ganz gut – sie ist wirklich nett. Er hat mich auf seine Geburtstagsparty eingeladen, also …«

»Er ist ziemlich attraktiv, nicht?«

»Attraktiv?«

Sophie sah nachdenklich aus. »Du weißt schon – gut aussehend.«

»Oh Gott. *Et tu, Sophie?*«

»Ist das Französisch?«

»So was Ähnliches.«

»Kann ich ihn mal spielen sehen? Und hinterher kennen lernen?«

»Tja, er ist ein bisschen zu alt für dich und auch ein bisschen langweilig, ehrlich gesagt. Aber falls Josh in ein paar Wochen irgendwas passiert, vielleicht um den 18. Dezember herum, wenn er, ich weiß nicht, Magen-Darm-Grippe oder 'ne Lebensmittelvergiftung kriegt, dann kriegst du vielleicht aus heiterem Himmel einen Anruf, und dann musst du mit Mum ganz schnell ins Theater kommen und *mich* die Hauptrolle spielen sehen. Wär das nicht aufregend?«

Sophie schien nicht ganz überzeugt. »Ich denk schon. Glaubst du, ich krieg ein Autogramm von ihm?«

Zum ersten Mal hatte Stephen das Gefühl, dass der Tag außer Kontrolle geriet.

»Warum willst du denn ein Autogramm von ihm?«

»Ich hab den Mädchen in der Schule erzählt, du bist sein bester Freund, und sie haben mich Lügnerin genannt, darum brauche ich einen Beweis.«

Keine Diskussion. Geh einfach weiter, dachte Stephen.

»Ich kann dir sicher eins besorgen.«

Sie gingen über die Shaftesbury Avenue, durch Chinatown, bestaunten seltsame, fremdartige rote Fleischsorten in den beschlagenen Schaufenstern, und Stephen wies sie auf das Klappern der Mah-Jongg-Spielsteine in den oberen Stockwerken hin. Dann eilten sie über den Leicester Square in die National Gallery, bevor das Geräusch der Panflöten und der Anblick silberbemalter lebender Statuen Stephen zu sehr deprimierten.

Bestimmte Plätze – Parks im Herbst, verlassene Strände bei Sonnenuntergang, Eisbahnen und Schneelandschaften – fordern ausgeflipptes, freigeistiges Filmverhalten geradezu heraus. Das trifft besonders auf Galerien zu, und an jenem Nachmittag mit Sophie gab Stephen dem Impuls nach. Sie hielten Händchen, schwangen die Arme, scherzten über die Gemälde, spekulierten darüber, wer was zu wem sagte, und kicherten. Das Ganze war mehr wie eine Filmszene als wie ein Ausflug, aber Stephen fühlte sich witzig, glücklich und gesellig, und Sophie und er hatten zum ersten Mal seit langem wieder Spaß zusammen.

Als es dunkel geworden war, gingen sie Arm in Arm über die Themse zur Waterloo Station, bestiegen gemeinsam mit Ausflüglern und Leuten, die vorweihnachtliche Sonntagseinkäufe erledigt hatten, den Zug nach Barnes, und Sophie schlief in seiner Armbeuge sofort ein. Als der Zug am Battersea-Kraftwerk vorbeizuckelte, klingelte sein Handy, und mit der linken Hand fischte er es vorsichtig aus der Manteltasche, ohne sie aufzuwecken. Er sah Noras Namen auf dem Display und lächelte.

»Hallo, Fremder!«, sagte Nora.

»Hi.«

»Ich hab mich schon gefragt, ob du mir aus dem Weg gehst.«

»Natürlich nicht«, flüsterte Stephen.

»Störe ich?«, fragt Nora.

»Nein, gar nicht …«

»Jedes Mal, wenn ich dich anrufe, ziehst du gerade 'ne Strumpfhose an oder aus.«

»Sonntags nicht. Ich sitze mit Sophie im Zug.«

»Hast du ein Date?«

»Sophie, meine Tochter.«

»Sophie, na klar.«

»Sie schläft.«

»Okay, dann mach ichs kurz. Ich hab nur gerade in meinen Kalender geguckt und gemerkt, dass ich absolut nichts im Leben habe, worauf ich mich freuen kann, deshalb wollte ich fragen, ob du Lust hast, ins Kino zu gehen oder vielleicht nach der Vorstellung hier vorbeizukommen? Josh hat gerade einen neuen Breitwandfernseher fürs Schlafzimmer gekauft, damit er sich all seine Filme nackt *und* im Liegen ansehen kann. Warum kommst du nicht vorbei und siehst ihn dir an – den Fernseher, nicht Josh nackt –, wir müssen uns auch keinen Josh-Harper-Film angucken, und es würde meinem Leben einen Sinn geben.« Sie sprach etwas leiser. »Ich hab dich schon länger nicht mehr gesehen, und irgendwie hast du mir gefehlt.«

Ach ja?

»Ja, du mir auch«, flüsterte Stephen.

»Und, was tun wir dagegen?«

Er konnte natürlich so tun, als hätte er keine Zeit. Wo war schließlich der Spaß dabei herumzusitzen, den platonischen Vertrauten zu spielen und zuzuhören, wie sie endlos von Josh erzählte, wenn er sich in Wirklichkeit zu ihr beugen und sie küssen wollte? Wollte er damit nicht aufhören? Das konnte nur in Frustration und Enttäuschung enden. Er stellte sich ihr Gesicht vor.

»Ich würde dich sehr gern sehen«, flüsterte Stephen.

»Okay, dann …«, sie zögerte, als wollte sie noch etwas sagen, »… dann reden wir morgen weiter?«

»Morgen.«

»Dann bis morgen.«

»Okay, tschüss.« Er legte auf, schaute nach draußen auf die Häuserreihen von Wandsworth und sah sein Spiegelbild lächeln.

»Wer war das?«, fragte Sophie ohne die Augen zu öffnen.

»Ich dachte, du schläfst.«

»Hab nur so getan. Wer war das?«

»Das geht dich nichts an, kleiner Naseweis.«

»Sag nicht Naseweis, das ist doof.«

»Es geht dich jedenfalls nichts an. Und sag nicht ›doof‹, sag ›albern‹.«

»Dann eben *albern*.« Sophie drehte sich um und sah mit halb offenen Augen zu ihm hoch. »War das ein *Mädchen*?«

»Vielleicht.«

»Das war bestimmt deine *Freundin*«, sagte sie mit Schulhof-Kichern.

»Wie kommst du darauf?«

»Weil du so geredet hast …«, sie spitzte die Lippen zum Schmollmund, verdrehte die Augen und flötete mit hoher Singsangstimme: »Hallोooo, wie *schön*, mit dir zu sprechen, ich würde dich *seeeehr* gerne sehen, moi!«

Stephen lachte. »Ich hab *nicht* so gesprochen, und es geht dich nichts an, und außerdem war das ein *Privat*gespräch, Nelly.« Sophie kuschelte sich wieder in seine Armbeuge und schloss die Augen. »Aus reiner Neugier: was, wenn sie wirklich meine Freundin wär?«, fragte er und strich ihr den Pony glatt. »Würde dich das stören?«

»Ich glaub nicht. Solange sie wirklich nett ist«, murmelte Sophie und gähnte übertrieben zum Zeichen, dass die Unterhaltung beendet war.

Das ist sie, dachte er. Das ist ja das Problem.

LAUREN BACALL

»Ist die Luft rein?«, flüsterte Stephen.

»Ja, die Luft ist rein«, antwortete Alison. »Komm rein.«

Als sie ankamen, war Colin beim Jahrestreffen seiner alten Rugby-Mannschaft und würde spät zurückkommen. Stephen sagte Sophie Gute Nacht, freute sich, dass sie ihn in Alisons Gegenwart umarmte, und wartete in einem der drei Empfangszimmer, während Alison sie ins Bett brachte.

Er goss Wein in einen schweren Kristallkelch, der an ein Requisit erinnerte, setzte sich vorsichtig auf den Rand eines niedrigen Sofas und rutschte sofort tief ins Polster. Es stank nach teurem Leder. Er sah sich in dem durchgestylten Raum um und wunderte sich, wie weit Alison es gebracht hatte, seit sie vor nicht einmal drei Jahren zu dritt in der engen Kellerwohnung in Camberwell gehaust hatten, zwischen zusammengewürfelten Sperrholzmöbeln, leeren Weinflaschen, Postern in billigen Klemmrahmen, Aschenbechern und kaputten Nachtlichtern. Quietschend rutschte er auf dem braunen Polstersofa herum und fühlte sich wie ein zwielichtiger Eindringling, der versehentlich über Nacht in der Möbelabteilung von Heal's eingeschlossen worden war. Retro-Jazz plätscherte dezent aus den extravaganten Designerlautsprechern, die Art von nichtssagender, unterhaltsamer Fahrstuhlmusik, über die Alison sich früher lustig gemacht hätte, und er wusste sofort mit absoluter Sicherheit, dass es irgendwo im Haus mindestens eine, wenn nicht zwei *Buena Vista Social Club*-CDs gab. Anscheinend hatte sie auch ihr Talent für Innenausstattung entdeckt: Alle Gegenstände im Raum – die schweren Weingläser, die modernistischen Kerzenständer, die dunklen Holzfotorahmen, die Decken- und Bodenfluter, die Briefbeschwerer ohne Briefe – schienen direkt von einer besonders ehrgeizigen und durchdachten Hochzeitsgeschenkliste zu stammen.

Auf dem niedrigen lackschwarzen und chinesischroten Couchtisch neben Stephen stand zwischen Duftkerzen und chronologisch geordneten alten Ausgaben von *Vogue*, *The Economist* und *Schöner Wohnen* ein silbergerahmtes Hochzeitsfoto – einer dieser gezwungen ungezwungenen Schnappschüsse, die zeigen sollen, dass es ein wirklich, wirklich ganz, ganz besonderer Tag war –, auf dem sich ein Grüppchen gepflegter, neureicher, jubelnder junger Leute ins Bild quetschte. Stephen musterte Colin, sah die typische Hochzeitsmorgen-Rasierverletzung, den fleischigen Kopf, der über den lächerlichen Flügelkragen quoll, als werde er langsam von der rosa Seidenkrawatte stranguliert, und fühlte sich irgendwie an den Hüpfball seiner Kindheit erinnert. Hinter Colin stand ein Grimassen schneidender Banker mit ebenso rotem Gesicht, kleiner Sonnenbrille und lustigem Kilt, vermutlich der Trauzeuge, Alison trug ein tief ausgeschnittenes silbergraues Kleid und lächelte mit einem ironischen Funkeln im Blick, wie Stephen glaubte, hoffte. Im Vordergrund spähte Sophie unter ihrem Pony in die Kamera und hielt sich den Blumenstrauß vors Gesicht, als wollte sie sich verstecken. Eindeutig ein ganz, ganz besonderer Tag. Auch für Stephen war es ein denkwürdiger Tag gewesen, denn er hatte zum ersten Mal ganz allein eine ganze Wodkaflasche geleert, dazu 80 Zigaretten geraucht und sich einen verstörenden Filmmarathon auf dem Heimkinoprojektor gegönnt: *Zimmer mit Aussicht*, *Moonraker*, *Beim Sterben ist jeder der Erste* und *The Texas Chainsaw Massacre*. Davon gab es kein Foto. Stephen fiel plötzlich auf, dass er in den letzten drei Jahren kein einziges Foto gemacht hatte. Als er noch mit Alison zusammen gewesen war, hatten sie die alltäglichsten Sachen geknipst, die schlafende Sophie auf der Couch oder Alison beim Lesen; die Bilder hatte er noch. Heute wusste er nicht mal genau, wo der Fotoapparat geblieben war.

Er versuchte, das nicht überzubewerten. Gedankenversunken leerte er das Weinglas in einem Zug und betrachtete seine Ex-Frau auf dem Foto, die wunderschön und nur ein bisschen hart aussah. Sie war wirklich eine erstaunliche Frau. Wie zum Teufel hatte er es nur *so* vermasseln können?

»Mach das Licht *aus*, Sophie. Ich meins ernst«, rief Alison im Flur. Hastig stellte Stephen das Foto zurück und schnappte sich als Alibi eine Zeitschrift. Alison kam lächelnd herein, wollte etwas sagen …

»*Schöner Wohnen!* Ich kann nicht glauben, dass du diesen Mist für neureiche Bourgeois abonnierst.« Stephen hörte sich selbst reden: Wie unattraktiv und rechthaberisch seine Stimme klang, wie lächerlich und wichtigtuerisch das Wort »Bourgeois« klang! Aber das blöde Hochzeitsfoto, die schreckliche Tatsache, dass Alison darauf zu sehen war und wunderschön aussah, all das hatte Stephen trotzig, gereizt und, ja, eifersüchtig gemacht. »Was ist so toll daran, Bilder von anderer Leute Häusern anzugaffen?«

»Gott, du hast ja *so* Recht, Stephen, und normalerweise lese ichs auch nicht, aber diesen Monat gabs einen großen Bericht über Wohnschlafzimmer, deshalb …«

Sie starrten sich an und senkten dann den Blick. Alison strich sich das Haar aus dem Gesicht, seufzte, runzelte die Stirn, und aus den skandinavischen Hi-Fi-Lautsprechern säuselte eine viel zu junge Stimme *I've Got You Under My Skin*.

»Genau genommen ist es kein Wohnschlafzimmer, sondern ein Studio.«

»Tut mir Leid – Studio.« Sie seufzte, sah an die Decke und kratzte sich am Kopf. »Ist doch nett, oder? Sich auf einen zwanglosen Plausch zu treffen?«

»Noch mal von vorne?«

»Ja. Okay. Noch mal von vorne.« Sie goss sich ein Glas Wein ein, stellte das Hochzeitsfoto an seinen Platz zurück, tätschelte Stephen liebevoll das Knie und vermittelte wieder einmal den Eindruck, allwissend zu sein. Dann versank sie neben ihm im Polstersofa. »*Eigentlich* wollte ich sagen, dass Sophie mir erzählt hat, wie gut ihr der Tag gefallen hat.«

»Du klingst überrascht.«

»Ich bin nicht überrascht. Sie hat immer Spaß mit dir, und sie freut sich, wenn sie dich sieht, wie du weißt. Nur hat sie manchmal eben mehr Spaß als an anderen Tagen, das ist alles.«

»Ja, wir hatten Spaß.«

»Sie hat gesagt, du hast vielleicht eine *Freundin*«, sagte sie, spöttisch wie immer, und stupste ihn.

»Hör bloß auf.«

»Womit?!«

»Mit mir zu sprechen, als wär ich zwölf. Als wolltest du mir erklären, wo die Babys herkommen.«

»Ich bin halt neugierig – los, raus mit der Sprache …«

»Vielleicht«, sagte Stephen und war sich der fast kriminellen Falschheit der Aussage bewusst. »Da ist jemand, aber es ist … kompliziert.«

»Doch nicht schon *wieder* ein Hermaphrodit?«

»So gut wie. Sie ist verheiratet.«

»Echt? Alter Schwerenöter! Mit wem ist sie verheiratet?«

Mit dem zwölftsexiesten Mann der Welt, dachte Stephen, aber die Wunde war noch zu frisch, um seine Ex-Frau die beste Freundin und Vertraute spielen zu lassen, deshalb sagte er nur: »Och, kennst du nicht.«

»Du lässt dich doch wohl nicht von einer Lappalie wie einem Ehemann aufhalten.«

Eine solche Gelegenheit musste man beim Schopf packen. »Hast du ja schließlich auch nicht, stimmts?«

Sie sahen sich eine Weile an.

»Böses Eigentor, hm?«

»M-hm.«

Sie stupste seinen Fuß mit ihrem und stieß ihn kumpelhaft mit der Schulter.

»Themenwechsel?«

»Okay. Themenwechsel.«

Alison stützte sich auf seinem Knie ab und glitt vom Ledersofa. »Bleib sitzen, ich hol nur neuen Wein.«

Eine halbe Stunde später waren sie ziemlich betrunken. Zum ersten Mal seit der Scheidung war etwas von der alten Ungezwungenheit und Zuneigung zurückgekehrt, und sie tranken weiter, um sie zu erhalten.

»Schon was von Johnny Johnson gehört?«

»Wer ist Johnny Johnson?«

»Du weißt schon, deine Titelrolle, deine transatlantische romantische Komödie?«

»Oh, der *Film*? Nein, nichts Neues.«

»Aber du bist immer noch der Favorit?«

»Ich bin immer noch der Favorit.«

»Und im *Theater*?«

»Musst du das so sagen?«

»Wie?«

»›Im *Theater*‹.«

»Tut mir Leid. Und was ist jetzt damit, du alter *Zigeuner*, du?« Sie zerzauste ihm das Haar, er griff nach ihrer Hand und hielt sie fest.

»Läuft ganz gut. Sag mal, falls ich irgendwann spielen darf, kommst du doch zuschauen, oder?«

»Türlich.«

»Selbst wenns kurzfristig wär, selbst, wenn du alles stehen und liegen lassen müsstest?«

»Klar würde ich kommen. Ist aber nicht sehr wahrscheinlich, oder?«

Doch, der Termin steht schon fest, wollte er sagen – der 18. Dezember. »Man wird doch wohl noch träumen dürfen.«

»Träume.« Sie stupste ihn mit dem Fuß an. »Du klingst wie Judy Garland.«

»Ziele dann eben.«

»Tja, Träume sind schon in Ordnung, solange sie realistisch sind.«

»Schön, aber realistische Träume sind doch witzlos.«

»Weise Worte, Steve«, murmelte sie. »Keine Ahnung, was sie bedeuten, aber weise Worte. Hey, du hast nicht zufällig 'ne Zigarette?«

»Ich dachte, du hast aufgehört?«

»Hab ich auch.«

»Ist es dann eine gute Idee ...?«

»Komm schon, gib mir eine, bevor Obersturmbannführer Colin zurückkommt.«

Stephen zog die Packung aus der Tasche und lachte, als sie sie ihm aus der Hand riss. Das Ritual, seiner Ex-Frau Feuer zu geben, hatte etwas Verbotenes, Heimliches und Erotisches, und er sah zu, wie sie mit fest geschlossenen Augen den Rauch einsog, mit leisem schmutzigem Lachen aufs Sofa sank und den Rauch langsam in kleinen Kringeln aufsteigen ließ. Natürlich war Rauchen ein abscheuliches, ekelhaftes Laster, kein bisschen cool, glamourös oder sexy, wie Filme es einem vorgaukelten. Für den Fall, dass er seine Tochter beim Rauchen erwischte, hatte er eine lange, strenge Rede über Mundgeruch, Sucht und Krebs parat. Trotzdem war es bei weitem sinnlicher, als beispielsweise an einem Selleriestengel zu knabbern. Es gab eine schöne Szene in *In the Mood for Love*, wo Maggie Cheung sich an einen verflossenen Liebhaber erinnert, als sie sich eine seiner Zigaretten anzündet, und obwohl Stephen nicht so starke Gefühle für eine Zwanzigerpackung Marlboro aufbringen konnte, war er empfänglich für die Metaphorik. In Filmen gab es keine überquellenden Aschenbecher, keine Nikotinflecken an den Fingern und keine belegten Zungen. Alison war jedenfalls eine begnadete Raucherin, so wie Lauren Bacall, Rita Hayworth oder Anne Bancroft. Die einzige andere Frau mit der Gabe, jede Zigarette zur Zigarette danach zu machen, war Nora Harper.

Er fing an, Nora und Alison in seiner Vorstellung durcheinander zu bringen. Ihm fiel auf, dass er dieselben Dinge an ihnen mochte oder liebte: den Sarkasmus und die Respektlosigkeit, die gelegentliche Grausamkeit, die lässige Eleganz, die Tatsache, dass beide klüger, taffer und scharfzüngiger waren als er. Er war gern mit ihnen zusammen, trotz der unvermeidlichen Enttäuschung, er mochte ihr Lachen und dass es hart errungen war. Er fand beide fast unerträglich begehrenswert. Außerdem fiel ihm auf, dass beide zufällig absolut unerreichbar waren.

Alison nahm das Weinglas, lehnte sich auf dem Sofa zurück, legte die Füße beunruhigend nah an Stephens Leiste, und ihm fiel ein untypisches Kleidungsstück an ihr auf, eine Art Nylonkniestrümpfe. Flirtete sie mit ihm? Ja, sie flirtete mit ihm. Stephen fühlte sich ein bisschen wie Byron.

»Erinnerst du dich an meinen letzten Job?«, fragte sie. »In diesem selten dämlichen Film.«

»Die Sexy Flugbegleiterin.«

»Nicht mal Sexy Flugbegleiterin Nummer Eins, Sexy Flugbegleiterin Nummer *Vier*. Für eine Zeile Text – ›*Nüsse*, Sir?‹ – hab ich mir drei Tage lang in diesem blöden Kostüm in einem Lagerhaus in Borehamwood den Arsch abgefroren, die Bluse bis hierhin aufgeknöpft, so dass meine Titten raushingen, und ich musste ständig ›*Nüsse*, Sir? *Nüsse*, Sir?‹ sagen, während ein sabbernder Kameramann mir sein Objektiv unter den winzigen Rock schob. Wir hatten gerade erfahren, dass ich mit Sophie schwanger war, und ich hab gedacht, okay, es reicht, scheiß drauf, ich hab die Schnauze voll. Ich meine, früher hab ichs gemocht, als ich noch jünger war und wir zusammengekommen sind. Aber ich hab gedacht, es wäre … anders, weißt du? Ich hab gedacht, es würde sich irgendwie lohnen und das Leben der Menschen verbessern, ich würde all diese brillanten, kreativen Leute kennen lernen, Teil einer Gemeinschaft sein, fantastische Rollen spielen, großartige, kontroverse politische Fernsehspiele machen, die ein Millionenpublikum bewegen, Diskussionsstoff bieten, unterhalten, inspirieren, *verändern*. Und plötzlich machst du den Job, von dem du immer geträumt hast, wirst sogar dafür bezahlt, und es ist *überhaupt* nicht so, kein bisschen. Kein Spaß, keine Befriedigung, keine Kontrolle. Es ist ein völlig anderer Job – du sagst den ganzen Tag ›*Nüsse*, Sir?‹, und deine Titten hängen raus. Ich hab mich ziemlich verarscht gefühlt – all die Jahre der Mühe, der Zeitverschwendung, des Neids und der Sorge, und *wofür*? Um aufgetakelte Flugbegleiterinnen, ermordete Prostituierte und Stripperinnen zu spielen. Und darum ist mir das Aufgeben leicht gefallen. Weil man in dem Job die meiste Zeit zum Affen gemacht wird«, sagte sie, trank einen großen Schluck Wein und fügte anklagend hinzu, »meistens von *Männern*.«

»Aber du warst als Flugbegleiterin wahnsinnig sexy«, sagte Stephen, benebelt und in Flirtlaune.

»Ja, klar …«, murmelte sie und blies eine lange Rauchfahne. »Ein Fleisch gewordener Männertraum.«

»Nein, es stimmt.«

»Tja, *Colin* ist jedenfalls sehr davon angetan«, prustete sie und versteckte ihr Gesicht hinter dem Glas.

»Wie meinst du das?«

Sie sah ihn von der Seite an und grinste. »Na ja … wir haben doch ein Video davon. Und wenn ich nicht da bin, guckt er heimlich rein.«

»Du nimmst mich auf den Arm.«

»Es stimmt. Ich weiß es, weil der Dödel es immer an den falschen Platz zurückstellt. Immer vorausgesetzt, er ist nicht scharf auf Sexy Flugbegleiterin Eins.«

»Das ist doch sehr schmeichelhaft, oder?«

»Ich hab den Film vor, wann war es, acht Jahren gedreht. Mir wär ehrlich gesagt lieber, er befasst sich mit dem gegenwärtigen Modell.«

»Tja, also, ich finde dich *immer noch* sensationell.«

»Flirte nicht mit deiner Ex-Frau, Stephen. Das ist Schnee von gestern.«

»Also verschwende ich meine Zeit?«

»Absolut. Ich hab dich wirklich sehr lieb, Steve, das weißt du«, sagte sie, und Stephen fiel wieder einmal auf, wie harmlos »Ich hab dich lieb« im Gegensatz zu »Ich liebe dich« klang. »Und wenn die Dinge anders lägen …« Sie lehnte sich zurück, zog an der Zigarette und streckte die Arme über den Kopf. »Aber, nun ja, ich bin jetzt mit Colin zusammen, und ich liebe ihn. Gott weiß, warum – manchmal ist er ein aufgeblasener alter Wichtigtuer.«

»Kann ich dich was fragen?«, sagte Stephen und füllte die Gläser auf.

Sie spähte mit zusammengekniffenen Augen über ihren Körper zu ihm hinüber. »Nur zu.«

»Und du wirst nicht sauer?«

»Nö.«

»Okay.« Er holte tief Luft. »Was zum Teufel findest du an ihm?«

»An Colin?« Alison lachte trocken, verzog das Gesicht,

setzte sich plötzlich auf und schlang die Arme um die Knie. »Ich sags dir. Das ist wie bei Autos.«

»Autos?«

»Autos. Wenn du jung bist, willst du was Lustiges, Flippiges, eine gelbe Ente, einen abgewrackten alten Mini oder so, und es ist dir egal, ob er liegen bleibt oder die Leute dich auslachen, weil du immer noch nicht glauben kannst, dass du *tatsächlich fahren* darfst. Du würdest *alles* fahren. Dann wirst du älter und willst was Schnittigeres, nicht unbedingt teuer, aber schick, cool und gefährlich, etwas, das alle wollen. Und irgendwann war ich in dem Alter, wo ich mir einfach einen großen, schweren, teuren, alten BMW gewünscht hab. Etwas … Sicheres.«

»Und das ist Colin? Colin ist der BMW?«

»Colin ist der BMW.«

»Na, geräumig ist er jedenfalls.«

»Siehst du, du hältst mich für oberflächlich, stimmts?«

»M-hm. Und was war ich? Die gelbe Ente?«

»Gott, nein. Du warst mein VW Golf.«

»1,8?«

»1,6 Diesel.«

»Sparsam im Verbrauch …«

»Marineblau, aber mit Lederausstattung. Und 'nem schicken kleinen Schiebedach.«

»Ich weiß nicht, ob ich geschmeichelt oder entsetzt sein soll.«

»Geschmeichelt. Reizendes kleines Auto. Viele Frauen würden für einen kleinen blauen VW töten.«

»Meinst du?«

»Ich spreche als die einzige, umsichtige Vorbesitzerin.« Sie schwiegen kurz, sahen sich an, dann beugte sie sich plötzlich vor und nahm seine Hand.

»Wir sehen dich viel zu selten.«

»Wer?«

»Sophie und ich. Ich meine, ich schlage keinen gemeinsamen Campingurlaub vor oder so, aber wir würden dich gern öfter sehen. Du fehlst uns. Besonders Soph. Weißt du, wenn du sie über Nacht dabehalten oder mit ihr wegfahren willst …«

»Woher der Sinneswandel?«

»Nur so. Anscheinend gehts dir … besser.«

»Besser?«

»Du siehst nicht mehr so traurig aus.«

»Na ja, weißt du – ich bin damals wirklich fast durchgedreht.«

»Ich weiß das, es war meine Schuld, und es tut mir Leid. Aber es *geht* dir besser, oder?«

Stephen fühlte, wie er rot wurde. »So langsam.«

»Und hat das was mit dieser geheimnisvollen verheirateten Frau zu tun?«

»Keine Ahnung. Kann sein.«

»Meinst du, es wird was draus?«

»Weiß nicht.«

»Aber du bist der Favorit?«

»Eher der Außenseiter.«

»Vielleicht hast du ja Schwein«.

Stephens Wortspielreflex setzte ein. »Schwein oder nicht Schwein …«

»Klappe!«, sagte Alison und packte ihn am Arm, mit der stummen Drohung: »… oder es setzt was.«

Stephen kniff die Augen zusammen. »Kämpf dagegen an, kämpf dagegen an …«

»Ich liebe dich wirklich, weißt du«, sagte Alison, und er machte die Augen wieder auf. »Nicht so wie früher, ich meine, nicht auf dieselbe Art, aber ich liebe dich wirklich.«

»Tja, also – ich dich auch.«

»Nun, gut zu wissen«, sagte sie und mit einem kleinen Lächeln, »Ich werds mir merken.«

»Tu das«, sagte Stephen und sie hörten, wie der Schlüssel ins Schloss gesteckt wurde. »Der BMW.«

»Wenn man vom Teufel spricht«, murmelte Alison und drückte die Zigarette aus.

»Ali? Raucht hier etwa jemand?«, rief Colin aus dem Flur.

»Ich finde dich immer noch absolut sensationell …«

»Jetzt aber Schluss damit«, flüsterte Alison und nahm die Füße von Stephens Schoß.

»Muss das sein?«

»Ich rieche Rau-hauch«, rief Colin.

»Ja, es muss sein«, zischte Alison, zog die Beine an und wischte sich Asche vom Schoß. Colin baute sich drohend im Türrahmen auf wie ein strenger, aber fairer Schulsprecher, rotgesichtig und wohl ebenfalls angetrunken.

»Hallo!«, sagten Alison und Stephen wie aus einem Munde.

»Oh – hallo, Steve. Wo ist Sophie?«, sagte Colin, so dass es klang wie: »Was hast du mit Sophie gemacht?«

»Sie ist oben und raucht«, sagte Alison. »Stephen hat ihr das erste Zigarettenpäckchen gekauft. Er hats ihr beigebracht, stimmts, Stephen?«

»M-hm.« Aber die Ausgelassenheit und Flirtlaune waren verflogen, und Stephen überlegte, wie er sich möglichst schnell verdrücken konnte.

»Aha. Verstehe«, sagte Colin mit Hüpfballgrinsen, kam zu ihnen herüber und hielt die zweite leere Weinflasche am Hals hoch wie ein Beweisstück. »Meine Güte! Habt ihr etwa einen *sitzen*?«

»Nur ein bisschen, Liebling«, sagte Alison zärtlich, nahm seine Fingerspitzen und schüttelte seinen Arm. »Nur ein bisschen.«

»Schön, in Ordnung, aber vergiss nicht, heute ist Sonntagabend und morgen ist Schule.«

»Ich weiß, welcher verdammte Tag heute ist, Colin«, fauchte Alison und ließ seine Hand los. »Aber ich bin 31 und muss nicht mehr in die *Schule.*«

Kurz darauf nahm Stephen den Bus nach Hause.

Er kam spätnachts zu Hause an, benebelt, in Hochstimmung und Flirtlaune, widerstand aber der Versuchung, noch ein letztes Glas Wein zu trinken, zum einen wegen der Kalorien, zum anderen, weil es unbefriedigend ist, mit sich selbst zu flirten. Er hatte das starke Bedürfnis, mit Nora zu reden. Vielleicht sollte er Nora anrufen. Vielleicht lieber nicht.

Stattdessen setzte er sich an den kleinen Schreibtisch mit Blick auf den kleinen Hinterhof von Idaho Fried Chicken. In einem Stapel Postkarten auf dem Schreibtisch lag die Premierenkarte, die Josh ihm im Juli geschrieben hatte. Stephen hatte sie wegwerfen wollen, aber der schäbige Gedanke, er könne damit eines Tages jemanden beeindrucken, hatte ihn davon abgehalten. Wenn Joshs Karriere nach Plan verlief, war sie vielleicht irgendwann etwas wert.

Auf der Rückseite der Postkarte stand fett mit blauem Kugelschreiber in schwungvoller Schrift:

> *Für Stephen – danke für die Unterstützung, Kumpel. Hoffe, dein Großer Durchbruch kommt bald, dann kannst du* mir *zeigen, wo der Frosch die Locken hat. Hals- und Beinbruch. Oder brich* mir *Hals und Bein! Ha Ha!!!*
> *Alles Liebe, dein Kumpel, Josh Harper!*

Er stellte die Karte aufrecht vor sich auf den Schreibtisch, nahm einen Kuli, blinzelte im Licht wie Donald Pleasence in *Gesprengte Ketten* und übte zehnmal Joshs Unterschrift. Es klappte ganz gut – nicht gerade die perfekte Fälschung, aber für seine Zwecke ausreichend. Er nahm ein Theaterprogramm von dem kleinen Stapel in der Schublade, schlug ein Schwarzweißfoto ziemlich am Anfang auf, das einen schwitzenden Josh mit markanten Wangenknochen, halb offenen Lippen und funkelnden Augen zeigte. Er warf einen letzten Blick auf Joshs Postkarte, sprach die Worte mit Joshs Stimme und schrieb so schwungvoll wie möglich:

Für die reizende Miss Sophie McQueen,
Herzliche Grüße,
Josh Harper xxx

Er verglich das Ergebnis mit Joshs Handschrift. Nicht übel. Auf die Vorderseite des Programms schrieb er in seiner Handschrift mit einem anderen Kuli:

Hallo Prinzessin! Unser Ausflug am Sonntag war toll. Es ist natürlich immer toll, dich zu sehen, aber diesmal war es besonders toll. Findest du nicht auch? Ich schon. Wie auch immer, schau mal auf Seite vier! DAS AUTOGRAMM EINES BERÜHMTEN SCHAUSPIELERS! Ich hoffe, das reicht für die Schule. Und vergiss nicht, ich hab dich ganz, ganz, GANZ doll lieb.
Dad

Danach steckte er das Programm in einen Umschlag, schrieb darauf mit undeutlicher Schrift Sophies Namen und Adresse und legte ihn neben die Tür, um ihn im Lauf der Woche abzuschicken. Dann stellte er den DVD-Spieler ein, legte *Dein Schicksal in meiner Hand* ein, einen seiner Lieblingsfilme, machte das Licht aus, sah, wie die nackte Wand gegenüber plötzlich zu schwarzweißem Leben erwachte und schlief bald darauf im flimmernden Licht ein.

DAS GROSSE WEISSE BETT

Stephen und Nora lagen zusammen auf dem Bett, das so groß und weiß war wie eine Kinoleinwand. Es war ein Uhr morgens, und Nora wischte sich mit dem Handrücken Tränen aus den Augen.

Auf dem Breitwandfernseher am Fußende vom Bett lief der Abspann von *Die Nacht vor der Hochzeit*. Nora hatte den Film vorgeschlagen, und Stephen war einverstanden gewesen, ohne sich zu erinnern, wie feuchtfröhlich romantisch er war. Ihn nachts mit Nora auf Joshs riesigem Fernseher in Joshs Schlafzimmer anzusehen, hatte etwas unerträglich Pikantes. Seines Wissens gab es keinen Film namens *Stephen liebt Nora*, aber ansonsten gab es wahrscheinlich keinen passenderen. Die lange, betrunkene Liebesszene zwischen Jimmy Stewart und Katharine Hepburn war besonders vielsagend und treffend. Er fragte sich, ob Nora das auch so sah, aber nach den Mengen Hummus und Pitta-Brot zu urteilen, die sie vertilgte, war sie wohl nur hungrig.

»*Das* nenne ich einen fantastischen Film«, sagte Nora, drehte sich und krabbelte die beträchtliche Strecke zum anderen Bettende, um den DVD-Spieler auszuschalten. »Jeder, der *Die oberen Zehntausend* besser findet als *Die Nacht vor der Hochzeit*, ist *verrückt*«, sagte sie und bückte sich über den Bettrand nach der zweiten Weinflasche. »Entschuldige, dass ich dir meinen fetten Hintern ins Gesicht strecke.« Ihr übergroßer weißer Morgenmantel hätte besser in ein exklusives Hotel gepasst, und das ganze Schlafzimmer hatte diese moderne Hotelatmosphäre, obwohl es mit Hanteln, einem Springstab und einem Modell des *Millennium Falcon* ausgestattet war. Josh hatte Freunde zur Vorstellung mitgenommen und versprochen, so bald wie möglich nach Hause zu kommen, aber der Film war zu Ende, und vermutlich war er in irgendeinem Privatklub versackt. Der weiße Sturmtruppen-Helm auf der Kommode starrte Stephen vorwurfsvoll an. Der alte Helmständer, der BAFTA, lag immer noch in ein Laken gewickelt hinten in Stephens Schrank.

»Weißt du, was ich *wirklich* hasse?«, fragte Nora und krabbelte zurück zu Stephen.

»Was denn?«

»Spezialeffekte. Was ist so speziell an Spezialeffekten? Selbst wenn sie toll sind, haben sie etwas von einem großen, blöden Zeichentrickfilm. Es ist nur peinlich, man sitzt mit all den angeblich erwachsenen Leuten im Kino, die sich begeistert 'nen Kinderfilm reinziehen. Was ist aus Filmen mit *Leuten* drin geworden? Menschlichen Wesen.« Sie lag, ihm zugewandt, auf der Seite und stützte den Kopf in die Hand. »Es ist wie bei den Vorsprechen, zu denen Josh ständig geht, wo er einen Killerroboter spielen soll oder einen Cop in der Zukunft oder eine Kreuzung aus Mensch und Dosenschildkröte. Welchen Sinn hat das? Er verschwendet sein Talent – schließlich geht niemand hin, um ihn *schauspielern* zu sehen.«

»Hast du ihm das schon mal gesagt?«

»Ja, aber er sagt nur, ich hätte keine Ahnung von dem genialen, triumphalen Gesamtplan für seine Karriere. Außerdem *mag* Josh diesen Comicscheiß. Er gibt es nicht zu, aber er tuts. Ich hab ihn weinen sehen, wie ein Baby *weinen* sehen, als Han Solo in *Das Imperium schlägt zurück* in Karbonit eingefroren wird.«

»Na ja, das ist ja auch ein sehr rührender Moment.«

»Ja, für einen Elfjährigen vielleicht. Ich glaube sogar, die

Idee gefällt Josh irgendwie. Er will nicht beerdigt oder eingeäschert werden, sondern in Karbonit eingefroren. Hat er dir schon das Neueste erzählt?« Sie nippte am Rotwein, und wieder einmal wappnete Stephen sich für die guten Neuigkeiten anderer Leute. »Er soll der neue Superman werden.«

»Das musste ja irgendwann kommen. Superman, James Bond oder Jesus.«

»Jesus würde er nur bewaffnet spielen.«

»Erst schießen, dann vergeben.«

Wieder brachte Nora ihre passable Josh-Imitation. »Also, ich finde einfach, die Figur könnte etwas mehr Action vertragen, das is alles …«, sagte sie, lachte, zog sich hoch und lehnte sich an die Kissen. »Erstaunlich, dass er dir noch nicht von Superman erzählt hat. Eigentlich ist es topsecret, aber er erzählt es jedem, den er kennt. Leuten, die er zufällig trifft. Anscheinend hat er die Rolle, wenn das Filmstudio sich durchringen kann, einen Cockney-Superman zu engagieren. Gott weiß, was *das* bei seinem Ego anrichtet, er glaubt ja jetzt schon, er kann mit einem Satz auf Häuser springen. Neulich Abend hab ich ihn im Bad erwischt, er hatte sich das Haar vorne zu einer kleinen Tolle gedreht und hat das hier –«, sie machte ein ernstes, entschlossenes Gesicht und reckte einen Arm mit geballter Faust nach vorn, »vor dem Spiegel gemacht. Ich hab ihn gefragt, was er da macht. Und er hat *›Stretching‹* geantwortet.« Beide lachten. »Du weißt nicht zufällig, wo ich Kryptonit auftreiben kann?«

Stephen hatte eine Art Kryptonit, aber davon konnte er ihr nichts erzählen. Es wäre nicht fair gewesen, schließlich hatte Josh versprochen, sich zu ändern.

»Geschieht mir wohl ganz recht«, fuhr sie fort.

»Warum?«

»Weil ich einen Mann geheiratet hab, der Spielzeug sammelt und mich Nozza nennt.«

Er zog sich hoch und lehnte sich neben Nora an die Kissen.

»Und wie läufts so?«, fragte er und war sich nicht sicher, welche Antwort er hören wollte.

»Mit Josh? Ganz gut. Okay. Warum fragst du?«

»Ich hab mich nur gefragt, ob sich irgendwas verändert hat.«

»Warum sollte sich was verändern?«

»Ich dachte nur, vielleicht …«

»Ich weiß nicht, Steve.« Nora seufzte, drehte sich auf die Seite und sah ihn an. »Manchmal hab ich das Gefühl, er wäre lieber mit jemandem verheiratet, der sich besser auf 'nem roten Teppich macht.«

»Ach wo.«

»Es stimmt.«

»Wie kommst du darauf?«

»Es ist die Art, wie er … Zeitschriften liest oder sich auf einer Party umsieht, als würde er sich was auf 'ner Speisekarte aussuchen: ›Soll ich das nehmen? Oder lieber das? Vielleicht doch eher das …‹ Nicht nur Frauen, auch Männer. Er ist ein Sammler. Er schenkt dir seine Aufmerksamkeit, und du bist verloren. In seinem Leben passiert so viel und in meinem so wenig …«

»Im Moment.«

»Im Moment, und es würde mich nicht überraschen, wenn er enttäuscht wäre, weißt du.«

»Wovon?«

Nora zuckte die Schultern. »Von mir, manchmal.«

»Wer könnte von dir enttäuscht sein?« Es war ihm einfach herausgerutscht. Nora warf ihm einen Seitenblick zu und runzelte die Stirn.

»Werd nicht rührselig, Stephen.«

»Ich meins ernst.«

Sie sah ihn mit einem leicht strengen Lächeln an. »Flirten Sie etwa mit mir, Mr McQueen?«

»Blödsinn«, murmelte er.

Sie schmollte scherzhaft und legte das Kinn auf die Brust. »*So* blödsinnig ist das auch wieder nicht.« Ohne den Kopf zu drehen, sah sie ihn mit leicht gerunzelter Stirn aus dem Augenwinkel an, und der Hauch eines Lächelns lag auf ihren Lippen. Hier war sie, die Gelegenheit, den Draufgänger zu spielen, etwas Impulsives, Provokatives zu sagen, der Hauptdarsteller zu sein und nicht die Zweitbesetzung, zu handeln und zu sagen, was er fühlte, wie Jimmy Stewart in *Die Nacht vor der Hochzeit*. Selbst wenn sie ihn abwies oder ohrfeigte, war es immerhin eine Art Handlung, eine Art Veränderung oder Vorwärtsbewegung. Wie lautete noch gleich Joshs Motto? Vorsichtig stellte er das Glas auf die harte, flache Matratze, stützte sich mit den Händen ab und rutschte nach oben, bis sein Gesicht mit Noras auf gleicher Höhe war.

»Oh, Stephen …«, seufzte sie.

»Nora …«

»Ich glaub, du hast dich gerade in das Hummus gesetzt.«

Stephen hob die linke Pobacke an, um den Teller mit dem Hummus hervorzuziehen, und stieß dabei geschickt mit dem Bein das Weinglas um.

»Ach, du Schande …«

»Nicht so schlimm.«

»Ich glaubs nicht, ich hab echt zwei linke Hände.«

»Wirklich, schon in Ordnung. Ich muss nur schnell das Bett abziehen, bevor es Flecken gibt …«

»Warte, ich helf dir.«

»Bitte, Stephen«, sagte Nora mit einem Hauch Ungeduld in der Stimme, »ich kann das allein.«

Kurz darauf stand er schweigend in der Waschküche und wartete auf das Taxi. Bei seinem letzten Besuch hatte er in diesem Raum schmutzige Gläser in die Spülmaschine gestellt, und für seinen Geschmack war er schon viel zu vertraut mit Joshs Haushaltsgeräten. Jetzt stand er wieder hier und beobachte Nora, die sich hinkniete und die Bettwäsche in die Waschmaschine stopfte.

»Tut mir so Leid.«

»Kein Problem, das kann passieren.«

Er hörte die Wohnungstür zuschlagen.

»Wir sind hier drinnen, Josh!«, rief Nora, schlug die Waschmaschinentür zu und stand auf.

»Hallo, meine Schöne«, bellte Superman, stürmte durch die Küche in die Waschküche, packte sie so fest, dass sie sich an der Waschmaschine festhalten musste, und küsste sie hart auf den Mund, dann noch einmal. Es war ein leicht lüsterner Kuss mit offenem Mund, die Art Kuss, die man *hört*, selbst über den Kochwaschgang hinweg, und die man sonst nur auf der Kirmes hinter der Raupe sieht. Ein Kuss mit einer klaren Aussage.

»Wofür war das denn, Romeo?«, fragte Nora, schnappte nach Luft und sah Stephen peinlich berührt an.

»Brauche ich dafür einen Grund?«, fragte Josh, sichtlich angetrunken.

»Nein, aber ich glaube, ich hab eine Plombe verloren«, sagte sie, lachte Stephen an, und er lachte zurück, so gut es ging.

»Steve stört das nicht, oder, Steve?«

»Nein, überhaupt nicht«, sagte Stephen, den es mehr störte, als er hätte sagen können.

SUPERMAN VS. SAMMY DAS EICHHÖRNCHEN

AUSSEN. TAG. WALDSEE.

SAMMY DAS EICHHÖRNCHEN sitzt in einem Ruderboot auf dem See (das machen wir mit dem Bluescreen). Im Boot steht eine Geburtstagstorte, die er gebacken hat. (Darauf steht »Happy Birthday Olivia« – Requisite, bitte GROSSE Buchstaben!) Er bemerkt die Kinder zu Hause …

SAMMY DAS EICHHÖRNCHEN

Hallo Kinder! Ich bin auf dem Weg zu Olivia der Eule. Heute ist ihr Geburtstag, müsst ihr wissen, und ich bringe ihr diese Supi-Dupi-Schokoladentorte als Geschenk –

(ZEIGT AUF DIE TORTE – IMPROVISATION DARÜBER, WIE NETT SIE AUSSIEHT ETC.)

Das Problem ist, sie wohnt in der alten Eiche am anderen Seeufer, und da kommt man nur mit dem Ruderboot hin.

(ER RUDERT WEITER)

Puh! Bei meinem Schwanz und meinen Schnurrhaaren, Rudern ist sehr anstrengend! Uiuiui, wirklich sehr

```
anstrengend! Ich wünschte, man könnte
es irgendwie leichter machen ...
  (HAT EINE IDEE!)
Ich habs – wie wärs mit einem Lied –
einem Lied übers Rudern! Fällt euch ein
Lied übers Rudern ein? Ich kenne ein
Lied übers Rudern – wenn ihr es auch
kennt, dann singt doch einfach mit!
Bei meinem buschigen Schwanz, wird das
ein Spaß!!!!
  (MUSIK VOM BAND – ER SINGT)
Jetzt fahrn wir übern See, übern See,
jetzt fahrn wir übern See etc. etc.
etc.
Weiter improvisieren ...
```

Stephen saß in der Garderobe und war unbewusst in die Rolle geschlüpft, die oberen Schneidezähne ragten über die Unterlippe. Er starrte einen Augenblick auf die Seite und fragte sich, ob er den Text irgendwie lernen konnte, ohne ihn zu lesen. Vielleicht konnte er ihn durch die Fingerspitzen aufnehmen. Kindersendungen störten ihn nicht, er machte sie sogar gern, aber sie weckten böse Erinnerungen an die dunkle, depressive Zeit, nachdem die Scheidung offiziell geworden war und er vier lange, bittere Tage in einem schlecht beheizten Lagerhaus in Mill Hill ein juckendes Eichhörnchenkostüm getragen und ein Lied über die Räder eines Busses gesungen hatte, die sich rundherum, rundherum, rundherum drehten …

Er schauderte, lehnte sich zurück und ließ die Schultern kreisen, als wolle er etwas abschütteln. Dann memorierte er weiter seinen Text. Um Punkt 8:48 Uhr ging er die tückische Hintertreppe hinunter, die zur linken Bühnenseite führte, genau wie er es schon 122-mal gemacht hatte und noch 22-mal machen würde – oder 19-mal, wenn man die drei Vorstellungen als Byron abzog. Er schritt auf die Bühne (geisterhaft), öffnete die Tür (langsam), verbeugte sich (feierlich), schloss die Tür (langsam), ging ab (schnell) – und wollte sich gerade in die Garderobe verdrücken, als Josh ihn am Umhang festhielt.

»Hey, komm bitte gleich bei mir vorbei, ja? Ich muss dich um einen großen Gefallen bitten.«

»Eigentlich muss ich noch …«

»Zwei Minuten, okay?« Und ohne die Antwort abzuwarten, vollführte Josh den Turmspringer-Hopser und ging zum Schlussvorhang auf die Bühne.

Nach der Vorstellung klopfte Stephen an Joshs Tür, hörte über sehr lauten Hip-Hop hinweg ein zustimmendes Grunzen und ging hinein.

Josh lag stöhnend der Länge nach in Unterhosen und mit dem Gesicht nach unten auf dem Boden, und einen schrecklichen/wundervollen Moment lang dachte Stephen, er hätte sich verletzt, sei hingefallen und versuche erfolglos, aufzustehen. Er wollte ihm gerade Hilfe anbieten, als er merkte, dass Josh nur kunstvolle Liegestütze machte, sich grunzend mit den Armen abstieß und zwischen zwei Liegestützen in die Hände klatschte, wie ein unnatürlich blasser Zirkusseehund.

»Oh – tut mir Leid, ich geh besser wieder …«, sagte Stephen und ging rückwärts aus der Tür.

»Hallo (klatsch), Kumpel (klatsch)! Komm (klatsch) rein (klatsch)! Setz (klatsch) dich …«

Stephen setzte sich auf den Bürostuhl vor dem Schminktisch und hätte fast mit dem Ellbogen die vier fetten Kokainwürmchen weggefegt, die auf der CD-Hülle von Public Enemys *Fear of a Black Planet* aufgereiht waren. Daneben lagen ein zusammengerollter Zwanzigpfundschein und eine

Platin-Kreditkarte; eine Champagnerflasche und eine Souvenir-Tasse von *Les Misérables* vervollständigten das Bild.

»Bedien (klatsch) dich (klatsch), Stephanie (klatsch) …«

Das war natürlich keine gute Idee, denn er hatte noch zehn Stunden unter heißen Studioscheinwerfern vor sich. Aber es war schließlich ein Geschenk von Josh. Stephanie bediente sich, schüttelte sich und trank warmen Champagner aus der *Les Misérables*-Tasse.

»Willst du mal was echt Komisches sehen?«, kicherte Josh, stand auf und zog eine Hose an.

»Was?«, sagte Stephen, zwinkerte heftig und kniff sich in die Nase.

»Ich meine, was *wirklich* Komisches.«

»Klar doch.«

»Aber erzähl niemandem, dass ich dir das gezeigt hab, okay?« Josh machte die Schminktischschublade auf, griff unter den Drehbuchstapel und zog einen gefütterten Umschlag heraus. »Und wehe, du verarschst mich.« Grinsend und glucksend griff er in den Umschlag, zog ein grellbuntes Pappviereck heraus und drehte es langsam um wie ein Zauberer. Es war eine kleine Plastikpuppe in durchsichtiger Plastikverpackung.

»Josh Harper präsentiert Ihnen stolz (Trommelwirbel) meine … eigene … Action-Figur!«

»Oh … mein … Gott!«, prustete Stephen wider Willen und riss Josh das Spielzeug aus der Hand. Auf schwarzem Hintergrund prangten mit erhabenen Buchstaben die Worte *Mercury Rain*, darunter ein Foto von Josh, der eine futuristische Militärkluft trug und sich eine Weltraumwaffe an die Brust presste. Stephens Kiefer verkrampfte sich und das Blut rauschte in seinen Ohren.

»Lieutenant Virgil Solomon – Planetenstoßtrupp!«, bellte Josh. »Das bin ich! Hergestellt in einem taiwanesischen Ausbeuterbetrieb. Für 75 Cent pro Tag malen Zwölfjährige meine Haare an. Wirklich schrecklich«, fügte er hinzu und konnte die Freude über die globale Ausbeutung nicht unterdrücken. Stephen sah sich das Gesicht der Actionfigur genauer an – sie sah ihm ähnlich, aber nur entfernt: zwei kleine kornblumenblaue Kleckse als Augen, große Nase und breiter Nacken, angeklatschtes schwarzes Haar und eine kleine purpurne Narbe auf der Wange.

»Wo kommt die Narbe her?«

»Kampf mit riesigen Gottesanbeterinnen«, sagte Josh und knöpfte ein schönes frisches weißes Hemd zu.

Stephen sah noch genauer hin. »Mann, bist du hässlich«, lachte er.

»Ich weiß! Schau nur, wie fett sie mich gemacht haben – eine dicke fette Mastsau. Seh ich fett aus?«

»Nein, eigentlich nicht.«

»Sei ehrlich …«, sagte Josh und strich sich zur Beruhigung über den Waschbrettbauch.

»Vielleicht ein bisschen.«

»Ich wusste es! Diese taiwanesischen Mistkerle. Ich sollte sie verklagen!«

»Na ja, angeblich sieht man als Actionfigur immer zehn Pfund schwerer aus.« Josh versuchte, Stephen das Spielzeug zu entreißen, und sie sahen aus wie zwei Achtjährige, Freunde fast, bei einer Schulhofzankerei.

»Ich wills aufmachen!«, quengelte Stephen und amüsierte sich mehr, als er sollte.

»Darfst du aber nicht. In der Originalverpackung bin ich mehr wert. Wenn du eine willst, kauf sie dir.«

»Und *kannst* du noch irgendwas, außer rumstehen?«

»Meinst du, 'ne Rakete abfeuern oder so? Nö.« Er kniff sich in die Nase, schniefte und schluckte. »Mein Mehrzweckgürtel leuchtet im Dunkeln, ansonsten nada. Aber ich hab meinen eigenen Hubschrauber, für 17,99 Pfund im Einzelhandel erhältlich.«

»Und, kann man dir die Kleider ausziehen?«

»Nur, wenn ich mir noch ein paar davon reinziehe«, kicherte Josh, deutete auf den Rest Kokain, und Stephen hatte das Gefühl, schnell etwas sagen zu müssen.

»Tja, ein BAFTA, deine eigene Actionfigur …«

»Ja, das Leben ist schön, was? Nur den verdammten BAFTA hab ich immer noch nicht gefunden.«

Eine Pause entstand. Stephens Mund war wie betäubt, und er spürte, wie ihm das Herz gegen die Rippen schlug. Ob Josh das hören konnte? Und warum hatte er ihn hergebeten? Bestimmt nicht, um ihm die Actionfigur zu zeigen. Aus Freundschaft? Waren sie jetzt Freunde, oder brauchte er nur einen Zuschauer beim Liegestütze-Machen?

»Hör zu, Steve, Folgendes …« Josh drehte die Musik leiser, setzte sich wieder rittlings auf den Bürostuhl, verschränkte die Arme, umfasste den eigenen Bizeps, knetete ihn, und Stephen bekam ein ungutes Gefühl, »… ich hab Nora erzählt, dass du und ich heute nach der Vorstellung noch was trinken gehen.«

»Wirklich? Tja, das wär cool, Josh, aber ich sollte nicht so lange wegbleiben. Wo doch bald der 18. ist und so …« Eigentlich warf nur das große rote Eichhörnchen seinen Schatten voraus, aber das musste Josh nicht unbedingt wissen.

»Nein, nein, schon okay, ich will auch nicht gehen, es ist nur, ich hab, na ja – ein Alibi gebraucht.«

»Ein Alibi?«

Josh klapperte ein paar Mal mit den Zähnen und musterte seine Fingerspitzen. »Ich geh sozusagen mit jemandem was trinken, verstehst du. Im Club von neulich.«

»Josh …«

»Es ist nicht, was du denkst, Steve. Wir wollen nur reden.

Es ist so, dieser Jemand, diese Frau, sie ist eine Freundin von mir, und, nun ja, sie hat beschlossen, dass sie in mich *verliebt* ist.« Er rümpfte die Nase und stöhnte über die Unannehmlichkeit, als handle es sich um einen toten Goldfisch. »Sie meint es ernst, simst mir die ganze Zeit, schickt mir Briefe und so, also hab ich gesagt, wir gehen was trinken und sprechen uns aus, und ich versuche, sie zu beruhigen, bevor sie einen auf Verhängnisvolle Affäre macht. Deshalb musst du Nora unbedingt sagen, dass wir zusammen waren, falls sie fragt.«

»Und da läuft nichts mit dieser anderen Frau?«

»Gar nichts.«

»Bist du sicher, Josh?«

»Absolut.«

»Ich weiß, wir haben ein Geschäft, aber …«

»Kein Geschäft.«

»Dann eben … eine Abmachung.«

»Das hat nichts damit zu tun.«

»Aber mir wär unwohl, wenn …«

»Das verstehe ich völlig …«

»… wenn ich glauben müsste, ich diene dir nur als Vorwand.«

»Ich weiß. Tust du nicht.«

Es klopfte. Schnell sprang Josh auf, öffnete die Tür einen Spalt und beugte sich in den Flur. Stephen hörte leises, eindringliches Geflüster, und Josh nickte kurz zu Stephen hinüber, um anzudeuten, sie müssten vorsichtig sein. Die Frau folgte der Richtung von Joshs Nicken, steckte den Kopf ins Zimmer, und Stephen erkannte Abigail Edwards, TV-Ermittlerin Police Constable Sally Snow, seine Kollegin aus *Summers and Snow*.

»Hallo«, sagte Abigail, spähte in den Raum und lächelte höflich.

»Hallo«, sagte Stephen so kühl wie möglich.

»Kenne ich Sie nicht?«

»Vielleicht.«

»Ich weiß – sind Sie nicht Opfer Nummer Vier?«

»Stimmt«, sagte Stephen ruhig. »Ich bin Opfer Nummer Vier.«

»Stephen hat auf meiner Party gekellnert, erinnerst du dich?«

»Ja richtig, jetzt weiß ichs wieder. Sie haben meinem besten Freund gesagt, er soll sich ins Knie ficken.«

»Das bin ich.«

Und mehr gab es nicht zu sagen.

»Dann also in zehn Minuten, ja?«, sagte Josh.

»Okay, Darling, lass mich nicht warten«, murmelte Abigail und küsste Josh auf die Wange. Dann setzte sie ein falsches Lächeln auf, steckte den Kopf ins Zimmer und sagte: »Nett, Sie wiederzusehen, Opfer Nummer Vier«, und verschwand.

Josh schloss die Tür. »Ist unsere Polizei nicht wunderbar?«

»Deine neue Flamme, Josh?«

»Mit Sicherheit nicht«, sagte er lächelnd, feixend. »Wie kommst du darauf?«

»Sie hat dich gerade ›Darling‹ genannt.«

»Na und? Viele Leute nennen mich Darling.«

»Glaub ich gern.«

»Okay, wir waren vielleicht ein, zwei Mal zusammen.«

»Josh!«

»Aber ich schwöre dir, es hat keinen Spaß gemacht …«, und er lachte laut auf, beugte sich über das Kokain, sniefte heftig und presste sich die Handballen auf die Augen. »Ay Caramba!«, keuchte er und trank einen Schluck Champagner. »Ich weiß nicht, worans liegt. Vielleicht an der Uniform …«

Stephen sprang auf und griff nach dem Mantel.

»Weißt du, was dein Problem ist, Josh?«

»Was?«

»Nur Schwanz, kein Herz.«

»Ach, komm schon, sei nicht so, Steve.«

»Wie?«

»Wie meine verdammte Mum. Ich bin auch nur ein Mensch, Kumpel, ein Mensch aus Fleisch und Blut.«

»Ja, zumindest sagst du das immer.«

»Was solls, du weißt doch, was man sagt – am Set zählt es nicht.«

Stephen seufzte. »Du bist aber nicht am Set, Josh.«

»Nein, aber fast«, sagte Josh und schob Stephen das Koks hin. »Und du willst sicher nichts mehr?«

»Du hast keine Ahnung, was du an ihr hast, stimmts?«

»Was meinst du?«

»Nora. Du hast keine Ahnung, wie toll sie ist und was für ein Glück du hast …«

»Türlich weiß ich das! Deshalb treffe ich mich ja heute mit Abi, um Schluss zu machen.«

»Und was dann?«

»Wie meinst du das?«

»Ich mein, wer ist die Nächste? Erst Maxine, dann sie, Gott weiß, wer sonst noch – welche Frau kommt als Nächste in den Genuss von Josh Harpers Spezialbehandlung?«

»He, man kann jemanden lieben, ohne ihm *treu* zu sein, Steve«, sagte er und sah zu seiner Ehrenrettung ein klein bisschen beschämt aus. »Gut, ich gebs zu, vielleicht haben wir zu schnell geheiratet, und vielleicht bin ich noch nicht reif für eine feste Beziehung. Aber ich bete Nora an, ganz ehrlich. Sie ist klug und witzig, und ich bin gern mit ihr zusammen.« Sein Blick trübte sich, die Augen wurden feucht, er benutzte die »gefühlvolle«, etwas raue und zittrige Stimme, und Stephen fragte sich, ob er aufs Ganze gehen und heulen würde. »Nora ist mein Fels in der Brandung, Steve. Sie ist mein Fixstern. Sie ist …«, und er verstummte und suchte nach dem nächsten Satz.

»Der Wind unter deinen Schwingen?«, soufflierte Stephen.

»Ja. Ja, wenn du so willst. Ist das wirklich so schlimm?«

Stephen griff nach der Klinke.

»Und außerdem haben wir ein Geschäft. Du deckst mich bei Nora und kriegst dafür deinen Großen Durchbruch, schon vergessen?«, sagte Josh.

»Das war nicht abgemacht, Josh.«

»Echt nicht? Ich finde, das klingt ziemlich fair. He, wenn du die Sache mit dem 18. vergessen willst, kein Problem. Aber du kennst mich: Ich bin sehr, sehr selten krank. Ziemlich unwahrscheinlich, dass du noch so 'ne Chance kriegst.«

Und plötzlich wurde Stephen klar, dass Josh niemals ein Klavier auf den Kopf fallen würde. Es sei denn, jemand gab ihm einen Stoß.

Er seufzte und machte die Tür zu. »Versprichst du, Schluss zu machen?«

»Versprochen.«

»Heute Abend?«

»Natürlich.«

»Keine Ausreden, keine heimlichen Abstecher in ihre Wohnung?«

»Pfadfinderehrenwort«, sagte Josh und hob die Hand.

»Na schön«, sagte Stephen sehr ruhig.

»Was?«

»Ich sagte … ich sagte, na schön.«

»Du deckst mich also?«

»Ja, Josh. Ja, ich decke dich.«

Als sie das Theater verließen, hatten die Autogrammjäger die Hoffnung aufgegeben und waren in der Dunkelheit verschwunden, und sie standen einen Augenblick auf der

Wardour Street. Josh packte Stephens Hand mit beiden Händen und drückte ihm etwas hinein.

»Da – ein Geschenk für dich«, sagte er und grinste erwartungsvoll.

Stephen sah nach unten auf die kleine Puppe von Lieutenant Virgil Solomon vom Planetenstoßtrupp, sah in Joshs grinsendes Gesicht und fragte sich, wie weit er ihm die Actionfigur wohl in die Nase rammen konnte.

»Ich weiß nicht, was ich sagen soll«, sagte er, was stimmte.

»Vergiss es, und danke für – na ja, du weißt schon, dass du mich deckst. Es lohnt sich für dich, dafür sorge ich. Der 18., okay? Zwei Abendvorstellungen und eine Matinee.« Er stürzte sich auf Stephen, umarmte ihn à la Superman, zwinkerte und ging Richtung Norden zum Club. »Bis morgen, Stephanie«, sagte er über die Schulter.

»Josh?«, rief Stephen ihm nach.

»Ja?«

»Könntest du bitte meinen richtigen Namen benutzen?«, sagte Stephen langsam und ruhig.

Josh kam zurück. »Was – du magst ›Stephanie‹ nicht?«

»Was glaubst *du*, Josh?«

»Aber ich hab dich doch von Anfang an Stephanie genannt.«

»Ja, Josh. Ja, hast du. Aber ich mag weder Stefano noch Stevester noch Stevarony noch Bullitt, und am allerwenigsten Stephanie.«

»Tut mir Leid, Kumpel, das wusste ich nicht«, sagte er, ehrlich zerknirscht. Er boxte Stephen auf den Oberarm und ging grinsend weg. »Dann also bis morgen – *Stephanie*!!!«

Stephen lächelte dünn, zielte mit einer imaginären Pistole auf Joshs Kopf und drückte ab. Josh lachte, tat, als würde sein Kopf explodieren, drehte sich um und flitzte durch die Menschenmenge davon.

KRYPTONIT

Das letzte »Stephanie« brachte das Fass zum Überlaufen.

In der Victoria Station schlüpfte er wie Clark Kent in eine altmodische Telefonzelle und schloss die Tür. Er hätte natürlich das Handy benutzen können, hatte aber die paranoide Angst, der Anruf könnte zurückverfolgt werden. Mit dem Handrücken schob er die Fast-Food-Verpackungen beiseite, wischte den Hörer am Mantel ab, besorgte sich bei der Auskunft die richtige Nummer, warf eine Münze nach, holte tief Luft, schniefte und wählte.

Im letzten Moment entschied er, die Stimme zu verstellen, einen Akzent zu benutzen, vielleicht einen walisischen, und etwas über den Hörer zu legen. Im Film wurde meistens ein weißes Taschentuch benutzt, aber er hatte nur eine violette Subway-Serviette in der Tasche. Schnell legte er sie über den Hörer. Sie roch leicht nach Thousand-Island-Dressing. Walisischer Akzent? Oder vielleicht nordenglisch? Cardiff oder Newcastle. Jemand nahm ab, und der Akzent endete als undefinierbares Mischmasch.

»Könnse mich ma mit der Showbiz-Redaktion verbinden?« *Showbiz.* Selbst mit erkennbarem Akzent hätte das Wort absurd geklungen.

»Wie bitte?«

Der Akzent driftete nach Südwesten ab. »Könnt isch biddä die Showbiz-Redaktion spräsche?«

»Tut mir Leid, ich verstehe Sie immer noch nicht ...«

Er nahm die Serviette herunter und überquerte die Irische See. »Gebn Se mir die Showbiz-Redaktion, bitte?«

»Die *Showbiz*-Redaktion?«, fragte die Telefonistin.

Er sprach mit normaler Stimme. »Sie wissen schon – die Klatschseiten, Promis, Showbiz und so ’n Kram.«

»Darf ich fragen, wer da spricht?«

»Also, eigentlich möchte ich lieber … anonym bleiben.« Selbst mit seiner eigenen Stimme klang das idiotisch. Gab es keinen Weg, das ohne Gesichtsverlust und das Wort ›Showbiz‹ zu regeln? Vielleicht nicht. Vielleicht sollte er einfach auflegen …

Plötzlich war eine höfliche Dame von der Showbiz-Redaktion in der Leitung. »Hallo, Anonymus, was kann ich für Sie tun?«

»Hallo, ist da die Showbiz-Redaktion?« *Hör auf, »Showbiz« zu sagen.*

»Jaaa«, sagte die Frau mit anzüglicher, aalglatter Stimme. Das hatte Stephen nicht erwartet – er hatte einen zynischen, abgehalfterten alten Hasen erwartet, nicht diese resolute, misstrauische junge Frau.

»Tja, hallo. Ich hab mich nur gefragt, es ist ein bisschen heikel, aber Sie kennen doch den berühmten Schauspieler Josh Harper?«

Er hörte sie durch die Nase ausatmen. »Ja, ist mir ein Begriff. Was ist mit ihm?«

»Ich, ähm, ich war nur gerade in diesem privaten Members’ Club in der Berwick Street, Lounge – kennen Sie den?«

»Jaaa, habe davon gehört.«

»Na ja, jedenfalls, er war da, mit einer Frau, die nicht aussah wie seine Frau.«

»Verstehe.« Sie schwieg und machte sich Notizen. »Wissen Sie, wer die Frau war?«

»Sie kam mir vage bekannt vor, die Polizistin aus der Fernsehserie *Summers and Snow*, vielleicht?«

»Abigail Edwards …«

»Genau. Abigail Edwards …«

Eine Pause entstand. Aus dem Lautsprecher der Victoria Station ertönte eine Ansage, und in einem Anfall von Verfolgungswahn fürchtete Stephen, das könne ihn irgendwie verraten.

»Und woher wissen Sie, dass es sich nicht um ein freundschaftliches Treffen handelt?«, fragte sie skeptisch.

»Ich bin ziemlich sicher, dass es mehr ist.«

»Sind Sie sicher?«

»Absolut.«

Ein langes, unangenehmes Schweigen folgte. Schrieb sie etwas auf, hielt sie ihn hin, um den Anruf zurückzuverfolgen? Seine Ohren schwitzten, was ihm noch nie passiert war. Er hatte das nicht richtig durchdacht. Er sollte eindeutig besser auflegen …

»Also, Mr Anonymus, können Sie mir Ihren Namen oder eine Telefonnummer geben, damit wir Sie zurückrufen können? Vielleicht eine Handynummer?«

»Ehrlich gesagt, lieber nicht.«

»Ich muss Ihnen sagen, dass wir für solche Sachen normalerweise nicht zahlen.«

»Oh, nein, nein, ich will kein Geld.«

»Verstehe. Gut, in Ordnung, wir gehen der Sache nach.«

»Wars das?«

»Das wars.«

»Okay dann – gute Nacht.«

Stephen wollte auflegen.

»Bevor Sie gehen, kann ich Sie noch etwas fragen?«, fragte sie, plötzlich sehr freundlich und leutselig.

»Klar, klar …«

»Tut mir Leid, vielleicht sollte ich das nicht sagen, aber ich bin einfach neugierig. Darf ich fragen, warum Sie das machen?«

»›Warum?‹«

»Ich meine, ein erwachsener Mann wie Sie – was kümmerts Sie? Was ist Ihr Beweggrund?«

Das war eine gute Frage, die Stephen nicht auf Anhieb beantworten konnte. Für Nora? Tat er es für Nora? Glaubte er, ihr einen *Gefallen* zu tun?

»Ist es eine Art moralischer Kreuzzug?«, fragte sie. »Gehts um öffentliches Interesse? Haben Sie eine Rechnung mit ihm offen? Haben Sie was gegen ihn? Einen Groll oder so?«

Stephen legte auf.

In der romantischen Komödienversion seines Lebens hätte er jetzt normalerweise etwas Heldenhaftes tun müssen, etwas Verrücktes und Charmantes, Leidenschaftliches und Romantisches, etwas aus Liebe zu Nora, das das Publikum vor Begeisterung johlen ließ, aber sosehr er sich auch bemühte, er fand nichts Romantisches an einem anonymen Telefonanruf. Er stand knöcheltief in Hamburgerverpackungen und weggeworfenen Abendzeitungen, lehnte den Kopf an die Scheibe und war sich noch nie schäbiger vorgekommen.

Er griff in die Tasche und ließ Joshs Actionfigur in den Müll am Boden fallen.

Als er die Telefonzelle verließ, war er immer noch Clark Kent.

DER KOSTÜMJOB

Das Ergebnis am nächsten Morgen war besser und schlimmer, als er sich hatte träumen lassen.

Stephen saß in einer Studiokantine in Twickenham und trug ein schweres, gepolstertes Eichhörnchenkostüm aus Nylon, eine riesige Haselnuss aus Fiberglas lag neben seinem Schinkenbrötchen auf dem Tisch. Ihm gegenüber blätterte der Aufnahmeleiter in einer Zeitung, und da sah Stephen es und stöhnte laut auf. Der Aufnahmeleiter sah auf.

»Kann ich die Zeitung mal kurz haben?«

Der Aufnahmeleiter, offenbar immun gegen Stephens animalische Anziehungskraft, runzelte die Stirn, und er musste wieder einmal einsehen, dass die Titelrolle in einem Film nicht automatisch mehr Autorität bedeutete.

»Nur ganz kurz? Bitte?«

Der Aufnahmeleiter schniefte, gab ihm die Zeitung und ging. Stephen hielt sie mit beiden Pfoten fest.

Kleine Rollen gibt es angeblich ebenso wenig wie schlechte Publicity. Aber das war eindeutig schlechte Publicity. Bilder von prügelnden Prominenten sind nie besonders beeindruckend: kraftloses Armgefuchtel, Schläge, die fast nie treffen. Es sah meistens mehr nach Schulhof als nach Boxring aus, und dieses Foto war keine Ausnahme. Auf gewisse Art war es ein typischer Schnappschuss von der Art, die tagtäglich in Zeitungen erschienen: noch ein sturzbesoffener Prominenter, der einen mit glasigem Blick anstarrte, das Gesicht an die Brust eines Rausschmeißers drückte oder schlaff aus einem

Taxi plumpste. Trotzdem war es seltsam, einen Klasseschauspieler wie Josh Harper auf einem derartigen Foto die Beherrschung verlieren und von Platz zwölf rutschen zu sehen. Ein kleines Foto auf der Seite vervollständigte die Geschichte: Abigail und Josh, die aus dem Lounge Club in den Regen hinaustraten, Abigail legte schützend die Hand vors Gesicht, Josh stellte sich ritterlich vor sie, zeigte mit wutverzerrtem Gesicht auf einen Paparazzo, und seine Augen leuchteten rot im Blitzlicht. Dann das Hauptfoto: Josh schwebte mit ausgestrecktem Bein über der Berwick Street in der Luft, ein Paparazzo in Lederjacke taumelte rückwärts. Die Schlagzeile lautete: »Schluss mit lustig«.

> Gestern Nacht wurde der angesagte junge Superstar Josh Harper in Begleitung einer bildschönen Brünetten in der Stadt gesichtet. So weit nichts Ungewöhnliches, doch die Frau war *nicht* Mrs Harper, sondern Abigail Edwards, Star der beliebten Krimireihe *Summers and Snow.* »Im Club haben sie sich sehr angeregt unterhalten«, sagte ein Augenzeuge. »Da gings heiß her. Aber als sie zusammen den Club verlassen haben und er die Fotografen gesehen hat, ist er total ausgeflippt. Er hat geflucht und wild um sich geschlagen wie ein Tier …«

Stephen in seinem Tierkostüm fühlte, wie sich all seine Schweißdrüsen gleichzeitig öffneten.

> 'ALLO, 'ALLO, 'ALLO
>
> »Er hat rumgeschrien, wollte mir den Fotoapparat wegnehmen und auf den Boden werfen«, sagte der freiberufliche Fotograf Terry Dwyer, der bei dem Angriff Schnitte und Prellungen davontrug. »Er ist einfach ausgerastet. Keine Ahnung, warum er so sauer war. Es waren doch nur ein paar harmlose kleine Schnappschüsse …«

Stephen warf die Zeitung auf den Tisch und legte seinen Kopf in die Pfoten.

Bei dem anonymen Anruf hätte ihm natürlich klar sein müssen, dass so etwas passieren würde, aber er war unbekümmert davon ausgegangen, dass Josh sich wie immer aus der Affäre ziehen, die Fotografen nicht auftauchen oder die Fotos zu harmlos ausfallen würden. Pustekuchen. Was hatte er sich dabei bloß gedacht? Und was war mit Nora? Sicher hatte sie es schon gesehen. Sollte er sie anrufen? Was hatte Josh ihr erzählt? Ob sie wütend war? Natürlich war sie wütend, fix und fertig, am Boden zerstört, und er war an allem schuld. Er kam sich schäbig und gehässig vor, empfand eine trotzige Scham wie zuletzt als Kind, und das Kostüm machte die Sache nicht besser.

»Alles in Ordnung?«, fragte Olivia die Eule und schob ein komplettes englisches Frühstück neben seins.

»Was? Ach, nur ein Artikel über einen Bekannten.«

»Josh Harper! Du *kennst* Josh Harper? Ist er ein Freund von dir?«

»So was in die Richtung …«

»Echt?«, keuchte sie mit großen Augen. »Ein *guter* Freund?«

»Na ja, nicht gerade ein *guter* Freund …«

Sie stürzte sich auf die Zeitung und starrte schadenfroh hinein. »Josh, Josh, *Josh*, was hast du nur wieder angestellt, du *böser* Junge? Und dann auch noch mit *der*!«

»Mr McQueen? Wir warten auf Sie!«, rief Geoff der Regisseur, ein untersetzter, deprimierter Mann und definitiv kein Tierliebhaber. Stephen klemmte sich die riesige Haselnuss unter den Arm und ging mit buchstäblich eingekniffenem Schwanz ins Studio.

Als Erstes stand seine große Solonummer auf dem Programm, »Jetzt fahrn wir übern See«. Als das Band lief, lächelte

Stephen pflichtbewusst, zeigte die großen Nagezähne, ruderte sich einen Großteil des Vormittags mit Requisitenrudern die Seele aus dem Leib, improvisierte für die imaginären kleinen Zuschauer zu Hause Eichhörnchengeplapper darüber, wie anstrengend Rudern doch war, bei seinem Schwanz und seinen Schnurrhaaren, uiuiui, und dachte die ganze Zeit an Nora, wie es ihr ging, wann er sie sehen würde und wie er das wieder gutmachen konnte. Nachdem er schließlich eine beachtliche Strecke gerudert war, überließ er Olivia der Eule das Feld, die aus unerfindlichen Gründen ein Lied über einen dreieckigen Hut singen sollte. Für die letzte Einstellung des Vormittags waren improvisierte Neckereien mit einheimischen Schulkindern geplant, und da Stephen für ein Studio voller altkluger Gören all seine Kraft brauchen würde, ging er in die Kantine zurück und hoffte, den Kopf freizubekommen. Bei seinem Schwanz und seinen Schnurrhaaren, er fühlte sich mies.

Die Zeitung lag noch auf Seite fünf und sechs aufgeschlagen auf dem Tisch, jetzt mit fettigen Fingerabdrücken übersät, und auf dem Foto deutete Josh anklagend mit dem Finger auf ihn, das Gesicht verzerrt, verschwitzt und bleich, die Augen rot vom Blitzlicht. Ein schrecklicher Gedanke durchzuckte ihn – was, wenn Josh heute nicht spielen konnte? Was, wenn er sich unter dem Vorwand »persönlicher Probleme« ausklinkte? Was, wenn er auf eine schreckliche, selbstzerstörerische Sauftour ging? In einer kurzen Vision sah Stephen einen gebrochenen, rotäugigen Josh, der in Unterhose in einem anonymen Hotelzimmer herumtaumelte, der Inhalt der Minibar lag auf dem Bett verstreut; Josh, der bewusstlos in einer überfließenden Badewanne lag, während sein Handy unbeachtet klingelte. Schnitt zum Theater, gefüllt mit erwartungsvollen Journalisten, die dem Skandal nachgingen und sich wunderten, was aus dem Hauptdarsteller geworden war; Stephen, der in Joshs Kostüm in der Kulisse stand, als die

Saalbeleuchtung runtergefahren wurde, die Kritiken am nächsten Morgen, Zeitungen wirbelten ins Bild. »Zweitbesetzung von abgetauchtem Star bekommt Chance zu glänzen …« Schnitt zurück zu Josh in der Hotelbadewanne, dessen Kopf langsam unter Wasser glitt …

Stephen griff in den tiefen känguruähnlichen Beutel vorne am Kostüm – biologisch falsch, aber praktisch – und schaltete sein Handy an. Sofort vibrierte es in seiner Hand wie ein lebendiges Wesen, so dass er es fast quer durch den Raum geschleudert hätte. Er sah auf das Display – Noras Name. Bleib ruhig, sagte er sich. Bleib einfach ruhig, sei nett, versuch, zu helfen. Das ist das Mindeste. Er hielt sich das Handy ans Ohr, wunderte sich, weil er nichts hörte, schlug die rote Fellkapuze zurück und versuchte es noch mal.

»Stephen? Bist du da?«, flüsterte sie heiser.

»Hallo!«, sagte er mitfühlend, nahm die falschen Zähne heraus und hastete in den Flur.

»Oh Gott – du hast es gesehen. Ich weiß es, du hast es gesehen. Du hast diesen mitleidigen Ton in der Stimme. Diesen ›arme Nora‹-Ton. Oh Gott, oh Gott, oh Gott …«

»Ich habs gerade erst gesehen.«

»Gott, ich *hasse* diesen Scheiß, das ist *so* erniedrigend! Der schleimige kleine Bastard …«

»Es war sicher ganz harmlos.«

»Harmlos, am *Arsch.* Josh hat mir alles erzählt, der kleine *Scheißkerl.* Natürlich nicht sofort. Nachts um zwei kommt er mit geschwollenen Fingerknöcheln nach Hause und sagt, er wär *überfallen* worden, ist es denn zu fassen, und ich *blöde Kuh* wisch ihm die Stirn ab und pflege seine Wunden, bis dem Spatzenhirn einfällt, dass sowieso bald alles in den Zeitungen steht, und er beichtet alles. Ich war die ganze Nacht auf und musste sein Geschwätz, sein Händeringen und seine erbärmlichen Ausreden über mich ergehen lassen.«

»Das muss sehr …«

»Es war grässlich, entsetzlich, ein langer, furchtbarer, schrecklicher Zoff, stundenlang haben wir geschrien, gebrüllt und mit Sachen geworfen …«

»Ist er noch da?«

»Nein, er ist weg. Ob dus glaubst oder nicht, irgendwann hat er mir so eine Scheißgeschichte aufgetischt, er hätte einen *Minderwertigkeitskomplex*. Da bin ich ausgetickt und hab den *Millennium Falcon* aus dem Fenster geworfen. Als er ihn holen gegangen ist, hab ich die Tür abgeschlossen, und jetzt hab ich ihn seit drei Stunden nicht gesehen.«

»Was hat er dir denn erzählt?«

»Er hat gesagt, diese *Schau*spielerin, diese Dingsbums, Abigail, wäre von ihm *besessen*, dass sie ihn ver*führt* hat, das arme Unschuldslämmchen, dass er auch nur ein Mensch ist, dass es ein schwacher Moment gewesen wäre, blablabla. Sein Hauptargument war, ich kann doch nichts dafür, dass ich so verdammt unwiderstehlich bin, der arrogante kleine …«

»Wo ist er jetzt? Bei dir?«

»Nein, er hat sich bei seinem Agenten verkrochen oder so. Und jetzt lungern diese kleinen Männer mit Fotoapparaten draußen rum, und ich trau mich nicht ans Telefon. Ich kann noch nicht mal aus dem Haus gehen, um mir was zu trinken zu holen, und ich glaube, ich werd hier noch verrückt.«

»Was trinken? Hältst du das für 'ne gute Idee, Nora?«

»Na, und ob …«

»Es ist viertel nach elf, Nora.«

»Hast du 'ne bessere Idee?«

Natürlich sollte er sich mit ihr treffen. Er sollte das dämliche Kostüm ausziehen, ins nächste Taxi springen und sie retten, aber zählte es als Rettung, wenn man das Problem verursacht hatte? Vielleicht sollte er beichten, vielleicht konnte er sie überzeugen, dass er es aus seltsamer, verdrehter Zuneigung zu ihr getan hatte, konnte ihr sagen, dass er in sie verliebt war und wusste, dass er es gründlich vermasselt hatte, konnte sie fragen, ob es nicht eine winzige Chance gab, den Hauch einer Möglichkeit, dass sie seine Gefühle erwiderte. Das wäre eindeutig das Beste gewesen, aber gleich würde er mit den altklugen Gören drehen – eine lange, ziemlich anspruchsvolle, halb improvisierte Einstellung, die in dem Lied *Zehn kleine Hampelmänner* gipfelte.

»Stephen – ich muss dich was fragen.«

Ihre Stimme klang anders, und er wusste, dass sie sich hinlegte. Zum zweiten Mal innerhalb von 24 Stunden hatte er das seltsame Gefühl, dass seine Ohren schwitzten. »Frag ruhig.«

»Na ja, letzte Nacht hat Josh mir erzählt, dass er mit dir ausgehen wollte, und jetzt stellt sich raus, dass das nicht stimmt, und ich hab mich gefragt, hast du irgendwas davon gewusst?«

Bleib cool. Agieren ist Reagieren. Tu empört. »Nein!«

»Du hattest keine Ahnung?«

Nein, zu empört. Nicht so viel abwiegeln. »Nein …«

»Und du hast ihn auch nicht gedeckt?«

Ungläubigkeit. Versuchs mit Ungläubigkeit. »Neiheihein!«

»Mir gefällt die Vorstellung nicht, dass dieser ganze Kram hinter meinem Rücken passiert und alle … mich *auslachen*.«

»Das würde ich nie tun, Nora.«

»Nein?«

»Ich würds nicht *wagen*.«

Sie lachte kurz und bitter auf. »Nein. Nein, natürlich nicht.«

Sie schwiegen kurz, und Stephen dachte wieder einmal, dass er nicht halb so nett war, wie er tat.

»Stephen, kann ich dich um einen Gefallen bitten?«

»Natürlich.«

»Ich hab mich gefragt … ich hab mich gefragt, ob ich bei dir wohnen kann?«

Hatte er richtig gehört? Er strich die Schnurrhaare aus dem Weg. »Bei mir wohnen?«

»Ich will jetzt nicht allein hier bleiben, das Telefon klingelt die ganze Zeit, und draußen lauern die Fotografen, und erst hab ich gedacht, ich geh 'ne Weile nach New York zurück, aber dann muss ichs allen erklären, das ist einfach zu peinlich, und ich könnte natürlich ins Hotel gehen, aber dann sauf ich am Ende nur die Minibar leer, und, und, ich weiß nicht, es ist nicht gut für mich, jetzt allein zu sein. Ich brauche ein freundliches Gesicht, und da dacht ich, ich könnte irgendwie – untertauchen. Bei dir? Nur für ein paar Tage. Wär das okay?«

Stephen versuchte, sich Nora Harper in seiner Wohnung vorzustellen und schaffte es nicht. Natürlich war er geschmeichelt, dass sie sich an ihn wandte, und aufgeregt bei dem Gedanken, sie so nah bei sich zu haben, ganz für sich allein, seis auch nur vorübergehend. Aber er konnte sich Nora einfach nicht in seinem Studio in Battersea vorstellen. Er dachte an den gewellten Linoleumboden in der Küche, das blutrote Badezimmer, die brettharten Socken, die auf dem Speicherofen trockneten …

»Wenn du das für keine gute Idee hältst …«, sagte sie leise.

»Nein, darum geht es nicht, es ist nur 'n ziemliches Dreckloch, das ist alles. Ich mein, es ist nicht das, was du gewohnt bist. Es ist ein Wohnschlafzimmer – na ja, kein Wohnschlafzimmer, ein Studio.«

»Aber du hast doch eine Couch, oder? Ich schlafe auf der Couch.« Sie prustete. »Oder *du* schläfst auf der Couch. Falls du Angst hast, dass ich mitten in der Nacht über dich herfalle … He, und wenn ich dir verspreche, dich nicht zu tränenreichem, lieblosem Sex zu zwingen?«

Stephen schloss die Augen und schlug den roten, pelzigen Kopf zweimal gegen die Flurwand. »Na schön, wenn dus versprichst.«

»Versprochen.«

»Aber ich hab im Moment noch nicht mal 'nen Kühlschrank, Nora. Ich hatte einen, aber ...«

»Stephen, ich brauch keinen Kühlschrank. Ich brauch im Moment nur Gesellschaft und einen Ort, wo ich – den Kopf freikriegen und mir überlegen kann, was aus Josh und mir wird. Ich will bloß im Moment wirklich, wirklich nicht allein sein.«

Stephen durchsuchte im Geiste ein letztes Mal seine Wohnung, jedes einzelne Zimmer, versuchte sich zu erinnern, ob es irgendetwas gab, das sie nicht sehen sollte – Unterwäsche, Berge von schmutzigem Geschirr. Er wünschte, er hätte die Zeit gehabt, einen Stapel intellektueller Bücher neben dem Bett zu platzieren, aber es lag nichts allzu Schlimmes, Unverzeihliches herum.

»Klar kannst du bei mir wohnen«, sagte er. »Bleib, solange du willst.«

»Das ist toll – danke, Stephen. Wo bist du? Ich komm zu dir.«

»JETZT?«

»Wegen der Schlüssel. Oder soll ich die Tür eintreten ...«

»NEIN! Nein, nein, nicht jetzt.«

»Warum nicht?«

Er strich mit den Pfoten über den großen buschigen Schwanz. »Es ist nur gerade etwas ungünstig.«

»Oh.« Sie klang enttäuscht. »Oh. Warum? Hast du eine Frau bei dir oder so?«

»Wohl kaum. Nein, ich drehe nur heute quasi.«

»Du drehst? Ach ja, dein Film! Die Krimi-Thriller-Sache, richtig?«

»Genau die«, murmelte er und fragte sich, warum er neuerdings fast jedes Mal log, wenn er den Mund aufmachte.

»Mr McQueen!«, blaffte der Aufnahmleiter an der Tür, »*Zehn kleine Hampelmänner*, bitte!«

»Was war denn das?«, wollte Nora wissen.

»Nichts – pass auf, ich muss los. Ich drehe noch bis fünf. Ich ruf dich später an, und wir machen einen Treffpunkt aus, so gegen sechs. Ich geb dir die Schlüssel und die Adresse, und wir sehen uns nach der Vorstellung.«

»Okay.«

»Und, Nora, entspann dich, ja? Stell das Telefon ab, koch dir 'nen Kaffee, leg dich ins Bett, und heute Abend sprechen wir alles in Ruhe durch. In Ordnung?«

»Hört sich gut an.«

»Das wird schon wieder, Nora, ich versprechs dir.«

»Hm, wir werden sehen ...«

»Und Nora?«

»Was?«

»Es tut mir sehr, sehr Leid.«

»Warum? Es ist ja nicht deine Schuld.«

»Nein, aber trotzdem.«

»Vielen Dank jedenfalls, Stephen.«

»Wofür?«

»Für alles. Du bist ein echter Freund, Steve. Ich weiß das zu schätzen. Ehrlich.«

Und sie legte auf. Stephen glitt die Wand hinunter und saß eine Weile da. Er fühlte einen gewissen perversen Stolz, eine schäbige Freude darüber, dass sie sich in einer Krise an ihn gewandt hatte, auch wenn er für die Krise verantwortlich war, aber darüber wollte er lieber nicht nachdenken, außerdem sah er am anderen Ende des Flurs schon die einheimischen Schulkinder der Reihe nach ins Studio marschieren, beaufsichtigt von Olivia der Eule, die sie nicht zu Unrecht misstrauisch beäugten.

Wenn Stephen mit Kindern arbeitete, fand er es leichter und weniger peinlich, die Rolle eisern durchzuhalten, deshalb setzte er die falschen Zähne wieder ein, übte zum Aufwärmen Eichhörnchengetrippel vor der Tür und ging dann ins Studio. Dort sah er sie sofort.

Seine Tochter stand am Rand und war in ein ernstes Gespräch mit einer Freundin vertieft. Stephen schlich sich von hinten an, hockte sich hinter sie, legte ihr die großen roten Pfoten auf die Schultern und drehte sie zu sich herum, so dass ihr Gesicht nur wenige Zentimeter von seinem entfernt war.

»Überraschung!«, rief er und fand gleich darauf bestürzt heraus, wie lang, laut und durchdringend ein Kinderschrei sein kann.

DIE GRAUSAME WAHRHEIT

»Was heißt ›entschuldige‹ auf Französisch?«

»Weiß nicht. ›Entschuldige‹ hatten wir noch nicht.«

»Sagst dus mir, wenn dus gelernt hast?«

Sophie nickte ernst.

Sie saß etwas von ihrem Vater entfernt in der kleinen, verräucherten Garderobe. Der Raum war mit Aschenbechern, Plastikbechern und alten Boulevardblättern übersät, ein besonders schmutziger, für Kinder ungeeigneter Ort, was Sophie anscheinend auch fand, denn sie saß steif auf dem Rand eines orangefarbenen Stapelstuhls und starrte ausdruckslos in ihr Buch. Aus Mitleid hatte man Stephen erlaubt, das Kostüm eine Weile auszuziehen, aber weil die Zeit nicht für neues Make-up reichte, hatte er immer noch die Schnurrhaare und einen runden, rotbraunen Fleck mitten im Gesicht. Man konnte es Sophie nicht verdenken, wenn sie ihn nicht ansehen wollte.

»Das sind also die Kinder aus der berühmten STAG?«

Sophie nickte.

»Und du willst ganz bestimmt nicht wieder mit reinkommen?«

Sophie schüttelte den Kopf.

»Ich dachte, es wär lustig, wenn wir beide zum ersten Mal zusammen spielen. Unser gemeinsames Filmdebüt. Ich dachte, es würde dir Spaß machen.«

»Es macht *keinen* Spaß«, murmelte Sophie mit gesenktem Blick. »Es ist einfach nur doof.«

Stephen beugte sich vor und berührte ihr Knie. »Ich tu doch nur so, als ob, Sophie. Das ist mein Beruf.«

»Es ist ein doofer Beruf!«

»Nein, ist es nicht, Sophie. Nicht immer«, sagte er ruhig und fügte schwach hinzu, »und sag nicht ›doof‹, sag ›albern‹.«

Sophie starrte ihn mit großen, geröteten Augen an. »Aber es ist nicht ›albern‹, es ist doof! Doof, doof, doof …«

»Sophie …«

»… doof, doof …«

»Sophie, nicht …«

»… doof, doof, SUPERDOOF!«

Die Garderobentür ging auf. Der Aufnahmeleiter führte Alison und Colin herein, beide trugen einschüchternde schwere Mäntel und dunkle Anzüge, und einen Augenblick hatte Stephen den deutlichen Eindruck, er werde im Gefängnis besucht. Alison sah Stephen kurz an, kniff abschätzig die Augen zusammen und breitete dann die Arme aus. »Komm her, mein Schatz«, sagte sie. Sophie ging mit gesenktem Kopf zu ihrer Mutter und ließ sich in den Arm nehmen.

»Colin«, sagte Stephen.

»Stephen«, sagte Colin.

»Ich hab sie aus Versehen erschreckt, stimmts, Sophie?«

Sophie schwieg.

»Colin, könntest du Sophie bitte zum Auto bringen und kurz auf mich warten?«, wies Alison ihn mit ruhiger, kühler, professioneller Stimme an, und Colin nahm Sophies Hand und führte sie hinaus. Sie drehte sich nicht um.

»Ich ruf dich später an, Sophie, ja?«, sagte Stephen, aber sie war schon weg.

Alison setzte sich auf Sophies Stuhl, stützte das Kinn auf und sah ihn kühl an, wie seine Verteidigerin oder Staatsanwältin, was, wusste er noch nicht. Sie trug einen knielangen schmalen schwarzen Rock, eine weiße Bluse und eine schwarze Jacke, und Stephen fiel unpassenderweise auf, wie schön sie war.

»Tja … du siehst gut aus, Steve.«

»Danke, Alison. Du auch.«

»Danke«, sagte sie und strich mit einer Hand den Rock glatt. »Nur die übliche Bürokleidung. Was normale Leute so tragen.«

»Ich glaub … Ich glaub, ich hab ihr einen kleinen Schrecken eingejagt.«

»Sieht ganz so aus.«

»Ich weiß nicht, warum – die Figur soll eigentlich liebenswert sein.«

»Vielleicht war sie etwas …«, sie brach ab, suchte nach dem richtigen Wort, »… überrascht. Das ist also der große Film, von dem du Sophie und mir so viel erzählt hast? Die transatlantische romantische Komödie? Die Titelrolle?«

»Nein, das ist was anderes.«

»Verstehe.«

»Aber hier spiele ich auch die Titelrolle. Sammy. Ich bin ein Eichhörnchen.«

»Aha. Sammy das Eichhörnchen.«

Er beugte sich vor, fuhr sich durchs Haar und seufzte. »Ich weiß, es ist dir ziemlich egal, Alison, aber das hier liegt mir wirklich.«

»Sicher doch, Steve.«

»In Osteuropa bin ich der Renner. Und es macht mir Spaß, mit Kindern zu arbeiten. Daran ist nichts Peinliches. Du solltest das wissen – du hast Weihnachtsmärchen und Stücke für Kinder gemacht.«

»He, das weiß ich!« Alison war empört. »Es ist in Ordnung, Sachen für Kinder zu machen, wenn du das wirklich machen willst.«

»Warum nimmst du mich dann nicht ernst?«

»Ich weiß nicht, Steve. Vielleicht liegts an den Schnurrhaaren.«

Sie saßen einen Augenblick schweigend da und sahen sich mit zusammengekniffenen Augen an.

»Du findest mich nicht gut, stimmts?«, sagte Stephen schließlich.

»Nein.«

»Na, jedenfalls kommt es so rüber, Alison. Ich meine, wenn du mich für *gut* hältst, warum unterstützt du mich dann nicht?«

»Moment, Stephen, entschuldige, aber ich glaub, du hast mich nicht ganz verstanden. Ich meinte – nein, ich finde dich *nicht* gut.«

Ein Augenblick verging.

»Tust du nicht?«

»Nein. Nein, tu ich nicht.«

Wieder Stille.

»Seit wann?«

Alison schloss die Augen. »Schon immer.«

»He, Moment mal – du hast mich schon immer schlecht gefunden?«

Alison zuckte die Schultern. »Tut mir Leid.«

»Tja … das ist deine persönliche Meinung.«

»Nein, ich glaub nicht. Ich glaub nicht. Ich glaube, es ist eine objektive Meinung. Niemand hält dich für gut.«

»Niemand?«

»Niemand.«

Stephens Lippen bewegten sich, aber er fand keine Worte. »Jetzt warte mal, in all den Jahren, die wir uns kennen, war nichts, was ich getan habe, nichts davon, gut. Es war reine Zeitverschwendung, ich war immer schlecht – willst du darauf hinaus?«

»Nein, nicht direkt schlecht, nur … auch nicht gut. Tut mir Leid.«

»Und was war mit *Der Kirschgarten*?«

»Hat mich nicht *vom Hocker* gerissen, Steve.«

»Und die *Emergency Ward*-Folge?«

»Nicht so toll.«

»Unter dem Milchwald?«

»Dein Akzent hat dich etwas im Stich gelassen.«

»Der Benvolio in *Romeo und Julia*?«

»Es war Benvolio – niemand achtet auf Benvolio.«

»Du hast gesagt, ich wäre das Beste am ganzen Stück!«

»Es war eine sehr, *sehr* schlechte Inszenierung, Steve.«

»Und was war mit … keine Ahnung … *Godspell*?«

»Also, erstens ist das neun Jahre her, zweitens, nein, du warst nicht berauschend, und drittens, es war verdammt noch mal *Godspell*, Stephen.«

»Verstehe. Sagst du mir jetzt die grausame Wahrheit, oder bist du nur grausam?«

»Ich sage dir das, weil du mir etwas bedeutest.«

»Tja, dann versuchst du hoffentlich nie, mich zu verletzen, Al«, sagte er überrascht und entsetzt, weil er Wut, sogar Hass in sich aufsteigen fühlte, dieselbe Wut wie in der Endphase ihrer Ehe. So kühl wie möglich sagte er: »Tut mir Leid, Alison, aber das musst du mir genauer erklären.«

Alisons Gesicht wurde weicher. Sie seufzte, beugte sich vor, so dass ihr Gesicht nicht weit von seinem entfernt war, faltete die Hände und sagte ruhig: »Als wir zusammengekommen sind und noch voller Aufregung und Optimismus waren und so, da hast du manchmal was zu mir gesagt, meistens, wenn du ’n bisschen was getrunken hattest – du hast gesagt, der Schlüssel zum Glück wäre, das zu finden, worin man gut ist, was man mag, dabei zu bleiben, egal, wie schwer es ist, und es so gut wie möglich zu machen. Und dafür habe ich dich wirklich bewundert und gern gehabt und, na ja, geliebt.«

»Und jetzt bist du anderer Meinung?«

»Nein. Nein, gar nicht. Das ist eine prima Philosophie; finde das, worin du gut bist, und mach es mit Herzblut. Nur, Stephen: Das hier ist es nicht. Wenn ich dich ansehe, sehe ich keinen Mann, der den Schlüssel zum Glück gefunden hat. Ich sehe, dass du verängstigt, frustriert und verbittert bist, aber nicht glücklich. Das kommt daher, dass du in einer Scheinwelt lebst, Stephen. Wenn du jünger wärst, kein Problem, aber du kannst nicht ein Leben lang auf ein Wunder oder einen Glücksfall warten. Das funktioniert nur im Film. Du kannst dem Schicksal nicht die Schuld in die Schuhe schieben. Das Schicksal verändert sich nur, wenn *du* es veränderst. Du musst dein Leben unter Kontrolle kriegen. Mach einmal was Vernünftiges.«

»Musst du nicht zu Sophie gehen?«

Alison stand auf und suchte etwas in ihrer Jackentasche. »Warum kommst du nicht mal zu mir ins Büro? Zur Personalberatung …«

»Du gibst mir doch jetzt nicht deine *Visitenkarte*?«

»Es gibt Leute, mit denen du reden könntest, die dich beraten könnten.«

»Bitte – *bitte* – gib mir nicht deine Visitenkarte …«

»Du könntest dich umschulen lassen. Du kannst was Technisches machen oder was Kreatives, was mit Kindern. Du bist gut mit Kindern.«

Er starrte die Karte in ihrer Hand an. »Nein. Sorry, danke, aber kein Bedarf.«

Der Aufnahmeleiter steckte den Kopf zur Tür herein. »Tut mir Leid, Steve, aber wir brauchen dich gleich im Kostüm.«

»Okay, fünf Minuten.«

Sie standen kurz schweigend da, dann steckte Alison die Karte wieder in die Tasche. »Gut. Ich geh dann besser«, sagte sie, strich sich den Rock mit geübter, professioneller Geste glatt und ging an ihm vorbei, ohne ihm in die Augen sehen zu können.

»Alison?«

Alison blieb an der Tür stehen und drehte sich um; ihre Augen waren gerötet und feucht.

»Du irrst dich«, sagte er mit ruhiger, fester Stimme. »Ich weiß, dass du es gewohnt bist, Recht zu haben, aber diesmal irrst du dich. Ich bin gut, sogar sehr, sehr gut, und ich beweise es dir, dir *und* Sophie, Sophie wird stolz auf mich sein. Schon bald. Halte dich bereit, denn ich schwöre dir, es wird nicht mehr lang dauern.«

Alison sah ihn lange an, schüttelte den Kopf und sagte: »Ich hoffe, du hast Recht, Stephen. Das hoffe ich wirklich.« Sie senkte den Kopf, drehte sich um und schloss die Tür hinter sich.

FLÜCHTIGE BEGEGNUNG

Sie verabredeten sich um sechs Uhr vor dem Burger King in der Victoria Station, wo er am Vorabend telefoniert hatte. Wie im Film kehrte er zum Tatort zurück.

Die Dreharbeiten dauerten natürlich länger, und um halb sechs stolperte Stephen schließlich benommen aus dem Studio. Wie auf Kommando öffnete der Himmel seine Schleusen, und dicke, ölige, graue Regentropfen brannten ihm in den Augen. Frank hatte in einem Machtrausch darauf bestanden, dass die Produktionsfirma dem Star des Films einen Wagen zur Verfügung stellte, der ihn zum Theater brachte, aber Stephen fand ihn auf dem Parkplatz nicht gleich, und als er sich schließlich auf den Rücksitz des Minivans warf, war er bis auf die Haut durchnässt. Er bat den Fahrer, ihn zur Victoria Station zu bringen, sank tropfnass in sich zusammen und wischte sich verzweifelt mit einer Handvoll zerfallendem Toilettenpapier die Schminkereste aus dem Teil des Gesichts, der nicht von der Fellkapuze bedeckt gewesen war. Er musterte sich im Rückspiegel des Fahrers: Ein vollkommen rundes erdbeerfarbenes Muttermal prangte mitten in seinem Gesicht. Er knüllte das restliche Toilettenpapier zu einem kleinen feuchten Knäuel zusammen und schrubbte weiter, bis es sich auflöste und ihm die Krümel in den Schoß fielen. Er atmete flach und spürte einen Druck auf der Brust – das musste am Stress oder an einer beginnenden Rippenfellentzündung liegen.

Eine halbe Stunde später kamen sie am Bahnhof an. Noras

Handy war ausgeschaltet, und Stephen hatte schreckliche Angst, er könnte sie verpasst haben, aber als er aus dem Wagen steigen wollte, rief der Fahrer ihn zurück.

»Tschuldigung, Sir?«

»M-hm?«

»Könnte ich bitte Ihr Autogramm haben?«, fragte der Fahrer und hielt ihm einen Kugelschreiber hin.

Sprachlos starrte Stephen den Kugelschreiber an. So fühlt sich das also an, dachte er. Er war noch nie erkannt worden, aber vielleicht waren die Kinder des Fahrers ja Fans von Sammy dem Eichhörnchen. Oder vielleicht war es der unselige Asthmatische Fahrradkurier, der Mann in der Bank, Stricher Zwei, der Dritte Geschäftsmann oder das Überfallopfer. Vielleicht irrte Alison sich ja, und es gab *doch* jemanden, der seinen Benvolio bemerkt hatte. *Könnte ich bitte Ihr Autogramm haben?* Er sah das erwartungsvolle Grinsen des Fahrers. Es waren die ersten freundlichen Worte, die er heute zu hören bekam. Stephen lächelte bescheiden und nahm wieder auf dem Rücksitz Platz.

»Natürlich, mit dem größten Vergnügen – was soll ich schreiben?«

»Verzeihung, Sir?«

»Das Autogramm. Wem soll ich es widmen? Ihren Kindern vielleicht?«

»Nur Ihren Namen, Sir. Für die Rechnung.«

Stephen nickte, nahm den Kugelschreiber und das Klemmbrett, unterschrieb die Rechnung und hastete los, um Nora zu suchen.

Die Idee, sich am Bahnhof zu treffen, hatte etwas Romantisches gehabt, den melancholischen Schwarzweißcharme eines alten Films. Aber Bahnhöfe hatte sich seitdem sehr verändert, und Nora stand mit gehetzter und ängstlicher Miene vor dem Burger King. Sie lehnte an derselben Telefonzelle, aus der er am Vorabend angerufen hatte, trug einen langen, schweren Mantel mit hochgeschlagenem Kragen über einem schwarzen Kleid, der nasse Pony klebte ihr an der Stirn, und sie musterte nervös das Gewimmel der nassen, finster dreinblickenden Pendler. Ganz in der Nähe spielte ein Schulblasorchester *In the Bleak Midwinter*, wie um die triste Stimmung abzurunden.

»Tut mir Leid, dass ich zu spät bin«, keuchte Stephen.

»Schon okay«, sagte Nora und brachte ein Lächeln zustande. »Danke, dass du gekommen bist.« Sie legte ihm einen Arm um den Hals und drückte ihre Wange an seine. In einem kurzen Panikanfall befürchtete Stephen, Joshs Actionfigur liege vielleicht immer noch im Müll am Boden der Telefonzelle hinter ihr, aber zum Glück war sie über Nacht weggefegt worden. Er wandte den Kopf und sah Nora an. Sie sah erschöpft aus, ihre Augen waren rot, ihr warmer Atem roch nach Whiskey, und da ihr Gesicht nur Zentimeter von seinem entfernt war, konnte er die kleine rote Stelle sehen, die sich an ihrem Nasenflügel bildete. Stephen hatte das überwältigende Bedürfnis, sich vorzubeugen und sie zu küssen, und war überrascht und entzückt, als Nora sein Gesicht fest in beide Hände nahm, es näher zu sich zog und durchdringend musterte, und mit einem wohligen Ziehen im Bauch wurde ihm klar, dass sie ihn gleich küssen würde. In einem lange verschütteten Reflex fuhr er sich schnell und erwartungsvoll mit der Zunge über die Lippen. *Leg die Hand in die warme Kurve ihres Kreuzes, beug dich vor und …*

»Was zum Teufel hast du da im *Gesicht*?«, fragte sie.

»Im Gesicht?«

»Im Gesicht. Es ist ganz rot und braun.«

»Echt?«, sagte er und fuhr sich heftig mit dem nassen Ärmel darüber.

»Sieht aus, als hättest du kräftig eins auf die Nase gekriegt.«

»Hab ich aber nicht. Na ja, jedenfalls noch nicht …«

»Was soll das heißen?«

»Nichts, nichts. Ist nur Schminke«, sagte er und fuhr sich mit beiden Handrücken über die Wangen, eine Geste, die Sammy dem Eichhörnchen alle Ehre machte. »Das kommt noch von der Polizeischarfschützen-Geschichte, die ich heute gedreht hab. Es ist, äh, Tarnfarbe. Du weißt schon, der übliche Macho-Scheiß …«

Sie sah genauer hin und zupfte ihm etwas mit Daumen und Zeigefinger aus dem Gesicht: eine dicke, schwarze Synthetikfaser. »Ist das … ist das etwa ein *Schnurrhaar*?«

»Neiheihein«, lachte er gekünstelt, riss ihr das Schnurrhaar aus der Hand und ließ es fallen. Schnell das Thema wechseln. »Und, wie fühlst du dich?«

»Och, na ja, weißt du – eigentlich ganz gut, wenn man bedenkt, dass das Scheitern meiner Ehe in der Klatschpresse breitgetreten wird.«

»Und, hast du mit ihm gesprochen?«

»Nein. Na ja, nur kurz. Ich hab ihm gesagt, er soll verschwinden und mich in Ruhe lassen, allerdings in blumigeren Worten.« Sie lächelte und schwieg kurz. »He, kommst du nicht zu spät zur Vorstellung?«

»Doch. Also, du hast die Adresse, und hier sind die Schlüssel. Der nächste Zug fährt in drei Minuten auf Gleis sieben ab, und ab Clapham Junction nimmst du dir ein Taxi direkt bis vor die Haustür, ja? Kann sein, dass da ein paar Jugendliche rumhängen und dich anpöbeln, aber widersprich ihnen bloß nicht, das ist es nicht wert, ignorier sie einfach.«

»Okay.«

»Brauchst du Geld fürs Taxi?«

»Geld hab ich.«

»Und wenn du in der Wohnung bist, mach die Tür zu, leg die Beine hoch, und schau dir ’nen alten Film an oder so. Im

Regal stehen DVDs und Videos. In drei bis vier Stunden bin ich wieder da. Falls du was zu essen findest, bedien dich, aber es dürfte gar nichts da sein. Such gar nicht erst nach 'nem Kühlschrank, es gibt keinen. Ich hatte mal einen, aber der ist abgenippelt, und ich besorg mir bald 'nen neuen, aber Milch steht auf der Fensterbank, und falls du ganz mutig bist, ist im Erdgeschoss ein Brathähnchenimbiss. Da gibts auch Spareribs, aber ich fürchte, die sind 'ne unbekannte Größe. Ehrlich gesagt, an deiner Stelle würd ich warten. Ich bring dir nachher was mit.«

»Danke für alles, Stephen. Du bist ein echter Star.«

»Na ja, nicht gerade ein *Star* …«, widersprach er, aber sie schlang ihm die Arme um die Brust und drückte ihn betrunken-herzlich an sich. So blieben sie einen Moment stehen, und Stephen atmete den Shampoo- und Zigarettengeruch ihres feuchten Haars ein und roch die feuchte Wolle ihres Mantels. Nach den Ereignissen dieses langen, schrecklichen Tages war es himmlisch. Er schloss die Augen und legte ihr die Hände auf den Rücken. Das Schulorchester vergewaltigte jetzt *Jingle Bells*, trotzdem hätte er gerne noch länger dagestanden, aber die Bahnhofsuhr zeigte 18:25 Uhr an.

Er küsste sie auf den Kopf und sagte: »Ich muss los. Soll ich Josh was ausrichten?«

»Sag ihm, er kann mich mal.«

»Sonst noch was?«

»Sonst nichts.«

»Okay, sag ich ihm.«

Sie löste sich aus der Umarmung und sah zu ihm auf. »Das heißt, lieber nicht. Sag Josh gar nichts, weder dass wir uns getroffen haben, noch wo ich heute übernachte, ja? Ich will ihn nicht bestrafen oder so, na ja, zumindest gehts nicht *nur* darum. Ich will ihn bloß im Moment einfach nicht sehen oder mit ihm reden, das ist alles. Du weißt, wie überzeugend er sein kann: Er kriegt diesen Dackelblick, schmollt, macht einen auf leidenschaftlich und aufrichtig, und, na ja, ich will halt noch ein Weilchen sauer auf ihn sein. Das bleibt unser Geheimnis.«

»In Ordnung – unser Geheimnis.« Stephen drückte ihr die Hände, drehte sich um und rannte dem Pendlerstrom entgegen zur U-Bahn-Station.

DER UNSICHTBARE

»Weißt du, wenns irgendwo in London einen größeren Vollidioten gibt als mich, würd ich ihn gern kennen lernen, Steve. Ganz ehrlich.«

Josh Harper saß im weißen Rüschenhemd auf der Bettcouch, hatte das Kinn aufgestützt, sein Gesicht war blass, die Augen rot und geschwollen; er sah immer noch gut aus, aber sichtlich angeschlagen, wie nach einer gescheiterten Kavallerieattacke. »Ich hätte auf dich hören sollen. Was hab ich mir nur dabei gedacht, Steve? Was hab ich mir davon versprochen?« Er schlug sich mit den Fäusten an die Schläfen. »Idiot, Idiot, Idiot, Idiot, Idiot, Idiot …«

Steve fragte sich, ob er ihm den Arm um die Schultern legen sollte, und seis nur, damit er die Klappe hielt, sagte sich aber, dass das wohl heuchlerisch gewirkt hätte. Stattdessen beugte er sich vor und drückte ihm das Knie. »Und, hast du mit ihr gesprochen?«, fragte er schließlich.

»Nur ganz kurz – sie sagt, sie will ein paar Tage bei Freunden bleiben. Gott weiß, bei wem – sie *hat* gar keine Freunde, außer meinen. Hey, weißt *du* vielleicht, wo sie ist?«

Sie ist jetzt zu Hause, in meiner *Wohnung und wartet auf* mich …

»Natürlich nicht«, sagte Stephen.

Josh musterte ihn kurz durchdringend, nahm den Teelöffel aus der Champagnerflasche vom Vorabend, goss zwei Fingerbreit in eine Tasse, trank sie in einem Zug aus und schüttelte sich, was sicher nicht der Sinn von Champagner ist. »Ist ja auch egal, sie will jedenfalls nichts mit mir zu tun haben. Ich kanns ihr nicht verübeln. Gott, Steve, ich hoffe nur, *du* musst nie das Gleiche durchmachen wie ich.«

»Tja, weißt du, damals bei der Scheidu…«

»Sie hat gebrüllt, getobt und mit Sachen um sich geworfen«, fuhr Josh fort. »Hat erst geheult und mich dann beschimpft. Und als ich es ihr erklären wollte, ist sie richtig ausgeflippt, hat meine *Star Wars*-Sachen zerdeppert, hat sie regelrecht kurz und klein geschlagen.«

»Du hast ihr doch nicht etwa dieselbe Geschichte aufgetischt wie mir neulich, oder, Josh?«

»Welche Geschichte?«

»Du weißt schon, die Sexsucht, der Minderwertigkeitskomplex?«

Josh sah zerknirscht aus. »Doch, habs vielleicht erwähnt.« Stephen wand sich sichtlich.

»Sie ist völlig ausgerastet, Steve. Das wär ja an sich nicht schlimm, aber ein paar von den Sachen waren 25, 30 Jahre alt, praktisch Antiquitäten, und sie hat sie einfach durchs Schlafzimmer gekickt! Mein *Millennium Falcon* ist hinüber, total im Arsch …«

»Drittes Zeichen«, sagte die Stimme aus dem Lautsprecher. »Mr Harper, dies ist Ihr drittes Zeichen. Noch fünf Minuten.«

»… und direkt nach der Spielzeit wollten wir Urlaub machen. Zwei Wochen St. Lucia. Das fällt wohl ins Wasser. Wahrscheinlich krieg ich nicht mal die Anzahlung zurück.« Wieder griff er nach der Flasche und schenkte sich abgestandenen Champagner ein.

»Hältst du das für 'ne gute Idee, Josh?«

»Ganz zu schweigen von der *Mercury Rain*-Premiere nächsten Sonntag! Was soll ich nur machen, Steve?«

»Abigail Edwards mitnehmen?«, schlug Stephen vor. Josh schürzte die Lippen.

»Tut mir Leid, schlechter Witz. Hast du übrigens mit Maxine gesprochen?«

»Ich habs versucht, aber sie hat bloß ihr Reisebügeleisen nach mir geworfen. In letzter Zeit schmeißen Frauen mir ständig Sachen ins Gesicht, Steve.« Plötzlich hielt er mit erhobener Tasse inne. »Weißt du, es würde mich nicht wundern, wenn sie das alles eingefädelt hätte.«

»So ein Quahahatsch …«, sagte Stephen mit künstlichem Lachen.

»Meinst du? Da wäre ich mir nicht so sicher. Die Paparazzi haben jedenfalls auf uns gewartet, als wir aus dem Club gekommen sind.«

Ruhig bleiben. Nicht defensiv klingen. »Das bildest du dir nur ein. Vor solchen Läden hängen doch immer Paparazzi rum.«

»Vor dem nicht – darum gehen wir ja hin. Außerdem sind solche gemeinen, hinterlistigen Attacken typisch für Maxine. Aber was nützt es, sie zu verdächtigen? Es ist alles meine Schuld. Ich bin *so* ein Idiot. Idiot, Idiot, Idiot …« Josh beugte sich vor, verschränkte die Hände über dem Kopf und drückte ihn nach unten, als wollte er sich im Boden versenken. Stephen legte ihm eine Hand auf die Schulter.

»Schaffst du die Vorstellung heute Abend?«

Finster sah Josh zu ihm auf. »Klar schaff ich das!«, fauchte er und schüttelte Stephens Hand ab. »Nur keine Sorge, Steve, Kumpel, du kriegst deinen Großen Durchbruch schon noch.«

»So hab ichs nicht gemeint.«

»Ach nein? Klang aber so, als wolltest du über meine Leiche gehen, Kumpel.«

»Überhaupt nicht.«

»Keine Panik, Stevie-Boy, das Geschäft steht noch.«

»Das wollte ich gar nicht …«

»Du kriegst deine Chance, drei Vorstellungen, ab dem 18., genau wie wir …«

»Verdammt, Josh, jetzt halt einmal im Leben die Klappe, und hör zu, klar?«

Josh klappte der Kiefer herunter, sein Mund bildete ein vollkommenes O, als wäre er geschlagen worden, was Stephen so befriedigend fand, dass er überlegte, ihm auch noch eine reinzuhauen.

Jetzt, da er Joshs volle Aufmerksamkeit hatte, fuhr er fort: »Ich hab nicht von unserem ›Geschäft‹ gesprochen, es sollte ja sowieso nie die Art von Geschäft sein, wenn du dich erinnerst. Natürlich sollst du heute Abend auftreten. Ich wollte nur … nett sein, das ist alles. Ich wollte nur helfen.«

»Ja. Natürlich, du hast Recht.« Josh sank auf die Bettcouch zurück und fuhr sich durchs Haar. »Tut mir Leid, Kumpel, ich bin bloß 'n bisschen mit den Nerven runter, das ist alles.«

»Na, ist doch kein Wunder. Und ja, wahrscheinlich sitzen heute ein paar Journalisten im Publikum, aber was solls? Du gehst da raus und machst deinen Job. Das ist schließlich das Wichtigste, oder? Scheiß auf sie!«

»Genau – scheiß auf sie!«

Josh nahm Stephens Hand und drückte sie, und Stephen legte Josh die andere Hand auf die Schulter und drückte ebenfalls, und sie standen einen Moment da wie alte Freunde und drückten, bis der Lautsprecher rauschte und knisterte.

»Letztes Zeichen. Letztes Zeichen. Mr Harper, auf die Bühne bitte, letztes Zeichen.«

Stephen boxte Josh auf den Oberarm, und Josh boxte zurück.

Eins wurde bei der Vorstellung sofort klar: Josh gab eindeutig alles. Sein Spiel wurde durch sein Unglück nicht beeinträchtigt, sondern sublimiert; er »benutzte es«, wie man im Theaterjargon sagt. Er weinte viel, schwitzte ausdrucksvoll, klagte mit staunend aufgerissenen, feuchten Augen, und die unterdrückten Gefühle ließen seine Stimme klingen, als verkneife er sich einen Rülpser. Aber es schien zu funktionieren. Stephen sah Donna, die Inspizientin, auf der anderen Bühnenseite in den Kulissen stehen und weinen. Bisher hatte er immer angenommen, sie sei ohne Tränenkanäle zur Welt gekommen oder habe sie sich zumindest mit Gaffertape zugeklebt, aber jetzt liefen ihr die Tränen in Strömen über das Gesicht, und sie tupfte sie mit einem Zipfel ihrer schwarzen Lederweste weg. Selbst Maxine, die verschmähte Geliebte, heulte ungeniert. Darum bemerkten noch weniger Leute als sonst, wie Stephens Geisterhafte Gestalt auftrat (geisterhaft), die Tür öffnete (langsam), sich verbeugte (feierlich), die Tür schloss (langsam) und abging (schnell). Stephen konnte die Spannung des Publikums fast mit Händen greifen, und als Josh und er Seite an Seite in der Kulisse standen, herrschte tatsächlich eine ganze Weile atemlose Stille, als wanderte ein Funke zischend eine Zündschnur entlang. Was dann folgte, war überwältigend. Josh sah Stephen an, zuckte kurz die Schultern, als wollte er sagen *Auch ich bin erstaunt über meine Ehrfurcht gebietende Macht*, vollführte den kleinen Turmspringer-Hopser und trabte auf die Bühne, um wieder einmal in Empfang zu nehmen, was ihm zustand.

Stephen war schon in der Garderobe, als der Applaus endete. Er zog den Mantel an, ging unbemerkt an Joshs Garderobe vorbei, in der sich Freunde und Gratulanten die Klinke in die Hand gaben, und durchquerte unbeachtet die Menge am Bühneneingang, eine dichte Meute von Journalisten, Fans, Autogrammjägern, neugierigen Passanten und Paparazzi, die auf ein Rückspiel hofften. Um sich zu wärmen, zog er den Mantel enger um sich und eilte, wieder einmal unsichtbar, nach Hause, wo Joshs Frau auf ihn wartete.

VALIUM

Er wusste sofort, dass etwas Schreckliches passiert war.

Er hatte eine ganze Weile draußen gestanden und fest auf die Klingel gedrückt. Als sich nichts tat, stellte er sich an den Bordsteinrand, rief zum schwach erleuchteten Fenster hinauf und versuchte, den Verkehrslärm auf der nassen Straße zu übertönen. Nichts. Wieder rief er »Nora«, ignorierte die Sticheleien der Gäste von Idaho Fried Chicken, ging in den Hauseingang zurück, nahm das Handy, wählte Noras Nummer und fluchte leise, als sich prompt ihre Mailbox einschaltete. Er sah keinen anderen Ausweg, holte tief Luft und klingelte bei Mrs Dollis.

Mrs Dollis streckte vorsichtig den Kopf aus dem Fenster wie eine erschreckende Kasperlepuppe, eine Zigarette zwischen den arthritischen Fingern.

»Verschwindet!«

»Hallo, Mrs Dollis!«

»Ich hab gesagt, verschwindet, kapiert? Verdammte Blagen.«

»Mrs Dollis, ich …«

»Verpisst euch.«

»Mrs Dollis, ich bins, Stephen, Mr McQueen. Aus dem obersten Stock?«

»Es ist schon elf Uhr!«

»Ich weiß, entschuldigen Sie bitte, aber ich hab mich ausgesperrt, Mrs Dollis.«

»Stimmt doch gar nicht.«

Stephen fluchte leise. »Doch, es stimmt, Mrs Dollis.«

»Wie kommts dann, dass ich Ihren Fernseher durch die Decke höre?«

»Das ist jemand anders, Mrs Dollis.«

»Wer denn? Doch nicht etwa Einbrecher …«

»Eine Freundin. Ich hab ihr die Schlüssel gegeben.«

Sie warf ihm einen vernichtenden Blick zu. »Sie dürfen nicht jedem Dahergelaufenen Ihre Schlüssel geben!«

»Ich weiß, Mrs Dollis, hab ich auch nicht. Sie ist eine gute Freundin.«

»Und warum macht sie dann die Tür nicht auf? Wenn sie so eine gute …«

»Das will ich ja gerade herausfinden.«

Es dauerte absurd lange, bis Mrs Dollis die Tür öffnete.

»Die Füchse sind schon wieder an den Mülltonnen gewesen …«

»Nicht jetzt, ja, Mrs Dollis?«

Er zwängte sich an ihr vorbei und rannte die vier Treppen zu seinem Stockwerk hoch. Die Tür war abgeschlossen. Die Brust wurde ihm eng, und panisch hämmerte er an die Spanplattentür.

»Nora? Nora, ich bins, bist du da? Nora! Mach auf …«

Keine Antwort, nur ein schmaler flackernder grauer Lichtschein unter der Tür und das Plärren von Filmmusik, anscheinend *Manche mögens heiß*. Er drehte sich um, raste die Treppe hinunter zu Mrs Dollis' Tür, klopfte und wippte ungeduldig auf den Fußballen. Schließlich öffnete sie, und ein überwältigender Gestank nach Essig und gebratenen Zwiebeln schlug ihm entgegen.

»Was denn noch?«

»Ich brauche den Zweitschlüssel, Mrs Dollis.«

»Warum?«

»Weil meine Freundin die Tür nicht aufmacht.«

»Warum denn nicht?«

»KEINE AHNUNG, WARUM! DESHALB BRAUCHE ICH JA DEN SCHLÜSSEL!«

Mrs Dollis knurrte: »Nicht in diesem Ton, junger Mann.«

»Natürlich, tut mir Leid, entschuldigen Sie bitte, aber ich brauche jetzt wirklich ganz dringend den Zweitschlüssel!«

Mrs Dollis runzelte die Stirn und ging schließlich den Schlüssel holen. Hektisch ging Stephen im Flur auf und ab und malte sich in schrecklichen, paranoiden Szenarien aus, was er in der Wohnung vorfinden würde. Vor seinem geistigen Auge spielten sich stereotype Filmszenen ab –

Schwenk auf eine handschriftliche Nachricht auf dem Kaminsims, Nahaufnahme einer leeren Pillendose, die aus einer Hand rutscht und über den Boden rollt ...

Er riss Mrs Dollis den Schlüssel aus der Hand, drehte sich um, rannte die Treppe hoch, nahm immer drei Stufen auf einmal, rammte den Schlüssel ins Schloss und ging hinein.

Sie trug das schwarze Kleid und lag zusammengerollt auf dem Sofa, im flimmernden grauen Licht der riesigen, an die Wand projizierten Bilder von *Manche mögens heiß*: die Jachtszene mit Tony Curtis und der Monroe. Man hätte meinen können, sie schliefe nur, wenn sie nicht auf dem Lautstärkeregler der Fernbedienung gelegen hätte: Die Musik war so laut, dass die Lautsprecher sich verformten, aber sie merkte es nicht einmal. Stephen hob sanft ihren Kopf, zog die Fernbedienung hervor, stellte den Ton ab, kniete sich vor sie, roch sofort die Whiskeyfahne und sah die leere, halb unters Sofa gerollte Flasche und die Überreste zweier zerpflückter Zigaretten auf dem Couchtisch.

»Oh Gott. Oh Gott, oh Gott, oh Gott. Nora – hörst du mich? Nora – wach auf ...«

Er beugte sich über sie und fühlte ihren heißen, sauren Atem an seiner Wange. Ihr verschmiertes Make-up sah aus, als hätte sie zwei blaue Augen, und sie roch nach Schweiß, Alk und altem Parfüm.

»Nora, hörst du mich? Wenn du mich hörst, mach die Augen auf.«

»Wer ist da?«, murmelte sie mit klebrigen Lippen. »Bist dus, Josh?«

»Nein, Stephen – ich bins, Stephen.«

»Hallooo, Stevie. Was machst du denn hier?«

»Ich wohne hier, Nora. Schon vergessen? Wie gehts dir? Wie fühlst du dich?«

»Ich? Könnte Bäume ausreißen. Ek-ssellent. Hey, is Joshy auch da?«

»Nein.«

»Wo is Joshy denn?«

»Das weiß ich nicht, Nora.«

»Ist er bei *ihr*?«

»Nein, ist er nicht.«

»Ist er hier?«

»Nein, ist er nicht.«

»GUT! GUUUUUT! Ich will ihn nie wiedersehen, den dreckigen, verlogenen, gut aussehenden Mistkerl …«

»Nora …«

»… den treulosen, schönen Drecksack …«

»… glaubst du, du kannst dich aufsetzen, Nora?«

Sie lächelte und verdrehte die Augen. »Oh, eher nicht.«

»Versuchst dus bitte …?

»Nö!«

»Ich finde, du solltest wirklich …«

»Nö!«

»Bitte!«

»Lass mich *schlaaaaafen*, ja? Ich will einfach nur schlafen, bitte …« Wieder sah er ihre Lider flattern und fühlte ihren Körper in seinem Arm erschlaffen.

»Nora, hör mir zu – hast du irgendwas genommen? Du musst mir sagen, ob du irgendwelche Pillen oder Medikamente geschluckt hast.«

»Wozu?«

»Sags mir einfach, Nora.«

»Weiß nich. Nur das Übliche …«

»Was ist das Übliche, Nora? Nora? Hallo? Nora!« Sie war wieder eingedöst. Er legte sie aufs Sofa zurück, suchte ihre Handtasche und kippte sie auf dem Boden aus: zerknüllte feuchte Tempos, Lippenstifte, Tampons, eine Pinzette, eine Zahnbürste, ein Korkenzieher, die Überreste einer Toilettenpapierrolle, ein Cocktailschirmchen aus Papier, ein riesiger Schlüsselbund, ein winziges Taschenmesser und ein braunes Plastikdöschen, in dem noch drei Pillen rasselten. »Valium« stand auf dem verblassten Etikett. »Nicht mit Alkohol einnehmen«. Er schnappte sich das Döschen, stolperte zurück und kniete sich neben sie. Er hob sanft eines ihrer Lider, weil man das im Film immer so machte: Die Iris zuckte, sah aber normal aus, die Pupille war erweitert, aber er hatte keine Ahnung, ob das gut oder schlecht war. Stephen hatte seine Erste-Hilfe-Kenntnisse größtenteils bei seinem Auftritt als Asthmatischer Fahrradkurier in *Emergency Ward* aufgeschnappt, hatte aber die vage Vermutung, dass in diesem Fall eine Ohrfeige angebracht war. Er legte ihr sanft eine Hand auf die Wange, um zu zielen, holte ein wenig aus, dann weiter, und schlug kräftig zu.

»Auuuuu! Verdammt noch mal …!«, schrie Nora auf und boxte ihn kräftig aufs Ohr.

»Auuu!«, sagte Stephen.

»He, du hast angefangen, verdammter *Mist*kerl«, stöhnte sie und wollte ihn noch einmal schlagen. Zum Glück streifte ihn der zweite Schlag nur am Kopf. Er packte ihre Handgelenke und fühlte, wie die Kraft aus ihrem Körper wich, als sie zurücksank und die Augen schloss.

»Nora, du musst mir etwas sagen.«

»Was denn *jetzt* schon wieder?«

»Diese Pillen, das Valium – wie viele hast du davon geschluckt?«

»Warum zur Hölle willst du …? Ah, verstehe, du glaubst, ich will mich umbringen, oder? Aus Liebeskummer wegen des guten alten Joshy …«

»Ich muss es wissen.«

»Was steht denn auf dem Döschen, Doktor Steve?«

»›Nehmen Sie eine Stunde vor dem Schlafengehen eine Tablette.‹«

»Und genau das hab ich gemacht.«

»Nur eine?«

»Eine, vielleicht zwei.«

»Vielleicht mehr als zwei?«

»Weiß nich mehr!« Sie nahm ein Kissen und drückte es sich aufs Gesicht. »Und jetzt geh ins Bett und lass mich verdammt noch mal schlaaafen, klar, Stephen?«

Stephen nahm ihr das Kissen weg. »Du kannst nicht schlafen, jedenfalls noch nicht. Komm, ich mach dir 'n Kaffee.«

»Ich *will* aber keinen Kaffee.«

»Aber du hast zu viel getrunken, Nora.«

»Na und? Im Gegensatz zu *anderen* Leuten kann ich was vertragen.«

»Setz dich wenigstens einen Moment hin, und red mit mir«, und er kletterte aufs Sofa, legte den Arm um sie und setzte sie aufrecht hin. »Oder wir schauen uns den Film an«, und er drehte sie zur Leinwand, wo Tony Curtis und die Monroe sich gerade küssten. »Ich finde, Curtis wird als Komiker unterschätzt.«

»Steeeve McQueen«, murmelte sie mit leiser, boshafter

Stimme und bohrte ihm einen Finger in die Rippen. »Das ist vielleicht 'n Brüller. Was ist das bloß für 'n beknackter Name? Deine Eltern konnten dich wohl echt nicht ab, Stevie-Boy …«

»Komm, wir gucken einfach den Film an, ja …?«, sagte er mit fester Stimme.

»Jesses, Steve, manchmal bist du 'ne echte Landplage …«

»Ich will doch nur helfen.«

Sie sackte in seine Armbeuge. »Ich weiß, dass du nur helfen willst, aber dieser ganze *Helfer*komplex, dieses ganze Nettsein, immer nur nett, nett, nett, netter als nett, diese ganze Menschlichkeitsnummer, tja, ich muss sagen, dass mir das langsam auf 'n Keks geht, weissu? Geht mir echt auf 'n Sack. Und um ehrlich zu sein, allmählich wirds mir 'n klein bisschen unheimlich …«

»Willst du wirklich keinen Kaffee?«

Plötzlich riss Nora sich los, krabbelte zum anderen Sofaende, drehte sich um, starrte ihn an und schrie: »HASSU NICH GEHÖRT? ICH HAB NEIN GESAGT! VERFLUCHTE SCHEISSE, STEVE, KEIN WUNDER, DASS DEINE VERDAMMTE FRAU DICH VERLASSEN HAT!«

Eine Weile herrschte Stille, sie saßen sich auf dem Sofa gegenüber und funkelten sich im flimmernden grauen Licht an. Ihre Worte hatten Stephen getroffen wie ein Schlag, und er griff sich an die Stirn, klappte den Mund auf und wieder zu und musste sich zwingen, nicht auszusprechen, was ihm auf der Zunge lag.

Nora wischte sich mit dem Handrücken den feuchten Mund ab, ließ sich rückwärts aufs Sofa fallen, legte sich auf die Seite, zog sich das Kleid über die Beine und kniff die Augen zu.

»Du kannst mich mal, Nora«, sagte Stephen zu sich selbst.

»Hey. *Du* mich auch, Stevie-Boy«, sagte sie leise, aber ohne große Überzeugung und rollte sich noch enger zusammen.

Stephen stand langsam auf und ging in die Küche. Als Kind hatte er nie verstanden, was Erwachsene meinten, wenn sie »Ich brauche ’n Drink« sagten. Jetzt wusste er es. In letzter Zeit brauchte er viel zu oft einen Drink. Mehr noch, er beneidete Nora um ihre Umnachtung. Vielleicht würde ihm all das weniger ausmachen, wenn er sich genauso betrank und zudröhnte wie sie. Das schien plötzlich nicht nur ein vernünftiger Plan, sondern eine absolute Notwendigkeit, deshalb nahm er eine Wodkaflasche aus dem Schrank, goss gute drei Fingerbreit in ein Glas und fügte einen Schuss lauwarmes, abgestandenes Tonic hinzu. Er sah das braune Pillendöschen in seiner Hand, schraubte, ohne groß nachzudenken, den Deckel ab, warf eine Pille ein und stürzte das Glas in einem Zug hinunter.

Und schenkte sich noch einen Fingerbreit Wodka ein.

Er hörte ein Geräusch aus dem Nebenraum, eine Bewegung, dann einen dumpfen Aufprall, als wäre jemand beispielsweise vom Sofa geplumpst. Stephen widerstand dem Impuls zu helfen, blieb, wo er war, und leerte das zweite Glas. Kurz darauf hörte er das lange, gequälte Stöhnen eines Menschen, der gerade vom Sofa geplumpst ist, und dann das Geräusch unsicherer Schritte. Nora hockte in der Tür, zog sich an Rahmen und Klinke hoch und hatte die Zigarettenschachtel in der Hand. Ihre Lippen waren feucht, das Gesicht kreidebleich bis auf die dunklen Flecken um die Augen, und sie sah aus wie eine Stummfilmschauspielerin.

»Hey«, sagte Stephen, um Strenge bemüht. »Wie fühlst du dich?«

»Einfach … schrecklich«, antwortete sie.

»Vergiss es, wir sagen alle mal Sachen, die …«

»Nein, ich meine, ich glaub, ich muss kotzen«, platzte sie heraus und stolperte in das rote Badezimmer.

DER LETZTE ZEUGE

Sie standen dicht beieinander in dem winzigen Raum, er streichelte ihr sanft den Rücken oder strich ihr das feuchte Haar aus der Stirn. Zu jedem anderen Zeitpunkt wäre die Intimität aufregend gewesen, aber er war immer noch sauer auf Nora, und sie übergab sich mehrfach heftig ins Waschbecken, was jegliche Romantik oder Zärtlichkeit im Keim erstickte. Es dauerte so lange, dass Stephen zwei Stühle holte und ins Bad quetschte, damit sie es beim Reihern wenigstens bequem hatte.

Die meiste Zeit herrschte Stille, oder zumindest sprachen sie nicht, und als Nora schließlich fertig war, sagte sie krächzend: »Schön hast dus hier.«

»Danke.«

Sie nahm den Kopf aus dem Waschbecken. »Okay, ich glaube, das war alles.«

»Hoffentlich.«

Sie lehnte sich zurück und lächelte ihn an. »Ist es nicht schön, dass wir beide nach all dem Scheiß, der heute passiert ist, immer noch wissen, wie man die Puppen tanzen lässt?«

»Wie fühlst du dich?«

»Oh-oh – Doktor Steve ist wieder im Einsatz.« Sie legte sich die Hand auf die Stirn, dann auf den Bauch. »Ich fühle mich in-te-re-ssant. Keine Angst, ich leih mir schon nicht deine Zahnbürste. Ich hab meine eigene, in der Handtasche.« Stephen holte sie, nahm die Stühle mit, kam zurück und sah von der Tür aus zu, wie sie sich mit einer Hand umständlich die Zähne putzte und mit der anderen nach den Zigaretten griff – manchmal erinnerte sie ihn an einen ungewöhnlich weltgewandten Trawlerkapitän.

»Möchtest du duschen? Dich ein bisschen frisch machen?«

»Vielleicht. Ja, vielleicht.« Er griff an ihr vorbei, drehte das Wasser auf und ging ins Wohnzimmer, um ihr etwas Frisches zum Anziehen zu holen. Er fand ein sauberes T-Shirt in der Schublade, eine Jogginghose im Wäschesack und ging ins dampfende Badezimmer zurück.

Sofort musste er an die Szene in *Der letzte Zeuge* denken, wo Harrison Ford als der abgehalfterte Cop aus Philadelphia die scheue Amish-Witwe Kelly McGillis beim Baden beobachtet und sie sich einen Blick voll leidenschaftlicher Sehnsucht zuwerfen. In diesem Fall gab es keine sehnsüchtigen Blicke, oder zumindest konnte er keine entdecken, denn Nora versuchte gerade vergeblich, sich das Kleid über den Kopf zu ziehen. Es war dasselbe Kleid, das sie bei ihrem Kennenlernen auf Joshs Party trug – das schöne, alte, schwarze, das an Po und Schultern vor Abnutzung glänzte –, aber Nora hatte vor dem Ausziehen vergessen, es an der Schulter aufzuknöpfen, und wand sich jetzt wie eine laszive Entfesslungskünstlerin: Fleckig, blass und x-beinig stand sie in zusammengewürfelter Unterwäsche und rutschender schwarzer Strumpfhose da und versuchte mit einer Hand, das Kleid auszuziehen; mit der anderen, in der sie eine brennende Zigarette hielt, stützte sie sich ab, um nicht in die Duschkabine zu fallen. Stephen fühlte sich plötzlich wie ein Amish und starrte ritterlich an die Styropordecke.

»Brauchst du Hilfe?«, fragte er, um sich bemerkbar zu machen.

»Jemand hat das Licht ausgemacht, Doktor«, kicherte sie durch den Stoff.

»Okay, Sekunde«, und er trat einen Schritt vor, gerade, als

sie stolperte. Sie packte ihn an den Ellbogen, fiel gegen ihn und drückte ihn gegen die Wand. Eine Weile stand sie lachend da, den Körper an seinen gepresst, während er sehr vorsichtig das Kleid aufknöpfte.

»Autsch! Haare, Haare!«

»Dann halt doch still.«

»Mach ich doch …«

Ein Knopf sprang ab, und er fing ihn auf. »Okay, ich habs gleich – warte«, und er packte das Kleid mit beiden Händen, zog fest und hoffte, dass sie den Stoff nicht reißen hörte. Kurz darauf öffnete sie erst ein beschmiertes Auge, dann das andere, bewegte sich aber nicht, kam sogar noch näher, und er legte ihr die Hände auf den nackten Rücken, feucht von Dampf und Schweiß, und hielt sie fest, ihre Nasen berührten sich, ihr Hüftknochen bohrte sich ihm in den Bauch, und so standen sie einen Augenblick da, als ob sie miteinander tanzten oder kämpften.

Nora lachte, ein heiseres, benommenes Glucksen. »Na, das ist ja … interess*ant*«, murmelte sie und schmiegte ihre Wange an seine.

»Kann man wohl sagen.«

»Möchtest du mit reinkommen?«, flüsterte sie ihm ins Ohr.

Seine Hand war irgendwie unter ihren BH-Träger gerutscht, ihre Haut fühlte sich weich und warm an, aber ihr Atem roch nach Zigaretten, Zahnpasta, Whiskey und etwas, über das er lieber nicht nachdenken wollte.

»Ich würd dich ja zum Tanzen auffordern, aber meine Strumpfhose rutscht«, murmelte sie.

So lässig wie möglich griff er ihr hinter die Schenkel, bekam die Strumpfhose zu fassen und zog sie hoch. »Bitte schön.«

»Vielen Dank, junger Mann. Und, willst du tanzen?«

»Tanzen? Nein, ich glaub, ich lass dich lieber allein.«

»Och«, schmollte sie. »Na gut. Spaßbremse.«

»Vielleicht ein andermal.«

»Ja, vielleicht. Vie-lleicht«, grinste sie und zwinkerte langsam mit einem verschmierten Auge.

»Gibst du sie mir, oder willst du sie mit in die Dusche nehmen?«, fragte er und zeigte auf die Zigarette, die gerade den Plastikvorhang versengte.

Stirnrunzelnd hielt sie sich die Zigarette dicht vors Gesicht und betrachtete sie verblüfft, als hätte man sie ihr ohne Erlaubnis zwischen die Finger geklemmt. »Vielleicht lieber nicht«, murmelte sie, zuckte die Schultern, zog an der Zigarette und gab sie dann Stephen, der dasselbe tat, wobei ihm auffiel, dass sie von ihren Lippen noch etwas feucht war. Nora sah Stephen unter schweren Augenlidern gespannt an und schmollte leicht, eine sinnliche, betrunkene Karikatur der Verführung, und um etwas zu tun, beugte er sich vor und hielt die Finger unter den Duschkopf.

»Heiß?«, fragte Nora.

»Ein bisschen. Soll ich es kühler machen?«

»Nein, ich *mags* heiß.«

Stephen fing an zu summen.

»He, sind Sie etwa nervös, Doktor?«

»Warum sollte ich nervös sein?«

»Weil Ihre Nasenflügel beben, Doktor.«

»Tja, das kann passieren.« Er hielt sich die Nase fest. »Tut mir Leid.«

»Kein Grund, sich zu entschuldigen, Doktor: *Mir* gefällts.« Sie presste die Hüfte noch fester an seine, und plötzlich spürte er einen stechenden Schmerz in der Leiste, als wäre er an einen Tisch gestoßen. Sie hatte die Augen geschlossen und den Kopf in den Nacken gelegt, und ihm wurde klar, dass er sehr wahrscheinlich damit durchkam, sie zu küssen. Er dachte darüber nach. Sollte man mit Küssen »durchkommen«? Die Situation war zugegebenermaßen von schwummerig-betrunkener Erotik, und obwohl das an sich nichts Schlechtes war, störten ihn der »Doktor«-Witz und der Verdacht, dass diese konfuse Verführung weniger der Ausdruck unausgesprochenen sexuellen Begehrens war als das Ergebnis eines Cocktails aus Whiskey, Pillen und Rache. Ganz zu schweigen von dem »Ich mags heiß«-Spruch … Er entschied, dass er zu alt und zu vernünftig für solche Beckenreibereien war. Schweren Herzens verzichtete er darauf, Nora zu küssen, und sie erleichterte ihm die Entscheidung, indem sie einen galligen Rülpser unterdrückte, blass wurde, ihn beiseite schob und zum Waschbecken hastete.

»Gehts dir gut?«, fragte er, wieder ganz Arzt.

»Ich glaub schon. Ich glaube, ich … sollte jetzt vielleicht duschen.«

»Glaubst du, du … schaffst den Rest allein?«

»Ich glaub schon. Wenn nicht, schrei ich.«

»Du weißt ja, wo du mich findest …«

»Ich weiß, wo ich dich finde«, sagte sie, sah vom Waschbecken auf und lächelte matt.

Er erwiderte das Lächeln, schloss die Tür, legte sich aufs Sofa und sah sich den Film auf der weißen Wand an: Die Monroe saß auf dem Klavier und sang tonlos *I'm Through With Love.*

Eine Viertelstunde später kam Nora wortlos, blass und leicht ausgenüchtert aus dem Bad, sie hatte sich abgeschminkt, trug ein sauberes T-Shirt und hielt sich die schmerzenden Rippen. Sie lächelte mit gleichzeitig gerunzelter Stirn, ging mit gesenktem Kopf zum Sofa und legte sich in Löffelstellung neben Stephen. Sie lagen eine Weile da, starrten in die unechten glühenden Kohlen des elektrischen Kamins, und er fühlte die Feuchtigkeit ihrer Haare durch seine Kleidung dringen.

»Immer, wenn ich die Augen zumache, dreht sich alles.«

»Dann mach sie nicht zu.«

»Ich muss aber. Ich bin *so* müde.«

»Bleib einfach noch ein bisschen bei mir liegen. Gleich gehts dir besser.«

»Gleich?«

»Irgendwann.«

Sie drehte sich auf den Rücken, sah an die Decke und legte die Beine über seine.

»Das waren die wohl schlimmsten 24 Stunden meines Lebens.«

»Meine auch. Na ja, Top Five.«

Sie sah ihn besorgt an. »Warum?«

»Erzähl ich dir ein andermal.«

Sie seufzte und rollte sich noch mehr zusammen.

»Was sollen wir nur machen, Steve?«

»Du meinst, wegen Josh?«

»Wegen Josh. Wegen allem.«

»Heute Abend nichts mehr. Warten wir bis morgen. Dann reden wir über alles.«

»Glaubst du, morgen ist alles besser?«

»Besser nicht. Klarer vielleicht.«

»Warum machst du dir solche Mühe, Steve?«, murmelte sie.

»Womit?«

»Mit mir. Warum tust du dir das an? Was hast du davon?«

»Keine Ahnung.«

Nora atmete tief aus, schloss die Augen, und Stephen beugte sich vor und sah sie an. Zwei kleine Zahnpastahalbmonde trockneten in ihren Mundwinkeln, und plötzlich hatte er das Verlangen, sie mit Daumen und Zeigefinger wegzuwischen. Sie musste seinen Blick gespürt haben, denn plötzlich warf sie sich herum und drehte sich zu ihm.

»Wie spät ist es?«

»Halb drei.«

»Oh Gott«, stöhnte sie. »Schätze, wir sollten schlafen gehen.«

»Okay. Du nimmst das Bett, ich das Sofa.«

»Ich weiß, ich sollte widersprechen, aber ich bin zu müde.« Sie schloss die Augen. »Außer …«

»Außer was?«

»Außer wir schlafen zusammen. Ich meine nicht, rummachen oder so. Nur wegen der Wärme, was auch immer.«

»Ich kann nicht, Nora.«

Nach einer Pause murmelte sie: »Warum nicht?«

Er konnte es ihr natürlich sagen, aber als er auf ihr Gesicht hinuntersah, hatte sie die Augen wieder geschlossen, atmete tief und langsam, und er konnte es ihr schlecht erzählen, während sie schlief. Außerdem hatte er einen Krampf, sein Bein zuckte unangenehm, was die Stimmung vermutlich ruiniert hätte. Wie zur Bestätigung fing Nora an zu schnarchen, ein erstaunlich lautes, sägendes Geräusch. Das Schnarchen eines weltgewandten Trawlerkapitäns.

»Ein andermal«, sagte er leise.

In einem Theaterstück oder Film hätte der Held sie jetzt hochgehoben und sanft zu Bett getragen, ohne sie zu wecken, aber wahrscheinlich hätte er ihren Kopf an den Couchtisch gerammt, deshalb legte er ihr die Hand auf den Kopf, flüsterte ihr »Komm ins Bett« ins Ohr und führte sie zum Bett.

»Kann ich jetzt schlafen?«, murmelte sie.

»Ja, kannst du.«

Angezogen legte er sich auf die Couch, zog sich den Mantel bis zu den Schultern hoch, warf einen letzten Blick auf Nora, schloss die Augen und sank in einen tiefen, narkoseartigen Schlaf.

UNGELÖSTE SEXUELLE SPANNUNG

Am nächsten Morgen wachte er von seinem eigenen Achselgeruch auf.

Er löste das Gesicht vom Kissen, setzte sich auf und sah zu Nora hinüber. Sie lag auf dem Rücken, sah sehr blass und zerbrechlich aus und drückte sich das Handy ans Ohr. Stephen sah zu, wie sie die Stirn runzelte, seufzte, eine Nachricht löschte, wieder zuhörte, wieder die Stirn runzelte, wieder seufzte und wieder die Nachricht löschte …

»Was ist los?«, wollte er wissen.

»Ich hör nur meine Nachrichten ab.«

»Zwei sind von mir.«

»Und die anderen 43?«

»Oh. Wie gehts ihm?«

»Tja, bei den ersten fünf oder sechs Anrufen hat er sich entschuldigt, dann wurde er wütend, dann ziemlich weinerlich, dann defensiv, ausfallend, und jetzt ist er … ja, ich glaube sarkastisch … schwer zu sagen. Er klingt ziemlich betrunken oder zugedröhnt oder so. Ich hab ihn ohne Schlüssel ausgesperrt, also weiß der Geier, von wo er anruft.« Sie legte auf und warf sich auf das Bett. »Er klingt ziemlich fertig. Ich glaube, ich sollte ihn anrufen.«

»Ja, aber … noch nicht.«

»Nein, noch nicht.« Sie stöhnte, legte sich auf die Seite und sah ihn an. »Also – ich muss mich wohl entschuldigen. Zumindest für das, woran ich mich erinnern kann. Tut mir Leid, ich war seit meiner Hochzeit nicht mehr so hinüber.«

»Du brauchst dich nicht zu entschuldigen.«

»Na, wenigstens sollte ich versuchen, es zu erklären. Aber du musst zu mir kommen, mir sind die Beine eingeschlafen.«

Er stand auf, ging zu ihr und legte sich neben sie aufs Bett.

»Es ist so, ich war 'n bisschen deprimiert und hab etwas zu viel getrunken, das ist alles. Ich wollte meine Sorgen im Alkohol ertränken und hab sie wohl ein bisschen zu lange unter Wasser gedrückt. Nicht, dass du denkst, es wäre was ... Melodramatischeres gewesen. Okay?«

Er nahm ihre Hand. »Aber es lag ja nicht nur am Alkohol, oder?«

»Ich wollte bloß ein Weilchen vergessen. Das verstehst du doch, oder?«

»Ich glaub schon.«

»Also, Schwamm drüber?«

»Wenn du willst.«

»Ja.«

»Gut, Schwamm drüber.«

Sie stieß ihn mit der Schulter, beugte sich vor und sah ihn an. »Gibts sonst noch was, worüber wir reden müssen?«

»Wie meinst du das?«

»Tja, ich hab da ein paar mysteriöse blaue Flecken an der Hüfte und hab den schrecklichen Verdacht, dass ich mich dir vielleicht an den Hals geworfen hab.«

»Ja, so was in die Richtung.«

»Kann dir nicht viel Spaß gemacht haben. Von einer grobknochigen, flennenden Säuferin vollgesabbert zu werden ...«

»Normalerweise hätt ich kein Problem damit, aber das Timing war nicht so toll.«

»Und haben wir – du weißt schon ...?«

»Ich hab dir nur geholfen, dich wieder in die Strumpfhose zu zwängen, das war alles.«

Sie verzog das Gesicht und steckte sich die Finger in die

Ohren. »Das ist ein hässliches Wort. ›Zwängen‹ ist ein hässliches Wort.«

»Tut mir Leid – hochziehen.«

»›Hochziehen‹ ist *viel* besser. Ich war wohl unwider*steh*lich, hm?«

»Ja, bist du, warst du, aber du warst auch ein bisschen betrunken und, na ja, es gibt bestimmte Regeln für solche Sachen. Und außerdem hatte ich Angst, dass du mich vollreiherst …«

»Oh Gott …«

»… und natürlich bist du verheiratet …«

»So sehr auch wieder nicht.«

»… und um ehrlich zu sein, war ich immer noch ’n bisschen sauer auf dich.«

Nora wand sich. »Sagst du mir, warum?«

»Na ja, du hattest mich gerade geschlagen.«

»Echt?«

»M-hm.«

Sie setzte sich aufrecht hin, nahm sein Kinn in die Hand und musterte sein Gesicht. »Oh, mein Gott, wohin?«

»Bloß aufs Ohr. Ich hatte dir vorher ’ne Ohrfeige gegeben, aber aus rein medizinischen Gründen.«

»Tja, vielleicht hab ich dir ja auch aus rein medizinischen Gründen eine reingehauen.«

»Glaub ich nicht.«

»Ich entschuldige mich jedenfalls. Auch für die … unfreundlichen Sachen, die ich vielleicht gesagt hab. Und danke, dass du meinem Heulsusencharme widerstanden hast.« Dann sagte sie mit bestem britischem Akzent: »Du bist ein richtiger englischer Gentleman.«

»Gern geschehen.«

Sie schwiegen kurz und starrten die gegenüberliegende Wand an. Nach einer Weile nickte sie zu dem gerahmten

Foto an der Wand hinüber. »Deine Frau und deine Tochter, hm? Das vermute ich zumindest, oder du bist einer von den Typen, die mit Fotoapparaten vor dem Kreißsaal rumlungern.«

»Nein, das sind sie.«

»Sie sehen klasse aus.«

»Sind sie auch.«

Sie drehte den Kopf und sah ihn an. »Und, was machen wir jetzt?«

»Hier bleiben?«

»Hier?«, sagte Nora ohne große Begeisterung.

»Ich hol uns was zu essen, und du kannst ja in der Zwischenzeit Josh anrufen und ihm sagen, dass du im Hotel bist, dass es dir gut geht und dass du ihn anrufst, wenn du so weit bist. Wenn ich zurückkomme, duschen wir – getrennt –, schließen sämtliche Türen ab, stellen sämtliche Telefone ab, ich mach uns Frühstück und Kaffee, und dann können wir, na ja, einfach rumhängen und Filme angucken. Heute Abend muss ich natürlich zur Vorstellung, aber ich komm sofort danach nach Hause. Gegen zehn bin ich wieder da. Na, wie klingt das?«

»Wie eine Geiselnahme?«

»Nein, es wird sein wie … Urlaub.« Er merkte, wie sie sich im Raum umsah. »Okay, na gut, vielleicht nicht wie Urlaub. Aber wenigstens, na ja – sicher.«

»Wir können nicht nur zu Hause hocken und alte Filme ansehen, Stephen.«

»Ich weiß.«

»Irgendwann müssen wir rausgehen und uns der Realität stellen.«

»Ist mir klar.« Er kam sich zurechtgewiesen vor, stand auf, ging schnell zur Tür und zog den Mantel an. »Bin in fünf Minuten wieder da.«

»Stephen?« Er drehte sich um. Nora lag auf der Seite und sah zu ihm auf. »Du weißt, dass ich dich irgendwann verlassen muss, oder?«

»Natürlich. Aber jetzt noch nicht, oder?«

»Okay. Nein, jetzt noch nicht.«

Und Stephen drehte sich um und ging, bevor sie es sich anders überlegen konnte.

DIE GROSSE REDE

»Du weißt, dass ich dich irgendwann verlassen muss, oder?«

Der Tag war düster, trüb und eiskalt. Der Himmel war mit schweren, dunkelgrauen Wolken bedeckt, und die Luft schmeckte metallisch, als braue sich ein Schneegestöber oder ein Sturm zusammen. Als Stephen C. McQueen die Straße entlang zur Einkaufspassage ging, wusste er zwei Dinge mit absoluter Sicherheit: Er liebte Nora und musste es ihr bei der nächsten Gelegenheit gestehen.

Er stand im Price£avers, suchte in den leeren Regalen nach Lebensmitteln, die so erstaunlich und köstlich waren, dass sie Nora zum Bleiben verführten, oder, wenn das schon nicht zu haben war, wenigstens etwas Nährwert hatten. Er kaufte Aspirin-Brausetabletten, Milch, einen Laib braunes Brot, Mineralwasser und zwei Marsriegel, überlegte sich, was er sonst noch tun konnte, um sie zum Bleiben zu bewegen, sie dazu zu bringen, über die schäbige Wohnung und seine stagnierende Karriere hinwegzusehen, das Potenzial und nicht das Rohmaterial zu sehen und untreuen Erfolg gegen leidenschaftliches Scheitern zu tauschen.

Er musste eine große Rede halten.

Im Film kamen solche Reden immer völlig natürlich, flüssig, ungezwungen und spontan. Leidenschaftliche, eloquente, klinisch effiziente Liebeserklärungen waren in Filmen genauso alltäglich wie »Sie sind raus aus dem Fall, Sie sind zu befangen« oder »Stirb mir jetzt bloß nicht, hörst du?« oder »Was immer es ist, es ist nicht menschlich«, und er ging im Schnelldurchlauf alle stereotypen Sprüche durch, die er je gehört hatte – willkürliche, abgedroschene Wörter und Sätze: *liebe dich bete dich an seit wir uns zum ersten Mal gesehen mehr als alles auf der Welt kann ohne dich nicht leben gehören zusammen denke Tag und Nacht nur an dich du bist mein Ein und Alles mein Stern die Luft die ich atme …*

Aber all das taugte nichts. Er wusste, so wie die Dinge lagen, konnte er nicht gewinnen und hatte nicht die geringste Chance. Es war natürlich der falsche Zeitpunkt, und er sollte den richtigen Augenblick abwarten, aber wenn er nicht handelte, jetzt nichts sagte, ging sie vielleicht zu Josh zurück und verzieh ihm am Ende sogar. Natürlich nicht sofort, aber irgendwann. Stephen musste jetzt die Initiative ergreifen, ihr eine andere, bessere Version seiner selbst zeigen, die es wert war, bei ihm zu bleiben, wenigstens bis sein Schicksal sich wendete. Er musste sie überzeugen, dass er etwas viel, viel Wertvolleres zu bieten hatte als Geld, Erfolg, Reisen, Status, Charisma, ein enormes Selbstbewusstsein, Charme, Glamour, Ruhm, fantastischen Sex und äußerliche Schönheit. Zum Beispiel …

Spontan fiel ihm zwar nichts ein, aber er würde schon noch einen Geistesblitz haben. Er würde improvisieren, im Augenblick leben und mit dem Herzen sprechen und nicht mit dem Verstand. Eins war jedenfalls klar: Es musste eine ganz besondere Rede sein.

»Du weißt, dass ich dich irgendwann verlassen muss, oder?«

Was, wenn sie bei seiner Rückkehr nicht mehr da war?

Er rannte los, sein Atem bildete kleine Wölkchen, die Einkaufstaschen schlugen ihm ans Schienbein, er erprobte mögliche Wörter und Sätze, versuchte, sich auszudrücken, ohne dass es banal, wie ein schlechter Dialog oder abgekupfert klang: *seit ich dich zum ersten Mal gesehen habe mehr als nur gute Freunde möchte dich küssen vergöttere dich bete dich an wir gehören zusammen du bist ein Teil von mir liebe dich von Herzen mit Schmerzen über alle Maßen etc. etc. etc. blablabla …* Sollte er lieber erst duschen und sich die Zähne putzen, für den Fall, dass …? Nein, bleib spontan, leb im Augenblick. Er rannte die Treppe hoch, die Worte überschlugen sich im Kopf, und er war bereit für seinen großen Auftritt, bereit, ihr seine Gefühle zu gestehen. Gerade als er den Schlüssel ins Schloss stecken wollte, hörte er zum zweiten Mal in zwölf Stunden ein Geräusch, dass ihm vor Panik die Brust eng werden ließ.

Seine eigene Stimme. Und er sang.

Ja, die Räder von dem Bus, die drehn sich rundherum, rundherum, rundherum …

Stephen war, als steuerten all seine inneren Organe gleichzeitig Richtung Ausgang. Er schloss auf.

Nora saß mit einer Decke um die Schultern auf dem Sofa und nuckelte an ihrer Zahnbürste. *Sammy das Eichhörnchen singt die schönsten Kinderlieder* wurdc 2,40 mal 1,80 Meter groß an die Wand projiziert. Auf ihrem Schoß lag der abgeschlagene Kopf des BAFTA ihres Mannes. Ohne aufzublicken, griff Nora unter die Decke nach der Fernbedienung, stellte den Ton leiser und nahm die Zahnbürste aus dem Mund. »Hey«, sagte sie tonlos und starrte weiter unverwandt auf den Film.

»Hallo«, sagte Stephen so ruhig wie möglich und stellte sich ins Bild. »Was machst du da?«

»Zählen lernen«, antwortete sie, nuckelte wieder an der Zahnbürste und sah an ihm vorbei.

»Nein, im Ernst, Nora – was machst du da?«, sagte er und starrte die Trophäe auf ihrem Schoß an, in die der Name ihres Mannes eingraviert war.

»Tja, wenn dus unbedingt wissen willst, ich sitze hier und frage mich, was schräger ist: dass du Joshs BAFTA geklaut hast oder dass du als singendes, tanzendes Rieseneichhörnchen verkleidet bist. Eigentlich würd ich ja sagen, der geklaute Preis ist schräger. Aber seit das da läuft, bin ich nicht mehr so sicher …«

Ein neues Lied hatte begonnen: *Bist du glücklich, ruf doch einfach laut »hurra«* …

»Hurra«, sagte Nora leise zu sich selbst und lächelte Stephen kurz an. Er stellte die Taschen ab, griff an ihr vorbei nach der Fernbedienung, um abzuschalten. »Wehe!«, fauchte sie und schlug ihm mit dem BAFTA auf die Hand, deshalb setzte er sich neben sie und starrte sein großes, rotes, dummes Gesicht an der Wand an.

»Tja, der Look hat was«, sagte sie, ohne zu lächeln.

»Stimmt«, sagte er lahm.

Bist du glücklich, stampf doch einfach mit dem Fuß …

Nora stampfte mit dem Fuß.

Stephen beschloss, in die Offensive zu gehen, und die Scham in Empörung umzuwandeln. »Bleibt nur noch die Frage, was dir das Recht gibt, in meinen Sachen rumzuschnüffeln?«

»Jetzt schau mal, *Sammy* – ich versteh das schon. Du bist nicht glücklich, und ich weiß es. Aber ich hab nicht ›rumgeschnüffelt‹. Mir war bloß kalt, und ich hab im Schrank nach 'nem Pullover oder 'ner Decke oder so gesucht, und da sind mir … die hier in die Hände gefallen.«

»Das gibt dir noch lange nicht das Recht, zu …«

»… Ich wollte sie zurücklegen und so tun, als hätte ich sie nicht gesehen, aber – na ja, tut mir Leid, aber manche Dinge sind schwer zu ignorieren, Steve.«

Bist du glücklich, nick doch einfach mit dem Kopf …

»Weißt du, die meisten Typen verstecken Pornos bei sich im Schrank.«

»Wäre das besser oder schlechter?«

»Schwer zu sagen, Steve. Sehr schwer zu sagen. Wenn du

zum Beispiel auf der DVD als Eichhörnchen verkleidet Sex mit dem BAFTA meines Mannes hättest, wäre *das* vermutlich um einiges schlimmer. Du bist übrigens sehr gut«, sagte sie leise.

»Es ist die Rolle meines Lebens«, sagte er.

Sie lächelte sehr kurz. »Ich glaube, das ist der Moment, wo du sagst: ›Es gibt eine vollkommen logische Erklärung für alles‹.«

»Die gibt es auch.«

»Ich bin ganz Ohr«, sagte sie und starrte wieder den Film an. »Wie du anscheinend auch.«

»Okay, na schön, *das da* …«, und er nickte zu dem riesigen plappernden roten Gesicht auf der Leinwand hinüber, »mache ich zum Teil wegen des Gelds und zum Teil, weil es mir Spaß …«

»Mache?«

»Wie bitte?«

»Du hast gesagt, ›mache ich‹, nicht ›hab ich gemacht‹.«

»Ich hab auch die Fortsetzung gedreht.«

»Das hast du also gestern gemacht?«

»M-hm.«

»Du hast doch gesagt, es wär ein harter Independent-Thriller.«

»Der im Wald spielt.«

Nora lachte, und Stephen packte die Gelegenheit beim Schopf und griff nach der Fernbedienung, aber sie klopfte ihm mit der Zahnbürste auf die Finger und versteckte das Gerät unter der Decke. Zum Glück hatte Sammy das Eichhörnchen aufgehört zu singen und bemühte sich jetzt, Brian dem Bären den Unterschied zwischen Plus und Minus zu erklären.

»Zu meiner Rechtfertigung muss ich sagen, dass ich ziemlich gut bin.«

»Bist du. Aber gibts da nicht ein kleines Maßstabsproblem?«

»Genau das hab ich dem Regisseur auch gesagt.«

»Der Bär ist so was von doof.«

»Stimmt.«

»... *vier* Haselnüsse! Du schuldest ihm *vier* Haselnüsse, du Dummbatz ...«

»Nora, hörst du mir überhaupt zu?«

»Tut mir Leid, ich kann einfach nicht wegsehen.«

»Könntest dus bitte versuchen, Nora? Bitte? Du machst es mir nicht gerade leicht.«

»Ich hab auch nicht vor, es dir leicht zu machen.« Sie sah ihn an und lächelte wieder, aber nur ein bisschen. »Stephen, *das* da«, sie nickte die Wand an, »ist okay. *Das* stört mich nicht. Eigentlich ist es sogar fast süß, auf ... bizarre Art. Um ehrlich zu sein, ich mach mir mehr Sorgen wegen ... dem hier«, und sie zog den Preis unter der Decke hervor und stellte ihn auf den Couchtisch vor ihnen. Die Trophäe starrte sie mit dem gesunden Auge an. »Ich mein, es wär nicht so schlimm, wenn du, was weiß ich – Bargeld gestohlen hättest oder so.«

»Ich hab ihn nicht *gestohlen*.«

»Was ist dann passiert?«

»Na schön, es war so, erinnerst du dich an die Party, wo wir uns kennen gelernt haben? Können wir ... können wir das bitte abstellen?«, sagte Stephen.

»Drück auf Pause. Ich will nichts verpassen.«

Er griff sich die Fernbedienung und tat es. »Okay, tja, die Party, weißt du, wo ich ein bisschen zu tief ins Glas geschaut und diesen seltsamen Anfall gekriegt hab, weil ich Antibiotika geschluckt hatte. Tja, also, ich war in eurem Schlafzimmer, hab Joshs Preis gesehen und hab ihn genommen, nur, um ihn mir anzusehen, und ich hab, na ja, vorm Spiegel damit rumgealbert, und dann bist du reingekommen und hast gesagt, das Taxi wär da, weißt du noch?« Sie nickte. Stephen fasste neuen Mut und fuhr fort. »Ich war eindeutig nicht ganz bei mir, denn ich hab ihn einfach unterm Mantel versteckt, und auf einmal hab ich im Taxi gesessen, und hatte immer noch dieses … Ding.«

»Also, verstehe ich das richtig: Du hast den BAFTA meines Mannes gestohlen …«

»Nicht ›gestohlen‹, nur … geborgt. Vorübergehend.«

»Du hast dir vorübergehend den BAFTA meines Mannes geborgt, weil du Antibiotika geschluckt hast?«

»Tja, nein, nicht nur deshalb. Es lag hauptsächlich am Alkohol, aber …«

»Und Joshs Affäre?«

»Affäre?«

»Affäre ist ein blödes Wort – diese Frau, diese … Frauen, mit denen er sich getroffen hat.«

Bleib ruhig. Spiel Theater. Spiel gut. Tu so, als ob. »Was ist mit ihnen, mit ihr?«

»Hast du davon gewusst?«

Schüttle den Kopf, verdreh die Augen, lach überrascht und ungläubig. »Neiheihein.«

»Was war *das* denn?«

»Was?«

»›Neiheihein‹.«

»Das heißt, ich habs nicht gewusst.«

»Du hattest keine Ahnung?«

»Nein.«

Stille.

»Ich glaube, du lügst.«

»Warum glaubst du, ich lüge?«

»Deine Nasenflügel beben. Und diese komische ›Neiheihein‹-Sache. Keine Ahnung, woher du das hast, Steve, aber ich muss dir sagen, kein Mensch macht so ein Geräusch, nie …«

»Okay. Ja.«

»Ja, du *hast* es gewusst?«

»Ja.«

»Also hast du mich angelogen, oder haben die Antibiotika aus dir gesprochen?«

»Nein, nein, ich hab dich angelogen …«

»Du hast gelogen, um Josh zu schützen?«

»Nein.«

»›Nein?‹«

»Nein, ich hab gelogen, um dich zu schützen.«

Sie lachte bitter. »Wie soll mich das ›schützen‹, Stephen?«

»Ich – ich wollte nicht, dass du verletzt wirst, und Josh hat versprochen, sich zu ändern, und es gab noch … andere Gründe, warum ich es dir nicht erzählen wollte. Außerdem fand ich, es geht mich nichts an.«

»Mich natürlich auch nicht. Tja, ich kann nur sagen, hoffentlich schauspielerst du besser, als du lügst, Stephen, denn du bist ein wirklich lausiger Lügner.«

»Das ist keine Lüge! Ich wusste, dass du es früher oder später rauskriegst, du solltest es nur nicht von mir erfahren. Es wäre falsch gewesen, wenn ich es dir gesagt hätte.«

»Warum?«

»Weil …«

»Weil was?«

»Weil ich in dich verliebt bin.«

Pause.

»Im Ernst?«

»Ja.«

Herzschlag.

»In mich verliebt?«

»Ja, in dich verliebt. Ich glaube, ich liebe dich, Nora. Ich bin sogar sicher. Ich liebe dich sehr.«

»Seit wann?«

»Schon immer. Von Anfang an.«

Sie seufzte. »Woher weißt du das?«

»Was?«

»Dass du mich liebst.«

»Weil … weil es höllisch wehtut.«

Sie dachte darüber nach und wandte sich wieder dem eingefrorenen Bild zu, das große rote Gesicht mit den Nagezähnen flimmerte leicht. »Verstehe.«

Er griff nach ihrer Hand, aber sie entzog sie ihm, zielte mit der Fernbedienung wie mit einer Pistole, drückte auf Play, und das Bild erwachte zu neuem Leben, Sammy das Eichhörnchen und Brian der Bär zählten Haselnüsse. Eine Nuss, zwei Nüsse, drei Nüsse, vier Nüsse …

»Wohin gehst du?«, fragte er, als sie das Kleid und den Mantel zusammenraffte und ins Bad ging.

»Nach Hause, Stephen. Ich gehe nach Hause.«

SHOWDOWN BEIM IDAHO FRIED CHICKEN

Was Liebesszenen anging, war diese kein durchschlagender Erfolg gewesen. Der Drehort war falsch, das Timing ließ zu wünschen übrig, und er hätte sie gerne noch einmal von Anfang an gedreht, aber jetzt war es zu spät. Nora ging ab. Sie griff sich an den Kopf, als bliebe er nur so auf ihren Schultern, stapfte die Treppe hinunter, und Stephen folgte ihr mit ein paar Stufen Abstand.

»Wohin gehst du, Nora?«

»Hab ich dir doch gesagt, Steve – nach Hause.«

»Aber wird Josh nicht da sein?«

»Wer weiß? Wahrscheinlich.«

»Willst du nicht bleiben und alles noch mal besprechen?«

»Im Moment nicht, nein.« Sie rüttelte an der Haustür.

»Die Tür ist zweifach verschlossen. Du musst ... warte, lass mich mal.«

Er öffnete ihr die Tür, und sie trat auf die Straße hinaus.

»Soll ich dich zur Bushaltestelle bringen?«

»Geht schon, danke«, sagte sie und konnte ihm nicht in die Augen sehen.

»Okay, tja. Hier, den könntest du eigentlich mitnehmen«, und er drückte ihr Joshs geborgten BAFTA in einer Price£avers-Plastiktüte in die Hand. Sie seufzte, nahm die Tüte und hielt sie angewidert von sich. »Ich fänds natürlich nett, wenn du ihm einfach erzählst, was weiß ich, du hättest ihn unterm Bett gefunden. Das wär nicht ganz so peinlich und würds mir leichter machen. Aber wenn du ihm die Wahrheit sagen musst … tja, ich wollte sie ihm irgendwann zurückgeben. Ich schwör dir, es war keine Absicht. Wenn ich nur die Antibi…«

Sie schwang die Tüte mit dem Preis wie eine Keule. »Stephen, ich schwör dir, wenn du noch einmal das Wort ›Antibiotika‹ in den Mund nimmst, zwinge ich dich, das Scheißding hier zu *schlucken*.«

»Schon gut. Entschuldige.«

Sie schwiegen einen Augenblick, und Nora sah sich um, als suchte sie nach einem Fluchtweg.

»Bist du … sauer auf mich?«, fragte er.

Nora seufzte und zwang sich schließlich, ihn anzusehen. »Nicht sauer. Ich bin dir immer noch dankbar, weil du dich um mich gekümmert hast und so, und gerührt, dass du … so starke Gefühle für mich hast. Ich hatte schon so was vermutet. Aber du musst zugeben, dass das alles, na ja … etwas seltsam ist, Stephen.«

»Ich weiß.«

»Ich meine, ich brauch Zeit, um den Kopf freizukriegen.«

»Und wie viel Zeit ungefähr?« Sie hob warnend die Augenbrauen. »Schon gut, sag nichts. Aber nur, damit dus weißt, das war mein Ernst. Mein voller Ernst. Ich bete dich an, wirklich. Schon immer.«

»Und was soll ich mit dieser Information anfangen, Stephen?«

»Ich hatte gehofft, du denkst vielleicht darüber nach?«

»Findest du nicht, dass ich schon genug zum Nachdenken hab?«

»Ich weiß, tut mir Leid. Ich musste es dir einfach sagen, das ist alles. Es schien richtig zu sein.«

Sie griff nach seinen Fingern. »Spinner«, murmelte sie und lächelte schwach. »Ich muss los«, sagte sie schließlich, kam näher und umarmte ihn, wobei sie sich anfangs nicht so fest wie sonst an ihn drückte, der Inbegriff einer platonischen Umarmung. Er legte ihr eine Hand ins Kreuz, und zum Glück kam sie näher und schmiegte die Wange leicht an seine. So standen sie einen Augenblick da. Stephen sah ihr über die Schulter und bemerkte, wie ein Stück weiter auf der anderen Straßenseite ein flacher silberner Audi TT plötzlich mit aufheulendem Motor rücksichtslos in den Verkehr einscherte. Er erkannte das Auto und das Gesicht hinter dem Steuer sofort und zog Nora instinktiv hinter die Haustür zurück, gerade noch rechtzeitig, bevor das Auto über beide Fahrspuren raste, auf den hohen Bordstein krachte und mit schrecklichem metallischem Knirschen und rotierenden Rädern knapp vor dem Fenster von Idaho Fried Chicken zum Stehen kam.

Ohne den Motor abzustellen, fiel Josh Harper vom Fahrersitz, seine Beine hatten sich im Sicherheitsgurt verfangen. Er stolperte, fiel auf den Gehsteig, rappelte sich auf und raste auf sie, auf Stephen, zu. Seltsamerweise trug er immer noch sein Bühnenkostüm, und bevor Stephen wusste, wie ihm geschah, hatte Josh ihm den Arm im Rüschenärmel schmerzhaft unters Kinn gerammt und hielt ihn, gegen die Glasscheibe gedrückt, hoch.

»Hallo, Bullitt! Hast wohl nicht erwartet, mich hier zu sehen, was, du Scheiß-*Verräter* …«

Josh klebte das schweißnasse Haar im Gesicht, die Augen waren aufgerissen, rot und wild, die Kiefernmuskeln zum Zerreißen gespannt, er stank nach Schweiß und Fusel und hatte einen Rest gelbweißen Puder um die Nase. Etwas bohrte sich Stephen in die Hüfte, und plötzlich merkte er, dass Josh noch das Schwert trug, dass er hier, in Battersea, auf offener Straße von einem betrunkenen, zugedröhnten, weltberühmten, als Byron verkleideten Schauspieler mit einem Schwert angegriffen wurde. Er war von der Situation überfordert.

»JOSH«, schrie Nora. »JOSH, LASS IHN RUNTER. DU MACHST DICH LÄCHERLICH.«

Joshs Gesicht war hassverzerrt. »Ich will mich doch bloß ’n bisschen mit unserem Freund hier unterhalten, mein Augenstern, mein Engel, nur ein netter kleiner Plausch mit unserem gemeinsamen Freund hier.«

»Na schön, gut, aber können wir bitte reingehen, Josh?«, murmelte Stephen.

»Nö! Mir gefällts hier.«

»Josh, soll ich das hier vielleicht rührend oder dramatisch finden oder was?«, höhnte Nora.

»Lass mich los, Josh.«

»Oder was? Oder *was*, Bullitt? Was willst du dagegen machen?« Josh presste ihm die Hände fest auf die Schultern, und Stephen hatte das Gefühl, die Scheibe biege sich hinter ihm. »Weißt du, Steve, ich bin vielleicht nicht vollkommen, und ich hab vielleicht hin und wieder Mist gebaut, aber wenigstens bin ich kein Heuchler, Steve, wenigstens bin ich kein Kriecher wie du, der rumschleicht, sich bei mir einschleimt, mir in den Arsch kriecht, bei mir zu Hause rumhängt, um dann meiner Frau an die Wäsche zu gehen …«

»Ach, das ist so was von erbärmlich, Josh«, zischte Nora hinter ihm. »Werd erwachsen, ja …?«

Aber Josh hörte nicht zu. »Gestern Abend hab ich dich *bekniet*, oder, Steve, hab dich als Freund gefragt, wo ist Nora, wo ist Nora, wo ist sie? Keine Ahnung, hast du gesagt, und jetzt das, welche Überraschung! Am nächsten Morgen ist sie hier, in dieser Bruchbude, und vögelt *dich* …«

»Josh, du machst dich zum Affen«, spottete Nora.

»Tja, das Geschäft kannst du vergessen, Freundchen. Das Geschäft ist definitiv *abgeblasen*.«

»Es war nie die Art von Geschäft, das weißt du, Josh.«

»Geschäft?«, fragte Nora und sah verwirrt vom einen zum anderen. »Was für ein Geschäft?«

»Und was dich betrifft, mein Engel, du hast echt Nerven!

Machst mir die Hölle heiß und schleichst dich dann in Bullitts Liebesnest.«

»Sei nicht albern, Josh. Wir sind nur Freunde, das ist alles.«

»Ich hätte dir mehr Geschmack zugetraut, mein Engel. Du hast was Besseres verdient als diese …«, er drehte das Gesicht zu Stephen, ganz nah, und höhnte unendlich verächtlich: »… diese *Zweitbesetzung*.«

Stephens Nahkampferfahrung stammte hauptsächlich aus Bühnenkampfseminaren. Sein natürlicher Instinkt bei Prügeleien war deshalb, mit der rechten Hand knapp am Gesicht des Gegners vorbeizuzielen und sich gleichzeitig mit der linken klatschend auf den Oberschenkel zu schlagen. Er hatte den Verdacht, dass ihm diese Technik gegen einen wutschäumenden Irren mit Schwert wenig nützte. Er musste improvisieren, schaffte es, Josh ein Bein um den Knöchel zu schlingen und stieß ihn mit aller Kraft von sich. Josh fiel hart gegen das Auto.

»Okay, das reicht, ihr beiden«, sagte Nora und hob wie ein Schiedsrichter die Arme.

Aber Josh war schon wieder auf den Beinen, rieb sich lachend den Rücken und griff nach dem Schwert.

»Ruf die Polizei«, sagte Stephen zu Nora.

»Ich rufe *nicht* die Polizei.«

»Er hat ein gottverdammtes SCHWERT, Nora!«

»Josh, hör mir zu: LASS – DAS SCHWERT – FALLEN.«

»Schon gut, schon gut, sieh her –« Er schnallte den Gürtel ab und warf das Schwert durchs Autofenster. »Kein Schwert, okay?«

Stephen hatte das Gefühl, etwas tun zu müssen, nahm eine Verteidigungshaltung ein, stellte ein Bein vor und hob die Fäuste, wie eine Figur auf einem viktorianischen Zirkusposter. Josh lachte nur. »Ich bin ausgebildeter Kampfkünstler, du kleiner Drecksack«, grinste er.

»Oh Gott. Bitte, reißt euch *zusammen*, ja? Alle beide!«

Josh ignorierte sie. »Na los, komm schon, trau dich doch«, sagte er und nahm eine Actionfigurpose ein, die Stephen aus der großen Cyborg-Kampfszene in *TomorrowCrime* zu kennen glaubte und die in Megapolis 4 sehr beeindruckend ausgesehen hatte, aber in Battersea ziemlich fehl am Platz wirkte.

Diesmal lachte Stephen. Er sagte: »Josh, weißt du, wie absolut und total *beknackt* du aussiehst …«, und dann schwebte Josh in der Luft, wirbelte herum, ein Lederstiefel traf Stephen mit voller Wucht am Kopf, und der Tritt, der gegen den Cyborg so wirkungsvoll gewesen war, erwies sich hier als genauso wirkungsvoll. Selbst als der Bordstein auf Stephen zuraste, war er zugegebenermaßen ziemlich beeindruckt …

Eine Hand packte ihn an der Schulter, drehte ihn um, und plötzlich saß Josh auf seiner Brust, packte ihn am Mantelkragen und beugte sich mit fratzenhaft verzerrtem Gesicht über ihn. Verschwommen nahm Stephen Nora wahr, die mit bleichem Gesicht und panisch aufgerissenen Augen hinter Josh stand, ihm den Arm um den Hals legte und vergeblich versuchte, ihn wegzuziehen, aber Josh stieß sie weg, so dass sie gegen das Fenster fiel.

Joshs saurer Atem schlug ihm heiß ins Gesicht, und er zischte ihm ins Ohr: »Ich weiß, dass du die Paparazzi angerufen hast, Bullitt. Ich kanns nicht beweisen, aber ich weiß es. Letzte Nacht ist mir alles klar geworden. Und ich weiß auch, warum dus gemacht hast: weil du *neidisch* bist, du kleiner Scheißer. Du hast in deinem ganzen sinnlosen, nutzlosen Leben nie was erreicht, nichts von Wert, und dann siehst du jemanden, der es *geschafft* hat, der alles hat, was *du* willst, und deshalb lauerst du auf eine Gelegenheit, es ihm zu versauen. Willst du wissen, warum du so 'n Loser bist, Kumpel? Warum du die Zweitbesetzung bist? Weil dus *verdient* hast. Du bist ein Nichts, Freundchen, ein Niemand – kein Schwein interessiert sich für dich, kein Schwein weiß, dass es dich gibt, du bist unsichtbar, ein talentloses, mittelmäßiges, unsichtbares Stück …«

… Bevor Josh den Satz beenden konnte, fühlte Stephen einen Luftzug, etwas raste durch sein Blickfeld und traf Josh geräuschvoll am Kopf. Stephen hörte zum ersten Mal das Geräusch von Bronze auf Zahn, Josh fiel rückwärts auf den Gehweg, blieb mit flatternden Lidern liegen und presste sich eine Hand vor den Mund, vom eigenen BAFTA zu Fall gebracht.

Stephen rappelte sich auf. Nora hockte vor Josh, die Bronzestatuette noch in der Hand, tupfte mit einem Mantelzipfel an der blutigen Schweinerei in seinem Gesicht herum und sagte wieder und wieder: »Josh, es tut mir Leid, es tut mir Leid, es tut mir Leid. Mach die Augen auf, Liebling, sprich mit mir …« Stephen hörte, wie hinter ihm im ersten Stock quietschend ein Fenster aufging, drehte sich um und sah Mrs Dollis, die entgeistert auf die Szene herunterstarrte.

»Teufel auch!«, keuchte sie. »Sie ham Josh Harper ermordet!«

Fünfter Akt

AUF DIE BÜHNE, BITTE

Vor jedem Auftritt müsst ihr euch vor den Spiegel stellen und die drei großen »S« sagen: Star, Smiling, Stil.

Woody Allen
Broadway Danny Rose

Es genügt schon der Applaus … Er ist wie eine Liebeswoge und flutet zärtlich vom Zuschauerraum über die Rampe.

Joseph L. Mankiewicz
All About Eve

A STAR IS BORN

Ein Augusttag im langen, enttäuschenden Sommer des Jahres 1983.

Mit elf Jahren hatte Stephen im städtischen Schwimmbad von Ventnor Beverley Slater, das Mädchen, das er mehr liebte als alles andere auf der Welt, mit seinen Fähigkeiten als Turmspringer zu beeindrucken versucht. Als er sicher gewesen war, dass sie zusah, war er auf das höchste Sprungbrett geklettert, stellte sich vorn an den Rand, und erst als er dort alleine in der sengend heißen Nachmittagssonne stand und auf das Schwimmbecken und die Leute weit, weit unter ihm hinuntersah, fiel ihm ein, dass er weder tauchen noch schwimmen konnte, oder zumindest nicht ohne diverse Schwimmhilfen. Er hatte Angst vor dem Wasser, vor großen Höhen, vor dem Fallen und vor dem unausweichlichen schmerzhaften Bauchklatscher, wenn er wie ein Stück Fleisch von einem Hochhaus fiel. Er war völlig ungeeignet und absolut untauglich, zu dieser bestimmten Zeit an diesem bestimmten Ort hoch über den Wolken zu stehen, spärlich bekleidet in einer viel zu kleinen Badehose, während Beverley Slater und die gesamte Bevölkerung der Isle of Wight ihn skeptisch von unten beobachteten. Plötzlich kam ihm das Sprungbrett wie ein Galgen vor.

Trotzdem war er hinaufgeklettert. Er war nicht dazu gezwungen oder genötigt worden. Er hätte gar nicht dort sein müssen, aber er hatte sich dafür entschieden, weil er wollte, dass die Leute ihn zur Abwechslung einmal etwas Eindrucksvolles, Erstaunliches, Überraschendes und *Außergewöhnliches* tun sahen. Und jetzt kam ihm dort oben schließlich die schreckliche Erkenntnis, dass Turmspringen nicht dasselbe war wie Fallen.

Laut dem *Guinnessbuch der Rekorde* jenes Jahres passte die gesamte Weltbevölkerung auf die Isle of Wight, und als Stephen hinuntersah, schien sie tatsächlich fast geschlossen angetreten zu sein. Alle starrten zu ihm hinauf. Die Leute hatten aufgehört zu schwimmen, zu reden, Wasserbomben zu machen und rumzuknutschen, und alle Augen waren erwartungsvoll auf den Jungen aus Shanklin gerichtet, der einen spektakulären Sprung wagen würde. Er umklammerte den Brettrand mit den Zehen, beugte sich vor und konnte gerade noch Beverley Slater ausmachen, die sich auf die Lippe biss und darauf wartete, dass er sprang. Es gab eindeutig nur einen Weg, die totale, absolute Blamage zu vermeiden.

Stephen holte tief Luft, und die Menge traute ihren Augen kaum, als er sich mit unglaublicher Haltung, Körperbeherrschung und Geschicklichkeit umdrehte und sehr, sehr vorsichtig die Leiter hinunterkletterte.

EssprachderAalimFutteralderSaalistkahlzumletzenMalgrüßichimTaldenPfahlausStahl …

Stephen C. McQueen saß in Josh Harpers Garderobe, starrte in Josh Harpers Spiegel, trug Josh Harpers Kostüm und versuchte angestrengt, sich zu erinnern, wie man atmet.

Die herkömmliche Ein-aus-Rippen-und-Lungen-Technik, die er mehr als 32 Jahre lang benutzt hatte, schien nicht mehr von selbst zu funktionieren. Er atmete im Handbetrieb, musste sich daran erinnern, eins nach dem anderen zu tun – einatmen, ausatmen, wieder einatmen und wieder ausatmen –, was zwar vorübergehend ausreichte, aber auf die Dauer wohl nicht praktikabel war. Ihm war schwindlig und übel, er war benommen und bekam kaum genug Luft, um herumzusitzen und in den Spiegel zu starren, von Aufstehen,

Sichbewegen und Seine-Pflicht-Tun ganz zu schweigen. Er schaute auf die Uhr, ohne etwas zu erkennen. Seit er im Theater war, hatte die Zeit ihre normale chronologische Ordnung verloren: Sie dehnte sich aus, stand still und schien manchmal sogar rückwärts zu laufen, so dass er nicht die geringste Ahnung hatte, wie lange er noch …

»Mr McQueen, dies ist Ihr zweites Zeichen«, knurrte der Lautsprecher. »Noch zehn Minuten, Mr McQueen.«

Er stand auf, um sich die Beine zu vertreten, und setzte sich sofort wieder hin. Atmen und gehen. Er konnte weder atmen noch gehen, noch die Uhrzeit erkennen. Und was war mit Sprechen? Konnte er noch sprechen? Stephen beugte sich zum Spiegel und sprach.

»Verrückt, verworfen und gefährlich …«

Er merkte, dass seine Nasenflügel bebten. Noch mal von vorn, ohne Nasenflügelbeben.

»Verrückt, verworfen und gefährlich …«

Nein, es ging schon wieder los. Seine Nasenflügel öffneten und schlossen sich im Rhythmus der Worte, als hätten sie ein Eigenleben, wie Korallenriffbewohner. Er versuchte es noch einmal und hielt sie fest: besser, aber keine praktikable Lösung für eine 90-minütige Vorstellung. Vielleicht sollte er Donna sagen, dass er nicht auftreten konnte. Das war wohl das Einfachste. Er konnte Donna sagen, dass er krank war, sich versehentlich eine Schädelfraktur, einen Lungenkollaps oder Ähnliches zugezogen hatte. Vielleicht konnte er deshalb nicht atmen. Vielleicht *war* seine Lunge schon kollabiert.

Oder vielleicht sollte er sich einfach ohne Erklärung davonstehlen, durch den Notausgang rausschleichen, aus dem Garderobenfenster klettern, Bettlaken zusammenknoten oder die Regenrinne hinuntersteigen, auf die Shaftesbury Avenue und in die Freiheit. Sie konnten ihn schließlich nicht zwingen. Sie konnten ihm nicht die Pistole auf die Brust setzen.

Es klopfte, und er verspürte einen Anflug von Hoffnung. Es hatte den ganzen Tag beinahe ununterbrochen geschneit – vielleicht musste die Vorstellung ja witterungsbedingt abgesagt werden. Oder vielleicht gab es eine Stromsperre, einen Einsturz im zweiten Rang oder irgendeinen anderen Fall von höherer Gewalt, aber nein, es war nur Michael der stellvertretende Inspizient mit einem leicht ramponierten Rosenstrauß aus dem Supermarkt. Michael lächelte Stephen über den Strauß hinweg freundlich an, traurig wie ein Krankenpfleger auf der Intensivstation.

»Die sind gerade am Bühneneingang für dich abgegeben worden, Steve.« Stephen warf einen Blick auf den kleinen Umschlag, der in ordentlicher, schwungvoller Schrift mit einem Smiley im Q an »Mr Stephen C. McQueen« adressiert war. Er kannte nur eine Person, die jede freie Stelle mit Smileys verzierte.

»Alles klar bei dir?«, fragte Michael und legte ihm eine Hand auf die Schulter.

»Klar. Irgendwelche Neuigkeiten von Josh?«

»Es geht ihm gut. Er ist zu Hause und ruht sich aus.«

»Allein?«

»Nein, ich glaube, Nora kümmert sich um ihn.«

»Gut, gut. Tja, dann kommt er wohl nicht mehr im Taxi vorgefahren, oder?«

»Ich fürchte nicht, tut mir Leid.«

»Okay, war nur so 'n Gedanke.«

»Also, reiß sie vom Hocker, ja?«

»Werds versuchen.«

»Noch zehn Minuten, okay?«

»Alles klar. Zehn Minuten.«

Er wartete, bis die Tür geschlossen wurde, und las dann die Karte.

Lieber Dad, viel Glück. Ich bin sicher, dass du heute Abend großartig spielen wirst.
Alles Liebe, Sophie

Sie waren gekommen. Die Würfel waren gefallen. Es gab kein Zurück mehr. Er steckte die Karte in den Umschlag, stand etwas unsicher auf und stieg die lange, tückische Treppe zur linken Bühnenseite hinunter.

»Bis gleich, Superstar«, sagte Maxine, die im weißen Bademantel an der Garderobentür stand.

»Danke, Maxine.«

»Und hör zu, der Kuss in der Schlafzimmerszene – keine Zunge, klar?«

Stephen lachte. »Ich dachte, ich soll genau dasselbe machen wie Josh?«

»Nur bis zu einem gewissen Grad, Romeo«, erwiderte sie und küsste ihn auf die Wange. »Du bist bestimmt fantastisch.«

Donna wartete lächelnd in der linken Kulisse auf ihn wie ein leutseliger Henker.

»Okay, sie sind alle drin.«

»Wirklich? Gut.«

»Es sind nicht besonders viele, wegen des Wetters, aber sie sind freundlich.«

»Gut, gut …«

»Bei dir so weit alles okay?«

»Oh, alles okay.«

»Du bist nämlich ziemlich blass um die Nase.«

»Ja?«

»Sollen wir mit dem Vorhang noch warten?«

»So ungefähr anderthalb Wochen vielleicht?«

Donna seufzte ungerührt. »Ich kann sie immer noch nach Hause schicken, wenn du das wirklich willst, Stephen.«

»Nein, nein – wir ziehen das durch, Donna.«

»Bestimmt?«

»Bestimmt.«

»Wenn du glaubst, dass dus nicht schaffst …«

»Doch, ich schaff das.«

»Okay. Natürlich kann dir am Ende niemand die Tür aufmachen, also musst dus selbst tun. Geht das in Ordnung?«

»Ich werds schon schaffen.«

»Möchtest du ein Glas Wasser?«

»Nein danke.«

»Na schön – willst du dich auf Position begeben?«

»Ich geh auf Position.«

»Und, Stephen?«

»Ja?«

»Hals- und Beinbruch.«

»Gut möglich.«

Stephen betrat die Bühne, vorsichtig, wie auf dünnem Eis. Der eiserne Vorhang war noch unten, und er blieb einen Augenblick stehen und lauschte der schrecklichen erwartungsvollen Stille im Zuschauerraum.

Meine Motivation ist, stark und charismatisch wie Byron zu sein, sagte er sich. *Vergiss nicht: Sophie und Alison sind da draußen. Meine Motivation ist, sie stolz zu machen.*

Er drehte sich um, nahm die Ausgangsposition am Schreibtisch ein, griff nach der Requisitenfeder und fühlte, wie ihm das Hemd am verschwitzten Rücken klebte, als er sich im Stuhl zurücklehnte. Die provisorische Beleuchtung über ihm erlosch langsam und der elektrische Kandelaber wurde hochgezogen. Er merkte, dass die Feder in seiner Hand zitterte, und hatte plötzlich das überwältigende Bedürfnis, auf jede erdenkliche Art die Toilette zu benutzen.

Zu spät, denn die Musik wurde eingespielt, und sie klang viel lauter und beeindruckender als durch den Lautsprecher. Er atmete tief ein, dann noch einmal, atmete aus, dann zweimal ein und einmal aus, einmal ein und zweimal aus, zweimal ein und einmal aus, leckte sich die Lippen und sagte wieder und wieder die erste Zeile auf:

»VerrücktverworfenundgefährlichdasistderLeumundverrücktverworfenundgefährlichdasistderLeumund …«

– dann hörte er ein Klicken und ein metallisches Surren, und der eiserne Vorhang wurde unendlich langsam hochgezogen, wie ein Fallbeil. Er fühlte, wie die Luft des Zuschauerraums sich mit der Bühnenluft mischte, als werde eine Raumschiffschleuse geöffnet, und er klammerte sich instinktiv mit einer Hand am Schreibtisch fest, um nicht in das Vakuum gesaugt zu werden. Er versuchte, nicht daran zu denken, wie absurd es war, so zu tun, als verfasse man mit einer großen weißen Feder Gedichte, und schrieb mit imaginärer Tinte in großer, verschnörkelter Schrift à la Byron auf das teebefleckte Requisitenpergament:

Hilfe
Helft mir
Heeeeeeeeeeeeeeeeeeeeeelft
Miiiiiiiiiiiiiiiiiiiiiir

Dann war der Vorhang oben, und die Musik verklang allmählich. Er spürte die Hitze der Scheinwerfer im Gesicht, ein Schweißtropfen rann ihm über die Nase, und er zählte in Gedanken langsam bis zehn – eins, zwei, drei –, was immer so wirkungsvoll war – vier, fünf, sechs –, wenn Josh es machte – sieben, acht, neun –

Als er bei 26 angekommen war, hörte er ein Husten aus dem Publikum, ein Nun-mach-schon-Husten, und ihm wurde klar, dass es kein Entrinnen gab, er würde aufsehen und etwas sagen müssen. Meine Motivation ist … außergewöhnlich zu sein, sagte er sich, fühlte, wie der Schweißtropfen auf seiner Nasenspitze zitterte und mit einem Klatschen auf das Pergament fiel, was im ganzen Zuschauerraum widerhallte. Er hob den Blick, sah genau ins Licht, und sprach die ersten Textzeilen:

> »Verworfen, verrückt und gefährlich! Dies ist der Leumund, den ich heute in England besitze.«

Er hörte, dass seine Stimme hoch, dünn, etwas erstickt und nasal klang, als würde eine Kassette zu schnell abgespielt. Und hatte er nicht verworfen-verrückt gesagt statt verrückt-verworfen? Hatte er, oder hatte er nicht? Das war der Titel des Stücks – wie hatte er das vermasseln können? Wie blöd konnte man sein? Sollte er von vorn anfangen? Nein. *Egal, vergiss es, sag schnell die nächsten Zeilen, schnell, du brauchst zu lange, du bist zu langsam, jetzt mach schon weiter, und sei diesmal besser. Vergiss nicht: distanziert, faszinierend und charismatisch. Josh irrt sich. Du bist nicht unsichtbar, du schaffst das. Du bist Lord Byron, der verrufenste Mann in Europa. Von Frauen begehrt, von Männern beneidet. Jetzt lächle leicht spöttisch, nicht zu viel, etwas schief, und sag …*

> »So hörte ich zumindest. Und ich muss gestehen, dass ich wenig tat, diesen Ruf zu widerlegen.«

Nicht übel, schon besser, aber du lispelst immer noch so affig, als hättest du eine Zahn-OP hinter dir. Sprich anständig. Deutlich, aber anständig. Was jetzt? Ich habs! Warum nicht aufstehen! Geh ein bisschen herum. Beweg dich. Damit kriegst du ihre Aufmerksamkeit. Beweg dich mit sinnlicher, raubtierhafter Anmut …

Er legte die Feder hin, stand auf und stieß mit der Hüfte an den Schreibtisch. Ihm fiel der alte Spruch ein, dass es beim Schauspielern darum geht, seinen Text zu lernen und nicht an Möbel zu stoßen, und plötzlich konnte er anscheinend weder das eine noch das andere.

Außerdem wusste er nicht, was er mit seinen Armen machen sollte. Es war, als wären ihm plötzlich zwei zusätzliche Gliedmaßen aus den Schultern gewachsen, seltsame, fremdartige Tentakel, die er noch nie gesehen hatte, mit denen er nicht umgehen konnte, über die er keine Kontrolle hatte und die einfach nur nutzlos wie Fleisch im Metzgereischaufenster an seiner Seite baumelten. Wohin damit? Wo konnte er sie unterbringen? Er musste sie aus dem Weg schaffen, bevor er weiterredete. Er beschloss, wenigstens eine Hand in die Tasche zu stecken.

Er probierte es viermal, bevor ihm aufging, dass die Hose keine Taschen hatte. Er tröstete sich damit, dass Byron das wahrscheinlich ständig gemacht hatte, legte die Arme stattdessen auf den Rücken, verschränkte die Hände und ließ sie dort zum späteren Gebrauch. Es war gut, sie aus dem Weg zu haben. Außerdem fühlte sich die Haltung authentisch »historisch« an, wie aus dem späten 18. oder frühen 19. Jahrhundert. Er starrte immer noch blicklos in die Scheinwerfer und schlenderte mit ein, zwei, drei großen Schritten zum Bühnenrand, bevor ihm Byrons Klumpfuß einfiel. Beim vierten Schritt humpelte er, etwas übertrieben, fand er, ein Richard III.-Humpeln, als hätte Lord Byron sich den Knöchel verstaucht. Nicht zu dick auftragen, natürlich bleiben, aber jetzt war es zu spät, denn er war am Bühnenrand angekommen, und weiter ging es nicht. Es war kein Platz mehr zum Humpeln, und er hatte das Gefühl, nackt und sturzbesoffen vor dem Abgrund zu stehen.

Oder auf einem Sprungbrett.

Was jetzt? Die nächsten Zeilen.

Wie jeder Ruf, ist er zugleich zutreffend und schimärisch.

Er hörte das Echo seiner Stimme, und diesmal klang sie besser, stark und selbstbewusst. Professionell. Beherrscht. Was jetzt? Er stellte sich die Skriptseite vor, suchte nach der richtigen Zeile und sah die Worte »Mustert das Publikum« vor sich. Er setzte eine spöttische, ironisch-amüsierte Miene auf, richtete den Blick auf den Zuschauerraum, sah in die Runde und musterte das Publikum, die Sitze …

Die leeren Sitze.

Reihe um Reihe leere Sitze.

Hunderte leerer Sitze.

Schließ die Augen (langsam). Mach sie wieder auf (langsam). Schau noch einmal hin (ruhig).

Die Zeit wurde langsamer und stand still.

Nichts ist leerer als ein fast leeres Theater.

Soweit er erkennen konnte, saßen ungefähr sechs Leute im Parkett. Drei davon kannte er: Alison und Sophie, Frank saß etwas entfernt und war in das Programm vertieft. Zwei junge Leute, Japaner, saßen an der Seite und hatten die Beine auf die Vordersitze gelegt. Das sechste Mitglied des Publikums saß am Rand in der Dunkelheit, stand auf, huschte geduckt zum anderen Ende des Theaters, und im Licht des Notausgangschildes erkannte Stephen die Programmverkäuferin.

Er bemühte sich, angesichts der aufsteigenden Panik die spöttische, ironisch-amüsierte Miene beizubehalten, und sah in den Rang hoch. Zwei weitere Leute, Unbekannte, saßen im Rang, hatten Kopf und Arme auf das Geländer gelegt und sahen ihn erwartungsvoll an. Das Bild verschwamm ihm vor Augen, und er hatte das Gefühl, ohnmächtig zu werden; keine gute Idee, denn statistisch gesehen standen die Chancen schlecht, dass ein Arzt im Publikum saß. Er fühlte Übelkeit in sich aufsteigen und hatte das dringende Verlangen zurückzutreten, sich umzudrehen und, Klumpfuß hin oder her, loszulaufen, in die Kulissen, durch den Notausgang hinaus in die Nachtluft zu rennen, so weit weg wie möglich von diesem schrecklichen Ort, bis nach Hause, die Tür hinter sich abzuschließen, und sie nie, nie wieder aufzumachen …

Und was dann?

Wieder spähte er in die leeren Sitzreihen und fand Alison und Sophie, sie beugten sich vor, grinsten ihn breit an, und Sophie lächelte verzückt, lachte fast. Sie sah ihn direkt an, zwinkerte zur Begrüßung mit beiden Augen und drückte ihm über dem Vordersitz die Daumen.

Er wusste wieder, dass er es schaffen konnte, mehr noch, dass er sogar verdammt gut war und davon schon immer geträumt hatte. Gute Arbeit zu leisten. Das zu finden, was man mag, und es mit Herzblut zu tun, so gut man konnte, egal, was die anderen sagen. Sie stolz zu machen. Er lächelte seine Tochter direkt an, ein Lächeln, das gerade noch zur Rolle passte, ein selbstbewusstes, verantwortungsvolles Lächeln. Dann holte er tief Luft und sagte die nächste Zeile. Und dann die nächste.

Und 93 Minuten später war alles vorbei.

GESPRENGTE KETTEN

»Du warst *super*«, sagte Sophie, als sie hinterher auf dem Garderobentisch saß.

»Na ja, nicht gerade *super*«, sagte Stephen und knöpfte sich das Hemd zu.

»Doch, du warst super, stimmts, Mum?«

»Er war ganz gut, schätze ich«, sagte Alison und grinste breit.

»Vorhin hast du was anderes gesagt. Du hast auch gesagt, er war super. Wie merkst du dir nur den *ganzen Text*?«

»Tja, den ganzen Text wusste ich nicht mehr. Ein paar Sachen hab ich vergessen, und ein paar hab ich mir ausgedacht.«

»Hat man nicht gemerkt, oder, Mum?«

»Nein, Sophie, hat man nicht«, sagte Alison bestimmt.

»Nicht?«, fragte Stephen hoffnungsvoll.

»Nein, nein. Eigentlich nicht. Ich weiß nicht genau, ob der echte Byron so oft ›okay‹ gesagt hat, aber ich glaube, es ist niemandem aufgefallen.«

Stille.

»Bloß schade, dass nicht mehr Leute da waren«, sagte Stephen in dem Versuch, ironisch und philosophisch zu klingen, als stünde er über solchen Kleinigkeiten.

»Ja, ja, schon«, sagte Alison in dem Versuch, beruhigend zu klingen, diesmal allerdings nicht sehr erfolgreich. »Aber allen, dies gesehen haben, hats gefallen, und das ist doch das Wichtigste, oder?«

»Genau. Das ist das Wichtigste«, sagte Stephen, nicht ganz überzeugt, dass das wirklich das Wichtigste war.

Wieder entstand eine Pause, eine kurze Stille, bevor Alison sich ein wenig steif vorbeugte und ihm auf den Oberarm boxte. »Gut – gemacht – du.«

»Ja, gut gemacht, Dad.«

»Danke, danke …«, murmelte er und hob bescheiden die Hand, für ein imaginäres, unsichtbares Publikum und nicht für die Handvoll Leute, vor denen er eben gespielt hatte. »Aber die Standing Ovations am Ende hätten wirklich nicht sein müssen.«

»Hey, das waren nicht nur wir. Andere Leute sind auch aufgestanden.«

»Nur, um sich den Mantel anzuziehen.«

»Stimmt doch gar nicht!«, protestierte Alison. Die Bemerkung war ein Scherz gewesen, aber jetzt war er sich nicht mehr so sicher. Wieder schwiegen sie.

»Hey, noch einen Schluck Champagner?«, fragte er schnell.

»Nein, danke«, sagte Alison und legte die Hand über den Plastikbecher.

»Komm schon, hilf mir, ich kann nicht die ganze Flasche alleine austrinken.«

»Ich möchte welchen«, sagte Sophie und hielt ihm den Pappbecher hin.

»Nein, Sophie, du kriegst keinen. Du lallst ja jetzt schon.«

»Aber Mum darf auch nicht trinken, stimmts, Mum?«

»Sophie!«, zischte Alison warnend mit strenger Stimme, konnte aber ein Grinsen nicht ganz unterdrücken.

»Warum nicht?«, sagte Stephen und kannte die Antwort sofort. Oh Gott, dachte er. Oh Gott, bitte nicht. Nicht das …

»Mum ist schwanger!«, verkündete Sophie.

… *nein, nein, nein, nein, nein* …

»Gratuliere!«, rief er, sprang auf, umarmte Alison fest und hatte Angst, was passierte, wenn er sie losließ. »Das sind fantastische Neuigkeiten«, sagte er in ihren Nacken.

Sie legte den Kopf auf die Seite, sah ihn an und fragte leise: »Wirklich?«

»Natürlich! Das sind großartige Neuigkeiten, ich freu mich so für dich.«

»Es ist erst die sechste Woche, *eigentlich* sollten wir noch nicht darüber reden ...«, und sie zerzauste Sophie mit leichtem Tadel das Haar. »Und es macht dir nichts aus?«, flüsterte sie ihm ins Ohr.

»Natürlich nicht. He, es ist doch nicht von mir, oder?«, flüsterte er zurück.

Er fühlte ihr Lächeln an seinem Ohr. »Glaub ich kaum. Bist du sicher, dass es dir nichts ausmacht?«

»Ach wo. Ich bin ... ganz aus dem Häuschen vor Freude. Wirklich, ich könnte nicht glücklicher sein«, sagte er.

Es war seine bei weitem überzeugendste schauspielerische Leistung an diesem Abend.

Etwas später brachte er Alison und Sophie zum Bühneneingang. Es schneite jetzt heftiger, und als Sophie das sah, juchzte sie, schob die Tür auf und stand mit aufwärts gerichtetem Blick im Laternenlicht auf der Straße.

»Wie heißt das noch mal auf Französisch, Soph?«, rief Stephen von der Tür aus.

»Il neige!«

»Genau. *Il neige.*«

»Tut mir Leid wegen vorhin«, sagte Alison und hielt ihm die Hände. »Ich wollts dir nicht heute Abend sagen, aber Sophie ist so aufgeregt ... und es macht dir ganz sicher nichts aus?«

»Türlich nicht.«

»Ich hatte Angst, dass du es schwer nimmst.«

»Na ja, das musste schließlich irgendwann passieren, oder? Wenn du unbedingt das Bett mit dem Mann teilen musst. Aber ich freu mich für euch, im Ernst. Für dich und Colin.

Richte ihm herzliche Grüße aus, ja?« Argwöhnisch kniff Alison die Augen zusammen. »Okay, vielleicht nicht herzliche Grüße, vielleicht lieber … meinen Glückwunsch.«

Ein kleiner grauer Schneeball traf Stephen an der Schläfe.

»Sophie, fass den Schnee nicht an, da sind Dreck und Spritzen drin«, rief Alison und wandte sich dann wieder Stephen zu. »Hey, du hast das heute Abend wirklich gut gemacht – du warst fantastisch. Ich war sehr stolz auf dich.«

»Danke.«

»Und ich muss mich bei dir entschuldigen. Für all das, was ich dir an den Kopf geworfen hab.«

»Schon in Ordnung. Ich weiß, warum dus gesagt hast.«

»Trotzdem. Ich hab mich geirrt. Das kommt selten vor, aber diesmal hab ich mich geirrt.«

»Vielleicht.«

»Nein, wirklich – ich hab mich geirrt. Du warst … außergewöhnlich.«

Wieder entstand eine Pause.

»Weißt du, wann Josh zurückkommt?«

»Vielleicht morgen, vielleicht Montag.«

»Tja, genieß es, okay? Deinen großen Moment im Rampenlicht.«

»Werd ich.«

»Vielleicht ergibt sich ja noch was daraus. Ganz bestimmt sogar.«

»Ja, na ja, drück mir die Daumen.«

Er küsste sie, hob Sophie hoch und drückte sie fest an sich.

»Du warst viel besser als der andere Mann«, flüsterte sie ihm ins Ohr.

»Woher weißt du das?«

»Ich weiß es eben.« Dann wisperte sie, so leise es ging: »Ich war ganz doll stolz auf dich.«

Er hielt sie noch ein Weilchen, verabschiedete sich bis zum

Sonntag, verabschiedete sich noch einmal, und dann waren sie verschwunden. Er machte den Bühneneingang zu, drehte sich um und sah, dass Donna ihn mit verschränkten Armen erwartete.

»Hats ihnen gefallen?«

»Scheint so.«

»Gut, gut«, sagte sie, versuchte zu lächeln, gab aber nach kurzer Zeit auf, weil es zu anstrengend war. »Und, Stephen, hast du Zeit für ein paar kurze letzte Worte? Unter vier Augen?«

»Natürlich«, sagte er. Er hatte sie schon lange nicht mehr in diesem Schwester-Ratched-Ton sprechen hören. Außerdem fragte er sich, ob »letzte Worte« wirklich der passende Ausdruck war, aber er folgte ihr in die Kulisse und merkte, dass er wieder das gleiche hohe Summen von sich gab wie eine abgestellte lebenserhaltende Maschine.

Auf der Bühne legten die stellvertretenden Inspizienten die Requisiten für die Samstagsmatinee wieder an ihren Platz. Donna und Stephen fanden zwei hohe Stühle in der Souffleurnische und setzten sich.

»Tja, du warst heute Abend wirklich gut.«

»Oh, danke, Donna. Am Anfang hatte ich ein paar Probleme.«

»Ja, haben wir gemerkt. Aber am Schluss bist du besser geworden, und das ist doch das Wichtigste, oder?« Wieder war Stephen nicht sicher, ob das wirklich das Wichtigste war, aber er ließ es durchgehen.

»Tja, danke, Donna.«

»Terence hat vorhin angerufen, um zu sagen, dass es ihm Leid tut, weil er nicht kommen konnte, aber er führt jetzt in Manchester Regie und hats einfach nicht geschafft.«

»Das ist schon in Ordnung, vielleicht kommt er ja morgen.«

»Ähm, ja.« Sie schwiegen einen Moment lang, bevor Donna sich schüttelte und sagte: »Schau mal, Stephen, ich wollts dir heute vor dem Auftritt nicht sagen, um dich nicht aus der Fassung zu bringen, aber die Sache ist die …« Jetzt kam sie und baute sich drohend vor ihm auf: Die Sache. »Die Sache ist die – ich hab vorhin mit Josh gesprochen.«

Wie hieß es noch gleich in Kriegsfilmen? Sag ihnen deinen Namen, deinen Rang und deine Seriennummer, aber sonst nichts …

»Aha, okay. Und wie gehts ihm?«

»Ganz gut. Er kam gerade aus der Zahnambulanz, und war ’n bisschen benommen von der Betäubung, deshalb konnte man ihn nur schwer verstehen, aber er ist okay, und seine Zähne kommen wieder in Ordnung.«

»Na, *Gott* sei Dank.«

Donna kniff warnend die Augen zusammen. »Er ist jetzt wieder zu Hause und ruht sich aus.«

Bei Nora, dachte Stephen. Zu Hause, bei Nora.

»Er sagt, er wär ›hingefallen‹. Auf der Straße«, sagte sie skeptisch.

»Ja, das stimmt.«

»Anscheinend genau vor deinem Haus.«

»M-hm.«

»Und dass du bei ihm warst, als es passiert ist.«

»Ja, ja, stimmt genau.«

»Tja, es ist so, er gibt zu, dass er betrunken und ziemlich hinüber war. Und dass dich keine Schuld trifft, hat er ausdrücklich betont. Mehr will er dazu nicht sagen, und die Geschäftsleitung legt natürlich großen Wert darauf, dass unser Star zufrieden ist, deshalb wollen wir es dabei belassen. Wie auch immer, es wird dich freuen zu hören, dass er wahrscheinlich ab Montagabend wieder auf der Bühne steht.«

»Gut. Schön. Tja, nach heute Abend ist es mir egal.«

»Er wollte aber, dass ich dir etwas ausrichte.«

»Okay.«

»Er hat gesagt, er freut sich, dass du deinen Großen Durchbruch gekriegt hast, und er hofft, dass es heute Abend gut für dich gelaufen ist, aber wenn er am Montag kommt, will er dich hier im Theater nicht mehr sehen. Genau genommen will er dich überhaupt nicht mehr sehen.«

»Oh. O-kay. Okay«, sagte Stephen. *Meine Motivation ist, Haltung zu bewahren. Ich muss mich zusammenreißen. Meine Motivation ist, nicht zusammenzubrechen.* »Sonst noch was?«

»Eigentlich nicht. Er hat mich nur mehrfach gebeten, dich Judas zu nennen.«

»Judas. Verstehe. Also – also bin ich gefeuert?«

»Nein, nicht gefeuert. Na ja, doch, schon, du bist gefeuert. Natürlich kriegst du volle Bezahlung bis zum Vertragsende in zwei Wochen, bis Weihnachten, und dir steht auch noch Urlaubsgeld zu. Aber du musst nicht mehr … ins Theater kommen.«

»Und wer spielt die Geisterhafte Gestalt?«

»Oh, das übernehm ich.«

»Tja, du bist bestimmt hervorragend.«

»Danke. Ich tu mein Bestes.«

»Und was ist mit den beiden Vorstellungen morgen?«

»Sind leider beide abgesagt«, seufzte sie. »Es ist so, du wirst das ja heute schon am Publikum gemerkt haben, bei einem Stück wie diesem, mit einem Star als Zugpferd, wollen die Leute auch einen Star sehen. Wenn sie weniger kriegen, verlangen plötzlich alle ihr Geld zurück. Tut mir Leid, es gibt einfach keine nette Art, das zu sagen.«

»Ich glaube schon, dass es eine *nettere* Art gibt, Donna.«

»Ja, vielleicht schon.«

Sie saßen wortlos da, beide lächelten ein dünnes kleines Lächeln, das eigentlich keines war, bis Stephen schließlich sagte: »Du hast mich nie besonders gemocht, oder, Donna?«

»Um ehrlich zu sein, Stephen, du bist mir ziemlich egal«, sagte Donna und sprang von dem hohen Stuhl. »Alles Gute für die Zukunft«, sagte sie und ging langsam mit klirrendem Schlüsselbund über die Bühne wie ein Gefängniswärter.

WEISSE WEIHNACHTEN

In der Garderobe packte Stephen seine Habseligkeiten in eine Plastiktüte und hängte zum letzten Mal das Trikot in den Schrank. Er kippte noch ein Glas lauwarmen, abgestandenen Premieren-Champagner hinunter, ohne etwas zu schmecken, schaltete die Lampen um den Spiegel und das Deckenlicht aus und schloss die Tür hinter sich. Dann ging er die tückische Hintertreppe zur linken Kulissenseite hinunter, genau wie er es schon 123-mal gemacht hatte und nie wieder tun würde.

Ein Großteil des Teams war schon gegangen, aber von den Übrigen verabschiedete er sich – von den Inspizienten, den Garderobieren, den Technikern, den Leuten, die er wirklich gemocht hatte und die ihm fehlen würden. Er achtete darauf, Augenkontakt zu vermeiden, und zum Glück stellte niemand unangenehme Fragen oder erwähnte, was passiert war, obwohl anscheinend alle wussten, dass er nicht mehr wiederkam. Sie schüttelten ihm die Hand, sagten, gut gemacht, Kumpel, du warst fantastisch, Steve, viel Glück für die Zukunft, Alter, wir sehen uns. Er ließ sich sogar ein paar Telefonnummern geben, wusste aber, dass er sich nie überwinden und anrufen würde.

Er blieb vor Joshs Garderobe stehen, nahm die gestohlene *Star Wars*-Figur, die er aus Versehen auf der Party mitgenommen hatte, und lehnte den winzigen Han Solo an die Tür, die Waffe zum Gruß oder Hohn erhoben. Dann verabschiedete er sich von Kenny dem Pförtner, schüttelte ihm die Hand, wünschte ihm alles Gute und ging in die Nacht hinaus.

Es schneite jetzt heftiger, große, schmutzige, graue Klumpen schwebten in der Luft, als trauten sie sich nicht, zur Erde zu fallen. Der Verkehr staute sich auf der gesamten Shaftesbury Avenue, und die Menge schlurfte mehr durch die dicke graue Pampe, als dass sie ging. Stephen begab sich zum Eingang der U-Bahn-Station Piccadilly Circus, fühlte sich aber den feuchten, dampfenden, betrunkenen Menschenmassen des Freitagabends, die zu Betriebsfeiern gingen oder von dort kamen, nicht gewachsen, deshalb überquerte er die Straße und wartete vor dem Trocadero auf Bus Nummer 22. Während er in dem Geschäftseingang stand, piepste sein Handy, und er rief eine SMS ab. Sie war von Frank.

gute vorstelung heut Abend du warst toll
tut mir Leid das ich nicht bleiben konte
mum hat magendarmkatar
ruf dich bald an. F

Er löschte die Nachricht, saß bewegungslos, stumm, betäubt und angetrunken oben im Bus, der den Piccadilly Richtung Chelsea entlangkroch. An diesem Freitagabend vor Weihnachten hatte der Schnee einen fatalen Einfluss auf die überfüllte Stadt. Durchnässte, keuchende Leute, die meisten betrunken, wankten in den Bus und wieder hinaus, lachten und flirteten, aber Stephen starrte aus dem Fenster, die Plastiktüte auf dem Schoß, beobachtete das Schneetreiben und die Menge, die den Piccadilly, Knightsbridge, Sloane Street und die Kings Road entlangrutschte und -schlurfte.

Er dachte an Alison und wie seltsam es war, dass jemand, den er so geliebt hatte, ein Kind bekam, das nichts mit ihm zu tun hatte, und dass Sophie ein Brüderchen oder Schwesterchen bekam, das in keinerlei Verbindung zu ihm stand. Es gab noch nicht einmal eine Bezeichnung für die Beziehung;

der Ex-Mann der Kindesmutter; es gab dafür einfach kein Wort. Er dachte an Alisons Gesicht, als sie es ihm erzählt hatte, die offensichtliche Freude hinter der Verlegenheit und Peinlichkeit, und er war zufrieden mit sich, weil er diesmal so gefasst und ruhig reagiert hatte, nicht wie damals, als sie ihm mitgeteilt hatte, dass sie wieder heiraten würde. Immerhin hatte er diesmal nicht gegen die Wand geschlagen. Diesmal war er ein Gentleman gewesen. Großzügig. Erwachsen, obwohl er am liebsten geschrien hätte.

Und was den Verlust seines Jobs anging, er konnte Josh eigentlich keinen Vorwurf machen. Er hatte es ja nicht anders verdient. »Judas« war vielleicht ein bisschen hart, aber er hatte mit unfairen Mitteln gekämpft, und deshalb war es eine Art ausgleichender Gerechtigkeit. Trotzdem fand er es schade, dass ihn nicht mehr Leute gesehen hatten, denn am Schluss war er … nicht schlecht gewesen. Er versuchte, sich vorzustellen, wie er anstelle von Josh auf der Reklametafel außen am Theater aussehen würde, mit gezogenem Schwert und bis zur Taille aufgeknöpftem Hemd.

»*Mehr* als zufrieden stellend«, verkündeten die Kritiker.

»Stephen C. McQueen *ist* okay!!«

»Gar nicht mal so *übel*!«

»Längst nicht so *schlecht*, wie einige erwartet hatten.«

»Er hat sich bemüht! Ganz ehrlich!«

»Hab schon *Schlimmeres* gesehen!!!«

Na ja. Vielleicht beim nächsten Mal.

Er beschloss, dass es kein nächstes Mal geben würde.

Er beschloss, hier und jetzt, im Bus Nummer 22, die Flinte ins Korn zu werfen.

Der Bus kroch auf der Hälfte der Kings Road durch den stockenden Verkehr. In einem plötzlichen Anfall von Platzangst rutschte Stephen von seinem Fensterplatz, stieg nach unten, trat auf die Straße und schlurfte über den vereisten

Gehsteig Richtung Süden, auf den Fluss und die Lichter der Albert Bridge zu.

Von allen Londoner Brücken hatte er sie immer am meisten gemocht, eine fast absurd romantische Konstruktion, die bei Liebespärchen und Selbstmördern gleichermaßen beliebt war. Er stand mitten auf der Brücke, sein Atem bildete Wölkchen in der eisigen Luft, und er starrte nach Osten auf die Themse. Plötzlich merkte er, wie kalt seine Hände waren, und sah auf die Plastiktüte voller Erinnerungsstücke aus der Garderobe hinunter: die Glückwunschkarten, seine mit Anmerkungen versehene Ausgabe des Stücks, eine angeschlagene, fleckige Kaffeetasse, das Manuskript des nutzlosen, sinnlosen Ein-Mann-Stücks, an dem er schon seit Jahren schrieb, und die Blumen, die Sophie und Alison ihm heute Abend geschenkt hatten. Er stellte sich vor, wie die Blumen in einem Krug in seiner Wohnung verwelkten, und zum ersten Mal seit Jahren fühlte er plötzlich wieder die schreckliche, überwältigende Hoffnungslosigkeit in sich aufsteigen, die er nie mehr hatte erleben wollen. Er fühlte Panik in sich aufsteigen, das Blut stieg ihm zu Kopf, und seine Augen brannten.

Er beschloss, die Blumen loszuwerden, alles loszuwerden. Schnell trat er ein paar Schritte vom Brückengeländer zurück, schwang die Tüte mit weit ausholender Geste im Kreis, ließ los und sah begeistert zu, als die Tüte im hohen Bogen durch die Luft segelte, zerriss, Skriptseiten in alle Himmelsrichtungen davonflatterten und zusammen mit dem Schnee in die Themse fielen. Er beugte sich so weit wie möglich über das Geländer, sah das Papier kurz im weißen Licht der Brückenbeleuchtung auf dem schwarzen Wasser schwimmen, bevor der Fluss es mit sich riss, und zu seiner Überraschung empfand er so etwas wie Ruhe und Erleichterung – dieselbe erschütterte Erleichterung wie nach einem Verkehrsunfall, wenn das Auto schlingernd zum Stehen kommt und einem klar wird, dass man gesund, unversehrt und noch am Leben ist. Seinen Großen Durchbruch hatte er schließlich gehabt. Aufgeben, sich fügen, kapitulieren, das war der Große Durchbruch. Die Showbizwelt musste eben ohne ihn auskommen, so einfach war das.

Von jetzt an würde er ein besserer Mensch werden. Er wusste noch nicht genau, womit er sein Geld verdienen würde, aber er würde ein besserer Mensch werden und ein Leben ohne Neid und Verbitterung, Gehässigkeit und Reue führen. Er würde sein Fantasieleben aufgeben, die verpassten Chancen, was hätte sein können, und sich stattdessen auf die Verbesserung seines wirklichen Lebens konzentrieren. Keine Geisterhaften Gestalten mehr, keine Leichen. Stattdessen würde er *der* Steve McQueen sein, vielleicht nicht der berühmte, aber der glückliche.

Er würde freundlich und liebevoll zu seiner Ex-Frau und Tochter sein, einen neuen Job finden, den er liebte oder wenigstens mochte, etwas, in dem er gut war, und sich anstrengen; vielleicht Gebärdensprache lernen, ein Café eröffnen oder mit Kindern arbeiten – hatte Alison nicht gesagt, er könne gut mit Kindern umgehen? Oder er konnte nächsten September wieder aufs College gehen und sich umschulen lassen. Vermutlich war es zu spät, um Arzt oder Architekt zu werden, aber davon abgesehen konnte er so ziemlich alles machen, was er wollte. Vielleicht kam er mit der Zeit sogar über Nora hinweg. Wenn er es sich recht überlegte, war es sogar ziemlich aufregend.

Er spähte auf den Fluss hinunter, sah die letzten Seiten in der Dunkelheit verschwinden, und schließlich ließen die Angst und die Panik etwas nach, als ob sein Schicksal sich endlich, endlich, *endlich* wendete. Das Gefühl hielt gut anderthalb Minuten an, bis der Streifenwagen neben ihm hielt.

THE LONG GOODBYE

Am Ende waren die Polizisten ganz vernünftig.

Sie baten ihn, auf dem Rücksitz Platz zu nehmen, und nachdem sie sich vergewissert hatten, dass er weder betrunken war noch öffentliches Ärgernis erregte oder sich von der Brücke stürzen wollte, hielten sie ihm eine, wie er fand, recht überzeugende Standpauke darüber, dass man keinen Müll in die Themse wirft. Ohne ihnen die ganze Geschichte zu erzählen, entschuldigte Stephen sich, und sie fuhren ihn nach Hause. Seltsamerweise genoss Stephen die Fahrt und kam sich auf dem Rücksitz des Streifenwagens ziemlich taff vor.

»*Hier* wohnen Sie?«, fragte der Polizist, als sie vor dem Haus hielten, und warf ihm einen besorgten Blick zu.

»M-hm.«

»Machen die Jugendlichen Ihnen viel Ärger?«

»Och, ich komm schon damit klar.«

»Tja, also, passen Sie auf sich auf, ja? Und widersprechen Sie ihnen nicht, das ist es nicht wert.«

»Mach ich – und danke fürs Mitnehmen.«

»Und bitte benutzen Sie nächstes Mal die Mülltonne, ja, Sir? Dafür ist sie schließlich da.«

»Ja, Officer. Mach ich.«

Die Polizisten warteten im Auto, bis er sicher an der Haustür angekommen war, und fuhren dann davon. Stephen stampfte den Schnee von den Schuhen, klopfte ihn sich von den Schultern, machte die Haustür hinter sich zu und stieg erschöpft die Treppe hinauf. Als er die Wohnungstür aufschloss, schlug ihm warme Luft entgegen, und genervt merkte er, dass er den elektrischen Kamin angelassen hatte. Er ging durch den Raum und stellte ihn kleiner.

»Lässt du das bitte? Ich frier mir hier den Arsch ab.«

Langsam drehte Stephen sich um.

Nora lag zusammengerollt auf der Couch, schlief noch halb, benutzte ihren Mantel als Decke, und in Stephen stieg eine riesige Welle von Freude und Erleichterung auf.

»Ich hab mich selbst reingelassen. Ich hatte die Schlüssel noch – ich hoffe, es stört dich nicht.«

»Überhaupt nicht.«

Nora zog die Knie an, um ihm Platz zu machen, und klopfte neben sich auf das Polster. »Du kommst spät.«

»Na ja, weißt du – es war ’n aufregender Abend.«

»Autogramme geben, mit Fans reden?«

»So ungefähr.«

»Und, wie ist es gelaufen? Lag das Showbusiness dir zu Füßen?«

»M-hm.«

»Hast ihnen gezeigt, wo der Hammer hängt, was?«

»Und wie …«

»Die Massen haben ›Zugabe‹ gebrüllt?«

»Natürlich.«

»Groupies?«

»Haben sich vom Balkon gestürzt.«

»Liebeswogen, die über die Rampe fluten?«

»Das volle Programm.«

»Und, wars genau so, wie dus dir erträumt hast?«

»Nicht ganz.«

»Oh. Schlechtes Publikum?«

»Kein Publikum.«

»Ah.«

»Na ja, nur ein kleines.«

»Wie klein?«

»Elf, glaub ich. Zumindest am Anfang. Am Ende um die acht.«

»Vielleicht lags am Wetter …«

»Nein, alle sind gekommen. Aber die meisten sind halt nicht geblieben, das ist alles.«

»Oh, verstehe. Trotzdem – klein, aber fein.«

»Genau.«

»Morgen läufts besser.«

»Genau genommen gibts für mich kein Morgen. Zumindest beruflich gesehen. Ich bin gefeuert worden.«

»Von wem?«

»Von Josh, glaube ich.«

»Echt? Ich auch«, sagte sie und nickte zu einer kleinen Reisetasche hinüber.

»Wo ist er?«

»Zu Hause. Ich habs nicht übers Herz gebracht, ihn über Nacht ins Hotel zu schicken, also hab ich ihn blutend und stöhnend zurückgelassen. Nachdem ich ihn vom Zahnarzt abgeholt hatte, hab ich ihn ins Bett gesteckt und mich aus dem Staub gemacht.«

»Also bleibst du nicht bei ihm?«

Nora rümpfte die Nase und stupste ihn mit dem Zeh an. »Nach allem, was er getan hat? Weißt du, Stephen, manchmal glaube ich echt, du überschätzt die Überredungskünste dieses Mannes. Selbst wenn er mich zurück wollte, was er nicht tut, nicht nachdem ich ihm die kostbaren Zähne eingeschlagen hab, aus welchem Grund sollte ich zu Josh zurückgehen?«

»Und – wenn die Frage erlaubt ist …«

»Warum bin ich hier?«

»Warum bist du hier?«

»Tja, du findest es vielleicht seltsam«, sagte sie, strich sich eine Haarsträhne hinters Ohr und sah ernst zu Boden, »aber mir ist klar geworden, dass ich nie und nimmer glücklich werden kann, solange ich nicht herausgefunden habe, was aus dem verdammten Eichhörnchen geworden ist.«

Zu seiner eigenen Überraschung lachte Stephen. »Ich dachte, du bist noch sauer auf mich.«

»Oh, bin ich, keine Sorge. Du hast ein paar sehr … schräge Sachen gemacht, Stephen. Und was die Lügerei für Josh angeht …«

»Er hat gesagt, er will Schluss machen.«

»Ich weiß, aber welchen Grund du auch gehabt hast, es war nicht gerade nett von dir.«

»Nein, du hast Recht. Und es tut mir Leid.«

»Und ich nehm deine Entschuldigung an.« Nora drehte sich herum und zog die Beine an, so dass sie ihn ansehen konnte. »Außerdem dachte ich mir, wir hätten noch ein paar Dinge zu klären.« Sie beugte sich vor, nahm seine Hand, öffnete sie und betrachtete die Innenfläche wie eine Wahrsagerin. »Diese Sache … dass du in mich verliebt bist. Ich hab da so 'ne Theorie. Willst du sie hören? Sie ist gut.«

»Gerne.«

»Okay, los gehts.« Sie rutschte nach vorn. »Ich glaube, du warst einsam und unglücklich und hast gespürt, dass ich auch einsam und unglücklich war, und du hast gedacht, das würde reichen. Und ich muss gestehen, ich hab unser Zusammensein genossen, es hat Spaß gemacht. Ich hab mich auf unsere Treffen gefreut, und ich … hab an dich gedacht. Wenn du nicht da warst.« Sie seufzte und bog die Finger seiner Hand nach innen. »Aber das ist nicht gerade ein gesunder Ausgangspunkt für eine romantische Beziehung, oder? Beiderseitige Verzweiflung.«

»Aber das ist nicht alles.«

»Nein?«

»Nein.«

»Tja, was ist da denn sonst noch?«

»Na ja, zum Beispiel finde ich dich … außergewöhnlich.«

Nora kniff die Augen zu und zog eine Grimasse. »Und warum findest du das, Stephen? Wie kommst du nur auf *so was*?«

Er dachte kurz nach.

»Weil ich, egal, wo oder bei wem wir sind, immer weiß, dass du der tollste Mensch im Raum bist. Der klügste, witzigste, geistreichste Mensch, mit dem ich am liebsten reden und zusammen sein will. Die Beste. Bei weitem. An dich kommt niemand ran.«

Ihre Augen wurden schmal. »Hast du das aus ’nem Film oder so?«

»Nein, so fühle ich für dich. Im wirklichen Leben.« Und ohne groß nachzudenken, beugte er sich schnell vor und küsste sie kurz und sehr zart, und obwohl sie den Kuss nicht direkt erwiderte, entzog sie sich ihm auch nicht.

Sie saßen da, die Stirnen sanft aneinander geschmiegt, bis Stephen schließlich sagte: »Und – was machen wir jetzt?«

Nora lehnte sich zurück. »Oh, ich schätze, ich versuche morgen, einen Flug zurück nach New York zu kriegen, und verbringe Weihnachten bei meiner Familie. Ich widme mich dem Frustfuttern und hör mir den ›Ich habs dir doch gesagt‹-Sermon meiner Mom an. Ich freu mich sogar drauf, ehrlich. Und du?«

»Ich fahr über Weihnachten auf die Isle of Wight, esse, bis mir schlecht wird, und hör mir den ›Ich habs dir doch gesagt‹-Sermon von Mum und Dad an.« Nora lächelte, und Stephen fuhr sehr ruhig und schlicht fort.

»Mir ist klar geworden, dass mir nach heute Abend nichts mehr bleibt. Kein Job, keine Pläne, keine Ziele, keine Ahnung, wie es weitergehen soll. Kein Geld und keine Aussichten. Absolut nichts. Ich muss noch mal neu anfangen, ganz von vorn.«

»Ich auch. Aber das ist doch gut, oder? Ein Neuanfang.«

»Wirklich? Ich weiß nicht.«

»Wir sind eben Spätzünder, das ist alles.«

»Wahrscheinlich.«

»Weißt du, ich glaub, ich sollte ein Weilchen allein sein. Das ist das einzig Vernünftige. Einfach nach Hause gehen, Freunde treffen, mir überlegen, was ich mit meinem Leben anfangen soll, und mich erinnern, wer ich war, bevor ich Mrs Josh Harper wurde. Aber ich muss zugeben … du wirst mir fehlen, Stephen.«

Wie aus der Pistole geschossen sagte Stephen: »Dann geh nicht.«

»Und was soll ich stattdessen machen?«

»Keine Ahnung, aber du musst nicht nach New York zurück. Jedenfalls noch nicht.«

Nora sah sich im Raum um. »Bitte verlang nicht von mir, hier zu bleiben. Nimms nicht persönlich, Stephen, aber diese Wohnung ist ein deprimierendes Dreckloch.«

»Ich weiß. Ich schätze, ich verkaufs.«

»Gute Idee. Und wo kann ich sonst hingehen?«

Spontan sagte Stephen: »Wir können nach Paris gehen.«

Nora lachte. *»Paris?«*

»Zusammen. Urlaub machen. Ich werd sowieso noch bis Weihnachten bezahlt, also können wir beide fahren, du und ich.«

Nora sah skeptisch aus. »Ich weiß nicht …«

»Glaub mir, das ist ’ne fantastische Idee.«

»Du willst, dass ich nach Paris fahre …«

»Ja.«

»… mit dir. Paris …«

»Magst du Paris nicht?«

»Doch, ich find Paris toll.«

»Gut. Ich auch. Hab meine Flitterwochen da verbracht.«

Nora lachte schallend. »Tut mir Leid, Stephen, aber ist das nicht eher ein Grund, *nicht* nach Paris zu fahren?«

»Na ja, wir müssen natürlich nicht das Gleiche machen.«

»*Natürlich* nicht.«

»Aber wir könnten den ersten Zug nehmen. Er fährt in ungefähr fünf Stunden von der Waterloo Station ab. Wir können zum Frühstück da sein, uns ein billiges Hotel suchen, spazieren gehen und schlafen. Bloß für 'n paar Tage, 'ne Woche vielleicht. Wir setzen uns ab, lassen alles hinter uns und fliehen, nur du und ich. Na, was hältst du davon?«

Nora sah ihn schweigend an. Es war ziemlich dunkel im Raum, das einzige Licht kam von dem künstlichen Kaminfeuer und den Straßenlaternen, deshalb konnte er ihr Gesicht nicht genau erkennen, aber sie lächelte nicht. Sie hielt nur den Kopf etwas schräg und blinzelte einmal sehr langsam.

Sag ja, dachte er. Sag ja, dann hab ich noch eine Chance, eine Chance, dass alles gut wird.

Mit der Hand kämmte sie sich den Pony in die Stirn und sagte:

»Ich hab meinen Ausweis nicht dabei.«

DAS ERSTE GLÜCK

AUSSEN. TAG. BAHNHOF.

Morgendämmerung. Schnee fällt auf den leeren Bahnsteig. STEPHEN schaut ängstlich auf die Uhr.

LAUTSPRECHER

Letzter Aufruf. Ladies und Gentlemen, der Zug nach Paris, Abfahrtszeit 7:09 Uhr, fährt in wenigen Minuten ab. Letzter Aufruf für den Zug nach Paris, Abfahrtszeit 7:09 Uhr ...

Ein letzter Blick über den Bahnsteig – nichts. STEPHEN sieht den Zug an – ein Ausdruck unbeschreiblicher Traurigkeit huscht über sein Gesicht. Sie kommt nicht. Der SCHAFFNER runzelt die Stirn ...

SCHAFFNER

Tut mir Leid, Sir, ich kann den Zug nicht länger aufhalten.

... seufzend nimmt Stephen den Koffer und will in den Zug steigen ...

STIMME

HALT! HALTET DEN ZUG AUF! ANHALTEN! WARTET!

Er geht zurück auf den Bahnsteig, dreht sich um, und da ist sie: NORA rennt mit dem Pass in der einen und einem überquellenden Koffer in der anderen Hand, so schnell sie kann, durch den Schnee. Sie fällt ihm um den Hals.

STEPHEN

Ich ... ich dachte schon, du kommst nicht mehr!

NORA

Ist das dein Ernst? Um nichts in der Welt hätte ich das verpassen wollen!

STEPHEN

Ich liebe dich, Nora Schulz.

NORA

Halt den Mund, und küss mich.

Er küsst sie. Der freundliche SCHAFFNER lacht, die anderen Passagiere spähen aus dem Fenster, jubeln und jauchzen. Dicke weiße Schneeflocken fallen vom Himmel. Man hört Musik, Louis Armstrong singt *It's a Wonderful World*, während die Kamera hoch in die Luft entschwebt und ...

Ganz so war es allerdings nicht.

In Wirklichkeit passierte Folgendes.

Sie unterhielten sich noch ein Weilchen, dann packte Stephen ein paar Sachen in eine Tasche. Sie putzten sich die Zähne, legten sich zum Schlafen Rücken an Rücken auf das Bett, und bald darauf schnarchte Nora wie ein Trawlerkapitän. Stephen drehte sich auf den Rücken, nickte ein paarmal ein, wachte wieder auf und starrte die Decke oder Noras kurze Nackenhaare an. Wie immer, wenn das Glück in Reichweite schien, machte er sich Sorgen. Er sorgte sich, dass sie den Zug verpassen, nicht durch den Schnee kommen, keinen Platz mehr im Zug bekommen und so kurz vor Weihnachten in Paris kein Hotel finden würden und dass die große Flucht an Schwung, Begeisterung und Spontaneität verlieren und als katastrophaler Tagesausflug enden würde. Er drehte sich auf die Seite, betrachtete ihren Rücken, legte ihr versuchsweise eine Hand auf die Hüfte, und ohne richtig aufzuwachen, nahm sie seine Hand und legte seinen Arm um ihre Taille. Kurz darauf schlief er ein.

Er wachte um sechs Uhr auf, stand auf, ging mit dem Telefon in die Küche und suchte eine Kleintaxizentrale, die geöffnet hatte. Schließlich wurde er fündig, bestellte ein Taxi für 6:30 Uhr und weckte Nora erst um 6:25 Uhr, damit sie es sich nicht anders überlegen konnte. Das war seine andere große Angst: dass sie es sich anders überlegte.

Wie gesetzlich vorgeschrieben hatte das Taxi Verspätung, und sie warteten angespannt eine Viertelstunde, das Gepäck zu ihren Füßen. Schließlich klingelte es um 6:45 Uhr, sie schlichen die Treppe hinunter und fuhren in einem klapprigen Volvo Kombi, dessen Rücksitz mit zerbrochenen Kassettenhüllen und alten Zeitungen bedeckt war, sehr langsam Richtung Norden durch ein bedrückend stilles, wie ausgestorbenes London. Die Stadt sah aus, als sei sie in der Nacht von irgendeiner Katastrophe heimgesucht worden, und die Stille wurde nur durchbrochen vom Morgenchor der Autoalarmanlagen, von einer Auswahl von Filmliebesliedern auf Heart FM und Nora, die hin und wieder bei *Take My Breath Away* und *Up Where We Belong* mitsummte.

Schließlich kamen sie in Primrose Hill an. Das Taxi hielt vor Joshs Haus, und Nora und Stephen sahen sich nervös an.

»Soll ich mit reinkommen?«

»Das halte ich für keine gute Idee, Stephen.«

»Aber du gehst nur rein, holst deinen Pass und kommst wieder raus, ja? Ich meine, du weckst ihn nicht auf, oder?«

»Warte einfach hier. Wenn ich in 15 Minuten noch nicht zurück bin ...« Sie konnte den Witz anscheinend nicht beenden.

»Was dann?«

»Nichts. Warte ... einfach auf mich«, sagte sie, stieg aus, ging vorsichtig über den schneebedeckten Vorhof und verschwand im Haus.

Der Taxifahrer – vermutlich ein Nigerianer – sah Stephen im Rückspiegel an.

»Eine nette Dame«, sagte er.

»Ja, das ist sie.«

»Ihre Freundin?«

»Weiß noch nicht«, schien die einzig ehrliche Antwort zu sein.

Der Taxifahrer nickte weise und sagte nach einer Weile: »Und, was machen Sie beruflich?«

»Weiß ich auch noch nicht«, erwiderte Stephen.

»Sie wissen nicht sehr viel, hm?«, sagte der Taxifahrer.

»Nein. Nein, weiß ich nicht.«

Die Unterhaltung schien beendet. Heart FM spielte *Total Eclipse of the Heart* von Bonnie Tyler. Der Fahrer, anscheinend ein Fan, drehte den Song lauter, und schweigend hörten sie sich ihn zu Ende an, der Taxifahrer nickte feierlich im Takt der Musik, sang den Refrain laut mit und trommelte auf das Lenkrad.

Sie kommt nicht, dachte er.

Sie hörten sich *The Power of Love*, *I Will Always Love You* und *Unchained Melody* an. Dann die Werbung. Dann kamen *Love Is All Around*, *Have I Told You Lately That I Love You* und *The Greatest Love of All*, und bei jedem Refrain grub Stephen sich die Fingernägel tiefer in die Handflächen.

Bei *Wind Beneath My Wings* drehte der Taxifahrer sich um und sagte: »Sie wissen, dass Sie mir auch die Wartezeit bezahlen müssen, oder?«

»Ja, natürlich«, sagte Stephen und spähte ängstlich durch die beschlagene Scheibe. Sie kommt nicht mehr, dachte er. Er hat es ihr ausgeredet. Sie hat es sich anders überlegt. Ich gebe ihr noch zwei Songs – nein, drei Songs –, dann gebe ichs auf und räume das Feld. Ich stell ihr die Tasche vor die Tür und fahre nach Hause. Noch drei, vier, fünf Songs, plus Werbung, dann fahre ich definitiv nach Hause.

Die Musik füllte den Wagen wie Autoabgase. Sie hörten sich *Every Breath You Take*, *The Greatest Love of All* und *Endless Love* an, und bei *It Must Have Been Love* war die Spannung kaum mehr auszuhalten. Die Sonne ging jetzt auf, der Fahrer hörte auf zu trommeln, sah auf die Uhr und seufzte ungeduldig, und Stephen war nach all den dröhnenden Schlagzeugsoli und kreischenden Gitarrenriffs auch nach Kreischen zumute. Dann endlich, als *Against All Odds* die Lage völlig unerträglich zu machen drohte, öffnete sich die Haustür, und Nora rannte, so gut es ging, mit gesenktem Kopf zum Taxi. Sie warf sich auf den Rücksitz, und Stephen sah sofort, dass sie geweint hatte.

»Gehts dir gut?«

»Bestens, bestens«, murmelte sie und bedeckte mit einer Hand das Gesicht.

»Hast du den Pass?«

Sie schwenkte ihn.

»Und hast du mit ihm …«

»Stephen, ich will jetzt nicht … lass uns einfach fahren, okay?«

»Zur Waterloo Station?«

»Ja, ja, zur Waterloo Station«, fauchte sie ungeduldig.

Den Rest der Fahrt schwiegen sie, Nora drückte sich an die Tür, lehnte den Kopf ans Fenster, knabberte an den Fingernägeln, Stephen war zu nervös zum Reden, und der Plan, der ihm in der Nacht noch so perfekt, passend und romantisch vorgekommen war, wirkte, bei Licht besehen, lächerlich, unpraktisch und hinfällig.

Schließlich fuhren sie über die Themse und hielten vor dem Eurostar-Terminal. Nora drehte sich um und rang sich ein müdes, verheultes Lächeln ab. »Lass uns bitte nicht darüber reden, ja?«, sagte sie. »Über die Vergangenheit wird nicht mehr gesprochen. Nur noch über die Zukunft.«

»Einverstanden.«

Sie bezahlten den Taxifahrer mehr als großzügig und wünschten ihm frohe Weihnachten, Stephen ging Fahrkarten für den nächsten Zug kaufen und vergewisserte sich hin und wieder ängstlich, dass Nora noch da war und sich nicht aus dem Staub gemacht hatte. Dann gingen sie wortlos durch den Check-in, stiegen in den Zug und setzten sich, immer noch schweigend, nebeneinander. Erst als die Türen sich zischend schlossen und der Zug losfuhr, sahen sie sich an und lächelten.

Langsam ratterten sie aus dem Bahnhof, und Stephen musste zugeben, dass die Stadt zum ersten Mal seit langem wieder wunderschön aussah.

Der Zug beschrieb einen Bogen von der Themse weg und fuhr nach Süden, Richtung Kent.

»Ich schlaf ein bisschen«, sagte Nora, sank tiefer in den Sitz und schloss die Augen. Er sah, wie sie den Mantel als Kissen benutzte, den Kopf unbequem ans Fenster lehnte und wie ihr Mund aufklappte. Als das behelfsmäßige Kissen die Scheibe hinunterrutschte, rückte sie es mit geschlossenen Augen zurecht und lehnte wieder den Kopf an. Als das nicht funktionierte, wechselte sie die Seite und lehnte sich stattdessen an seine Schulter.

»Was denkst du?«, fragte sie sehr leise.

»Ich bin einfach nur froh, dass du da bist.«

»Ich auch«, murmelte sie. »Ich bin auch froh, dass ich da bin.«

Sie hob den Kopf, sah ihn unter schweren Lidern an, beugte sich vor und küsste ihn.

Vielleicht ist es das, dachte er, mein erstes Glück.

»Lass uns … einfach abwarten, was passiert, ja?«, murmelte sie mit geschlossenen Augen.

»Okay. Warten wir ab«, sagte Stephen, schloss ebenfalls die Augen und versuchte zu schlafen.

DANK

Folgenden Personen möchte ich für die Unterstützung, Kritik und die freundliche Leihgabe einiger Witze danken: Camilla Campbell, Sophie Carter, Eve Claxton, Christine Langan, Michael McCoy, Tamsin Pike, Justin Salinger und Olivia Trench. Valerie Edmond danke ich für jene Geschichte. Ewigen Dank schulde ich ferner Roanna Benn, Mari Evans, Hannah MacDonald und Hannah Weaver. Zudem Jonny Geller, allen von Curtis Brown, meinem Lektor Nick Sayers und dem fantastischen Team von Hodder für ihre unerschöpfliche Begeisterung und ihr unfehlbares Urteilsvermögen.

Nachweis der Zitate

T. S. Eliot: *The Love Song of J. Alfred Prufrock*. Aus: *Ausgewählte Gedichte*. Übers. von Klaus Günther Just. Suhrkamp Verlag 1951.

George Gordon Lord Byron: *Sämtliche Werke*. Bd. 2. Div. Übersetzer. Hrsg. von Siegfried Schmitz. Winkler Verlag 1977.

Woody Allen: *Broadway Danny Rose*, © Jack Rollins & Charles H. Joffe/Orion. Zitat der deutschen Synchronfassung entnommen.

Joseph L. Mankiewicz: *All About Eve*, © 1950 Twentieth Century Fox. Zitat der deutschen Synchronfassung entnommen.

Jack Rosenthal: *Ready When You Are, Mr McGill*. TV-Special 1976. Zitat der deutschen Synchronfassung entnommen.

Billy Wilder/I. A. L. Diamond: *The Apartment*, © 1960 The Mirisch Company. Zitat der deutschen Synchronfassung entnommen.

Rian James/James Seymour: *42nd Street*, © 1933 Warner Bros. Ent. Inc.. Zitat der deutschen Synchronfassung entnommen.

William Shakespeare: *Hamlet*, 2. Akt. Übers. von Schlegel-Tieck. Reclam Verlag 1999.